자율적 문학의 단말마?

문화학적 경향과 문학의 새로운 지평 탐색

저자 소개

최문규

연세대학교 독어독문학과를 졸업하고 독일 빌레펠트 대학에서 석사 학위와 박사 학위를 취득했다.

현재 연세대학교 독어독문학과 교수로 재직 중이며 동대학의 언어연구교육원 원장직을 맡고 있다.

저서로는 『(탈)현대성과 문학의 이해』, 『문학이론과 현실인식』, 『독일 낭만주의』 등을 집필했다.

자율적 문학의 단말마?
문화학적 경향과 문학의 새로운 지평 탐색

초판1쇄 인쇄 2006년 6월 1일 | **초판1쇄 발행** 2006년 6월 9일
지은이 최문규 | **펴낸이** 최종숙 | **편집** 이은희·공혜정 | **펴낸곳** 도서출판 글누림
등록 제303-2005-000038호(등록일 2005년 10월 5일)
주소 서울 성동구 성수2가 3동 301-80 (주)지시코 별관 3층
전화 3409-2055 | **팩스** 3409-2059 | **이메일** nurim3888@hanmail.net
ISBN 89-91990-22-3 93810

정가 20,000원
* 잘못된 책은 교환해 드립니다.

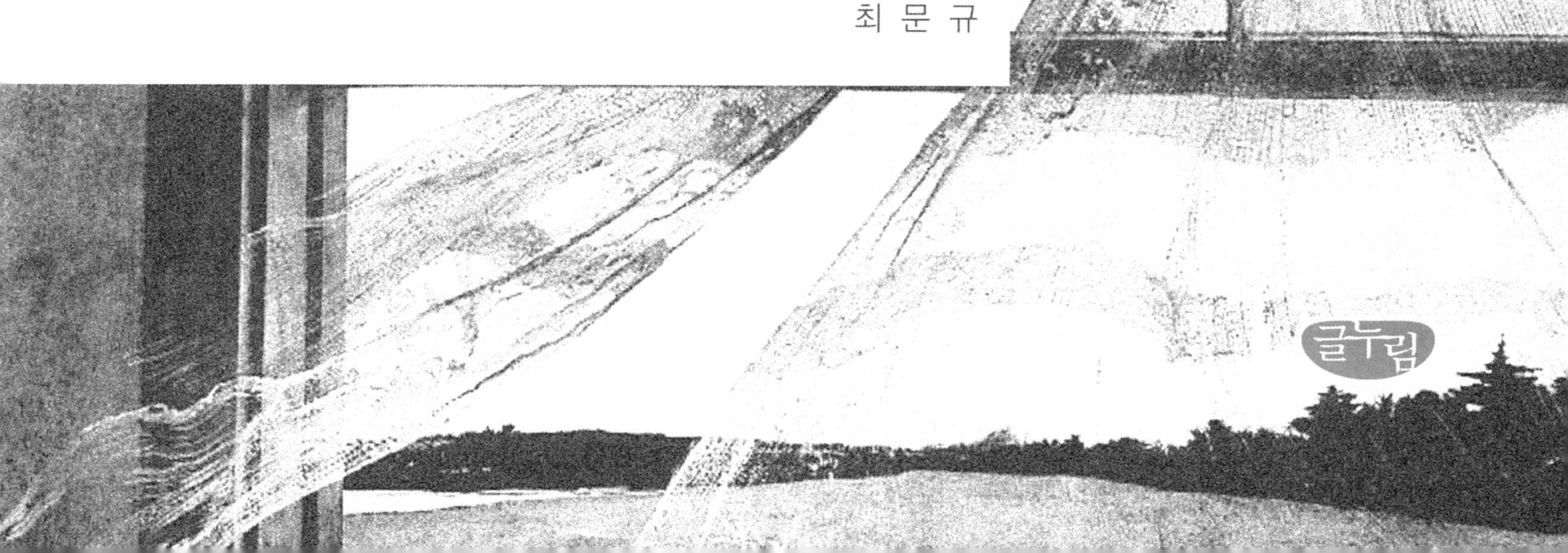

자율적 문학의 단말마?

문화학적 경향과 문학의 새로운 지평 탐색

최 문 규

　　시인과 소설가들은 여전히 많고 다양한 작품이 매일 출간되는 듯이 보인다. 그러나 문학 영역 자체의 모습은 전혀 밝지만은 않다. 지금까지 문학이 누리던 고귀한 위상이 점차 상실되어 가는 시대적 분위기를 읽을 수 있기 때문이다. 적어도 대학에서 문학을 가르치고 공부하는 이라면 그런 묘한 분위기를 감지할 수 있다. 자신의 책을 읽은 독자를 만나기가 너무 힘들다는 작가들의 안타까운 목소리도 있지만 실제 대학이라는 공간에서도 정말 그렇다. 시험이나 성적 같은 제도적 압박 없이 자유롭게 소설을 읽는 학생들을 만나는 것은 정말이지 희귀한 일로 되어버렸다. 어찌 그것을 독자의 탓으로만 돌릴 수 있겠는가? 토플이나 토익 점수를 향상시켜야만 어엿한 직장을 얻을 수 있고 또한 각종 고시의 합격을 통해 미래의 삶을 보장받을 수 있는 사회적 압박감이 문학을 둘러싼 과거의 아름다운 정경(情景)을 사라지게 만들고 있다. 잠시 현실을 잊고 허구의 세계 속에 침잠하는 것은 이제 한심하거나 사치스런 일로 생각되고 있다.

　　문학 작품의 독서뿐만 아니라 그에 대한 분석과 연구도 이제 힘들어진 상황이다. 문학이 점차 생존하기 어려운 까닭은 문화학이라는 새로운 형태의 학문이 등장하고 있기 때문이다. 자율성을 지양하는 차원에서 문학이 점차 비판적 반성의 도마 위에 오르고 마침내 문화학이라는 학문 형태에 의해 대체되는 경향을 띠고 있다. 서구의 경우 18세기 이후 문학의 자율성은 상당히 축적되어 왔고 그에 대한 긍정적·부정적 인식은 다각적으로 전개되어 왔다. 그 역사를 보면, 자율성에 대한 인식에도 불구하고 문학은 항상 정치와 경제, 종교 같은 자신의 외적 체계의 담론에 의존되어 왔고 그로 인해 문학은 언제나 위기의 길을 걸어 왔다. 다른 한편으로 그런 위기 속에서도 문학은 계속 지탱되어 왔으며, 이로 인해 결과적으로 문학의 고유한 자생력이 반증되었던 셈이다. 다르게 말하자면, 외적인 의존 관계 속에서도 문학은 나름대로 매번 패러다임 전환을 꾀하면서 자신이 처한 위기 상황을 극복해왔던 것이 아닌가 하는 야릇한 역설적인 생각마저도 든다. 그렇기에 문학이 문화학과 연결되는 경향을 보면서 언뜻 작은 기대감을 갖게 된다. 즉 자율성을 상실하는 듯이 보여도 시간이 지나면 문학이 다시 자신을 더욱 강화시킬 것이라는 기대감 말이다.

그러나 국내의 경우 사정은 심각하다. 문학의 자율성이 언급될 때마다 그것은 너무 쉽게 현실도피적 혹은 체제옹호적 이데올로기와 동일시되고 만다. 문학의 자율성이 그나마 간신히 성립되는가 싶었더니 이제는 '문학의 효용성을 넓히자'는 혹은 '자율적 문학을 넘어서'라는 주장이 거침없이 제시되고 있지 않은가? 그것도 문화학을 호명하면서 말이다.

어쨌든 문학을 확장해야 한다는 주장과 함께 문화학이 새로운 매력을 주고 또한 연구자의 관심과 폭을 넓혀주고 있는 것은 사실이다. 그로 인해 문학 영역 자체는 더욱 위기의 수렁 속으로 빠져들고 있다. 특히 문학을 분석하고 연구하는 영역의 입지는 심각하게 위축되고 있다. 문화라는 개념이 보편적으로 사용됨으로써 언뜻 문학 분석의 영역도 점차 그 폭을 넓힐 수 있다고 하지만, 그런 장밋빛 희망의 이면을 들여다보면 문화 개념의 상승이 문학의 추락을 소리 없이 부추기고 있는 실정이다. 그럼에도 불구하고 문화학의 방향을 무조건 외면할 수 없는 것이 문학이 안고 있는 난처함이다.

문화학이 내세우는 가장 두드러진 특징은 영역간의 경계를 허물어 보자는 데 있다. 그것은 문화 개념 자체의 보편적 특성에 기인한다. 문화학은 특정 영역의 좁은 울타리를 뛰어넘어 모든 영역들간의 대화적 관계를 강조하는 방향에서 자신을 이상화하고 있다. 아쉬운 점은 그 대화적 관계라는 이름 하에 사실은 개별 영역의 내적인 전문성이나 특수성이 부정되고 있는 것이다. 개별 영역의 전문성과 특수성이 전제되지 않는 영역들간의 대화란 그만그만한 표피적 담론에 머물고 만다. 만일 문화학이 오로지 단일한 목소리만을 만들어 나가는 경향을 취한다면 아무리 건전한 대화적 관계라도 그것은 영역들의 차이를 없애는 결과를 낳고 만다. 그럴 경우 문화학도 — 무질의 소설 제목 "특성 없는 남자"를 패러디하자면 — "특성 없는 학문"으로 전락되고 만다. 뒤집어 말하자면, 문화학은 그 보편적인 주제 설정과 방식에도 불구하고 궁극적으로는 개별 영역의 각기 다른 목소리와 색깔이 드러나는 방향, 즉 "차이"를 확인해 주는 방향으로 진행되어야만 한다.

이제 문학과 문화학은 어떤 관계를 맺어야만 하는 것일까? 배타적 관계가 아닌 차원에서 그 양자는 어떻게 상호관심사를 나눌 수 있을까? 문화학이 전통적인 문학을 무의미한 것으로 매도하거나 혹은 문학 스스로 자신의 독특성을 부정해버린다면, 두 경우 모두 문학 자체나 문화학에 전혀 도움이 되지 않는다. 특히 문화학은 문학의 한계를 지적하면서 그것의 "변신"을 강요해서는 안 될 것이다.

카프카의 소설 『변신』처럼, 변신의 결과는 죽음일 수 있으니 말이다. 결국 해답은 그 양자가 상보적 차원에서 서로를 이해하는 방향에서 마주하는 것이다. 한편으로 문학은 자신의 독특성을 강화하면서 문화학적인 공동의 주제와 방식을 찾아야만 하는데, 이것이 곧 간접적으로 문화학의 정상적인 작동을 가능케 하는 계기로 작용할 수 있다. 다른 한편 문화학은 포괄적인 의미로 문학의 독특성과 차이를 확인해주는 차원에서 전개되어야만 하는데, 이것이 곧 좁은 울타리에서 벗어나 열린 대화의 장으로 나갈 수 있는 계기를 문학에 제시해 줄 수 있다.

이 책은 그런 최근의 동향 속에서 나름대로 고민했던 결과들이다. 문학이 앞으로 문화학에 흡수될 것인지 혹은 문화학과의 대화적 관계 속에서 자신의 독특성을 지켜낼 수 있는지는 문학 스스로가 풀어야만 하는 과제다. 출판계의 어려운 상황에도 불구하고 책의 출간을 맡아준 글누림 출판사, 그리고 연구를 위해 항상 아낌없는 지원을 베풀어 준 학교에도 감사한다.

2006년 4월

최문규

차례

제1부

"미워도 다시 한 번"-문학과 정치

1 문학과 정치, 그 혼재된 관계

문학과 정치, 이 친근하고도 진부한 주제를 어떻게 다루어야 할까? 그것은 정말이지 문학사·문학이론·문학 비평에서 오랫동안 다루어져왔던 끈질긴 생명력을 지닌 주제다. 역사의 연속성을 중시하는 포괄적인 담론 차원에서 보면, 서구의 경우 18세기 이후부터 현재까지, 그리고 우리의 경우 1900년[1] 이후부터 현재까지 그 주제

---

1) 근대의 시작을 1900년대로 설정한 것은 일반적인 국문학사에 토대를 두고 있지만, 문학과 정치의 근대적 대립은 그 이전으로 거슬러 올라가 18세기에서도 찾을 수 있다. 그것은 경서의 세계와 소설의 세계가 서로 대립했던 상황에 대한 흥미로운 문화사적 연구서에서 읽을 수 있다(이중연, 『책의 운명』, 서울, 2001, 특히 269~299쪽을 참조할 것). 물론 경서 세계와 소설 세계의 대립 이면에는 정치권력의 논리가 작동하고 있었지만, 그럼에도 불구하고 당시 소설 세계에 대한 비난(예를 들면 정조대의 이덕무가 펼친 반소설론)의 어투가 오늘날에도 빈번하다는 것은 시사하는 바가 크다.

는 의식적이든 혹은 무의식적이든, 명시적이든 혹은 묵시적이든 간에 문학 영역에서 중추적 역할을 담당해 왔다.

그런데 자세히 들여다보면 서구와 우리는 완전히 다른 길을 걷고 있는 듯한 느낌이 든다. 『지식의 고고학』에서 푸코뿐만 아니라 서구의 사회학자들(베버, 하버마스, 루만)이 지적하고 있듯이 서구의 경우 문학과 정치는 18세기 이후 서로 차이 있는 분리된 범주로 인식되었으며, 그러한 차이와 분리를 전제로 양자간의 소통이 모색되어 왔다. 그러나 우리의 경우 정치는 언제나 문학의 모태처럼 간주되어 왔거나 혹은 마치 문학적 경험과 인식을 가능케 하는 '선험적인 범주'로 인식될 정도가 아닌가. 이처럼 양자는 분명 분리된 범주임에도 불구하고 왜 분리되지 않는 것으로 여겨지는 것일까? 더욱이 왜 하나가 다른 하나를 거의 지배하는 식으로 전개되는 것일까? 물론 그 원인은 반민주적이고 불안정한 정치 상황, 그리고 문학이 그 불안정한 정치를 의식하지 않을 수 없었던 상황에서 찾을 수 있을 것이다. 그러나 적어도 문학과 정치라는 개념이 서로 분리되어 사용되는 순간 사실 정치 자체도 보편성을 띨 수 없는, 다른 영역들과 마찬가지로 사회의 부분영역에 지나지 않는다는 것은 너무나 자명한 일이다. 그런데도 왜 정치는 문학뿐만 아니라 종교, 경제 등 여타 영역 위에 군림하여 관장하는 듯한 절대적인 위상을 획득하는 것일까? 문학 영역을 포함한 전체 사회적 삶에 있어서 "정치적 무의식(이글턴)"은 절대적이고 필연적인 것으로 존재해야만 하는 것일까?

물론 문학과 정치의 분리를 전제하면서 그 상호연관성을 다루는 언술 행위는 긍정과 부정이라는 양가적 의미를 지닌다. 그것은 한편으로 양 영역이 의사소통적 관계 혹은 담론적 관계를 형성한다는 점에서 긍정적 의미를 갖지만, 다른 한편 문학을 바라보는 시각에 있어서 자칫 일종의 정치중심주의적 시각만이 관철되는 부정적인 결과를 낳을 수 있다. 문학적 상상력의 고유 특성을 간과한 채 정치적 가치평가만이 횡행하는 결과가 나타날 경우, 그에 대항하여 문학과 정치 간의 분리 내지는 차이를 강조하는 시각은 가차 없이 '현실도피적', '역사의식의 결여', '비정치성으로 위장된 현실옹호적 정치성'으로 치부되고 만다. 그런 식이 바로 정치중심주의적 시각이 낳는 부정적 결과다. 물론 일제 치하의 식민지적 상황이나 1960년대 이후 군사독재 정권 시기에 저항적인 차원에서 문학과 정치의 상호연관성 혹은 문학의 정치화가 요청되었던 것은 당시로는 불가피했고 나아가 그런 특별한 상황을 부정하기는 쉽지 않다. 그러나 그런 특별한 상황이 극복되었다면 문학과 정치에 대한 인식도 서서히 변화되어야만 하지 않을까? 문학의 정치화 경향을 마치 초역사적인 절대불변의 기준으로 삼을 경우 문학과 정치의 차이를 인식하려는 시도는 언제나처럼 부정적으로 인식되고 만다. 시대적 상황의 변화를 고려하지 않고 오로지 그 과거의 상황에서 도출된 역사주의적 언술('현실도피적', '역사의식의 결여', '현실옹호적 정치성')만을 절대시할 경우, 그런 투의 비난은 지난 반세기 동안 언제나 '수비 불안'과 '문전 처리 미숙'이라는 두 가지 상투적 표현만으로 한국 축구를 매질해 온 스포츠 기자들의 언술과 가족 친화성을 형성한다.

문학과 정치의 상호연관성을 자세히 들여다보면, 그 양자를 모호하게 만들거나 혹은 경계까지도 해체시키는 주된 원인이 있다. 그것은 특히 그 양자를 매개하는 비평에서 목도되는 과도한 정치철학적·사회과학적 경향이다. 그 방향은 때론 작품 밖에 있는 정치적 의도를 작품 분석 안으로 가져오려는 정치의 비평화 경향을 띠거나, 때론 작품 안에서 발견된 정치적 의미를 작품 밖으로 확장시키려는 비평의 정치화 경향을 띠기도 한다. 이처럼 양 방향에서 '정치적으로만' 일관되기 일쑤인 비평으로 인해 개별 작품의 고유한 심미성은 무차별적으로 외면당하거나 혹은 정치적 의미를 보완해주는 도구로서만 인식되곤 한다. 그와 같은 정치철학적·사회과학적 비평의 양상은 비평 자체도 넓은 의미에서 문학 내에 위치되어야만 한다는 인식을 인정하려 들지 않는다. 문학과 정치가 불균형한 관계를 이루고 있다는 것은 다른 사실을 통해서도 입증된다. 가령 정치적 의도의 현존과 부재가 문학 영역에서는 '매우 가치 있음과 없음'의 평가 기준으로 비중 있게 작용하는 반면에, 역으로 문학의 심미성과 가치를 묻는 시도는 정치 영역에서 거의 존중되지 못하거나 혹은 무의미하고도 쓸모없는 작업으로 폄하되기도 한다. 다르게 말하면, 정치적인 해석을 위해 '선도적' 역할을 수행하는 문인이나 비평가는 상당수 존재하지만, 이와 달리 너무나 불공평하게도 상징과 알레고리, 은유와 환유 같은 문학의 특수한 방식에 흥미나 관심을 갖고 있는 정치이론가나 사회이론가는 거의 발견되지 않는다. 아무튼 문학이 정치적으로 과도하게 수용되고 해석되고 있음은 틀림없으며, 그것이 때로 현실화될 경우 문학작품을 우파적이든 좌파적이든 정치적으로 해석해 주는 과정 중에 유명세를 얻은 문인이나 비평가는 투철한 소명의식으로 기꺼이 직업 정치가로 변신하기도 한다. 그런 현상은 정치의 문학화 혹은 문학의 정치화가 가져오는 당연한 귀결처럼 보인다.

이처럼 문학과 정치의 관계에서 읽을 수 있는 과도한 정치적 이해관심사와 의식을 어떻게 이해하면 좋을까? 정치는 결코 사회의 부분 영역이 아니라 공동체의 삶을 영위해 나가는 인간의 보편적 의식과 행위에 관계하기 때문에 정치의 보편화 현상은 정말이지 피할 수 없는 것일까? 혹은 인간은 정치적인 동물이라는 철학적·인류학적 시각을 우리는 계속 하나의 초역사적인 불변의 진리처럼 받아들여야만 하는 것일까? 아니면 역으로, 정치와 마찬가지로 문학도 하나의 영역으로 제한될 수 없는, 정치적 의식과 행위로 확장될 수밖에 없는 필연적 특성을 지니는 것일까? 그것도 아니라면, 모든 작품이나 비평은 궁극적으로는 ‘해석’이며, 그 해석 행위는 곧 ‘권력을 향한 의지’(니체)의 소산이라고 파악해야만 하는 것일까? 다시 말해, 창작이든 비평이든 글쓰기 자체는 정치적 권력과 실천 행위에 대한 욕망 이외에 다름 아니기에 결국 ‘정치적’일 수밖에 없다는 운명을 받아들여야만 하는 것일까? 이런 저런 질문이 떠오르지만 한 가지 분명한 점은, 그 과도한 정치적 관심과 의식으로 인해 사회의 부분 영역으로 존속하는 문학은 자신의 고유한 심미성조차도 기대할 수 없는 상황 속에서 점차 위축되고 마침내 단말마의 비명을 지를 수밖에 없는 상황에 처해 있다는 것이다. 침묵은 더 이상 대안이 될 수 없다. 그런 상황을 극복할 수 있는 유일한 길은 사회의 제반 영역들의 자율성, 그리고 그 영역들간의 차이성이 존중될 수 있도록 언급되어야만 한다는 것이다. 사실 문학과 정치, 심미성과 정치성이 서로 분명한 분리와 차이를 형성할 때 그 사회는 역동성을 갖게 되는 법이다. 만약 그 균형이 깨질 경우 양자 중 하나는 어쩔 수 없이 ‘지체된 길’을 걷고 만다. 이제 진부한, 그러나 어떻게든 다시 서술할 수밖에 없는 문학과 정치의 관계를 현재적 관점에서 다시 논해 보기로 하자.

2 정치의 이분법적 시각과 문학

문학과 정치는 흔히 문학과 사회와 동일시된다. 그러나 엄격히 말하면 문학과 정치는 사회를 구성하는 부분 영역들이기에 그 양자의 연관성은 사회 속에 놓인 부분 영역들간의 관계를 뜻할 뿐이다. 그 관계를 조명하는 작업은 제법 오랜 역사적·철학적 과정을 거쳐 왔기에 굳이 여기서 상세히 논할 필요는 없을 것이며 그 대신 몇 가지 반성적 사유만을 짚어보기로 하자.

첫번째로는 정치환원주의적 차원에서 그 양자의 관계를 파악하려 했던 과거의 시도를 극복하는 일이다. 그러한 시각은 1924년 트로츠키가 행한 연설문에서 발견되는데, 그는 "혁명적인 시란 사실 정치적인 시이지 문학적인 사실이 아니다. 혁명적인 시는 문학의 발전에 기여하는 것이 아니라 혁명의 발전에 기여한다"[2]고 말했다. 이와 같은 과거의 급진적 시각은 "문학적인 사실"이나 "문학의 발전"조차도 부정하고 있으며 따라서 문학과 정치의 상호 관계나 차이를 논할 수 있는 가능성은 근본적으로 배제되고 있다. 사실상 현재 시점에서는 더 이상 설득력을 얻기 힘든 시각이다. 그러한 시각이 문학의 정치화를 넘어서 종국에는 '문학의 국가화'로 치닫는 파국적 현상을 초래했음은 두말할 나위 없다. 잘 알려진 것처럼, 문학의 극단적 정치화는 맑스주의적 사상 내에서도 다양한 반성적 사유(아도르노, 벤야민, 알튀세르)를 통해 의문시된 바 있으며, 그 결과로서 예술과 정치, 심미적 자율성과 사회적 실천 간의 관계는 결코 특정 영역으로의 환원이나 결정론에 의해 해결될 수 없으며 오히려 독자성을 인

---

2) L. Trotzki, *Über schöne Literatur und die Politik der RKP*, in: Parteilichkeit der Literatur oder Parteiliteratur?, hrsg. v. Hans Ch. Buch, Hamburg 1972, S. 125.

정하는 가운데 변증법적·상호보완적 관계를 유지해야만 한다는 결론에 도달하게 되었다. 물론 그 변증법적·상호보완적인 관계는 매우 애매모호하고도 실현 불가능한 유토피아적 희망을 담고 있지만 어쨌든 환원주의나 결정론적 시각으로부터 탈피한다는 점에서 중요한 의미를 지닌다. 문학이 정치와 동일시될 수 없다는 시각은 어느 시인이 최근에 행한 대담에서도 쉽게 발견된다. "…우리가 시에서 정치적인 것이라고 할 때, 흔히 구호주의니 뭐 때려죽여라 이래야지 정치적인 줄 알고 있는데, 그게 아니겠다… 어떤 긴박과 멀리 보는 전망, 전망이 생겨나는 과정, 이 속도를 감안하면서 세계에 응전하는 것, 이것이야말로 문학에서 가장 정치적인 것이다…"[3] 정치적인 것으로 환원될 수 없는 문학적 특성이 강조되고 있다. 그럼에도 불구하고 "문학에서 가장 정치적인 것"은 "긴박·전망·과정·속도·응전" 같은 개념으로 부연되고 있다. 급진적 이데올로기로서의 '정치적' 개념에 회의적이면서 동시에 완화된 다른 언술을 통해 "정치적"이라는 개념이 설명되고 있지만, 여전히 문학을 바라보는 데 있어서 '정치적' 개념이 현존해 있음을 알 수 있다. 그것은 정치적·경제적 발전을 예측하는 이들이나 혹은 운동 경기를 보도하는 이들도 자주 사용하는 "긴박·전망·과정·속도·응전" 같은 개념들을 사용하고 있기 때문인데, 이는 정치적 개념의 희석화이면서도 여전히 그것의 잔상을 드러내 주고 있다.

어떻게 보면 문학과 정치의 관계를 논하는 가운데 사실 정치 자체보다는 '정치적'이라는 개념이 더욱 자주 사용된다. 이러한 언어의

---

3) 김정환, 『포에지』, 2001년 여름호, 151쪽.

전이 및 확대 현상은 흔히 문학적 글쓰기를 포함하여 인간의 모든 행동은 '정치적'이라고 명명되는 현상과 긴밀한 관계를 맺고 있다. 그렇다면, '정치적'이라는 개념은 어떤 의미를 지니는 것일까? '정치적'이라는 개념이 통용될 때 거기에는 반드시 극복해야만 하는, 그러나 극복하기 어려운 의미론이 있다. 그것은 1927년 칼 슈미트(C. Schmitt)가 내린 정의다. 정치적이라는 개념에서 슈미트는 그 개념의 의미를 몇 가지로 정리하고 있다. 슈미트에 의하면, 우선 '정치적' 개념의 근본적인 특징으로는 그것은 철저히 "민족"과 "국가" 차원에서 사용될 수 있다는 것인데, 즉 특정한 영토와 그 안에 거주하고 있는 구성원 전체와 관계한다는 것이다. 그 개념 사용이 중성화되고 탈정치화되는 당시의 현실을 보면서 슈미트는 단호하게 '정치적' 개념은 분명 "적이냐 동지냐"라는 이분법적 의미를 지닌다고 강조한다. 문학과 예술 같은 심미적 영역에는 미와 추가, 도덕적인 영역에는 선과 악이, 경제적인 영역에는 이득과 손해라는 이분법이 각기 적용된다면, 기본적으로 통일적 구성체의 단위인 국가와 민족과 관계하는 '정치적' 영역에는 철저히 "적이냐 동지냐"라는 이분법적 의미가 설정되어야 한다는 것이다. 민족과 국가를 위해 사상과 행동을 함께 하는가 아니면 달리하는가의 문제가 곧 "적이냐 동지냐"로 구분되는 '정치적' 문제와 동일시되며, 이것이 슈미트의 핵심적 논지이다. 여기서 "적이냐 동지냐"라는 구분은 단순히 사적인 적대자나 경쟁자를 지칭하는 것이 아니며 또한 은유나 상징도 아니다. 그것은 "구체적인 실존적 의미"를 지니며, 특히 '적'은 "현실적 가능성에 따라 투쟁하는, 있을 수 있는 인간의 전체"[4]를 말한다. 쉽게 설명하자면, 자기 민족을 위협하는 타민족은 정치적으로 적인 셈이다. 언뜻 보기에 현실적인 맥락에서 '정치적' 개념을 서술해 주는 듯이 보이는 슈미트의 시각은 그러나 매우 위험한 이론이 아닐 수 없으며 당시 파시즘 이데올로기로 작동하는 위험성을 지닌 이론이었다. 민족과 국가를 토대로 적과 동지를 구분해 내는 슈미트의 이론에 의하면, 정치적인 영역에서 자신을 지탱하려는 의지나 힘을 상실한 민족은 연약한 민족이기에 그러한 나약성을 극복하는 차원에서 "강력한 민족"이 요청된다는 것이다. 결국 '정치적'의 의미는 강력한 민족을 주창했던 파시즘 이데올로기와 연결되는 것이다.[5]

'정치적'이라는 개념 하에 오늘날에도 적과 동지라는 호전적이고 투쟁적인 의미를 염두에 두고 있는 이가 있다면, 그는 자신도 모르게 파시즘적 이데올로기의 추종자가 될 수 있다. 서로 다양하고 이질적인 사유와 실천 행위는 적과 동지의 이분법에서 벗어나 상호 존중되어야만 하며 이것이 곧 민주적인 사회의 기본 특징이다. 물론 적과 동지라는 의미를 대체하는 차원에서 의회주의적 정치시스템에서 차용된 여야(與野) 같은 개념이 '정치적' 개념에 내재된 적과 동지를 대체할 수도 있지만, 이 경우 그 정치적 대립을 악용하여 민족과 국가라는 차원과 연결시켜 상대방을 반민족적·반국가적으로 몰

---

4) C. Schmitt, *Der Begriff des Politischen*, München u. Leipzig 1932, S. 15-16.

5) 흥미로운 점은 "적이냐 동지냐"라는 현실적인 의미로 '정치적' 개념을 규정하면서 슈미트는 그 개념을 다른 영역에서의 부정적 현상과 연결시키는 시도에 대해 거리를 취하고 있다. 예컨대 경제적으로 해를 끼치고 도덕적으로 사악하고 예술적으로 추하다고 해서 그것이 곧 정치적인 의미에서 "적"은 아니라고 밝히고 있다(C. Schmitt, S. 14). 그렇지만 슈미트의 의도와는 달리 당시 파시즘적 체제는 정치의 극단적인 이분법을 예술에도 적용하고 말았다. 즉 파시즘적 체제 내에서 정치적 동지는 경제적으로 유용하고 도덕적으로 선하고 예술적으로 아름다운 이데올로기를 갖고 있었고, 경제적인 해, 도덕적인 악, 예술적인 추는 정치적 적과 동일시되고 말았다.

아친다면 그것 역시 파시즘적 사유의 잔재로 여겨질 수 있다. 또한 문학적 생산물을 두고서 '정치적'이라는 개념을 사용할 경우 그것이 민족과 국가, 적과 동지라는 차원에만 고착된다면 그것 역시 문학의 다양성을 인정치 않는 파시즘적 폭력성을 띨 수 있다.

'정치적' 개념에 대한 슈미트의 정의가 파시즘 이데올로기를 내포하는 정치 이론의 중요한 단면이라면, 오늘날의 경우 그 개념은 어떤 의미로 사용되고 있을까? 그 대표적인 예로 테리 이글턴의 정의를 들 수 있다. 『문학이론 입문』의 마지막 장은 "정치적 비평"이라는 제목을 달고 있으며 그 제목이 암시하고 있듯이 이글턴은 모든 비평은 '정치적'이라는 테제에서 출발하고 있다. 여기서 '정치적'이란 어떤 의미일까? "정치적이라는 개념 하에 나는 우리가 우리의 사회적 삶을 어떻게 서로 함께 조직하는가에 대한 방식, 그리고 그 점을 함의하는 권력 관계 이상을 생각하지는 않는다. 내가 이 책에서 보여주려고 했던 점은, 현대 문학이론의 역사는 우리 시대의 정치적·이데올로기적 역사의 한 부분이라는 것이다."[6] 순수한 문학이란 존재하지 않으며 사회적 삶 자체가 '정치적'이라는 점은 이글턴이 항상 고수하는 시각이다. 그의 논지 내에서 문학과 비평은 당연히 정치적 특성을 지니는데, 즉 사회적 삶을 조직하는 하나의 "방식"이며 "권력 관계"이다. 그러나 '정치적' 개념이 사회적 삶을 조직하는 방식 차원에서 매우 폭넓게 의미화되고 있지만, 문학이론의 역사를 "정치적, 이데올로기적 역사의 한 부분"으로 파악하려는 대목에서 알 수 있듯이 그의 '정치적' 개념은 이미 맑스주의적 의미로

---

6) T. Eagleton, *Einführung in die Literaturtheorie*, Stuttgart 1988, S. 187.

제한되어 있다.[7] 그와 같은 점은 "정치적 확신과 행위", "가치"를 중시하는 다음과 같은 대목에서도 읽을 수 있다. "나는 문학 텍스트를 정치적 확신과 행위와 관계하는 특정한 가치를 중심으로 읽으려는 정치적 비평을 옹호하려는 것이 아니다. 비평이란 의례 그런 것을 행한다. 오히려 비평의 비정치적 형식이 있다는 생각이야말로 하나의 신화다. 즉 문학의 특정한 정치적 사용 형식을 더욱 영향력 있게 요구하는 신화다."[8] 언뜻 보기에 '정치적' 개념이 보편적인 의미를 띠는 것처럼 보여도 궁극적으로는 현실옹호 혹은 현실비판, 긍정 혹은 부정 같은 식으로 철저히 이분화되어 있음을 알 수 있다. 또한 "비평의 비정치적 형식"을 부인한다는 언술은 비평이 문학 영역에만 결코 제한될 수 없다는 점을 암시해 주고 있다. 정말 비평은 반드시 '정치적'일 수밖에 없는 것일까? "비정치적 형식의 비평"을 이글턴은 "신화"로 보고 있지만, 오히려 "정치적 비평"이야말로 정치를 중심으로 삼으려는 신화적 사유에서 만들어진 것이 아닐까?

---

7) 초기작 문학의 영점에서 롤랑 바르트는 말과 글쓰기를 구분한 후 정치적 글쓰기 방식의 특징을 분석하고 있다. 바르트에 의하면, 프랑스 혁명의 글쓰기 방식과 맑스주의적 글쓰기 방식은 다음과 같이 구분된다. "프랑스 혁명의 언어가 도취적이라면, 맑스주의적 언어는 곡언법(曲言法)으로 형성된다. 그도 그럴 것이 개별 단어는 전체 원칙과 최소한 관계하는 것에 다름 아니기 때문이다. 이 전체 원칙은 고백적이지 않은 방식으로 그 개별 단어를 뒤받쳐 준다. 예를 들어 **맑스주의적 언어에서 자주 사용되는 '함의'**라는 단어는 결코 사전이 명시하는 중립적인 의미를 지니지 않는다. 그것은 특정한 역사적 과정을 암시하며, 이전 요청들을 끼워 넣는 행위를 대신해 주는 대수학적 기호와도 같다."(R. Barthes, *Am Nullpunkt der Literatur*, Hamburg 1959, S. 25-26). 바르트가 밝힌 맑스주의적 글쓰기 방식을 이글턴이 염두에 두었는지는 확실하게 단언할 수 없다. 그렇지만 언술분석적인 차원에서 분명한 점은, 이글턴이 '정치적' 개념을 매우 광범위하게 규정하고 있는 듯이 보지만 실제로는 **이미 언어 사용에 있어서는** 이분법적 계급론에 기초한 맑스주의적 의미로 제한하고 있으며 그 점은 가령 "…함의하고 있는 권력관계"라는 언술에서 알 수 있다.
8) T. Eagleton, S. 204.

3 문학과 정치의 차이

적어도 근대 사회 이후 '정치' 혹은 '정치적' 개념은 보편적 의미를 지닐 수 없다. 그것은 근대성이란 사회의 제반 영역들(체계)이 서로 분리되는 현상과 결합되어 있기 때문이다. 사회학자 루만에 의하면, 이러한 분화 가운데 정치는 "집단적으로 구속력 있는 결정을 위해 권력을 투입하는"[9] 특징을 지닌다. 이글턴과 루만, 양자는 서로 차이점과 공통점을 지닌다. 전자가 정치를 단순한 부분 영역이 아닌 포괄적인 사회적 삶과 관계된 것으로 파악하고 있다면, 후자는 사회 체계의 진화론적 관점에서 정치를 사회 내에 존재하는 하나의 부분 체계로 간주하고 있다. 이러한 차이점에도 불구하고 양자 모두 정치를 규정하는 데 있어서 "권력 투입" "권력 관계"라는 개념을 사용하고 있다. 그렇다면, 문학과 정치의 상관관계를 논할 때 그 핵심은 과연 "집단적" "구속력 있는 결정" "권력" 같은 정치의 특징이 문학에도 적용될 수 있는지에 달려 있는 셈이다.[10]

문학이 "집단적" "구속력 있는 결정" "권력" 같은 특성으로 규정될 수 있는지에 대해서는 회의적인 대답이 앞선다. 그것은 문학이

---

9) N. Luhmann, *Die Kunst der Gesellschaft*, Frankfurt am Main, S. 107.

10) 사실 현재 정치의 가장 중요한 요소는 매체이다. 정치의 순수 윤리는 더 이상 존재하지 않으며 이미지를 생산하는 매체가 정치를 움직이고 있다 해도 과언은 아닌 듯싶다. 독일 철학자 노르베어트 볼츠(Norbert Bolz)는 "매체 미학이 세계정치를 대체한다"고 보면서 오늘날에는 더 이상 "권력의 비밀이 아니라 매체 장치 앞에서의 제스처가 정치를 결정한다"는 흥미로운 테제를 제시한 바 있다(N. Bolz, *Chaos und Simulation*, München 1998, S. 112). 이에 대한 간단한 예로는 대선 때의 텔레비전 토론을 들 수 있다. 그 경우 후보자의 선거 공약과 프로그램보다는 '어떻게 비추어지는가' 하는 매체미학적 측면이 결정적인 변수로 작용한다. 문학과 정치 개념을 논하는 가운데 여기서는 그와 같은 매체와 정치 간의 탈근대적 측면을 끌어들이지 않기로 한다.

근본적으로 집단적 힘과 행위에 의존하기보다는 개인적 노력의 산물(개별 작품)로 파악되기 때문이다. 아울러 문학을 구성하는 개별 작품들은 작가의 구속력 없는 고독한 자신만의 결정에서 나온 산물이며 그 자체 권력을 추구하지 않기 때문이다. 문학 자체의 발전은 '정치적'이라는 개념의 또 다른 이름인 보편적 의지와 이성에 의존하기보다는 그것과는 완전히 배치되는 개인성, 즉 부분적이고 파편적인 특성에서 출발한다. 이러한 문학과 정치의 상반된 특성을 이해하기 위해서는 개인의 고독과 보편적 의지, 부분과 전체 같은 과거 서구철학이 취했던 논리를 가져올 필요가 있다. 예컨대, 보편적 의지를 반드시 실현해야 하는 것이 정치의 특성이라면, 문학은 개인의 고독과 연결된다. 양자는 철저히 대립해야만 하며 그 대립이 파괴되거나 해체될 경우 사회적 문제가 발생한다. 가령 정치가 이상적으로 실현되는 순간, 즉 보편적 의지가 실현될 경우 개인의 고독이 허락된 문학의 공간은 설자리를 잃게 되며, 역으로 개인의 고독만이 팽배할 경우 보편적 의지의 소산인 정치는 행방을 감추고 아나키즘적 상태에 젖을 수 있다. 물론 상호 조화나 변증법적 통일 같은 이상적 사유를 통해 그 양자의 대립을 극복할 수 있을지 모르지만, 그것은 유토피아적 상상력에 지나지 않는다. 이상·조화·통일이란 다양한 현상의 갈등을 은폐하고 억압하는, 기계적이고도 논리적인 사유가 만들어낸 환상이며 혹은 불가능한 것을 가능한 것으로 옮겨 내려는 수사적 언술에 불과할 뿐 결코 현실성을 지닐 수 없다. 오히려 양자를 이상화하지 않고 대립 자체의 존속·갈등·차이를 인정하는 것이 가장 현실적인 사유다. 완전한 조화의 현실적인 모습이란 사실 불가능하며 때론 그 조화의 이름 하에 억압과 지배가 행해지기 마련이며, 그 순간 문학은 보편적 정치에 완전히 종속되거나 수단으로 전락되기도 한다.

'주관적 상상력'과 '객관적 정신'의 차이를 통해서도 문학과 정치의 차이가 설명될 수 있다. 객관적 정신은 실현가능성·투명성·합리성을 추구하는 정신과 맞물려 있으며, 그러한 정신이 현실적인 차원에서 "집단적" "구속력 있는 결정" "권력 투입"과 결합되곤 한다. 그러나 객관적 정신이 문학에 구현될 경우 그것이 과연 문학을 자유롭고 풍요롭게 만들 수 있는 것일까? 그럴 경우 어쩌면 문학은 메마르고 왜소한 모습을 띨지도 모르는 일이다. 오히려 주관적 상상력을 근원으로 삼는 문학이 객관적 정신에 철저히 대척할 때 비로소 문학은 자신의 자유로운 공간을 확보할 수 있다. 사실 주관적 상상력과 객관적 이성은 그 자체 서로 다른 특성으로 인해 화해 불가능하다. 그런 차이는 독일 낭만주의를 이끌었던 슐레겔이 이미 분명하게 제시한 바 있다. "상상력은 사물, 즉 객관적인 세계의 법칙에 얽매이지 않으며 이성과 극단적으로 대치한다. 형식에 있어서도 이성과 상상력은 다르다. 이성은 모든 형상적인 것을 피하고 추상적인 것을 추구하지만, 상상력은 이와 반대로 형상적인 것을 추구하고 추상적인 것을 피한다." 무법칙성·형상성·비개념적 상상력을 바탕으로 문학은 이성에 종사하는 도구성이나 이성을 교정해주는 기능성에 구속되지 않으면서 자신의 독특성을 유지하고 가능성을 확보해 나간다. 여기서 주관적 상상력이란 그 자체만을 위한 것일 뿐 결코 다른 영역에 적용되지 않는다. 만약 객관적 정신과 법칙을 중시하는 정치나 과학 같은 영역이 주관적 상상력을 고유 특징으로 삼는 문학처럼 되어버린다면, 그 사회는 아마도 합의가 불가능한 공황 상태에 빠질지도 모른다.

　문학과 정치의 차이는 전통적으로 다각적인 차원에서 서술되어 왔기에 그 점을 새롭게 짚어볼 필요는 없을 것 같다. 다만 문제가 되는 점은 수많은 미학자들이 양자의 차이를 인정하면서도 동시에 양자를 화합시키는 논리를 펼쳐왔다는 것이며, 그럴 때마다 문학은 객관적 정신을 담지하는 정치보다 훨씬 더 객관적일 수 있다거나 혹은 미래의 아름다운 인간과 사회를 실현해낼 수 있다는 식으로 문학에 과도한 요청과 기대감을 부여하는 것이다. 대체로 인본주의적으로나 이상주의적으로 채색된 그 과도한 요청과 기대감이 왜 문제시되는지는 나름대로 까닭을 갖고 있다. 그것은 그 과도한 요청과 기대감이 사실은 **정치적 요구를 다른 식으로 서술해 낸 일종의 대체 기능**을 떠맡고 있기 때문이다. 그런 시각은 일종의 정치적 도덕주의라고도 표현될 수 있는데 그 특징은 예컨대 '삶과 존재는 보편적 의지와 이성을 통해 합리화되어야 하며 문학도 삶의 한 부분이기에 그러한 요청에서 벗어날 수 없다'는 식으로 요약된다. 정치적 도덕주의가 극단적으로 관철될 경우 '비의적'(esoterisch) 문학의 타당성까지도 부정되며, 설혹 문학이 '비의적' 모습을 띠더라도 그것은 반드시 '인식론적' 혹은 '존재론적' 차원으로 옮겨질 수 있어야만 한다는 주장까지도 제기되곤 한다. 이에 대한 예는 하버마스의 시각이다. 그의 논리에 의하면, 근대의 프로젝트는 객관적인 과학뿐만 아니라 예술의 독자성을 발전시켰지만, 그러한 프로젝트 내에서 예술은 "자신의 비의적으로 뛰어난 형식에서 벗어나서 실천을 위해, 즉 삶의 관계를 합리적으로 형성하는 데 유용하게 사용될 수 있도록 축적된 인식적 잠재력"[11]을 지녀야만 한다는 것이다. 결국 예술의 비의적 형식은 조건부로만 수용되고 있는 셈이다. 즉 '인식적 잠재력'으로 전이될 수 있어야만 예술은 비로소 그 타당성을 획득할 수 있다는 식이다. 그렇다면, 삶의 관계를 합리적으로 형성해내는 인식적 잠재력과는 무관하게 문학이 내적인 차원에서 자신의 심미성을 넓히는 데 경주할 경우 그것은 허락될 수 없는 것일까?

흥미로운 점은 정치적 도덕주의는 특정한 정치적 이데올로기가 한계에 부딪힐 때 완화된 언술 형태를 띠면서 문학에 계속 압력을 가한다는 것이다. 그것은 우파적·좌파적 지성인들 모두에게 공통적이다. 예를 들면 "희망이라는 원칙"(블로흐), "책임이라는 원칙"(한스 요나스), "의사소통적 행위"(하버마스), "대화"(가다머) 같은 대원칙이 그것이다. 사회과학적, 정치철학적 대원칙인 세계의 개념적 인식·변화가능성·보편타당성 같은 완화된 요구를 제시하면서 정치적 도덕주의는 문학과 예술 영역에 자신의 이해관심사를 관철시키려 하는데, 그 대원칙적 언술의 종국점은 다름 아닌 '예술은 진리의 인식'이라는 것이다. 그것은 문학과 예술을 이성의 길잡이, 이념의 현현, 진리의 수호자 같은 식으로 파악했던 과거의 이상주의적 사유가 현대적인 모습으로 다시 출현하는 것에 다름 아니다. 물론 현대적인 정치적 도덕주의도 예술의 자율성을 처음부터 부정하지는 않는다. 정치적 도덕주의는 심미적 자율성을 인정하면서 동시에 예술에 지시적·교량적 역할을 부여했던 과거 이상주의적 미학의 논리를 반복한다. 즉 예술은 가상이지만 그 가상은 다시금 진리에 대한 알레고리로서, 혹은 예술의 자유는 곧 사회 속에서의 도덕적·정치적 자유

---

11) J. Habermas, *Die Moderne-ein unvollendetes Projekt*, in: W. Welsch, Wege aus der Moderne, Weinheim 1988, S. 184.

에 대한 알레고리로서 작동한다는 논리 말이다. 또한 자유로운 예술이란 '소외되지 않은 노동에 대한 패러다임' 혹은 '자유로운 의식화된 사회적 활동에 대한 범례'로서 해석되기도 한다.

문학과 예술에 끼치는 영향은 차치하더라도 진리·이성·정당성·희망·책임 같은 완화된 언술 형태를 띤 정치적 도덕주의는 나름대로의 또 다른 문제점을 안고 있다. 그것은 권력 이론을 내세운 후기구조주의적(니체, 푸코, 들뢰즈) 시각이 지적해준 것인데, 요컨대 도덕주의가 현실적으로 매우 공허하다는 점 말이다. 근대성 이념의 수호자들로서 정치적 도덕주의를 주장하는 이들이 희망·책임·진정한 의사소통적 행위·선을 향한 의지를 강조하고 있지만, 후기구조주의자들에 의하면 그런 언술은 허구나 환상일 뿐 그 이면에는 권력과 억압이 여전히 자리 잡고 있다. 권력에 대한 푸코의 시각에 의하면, 권력은 "생산성"과 "편재성"을 특징으로 삼는다. 즉 억압적 권력이 아니라 생산적 권력이 도처에 편재해 있는 것이다. "권력은 '언제나 이미 거기에' 존재하며, 그 누구도 '밖'에 존재하지 못한다"[12]는 것은 권력으로부터 자유로운 상태의 부정을 뜻한다. 세계와 삶의 새로운 해석이 또 다른 기호의 반복 및 재생산과 연결되듯이 특정 권력에 대한 저항은 또 다른 권력 생산일 수 있으며 그 누구도 권력의 숙명론에서 벗어날 수 없다. 그러한 시각에서 보면 글쓰기/글읽기로서의 문학도 권력 문제로부터 결코 자유롭지 못한 것으로 파악된다. 특히 담론은 권력과 유착 관계를 맺고 있기에 창작이나 비평을 포함한 모든 문학적 글쓰기도 생산·유통·소비 과정에

---

12) M. Foucault, *Dispositive der Macht*, Berlin, 1978, S. 210.

서의 권력 문제로 환원되고 있다.

그런데 이 새로운 권력 이론은 국가와 사회를 조직하고 해방시키는 권력으로서의 정치 문제와는 완전히 다른 차원에서 다시금 문학의 자율성 논리를 제한하고 있다. 예를 들면 비평이 출판사의 경제적 마케팅 전략에 기생함으로써 그 비평 행위의 정당성이 상실되고 있다는 인식, 요컨대 지배적 "문학권력"으로 횡행하고 있다는 정황에 대한 비판적 인식은, 한편으로 '비평의 비평' 혹은 '비판적 비평'의 차원에서 매우 중요한 문제를 제기하고 있지만,[13] 다른 한편 그러한 권력 문제 이전에 비평의 근본적 특성과 기능 등이 전혀 고찰되지 않았다는 아쉬움을 남긴다. 특정 작품을 베스트셀러로 상품화하는 과정에 비평가 그룹이 "거간꾼" 역할을 한다는 지적은 어느 정도 이해할 수 있지만, 그러나 그보다 더욱 절실히 비판되어야 할 점은 비평의 아비투스(Habistus) 자체다. 비평의 관행으로 가령 지금껏 정치적 도덕주의 선상에서 지나치게 내용분석 내지는 이데올로기

---

13) 상업주의적 비평에 대한 비판적 인식, 사유와 언어적 문법이 전혀 변하지 않은 채 특정 출판사를 중심으로 비평가들이 일종의 "문학권력"을 행사하고 있다는 비판적 인식은 흥미로운 문제 제기로 여겨진다(『비평과 전망』, 4호, 2001년, 특히 지금까지의 논쟁을 비판적으로 구성해낸 이명원의 글을 참조할 것). 그렇지만 그 비판적 인식과 언어를 자세히 살펴보면 여전히 지난 세월의 그늘에서 벗어나지 못하고 있는 아쉬움을 준다. 예를 들어 처방적인 차원에서 "존재하는 현실 속에서의 구체적인 비평적 실천", "진보적 비평" 같은 상투적 요청이 제시되고 있으며 혹은 "현단계 우리 문학의 지형은 이글턴이나 바르트, 그리고 푸코와 같은 사람들을 언급하는 것조차 사치스러운 상황이다" 같은 배타적 언술도 사용되고 있다. 현실이란 존재하는 것이 아니라 구성되는 것임에도 불구하고 여전히 "존재하는 현실"이라는 표현이 사용되고 있으며, 또한 "사치스러운 상황" 같은 식의 배타적이고도 자기폐쇄적인 논거를 구축하려는 언술은 70년대 이후 지속적으로 사용되어 왔던 수사적 표현이다. 비평의 새로운 지평을 열기 위한 언술이 과연 1970, 80년대의 그것과 어떤 차이점을 갖는지에 대해서도 전혀 언급되지 않는다.

비판적 비평으로 일관해 왔던 점을 들 수 있다. 다시 말하자면, 비평이 심미적 형상화에 대한 예지적인 분석보다는 그 이면에 '숨어 있는' 소위 작가의 세계관·내적 본질·영혼·의미·이데올로기 등을 '발굴하는' 하는 식의 해석학적 작업에 몰두해 왔던 것이다. 이를 통해 자연스럽게 세계관과 이념을 중심으로 집단적 권력이 구축되고 또한 친화성과 배타성의 시각이 강화되기도 하였다. 결국 문학권력의 문제는 내용중심적·이데올로기비판적 비평 방식의 당연한 귀결인 셈이다. 이렇게 보면 우선적으로 요청되는 것은, 문학과 시장의 유착 관계 내지는 집단적 권력 형성의 비판보다는 문학과 비평의 관계 자체에 대해 다시 한 번 성찰해보는 일이다. 이는 비단 우리 비평만의 과제는 결코 아니다. 서구의 오랜 전통인 내용중심적·이데올로기비판적 비평의 시각에 대항하여 비평가 수잔 손탁(S. Sontag)이 "우선적으로 필요한 것은 예술 형식에 대한 강력한 관심"이며 혹은 "우리가 필요로 하는 것은 처방적인 어휘가 아니라 서술해 내는 어휘"라고 강조한 점도 비평이 앞으로 문학 내에서 어떻게 작동해야 하는지를 갈파한 것이다.

문학 영역은 창작물뿐만 아니라 그것을 수용하고 분석하는 작업인 문학사, 문학이론, 문학비평으로 구성된다. 이 가운데 특히 비평은 '지금'이라는 시간과의 연관 속에서, 즉 매 순간 생산되는 글쓰기와 적극 대면하는 작업으로서 궁극적으로 문학 영역의 존속을 확인해주고 강화시키는 중요한 매개 역할을 해야 한다. 이를 두고 사회학자 루만은 비평을 "예술 체계의 자기서술의 근원"[14]이라고 정의

---

14) N. Luhmann, *Die Kunst der Gesellschaft*, S. 496.

한 바 있다. 비평은 정치적 의식의 타당성과 유효성을 가늠하고 검증해 내는 작업이 아니라 문학 영역의 현존을 위한 작업으로 인식되어야 한다. 비평이 작동하지 않을 경우 문학적 글쓰기란 수신 없는 글쓰기로만 남게 되고 그 결과 문학 자체가 존재할 수 없게 된다. 이와 같은 점을 인식한다면 비평의 도구화 혹은 "문학권력"에 대한 비판적 비평도 자신을 궁극적으로는 상업화나 권력에서 자유로운 비평, 즉 문학 내에 위치하는 비평적 행위로서 파악할 때 비로소 의미를 지닌다.

4 새로운 문화적 보편주의에 대한 비판

문학과 정치, 양자는 분명 차이에서 출발하며 끊임없이 그 차이를 생산해야만 한다. 그런데 서구에서는 그 차이를 넘어서 문학(예술)에 대한 매우 흥미로운 관점이 제기되고 있다. 그것은 한편으로 정치와 긴밀한 관계를 맺는 보편적 합리성과 이성적 사유를 비판하지만 다른 한편 사회적 삶 자체를 예술의 범례에 따라 파악하고 실천하도록 요구하는 시각이다.[15] 그 대표적인 예로 리처드 로티(R. Rorty)와 볼프강 벨쉬(W. Welsch)의 시각을 들 수 있다. 우선 『중심 없는 문

---

15) 『문학과 사회』(2001년, 가을호)에 실린 김우창 교수와 리처드 로티의 대담은 이 점을 선명하게 보여주고 있다. 김우창 교수는, 우리가 앞에서 살펴보았던 '정치'와 관련된 맥락, 즉 보편적 의지와 이성을 중시하는 질문(예컨대 "해석자의 공동체", "자아창조" "훌륭한 안내자" "힘의 분배" 같은 개념)을 던지고 있지만, 로티 교수는 그러한 정치철학적 사유에서 자주 비껴나가는 듯한 측면("상상력", "사물들의 재조합", "재서술")을 강조하는 식으로 답변하고 있다. 그 대조적인 모습은 피할 수 없는 현상이다. 그것은 김우창 교수가 문화와 예술에 대해 사회과학적·정치철학적 사유를 취하고 있다면, 이와 달리 로티 교수는 사회를 파악하는 데 있어서 예술적 사유, 즉 "문학적 사유"를 펼치고 있기 때문이다.

화』의 서문에서 로티는 문화를 구성하는 네 가지 요소로서 인문학적 분야(종교, 과학, 철학, 예술)를 거론하면서 이 네 가지 가운데 하나를 선택할 경우 무엇보다 예술을 우선하겠다고 밝힌다. "그것은 네 가지 중 '예술' 개념이야말로 가장 애매하고 제한을 덜 받기 때문이다. 물론 선택하지 않는 것이 더욱 바람직할지도 모른다. **가장 훌륭한 문화란 아마도 그 관점이 항상 바뀌는 문화일 것이다.** 개인이나 그룹이 어떤 자극적인 것, 독창적인 것, 유용한 것을 행하는가에 따라서 바뀌는 문화 말이다."[16] 로티의 시각은 매우 파격적이다. 그것은 정치가 더 이상 삶과 문화를 형성해 주는 영역으로 거론되지 않기 때문이며, 또한 문화와 예술의 특징으로서 "자극적인 것, 독창적인 것, 유용한 것"을 내세우고 있기 때문이다. 또한 그는 정지되어 있는 상태보다는 수시로 변화하는 역동성을 지닌 문화를 강조하고 있다. 물론 이것은 정치적·철학적 텍스트까지도 수사적 언어유희와 상상력의 산물로서 간주해 온 로티의 시각이 다시 표출된 것이기도 하지만, 아무튼 애매성과 무제한성을 특징으로 삼는 예술을 강조하고 있다는 점은 상당히 의미심장하다. 그것은 지금까지 정치적 도덕주의 입장 하에 아름다움과 조화만을 강조해 왔던 일반 철학자들과는 다른 모습이기에 더욱 그렇다.

독일의 경우 심미적 모더니즘과 포스트모더니즘 사이에 가교를 놓으려는 벨쉬의 시각도 로티와 비슷한 선상에 놓인다. 현재 사회의 기본 특징을 다양성으로 규정하는 그는 그 다양성의 모델로 다름 아닌 예술 영역을 들고 있다. 제법 길지만 중요한 대목을 인용해 보

---

16) R. Rorty, *Kultur ohne Zentrum*, Stuttgart 1993, S. 6.

면 다음과 같다.

"한 사회 내에서 서로 불일치하는 생활 형태들의 다양성, 이것이 현대 사회의 특징이다. 그 생활 형태들이란 결코 통일적 집단을 형성하는 것이 아니라 상당히 차이 있는 생활 형태들이 서로 느슨하게 연결된 네트워크를 말한다. 이러한 생활 형태의 인정이 민주적이며 기본법 상으로 제시되어 있다. 실천 행위에서 중요한 점은 어떤 유일한 생활 형태를 척도로 삼아 여타 생활 형태를 측정하고 적합하게 재단하는 것이 아니라 그러한 생활 형태의 고유 논리를 관찰하고 그 고유 권리를 유지해 주는 것이다. **이러한 사회적 문제구조와 과제 설정은 예술의 그것과 너무나 유사하다.** 왜냐하면 20세기 예술은 매우 상이한 범례들의 다양성이라는 특징을 갖고 있기 때문이다. 예술가들은 '예술'이라는 이름으로 하나의 잘 정의된 프로그램을 얼레에서 풀어내지 않고 오히려 예술의 다양한 비전을 창출해 낸다. 피카소의 큐비즘을 기준으로 뒤샹의 레디 메이드를 측정할 수는 없는 일이며, 피카소의 큐비즘이 말레비치의 절대주의와 칸딘스키의 추상을 기준으로 측정될 수도 없는 일이다."[17]

특정 예술 경향을 중심과 척도로 삼으면서 다른 예술 경향을 배척하지 말아야 한다는 인식, 즉 각각의 예술 경향들이 지닌 독특성과 차이를 그대로 인정해야만 한다는 사유, 그와 같은 예술에서 도출해 낸 인식을 벨쉬는 다양성을 존중하는 민주적 생활형식으로 제시하고 있다. 벨쉬의 사유를 빌리면, 고전주의와 낭만주의, 리얼리즘과 모더니즘, 이광수와 김동인, 이상과 김수영 등은 각기 문학 내에서 고유한 심미성을 다양하게 창출한 것일 뿐 특정한 작품이나 작가가 절

---

17) W. Welsch, *Grenzgänge der Ästhetik*, Stuttgart 1996, S. 59.

대적인 기준이나 전범(典範)으로 설정될 수 없는 것이다. 각기 고유한 심미성의 다양한 차이를 형성해내는 예술이 다시금 사회적 삶을 위해 일종의 교훈적·범례적 가치를 획득하는 셈이다.

로티나 벨쉬 모두 투명성·통일성·보편성 같은 이념으로 정치와 예술의 관계를 다루었던 전통적인 시각에서 탈피하고 있다. 여기서 다시 반성적으로 짚어보지 않은 수 없는 점은, 예술의 다양성을 강조하고 있는 그들이 사회적 삶의 모델로서 예술만을 내세우고 있다는 것이다. 요컨대, 예술의 보편성을 역설하고 있는 것이다. 예술의 특징인 애매성과 다양성을 다시금 전체 사회의 다른 영역으로 확장시키는 시각은 적지 않은 위험을 내포하는데, 그것은 다양성과 차이보다는 합의와 통일성을 중시하는 사회의 부분 영역들이 분명 존재하고 있기 때문이다. 사회 전체는 결코 예술적으로 파악될 수 없으며 그 사회적 문제 또한 예술적으로 해결되지 못한다. 그것을 우리는 과도한 기대감을 예술에 부여했던 이상주의적 전통에서 이미 읽어낼 수 있었다. 그런 문제점에도 불구하고 로티와 벨쉬가 적어도 예술의 특징을 더 이상 통일성이나 투명성에서 찾지 않고 있다는 점, 특히 정치적 논리로 예술 영역을 파악하려 했던 전통적인 시각을 극복하고 있다는 점은 시사하는 바가 크다. 적어도 다양성으로서의 예술(문학)이 정치철학적 맥락 속에서의 방황을 마치고 자신에게로 귀환하고 있기 때문이다.[18]

---

18) 최근 "귀환"(Rückkehr) 개념이 유행어처럼 나돌고 있다. 그 예로 「비평의 귀환」(이광호), 동아시아의 귀환(백영서), 문학의 귀환(최원식)을 들 수 있다. 왜 "귀환" 개념이 이처럼 중시되는 것일까? 사실 그것은 독일 관념론적 철학의 핵심 개념이다. 관념론적 철학에서 그 개념은 '자신에서 벗어나 밖으로 나아가지만 결국 자신에게로 돌아오는' 일종의 부메랑 같은 의식 운동을 뜻하는데, 이는 절대적인 자의

5 다시 한 번 차이를 강조하며

　문학이 시민사회 운동의 구심력이자 원심력이어야 한다거나 혹은 문학이 민족 통일의 이념을 실현해 내는 매개물이어야 한다는 요청은 정치적 의식을 고양시키는 윤활유가 될 수 있을지언정 문학 자체의 발전을 위한 것은 결코 아니다. 그렇다고 해서 문학적 글쓰기 작업이 시민사회 운동이나 통일 이념과 관계된 정치적 소재를 취하지 말아야 한다는 것은 아니다. 소재 차원에서 문학적 글쓰기는 모든 사회적 현상과 개인적 고뇌를 형상화할 수 있지만, 그러한 소재와 내용 여부가 글쓰기의 문학성을 결정짓지는 못한다. 정치적·역사적 의식의 현존과 부재가 문학의 절대적인 시금석으로 작용한다면

식을 설정한 전형적인 주관철학의 작동 방식이기도 하다. 동아시아 문제는 차치하더라도 "문학의 귀환"이라는 제목에서 그 귀환은 어떤 의미를 지니는 것일까? 우선 문학에 대한 정의, 즉 작품(文)과 그에 대한 학문적 천착(學)의 결합으로 규정되고 있는 문학 개념의 설정은 설득력을 준다. 그러한 개념 규정과 저자의 작업 간의 상관관계, 즉 일차적으로 사회 현상에 대한 논의보다는 "문학"(文學)을 치밀하고 정교하게 전개해내려는 작업과 관계해 볼 때 "문학의 귀환"이라는 제목은 충분히 이해될 수 있다. 그러나 작품을 학문적으로 읽어내겠다는 저자의 의식과는 무관하게, 저자의 작업에 내재해 있는 "시각"과 관련하여 그 제목을 읽으면 매우 흥미로운 점을 발견할 수 있다. 예컨대 귀환이란 본래 "…로"라는 공간적 방향을 암시하는, 즉 돌아갈 장소를 필요로 하는 명사다. 그렇다면 "문학의 귀환"의 경우 귀환의 주체로서의 문학은 도대체 어디로 귀환하는 것일까? 예를 들어 「작가란 무엇인가」에서 "텍스트가 자신에게로 귀환"한다고 푸코가 말했던 것처럼, 문학이 이제 자신에게로 귀환하는 것일까? 결코 아닐 것이다. 그것은 저자의 작업을 들여다보면 "문학의 귀환"을 문학이 자신에게로 귀환한다는 의미로 받아들이기 힘든 구석이 많기 때문이다. 그의 작품 분석을 보면, 대체로 "역사적, 정치적 의식"이 중심으로 설정되어 있고 그러한 의식이 문학 속으로 귀환하고 있는 모습을 다각도로 분석하는 데 초점을 두고 있다. 그렇기 때문에 저자는 고전 작품의 해석에서는 그러한 의식의 충만을, 반면에 90년대 문학에서는 그러한 의식의 결핍을 지적하고 있다. 결국 "역사적, 정치적 의식"이 문학의 고찰에서 중심으로 설정되어 있는 것을 보면 "문학의 귀환"이라는 제목보다는 귀환의 주체인 정치적, 역사적 의식이 생략되어 있다는 의미로 "문학으로의 귀환"이라는 제목이 더 적절하지 않았을까 싶다.

문학의 공간은 아마 점차 좁아질지 모른다. 다시 말하면, 특정한 글쓰기가 문학 내로 들어올 수 있는지에 대한 결정적인 기준은 정치적·역사적 의식과 관련된 다양한 이분법(민주적/반민주적, 지배적/피지배적, 현실옹호적/현실비판적, 보수적/진보적, 가부장적/페미니즘적)이 아니라 문학 자체가 축적해 왔던 다양한 문학적 형상화 자체다. 특정한 글쓰기는 문학적 형상화의 오랜 전통에 합류할 수도 있고 때로는 그 전통을 혁명적으로 거부할 수도 있다. 문학적 형상화 측면에서 특정한 글쓰기는 통시적·공시적 차원에서 각양각색의 글쓰기와 서로 경쟁하면서 차이와 다양성을 생산해내기 마련이고 그것의 고유성이 인정됨으로써 문학 내에 자리매김될 수 있다. 정치적 소재의 구상이나 이념적 방향은 거의 엇비슷하지만 문학적 형상화의 방식은 그렇지 않다. 요컨대, 생산물로서의 글쓰기를 작품으로서 문학 내에 위치하도록 해주는 결정적인 기준은 '무엇'보다는 '어떻게'라는 형상화의 차이이다. 물론 그 형상화의 차이를 분석해주고 환기시키는 일이 문학비평·문학사·문학이론에 주어짐은 두말할 나위 없다.

문학과 정치의 차이에 대한 인식은 우리 사회 전반에 부재해 있는 차이 인식 및 현상과도 연결된다. 사회의 제반 영역이 자율성을 토대로 차이를 구축하기보다는 일치와 조화의 이름으로 어설픈 관계를 맺고 있기에 법이 정치인 양, 정치가 경제인 양, 교육의 장인 대학이 경제인 양 인식되며, 때로는 종교와 정치가 기이하게 결합하는 경향도 띤다. 각 영역이 그 차이와 자율성을 강화하지 못함으로써 정상적으로는 이해하기 어려운 '정치적 경제사범' 같은 기이하게 결합한 초현실주의적 부조리가 발생되곤 한다. 또한 문학의 경우 특정 작가의 정치적 의도와 작품의 심미적 가치의 차이가 인정되어야 함에도 불구하고, 정치적 의도가 지나치게 문학의 중심으로 설정됨으로써 작품의 심미적 가치마저도 부정되는 상황이 벌어진다. 이제 요구되는 점은 차이에 대한 인식이다.

(『문학동네』, 29호, 2001.1)

예술의 자율성, 그 한계와 가능성

"예술작품으로부터 하나의 사회적 기능이 정확하게 기술될 수 있다면
그것은 바로 작품의 무기능성이다"
— 아도르노

1 자율성의 (불)가능성?

주체란 허상이며 권력을 향한 의지와 욕망만이 지배한다는 담론 이론이 제시된 후, 또한 주체란 더 이상 존재론적·본질론적 심급이 아니라 은유적 수사에 불과하다는 해체론적 인식이 제시된 후, 주체라는 개념뿐만 아니라 흔히 그 개념과 함께 했던 "자율적"이라는 개념도 더 이상 타당성을 얻지 못하는 형편이다. 이는 예술의 자율성 혹은 자율적 예술과 관련해서도 마찬가지인데, 요컨대 예술은 권력·기호·이데올로기의 상관성에서 벗어날 수 없으며 자율적이란 말 자체는 근대적 허상에 불과하다고 말한다. 그런데 후기구조주의(담론이론과 해체론)에 대해 몹시 흥분하거나 거부감을 보이는 이들이 있다. 그들의 시각은 두 가지로 분류될 수 있는데, 하나는 전통적인

의미에서 예술의 자율성 이론을 옹호하는 이들이고 다른 하나는 이데올로기와 당파성을 주장하면 자율성을 부정해왔던 이들이다. 대체로 리얼리즘적 예술관에 기초한 후자의 경우 자율성을 부정한다는 점에서 후기구조주의적 예술관과 상당한 공통점을 형성함에도 불구하고 그들은 기이하게도 후기구조주의에 적대적이며 때론 자신들이 한때 부정했던 자율성을 변호하고 나선다. 이것이 자율성과 관련된 학문적 상황이라면, 아직도 적지 않게 부담으로 작용하는 국내의 특별한 상황이 있다. 그것은 과거 순수와 참여간의 소모적인 논쟁이 전개되었을 당시 예술의 자율성 개념을 이데올로기적으로 왜곡했던 상황을 말한다. 그런 역사적 맥락을 고려해 볼 경우 혹시 자율성에 관한 논의가 다시금 그 전철을 밟는 것은 아닌가 하는 당혹감을 불러일으키는데, 특히 예술의 자율성을 순수성과 동일시하고 또한 비정치적인 현실도피로 간주하는 시각을 아직도 엿볼 수 있기 때문이다. 위에 인용한 아도르노의 언술이 그러한 돌발적인 우려감을 어느 정도 씻어줄 수 있다면 그나마 다행스런 일이다.

어떻게 보면 법학·철학·교육학 등 다양한 학문에서 사용되는 자율성 개념은 결코 비난받아야만 하는 개념이 아니다. 사회적인 삶을 살아가는 데 있어서 지양되어야 할 인간의 모습은 타율적 인간이지 자의식과 자유를 간직한 자율적 인간이 아니기 때문이다. 그런데 유독 예술의 경우에는 그러한 논리가 전혀 통하지 않는 듯이 보이는데, 그 까닭은 무엇일까? 인간은 자율적으로 되어도 좋은데 예술은 왜 자율적이어서는 안 되는 것일까? 정치적 당파성이나 이념으로부터 자유로운 예술이란 처음부터 존재할 수 없기 때문일까? 아니면 훨씬 쉬운 대답으로 예술이란 개인의 자유로운 표현 자체로만 머무를 수 없는, 반드시 공동체 내에서 이해되고 소통되어야만 하는 당위성을 지닌 것이기 때문일까? 이와 달리 자율성이 가능하다면 그것은 어떤 식으로 가능한 것일까? 예술이란 모든 이들의 이해와 소통을 위해서가 아니라 오히려 비의적이고 소통불가능한 특성을 지님으로써 자신의 자율성을 구축해나가는 것은 아닐까? 사실 예술의 자율성을 억압하는 이들은 다름 아닌 소통과 이해를 표방하는 보편적 이성의 소유자들이었으며, 그렇기에 억압 메커니즘으로 작동하는 보편적 이성을 비판하고 이해불가능한 수수께끼의 언어 존재로서 예술과 문학을 주장했던 니체와 푸코가 옳았다는 생각이 들기도 한다.

2 자율성에서 절대성으로

일반 문학사를 통해 알 수 있듯이 예술이 자율적 위상을 획득하는 과정은 역사적 배경을 갖고 있다. 그것은 예술이 전통적으로 종교와 정치 영역 같은 비예술적 영역에 예속되고 종사했던 상황에서 벗어나게 되는 시기인 17, 18세기의 계몽주의다. 계몽주의 이전의 문학 작품이나 미술 작품을 보면 대체로 특정 인물의 권위와 사회적 제도를 찬미하는 듯한 소재와 내용을 보여주고 있는데, 그것은 예술이 군주와 교회의 권위적 지배와 경제적 보살핌에서 벗어나지 못한 상황을 말해 준다. 물론 자세히 들여다 볼 경우 지배와 위탁의 상황에도 불구하고 보이지 않는, 비의적인 아우라를 통해 예술이 나름대로 자유 의식을 간직했음을 밝히는 연구서가 간헐적으로 제시되고 있지만, 어쨌든 예술은 계몽주의 시기에 들어서 비로소 자신의 자율성을 과감하고도 본격적으로 표출할 수 있었다. 이때 예술은, 계몽 개념에 대한 칸트의 정의처럼, 소위 "미성숙"에서 벗어나고자 하는 자의식을 찾았던 것이다. 인간뿐만 아니라 예술을 포함한 사회의 수많은 영역들이 자율성을 갖게 되었다.

이처럼 예술이 자율성을 획득하는 과정은 넓은 의미에서 계몽과 자유 이념에 기초하지만, 사회사적 차원에서 볼 때 그것은 다양한 영역("체계")의 분화 과정으로 설명된다. 이 점을 필자는 다른 글에서도 이미 밝힌 바 있지만 여기서 다시 한 번 언급해 보기로 한다. 사회의 분화, 즉 사회적 삶이 다양한 부분영역으로 분리되는 현상에 대한 증후는 칸트의 삼대 비판서에서 읽을 수 있다. 학문적 인식 영역과 관계된 순수이성 비판, 정치적 도덕적 영역과 관계된 실천이성 비판, 그리고 예술 영역과 관계된 판단력 비판이 서로 분리된 채 다루어졌다는 것이 곧 사회의 분화를 말해 준다. 사유와 인식을 위한 근본적인 카테고리에 대한 순수이성의 질문은 곧 학문(과학) 영역의 분리를, 그리고 자유와 도덕을 추구하는 실천이성의 질문은 정치 영역의 분리를 암시한다. 칸트에 의하면 순수이성과 실천이성, 즉 인식과 실천, 사유와 존재는 결코 합일되지 않기에 양자 간의 대립과 괴리가 발생하며 『판단력 비판』의 서문에는 그러한 대립 사이의 가교 역할은 다름 아닌 예술에 주어진다고 한다. 그 유명한 정의에 의하면, 미적 현상은 "목적 없는 합목적성"을 지니며 그러한 미적 대상을 관조하는 이는 특정한 이해관심사에 사로잡히지 않는, 즉 "이해관심사에서 벗어난 자유로운 만족"으로서의 판단력을 취해야만 한다는 것이다. 예술의 자율성과 관련하여 자유로운 취향과 인식이 핵심으로 작용하고 있다. 물론 칸트 미학은 이중적이다. 한편으로 칸트는 자유 개념을 바탕으로 예술의 자율성을 정립하는 데 결정적인 기여를 했지만, 다른 한편 아름다움을 "윤리적으로 선한 것에 대한 상징"으로 정의함으로써 예술적 자율성과 윤리적 자율성 간의 풀리지 않는 모순을 그대로 방치하고 있었다. 요컨대, 칸트는 예술과 다른 영역 간의 차이를 인정했음에도 불구하고 예술을 통해 모든 사회적 차이를 간접적으로 극복할 수 있을 것이라고 믿었다.

삼대 비판서로의 나뉨은 사회를 총체적으로 관장할 수 있는 "하나의 책"이 칸트 당시에도 이미 불가능했음을 말해 준다. 칸트와 비슷한 사유에서 18세기 말에 태동한 초기낭만주의의 경우도 그런 시각을 공유하고 있었다. 예를 들어 프리드리히 슐레겔은 "프랑스 혁명, 피히테의 지식론, 괴테의 빌헬름 마이스터"를 동시대의 세 가지 보편적 경향이라고 진단하였는데, 정치 영역(프랑스 혁명), 학문 영역(피히테), 예술 영역(괴테)을 지칭하는 비유적 담론은 칸트의 시각과 정확하게 부합하고 있으며 마찬가지로 실제 사회의 분화를 말해 주고 있다. 당시 시인과 철학자들은 분화에 관한 현대적인 사회학적 이론의 시각을 갖고 있지 못했을 뿐 뛰어난 비유의 감각으로 이미 그 분화 현상을 읽어냈던 셈이다. 그런 분화를 돌이킬 수 없는 현상으로 받아들이면서 동시에 예술 영역의 분화를 더욱 공고히 했던 예술적 흐름이 바로 독일 초기낭만주의인데, 자신이 발간한 「아테네움」이라는 잡지에서 슐레겔은 "A = A"라는 피히테의 인식론적 전제 조건을 패러디화하면서 "아름다움=아름다움"일 뿐 그것이 "진실한 것"이나 "선한 것"으로 더 이상 환원될 수 없다고 천명한 바 있다. 이것은 인식과 실천 간의 괴리를 극복하는 가능성을 예술에 부여하고자 했던 칸트의 사유와 단절하는 의미를 획득한다.

물론 사회의 분화에 내재된 의미는 이중적이다. 그것은 한편으로 종속과 예속 상태에서 벗어나 개별 영역이 자율성을 획득하는 계몽 과정이지만 동시에 개별 영역의 고립과 상호 소외가 발생한다는 것이다. 그런 계몽적 의식이 낳은 고립화를 두고서 또 다른 의식이 싹트게 되는데, 그것은 다름 아닌 이상주의적 의식으로서 두 방향으로 전개된다. 하나는 고립화를 극복할 수 있는 기대감이 철학에 부여되는 방향이며, 다른 하나는 바로 예술에 부여되는 방향이다. 전자에는 헤겔이, 후자에는 실러, 횔덜린, 셸링이 속한다. 예술의 자율성 맥락에서 흥미로운 현상은 바로 후자다. 사회 영역간의 소통이 단절되고 개별 영역이 점차 고립되어 가는 산문적인 삶을 예술을 통해 통합하려는 소망, 그리고 일상적 인간을 현실적인 이해관심사를 초월한 "미적 인간"으로 만들어 보려는 소망이 이상주의 미학의 특징으로 자리 잡는다. 그 미학은 주로 절대 주체로서의 예술가를 강조하고 나섰는데, 예술과 시인과 관련하여 "위대한"이라는 형용사를 자주 사용하였던 횔덜린은 시 「보나파트라」에서 "시인은 신성한 그릇이다./ 그 안에는 삶의 포도주인 영웅의 정신이 간직되어 있다"고 적고 있다. 시인에게서 흘러나오는 것은 다름 아닌 삶에 새로운 생명을 부여해 주는 영웅적 정신이며, 그런 시인의 정신이 산문적인 삶을 지양하고 자연과 이성의 대립을 극복하는 이상적인 삶을 실현하는 영웅처럼 찬미된다. 국내에서도 수없이 인용되고 패러디화되었던 횔덜린의 「빵과 포도주」에서 나오는 그 유명한 대목("무엇 때문에 이 궁핍한 시대에 시인이")도 "다가오고 있는 신"(디오니소스)을 매개해 주는 이로서 예술가를 강조하고 있다. 신과 인간 간의 괴리를 극복하는 차원에서 새로운 시인의 역할이 읊어지고 있는데, 그 괴리는 단순한 종교적인 의미를 띠는 것이 아니라 사실 동시대의 궁핍하고도 파편화된 상황을 가리킨다. 즉 사회가 다양하게 분화되어 있는 상황, 그리고 그 분화를 극복하고 다시 통합적인 상태로 나가고 싶은 사회적 유토피아를 암시하며 이를 위해 예술가의 새로운 역할이 요청되었던 것이다. 당시 "예술의 종말"을 선언한 헤겔도 사실은 이상주의적 의식에서 예술을 다루었다. 물론 예술의 종말은 조심스럽게 이해될 필요가 있다. 그것은 예술이 존재하지 않는 것이 아니라 예술이 더 이상 동시대의 자의식을 표현하는 역사적인 필연성을 지니지 못한다는 아쉬움을 나타내며 그 대안으로서 헤겔은 예술보다는 "철학적 정신"을 강조했던 것이다. 헤겔과는 달리 예술에 호의적인 눈길을 보낸 셸링은 한층 더 나아가 오로지 예술을 통해서만 "보편적인 철학"이 실현될 수 있다고 보았다. 특히 의식과 무의식의 통일을 창출해 내는 "지적 관조"의 힘을 지닌 천재로서의 예술가를 강조함으로써 셸링은 이상주의적 예술관을 완성시켰다. 이 밖에도 독일 이상주의로부터 영향을 받은 미국의 에머슨(R. W. Emerson)도 『善의 아름다움에 관해서』에서 예술의 지위를 다음과 같이 언급하고 있다. "시인은 입법자이어야만 한다. 즉 지극히 대담한 서정적 영감은 시민적 법과 일상적 삶에 적대적인 비난을 가하는 것이 아니라 지도적인 길잡이이어야 한다. 그런데 오늘날 그 두 힘은 서로 화해할 수 없는 싸움을 하고 있다." 물론 마지막 문장은 묘한 뉘앙스로 예술과 현실 간의 대립이 서로 화해할 수 없는 지경에 도달했음을 암시하고 있지만, 에머슨이 본래 강조하고자 했던 점은 예술(서정적 영감)의 "지도적인 길잡이" 역할이고 이러한 점은 그의 예술철학적 의식이 독일 이상주의적 예술관에 상당히 의존되어 있음을 보여 준다.

　이상주의적 예술관은 어떤 문제점을 지니는 것일까? 그것은 다른 영역에 더 이상 종속되지 않고 자율적 지위만을 확보하려 했던 예술이 지나치게 이상화되어 과도한 위상과 역할을 띠게 되었다는 것이다. 요컨대, 예술은 자율성을 넘어서 신격화되고 절대화된다. 200년이 지난 현 시점에서 이상주의적 사유를 바탕으로 시인을 영웅으로 절대화할 경우, 그것은 천재 담론이나 영웅 담론을 더 이상 필요로 하지 않는 현 상황에 역행하는 시대착오적인 사유가 아닐 수 없다. 그러나 주변 상황을 살펴보면 여전히 이상주의적 예술관의 관점 하에서 예술과 시인을 논하는 시각이 자주 발견된다. 이상주의적 예술관이 지닌 문제점은 시인을 영웅으로 파악하는 데만 있지 않다. 이상주의적 예술관은 아주 간단한 질문에 의해 붕괴될 수 있는데, 요컨대 세계와 삶이 어떻게 "예술적"으로만 파악될 수 있는가라는 질문이 그것이다. 사회적 삶이 이미 다양한 영역으로 분화된 상황에서 하나의 영역에 불과한 예술이 사회의 전체 영역을 모두 예술적 의미론으로만 채색할 경우, 그것은 심정적인 차원에서 동의를 구할 수 있을지는 모르지만 아무런 실제 효과를 지니지 못한 채 단지 "신비화"로만 그칠 뿐이다. 또한 비예술적인 여타 영역들은 예술의 보편적 요구에 오히려 냉담한 반응을 내보일 수도 있다. 또한 노동 영역에서의 지배와 착취의 문제는 정치적·경제적 문제로서 예술적 의식에 의해 결코 해결될 수 없기 마련이다. 사회적 삶에는 예술만이 존재하는 것이 아니며, 더욱이 예술적 의식을 통해서 사회 문제가 순식간에 유토피아적으로 해결되지도 않는다. 결국 예술의 자율성을 예술의 절대성으로 확대하여 사회 전체의 문제를 예술적으로 해결하려는 시각은 현실을 외면한 환상에 지나지 않는다. 그렇기에, 예술의 절대적인 위상을 강조하는 시각은 불신될 수밖에 없고 다시금 자율성을 이야기하게 된다.

3 실천성에서 자율성으로

그러나 예술이 자율적 상태에 머무르고자 할 때 또 다른 맥락에서 예술은 비난의 대상이 되고 만다. 그것은 흔히 "자족성" "무기능성" 같은 비난으로서 그 이면에는 예술은 일상과 실천적 문제를 도외시하지 않고 현실 문제 해결에 적극 참여해야만 한다는 요구가 놓여있다. 그러한 요구는 괴테 시대의 자율적 예술에 종지부를 찍으려 했던 하이네에게서 찾을 수 있다. 그는 괴테 시대의 예술을 감성적인 삶과 현실로부터 동떨어진 "독자적인 제2의 세계"라고 비판하면서 예술을 정치적 실천 행위의 맥락 속으로 끌어들이려 했다. 그렇지만 후기로 갈수록 하이네는 점차 자신이 내세웠던 실천적 요구에서 벗어나 오히려 예술의 자율성을 지키려고 했는데, 이는 실천적 요구에 응하던 예술도 궁극적으로는 본래 모습을 되찾으려 한다는 점을 입증해주는 대표적인 예이기도 하다.

예술의 자율성을 지양하는 실천적 미학은 보편적인 이념과 구체적인 형상에 기초한 미메시스적·리얼리즘적 예술관에서 출발한다. "예술이란 이념으로 씌여지는 것이 아니라 이미지로 씌여진다"는 말라르메의 시각을 부정하는, 요컨대 "독재적 상상력"에서 나온 자의적인 상징성과 비유를 부정하는 실천적 미학은 그 대신 사실성·객관성·동일성을 내세우며 더 나아가 당파성·이데올로기·실천 등을 요구한다. 이 실천적 미학은 칸트 미학뿐만 아니라 이상주의적 예술관에도 비판적이었는데, 특히 칸트 이후의 이상주의적 예술관에

는 사회적 구체성, 즉 어떤 유형의 사회적 삶이 정치적·도덕적 규
범으로 되어야 하는지에 대한 실천적 의식이 결여되어 있기 때문이
라는 것이다. 예술은 소위 뜬구름이나 "푸른 꽃"만을 찾아다녀서는
안 되며 구체적인 사회적·정치적 투쟁의 장으로 나서야 한다는 것
이었고, 이로써 예술은 정치적 실천의 일방통행로를 함께 걸어가야
만 하는 모습을 띠게 된다. 물론 그런 경향은, 보들레르의 언급대로
예술이 동시대의 "현대적 의상", 즉 역사적 시간성을 갖는 것으로
해석될 수도 있다. 예술만이 절대적이고 삶을 치유할 수 있다는 이
상주의적 예술관과는 달리, 예술 이외의 영역인 정치 영역과 함께
함으로써 실천성을 강조하는 예술관은 이상주의적 예술관이 남긴 문
제점을 해결해 주는 듯이 보였다.

그러나 다른 각도에서 보면, 예술이 현실적·실천적 의식과 완전
히 결합한다는 것 자체가 또 하나의 이상주의적 환상이었다. 예술과
현실, 더욱 정확히 말하면 예술 영역과 정치 영역의 완전한 일치가
환상으로 드러날 수밖에 없었던 까닭은 이미 사회의 분화가 불가역
적인 상태로 접어들었기 때문이다. 가령 특정 영역이 타 영역에 종
속될 경우 즉각 거부감이 생기는 것도 그런 불가역성 때문이다. 예
를 들면, 에밀 졸라를 향해 독일 리얼리즘 작가인 폰타네가 "기사를
보도하는 식이 예술을 지배할 경우 예술은 중단할 것이고 경찰보고
서가 생겨날 것"이라고 탓한 구절은 매우 주목할 만하다. 그것은 현
실의 사실성과 객관성을 중시하더라도 예술이 결코 "경찰보고서" 같
은 형태로 전락되지 말아야 한다는 경고였던 것이다. 더욱 중요한
점은 리얼리즘의 실천적 미학에서 강조되었던 "사회적 의식"이 엄밀
히 말하면 사실 "정치적 의식"이었고, 따라서 예술과 정치의 결합은

18세기 이후 시작된 사회의 분화를 오로지 정치중심주의적으로 극복하려 했던 시도에 불과한 것이었다. 좌파·우파라는 코드는 예술 영역에서 작동하는 코드가 아니라 엄연히 정치 영역에서 사용되는 코드이기에 좌파적 예술·우파적 예술이라는 말 자체는 사회적 분화를 외면한 담론임을 말해 준다. 결국 사회의 분화를 정치중심주의적 시각을 통해 극복하려는 시도는 이상주의적 예술관이 겪은 그 시행착오를 되밟은 것이었다. 이제 정치중심주의적 시각이 예술의 자율성을 다시 자각하거나 혹은 인정하게 되는 몇 가지 사례를 살펴보기로 하자.

첫번째 예로는 아우라의 상실을 선언했던 벤야민의 시도다. 벤야민에 의하면 일회성·고유성 등으로 설명되고 있는 전통적 예술작품의 아우라는 반복과 대량 생산이라는 새로운 특징을 지닌 사진과 영화 같은 새로운 매체예술이 등장함으로써 파괴될 수밖에 없다고 한다. 비록 벤야민이 자율적 예술이라는 개념을 사용하지는 않았을지라도 아우라의 상실은 사실 자율적 예술의 종말을 선언하는 것을 뜻한다. 특히 기술적 매체인 사진의 등장은 리얼리즘적 예술관이 추구했던 객관적이고도 사실적인 묘사에 대한 욕구를 완전히 충족시켜 주는 신호탄과도 같았다. 또한 당시 러시아 영화 제작 과정과 관련하여 벤야민은 미국 할리우드 영화와는 달리 모스크바에서는 길을 가는 행인이나 노동자가 즉각 연기자로 나선다고 밝히는데, 이는 예술과 현실의 경계가 해체되는 과정을 함축하고 있다. 이처럼 아우라의 상실을 통해서, 그 대신 사진과 영화의 등장을 통해서 벤야민은 예술의 자율성을 부정하면서 동시에 삶의 실천적 기능을 지닌 새로운 예술을 강조하였다. 그렇지만 결코 간과할 수 없는 중요한 측면은 기술적 재생산 시대에서의 예술작품이라는 글 자체는 단지 벤야민의 일회적 진단으로 그치고 만다는 점이다. 벤야민의 그 글이 정치적인 의도에서 씌여졌다는 점은 익히 알려진 사실이며, 이는 예술과 현실을 일치시키려 했던 의도가 예술내적인 필연성에서 나왔다기보다는 대체로 예술외적인 정황에 의존되어 있음을 말해 준다. 달리 말하면, 다른 글에서 벤야민은 아우라를 지닌 자율적 예술을 결코 부정하지 않았다는 것이다. 그러한 점은 언어를 소통의 도구로 파악하지 않고 언어 내재적인 존재성을 인정하는 벤야민의 언어관에서 찾을 수 있는데, 가령 "모든 언어는 자기 자신 내에서 자신을 전달한다"라고 밝힌 그의 언어관은 자율적 예술을 가능케 하는 핵심적인 구절로 작용한다. 또한 그가 독일 바로크 비극 연구에서 기호와 대상의 불일치를 특징으로 삼는 알레고리 기법을 강조한 점도 예술과 현실 간의 불일치를 말해주고 있는 것이다.[19]

　　예술과 현실, 심미성과 정치성을 완전히 일치시키려는 실천적 미학의 목표가 환상이었음을 보여주는 두번째 예로는 아방가르드 운동이다. 일상에서 사용되는 화장실 변기를 버젓이 전시장에 끌어들임으로써 아방가르드는 전통적인 자율성 미학에서 중시된 고상함과 저속함이라는 이분법을 해체하고 동시에 예술과 일상의 구분까지도 해체하고자 했다. 또한 일상의 광고 문구를 몽타주 방식으로 합성하거나 혹은 자동기술법을 통해 무의식을 여과 없이 드러내려는 행위도 전통적인 고정 관념, 즉 예술작품이란 고상한 의도와 창조적 의식, 그리고 유려한 언어에 의해 생산된다는 관념을 부정하려는 것이었

---

19) 이에 대해서는 이 책의 여섯번째 글을 참조할 것.

다. 그렇게 예술과 현실의 구분을 해체시킴으로써, 즉 예술을 삶의 실천 속으로 옮겨놓음으로써 아방가르드는 아이러니컬하게도 자신과는 대척했던 리얼리즘의 목표인 "현실의 예술화" 혹은 "예술의 현실화"를 완벽하게 실현해 낸 것처럼 보였다. 그러나 아방가르드 프로젝트는 곧 일시적인 환상으로 드러나고 말았다. 그것은, 첫째 마찬가지로 "현실의 예술화"를 추구하는 문화산업이 등장함으로써 아방가르드의 의도가 퇴색하고 말았기 때문이며, 둘째 아우라 없는 "반예술"(Anti-Kunst)을 전개했던 아방가르드 자체가 곧 아우라를 지닌 예술의 제도 속으로 편입되고 말았기 때문이다. 이는 예술이 반예술적 행위를 통해서 결코 사라지지는 않는다는 점, 즉 예술은 분명 "하나의 영역"이라는 점을 재확인시켜 주었던 사례이며, 이러한 결과를 놓고서 혹자는 "자율성의 잘못된 지양"(페터 뷔르거)이라고 명명한 바 있다.

마지막으로 예술과 삶의 완전한 일치는 소위 사악한 정치 체제내에서도 실현되고 말았는데, 그것은 다름 아닌 파시즘 체제다. 파시즘 체제 또한 리얼리즘이 추구했던 예술과 정치적 신념간의 합일을 완벽하게 구현한 체제로 등장하였다. 총체적인 파시즘 체제는 하나의 사회가 다양한 영역으로 분화되는 과정을 결코 용납하지 않았는데, 결국 자율적 공간을 확보하지 못한 예술은 단지 정치를 이상적으로 그려내는 도구로 전락하고 말았다. 이러한 체제에 저항하는차원에서 비판이론은 예술과 사회의 불일치를 주장하는 방향으로 전개되었고 그렇기에 비판이론은 예술의 자율성을 환기시켜주는 결정적인 전환점으로 작용한다.

벤야민, 아방가르드, 파시즘 등에서 읽어낼 수 있는 역설은 우리의 상황에서도 찾을 수 있다. 1970, 80년대는 대체로 예술의 자율성을 지양하고 예술을 삶의 실천으로 끌어들이려 했던 시대였다. 물론 군사정권에 의해 억압당했던 당시로는 삶과 예술간의 경계 해체가 시대적 요청의 필연적인 행위로 인식될 수밖에 없었고 예술의 자율성을 어느 정도 제한하거나 부정할 수도 있었다. 그렇다면, 민주화 시대로 접어든 지금은 다시 예술의 자율성이 회복되어야 한다는 논리가 제시될 수 있는데, 과연 그런 상황일까? 흥미로운 점은 지금의 경우 오히려 예술의 자율성을 더욱 지탱하기 힘든 상황으로 변해버렸다는 것이다. 아니, 지금은 그런 요구 자체가 잔인하게 묵살되고 마는 상황이다. 그것은 무엇보다 정치적 논리를 경제적 논리로 대체하면서 실천적 미학의 요구를 내세우는 문화산업의 논리가 강력해졌기 때문이다. 그 문화산업의 눈에는, 예술의 자율성이란 구태의연하고도 반진보적인 언술로 비추어질지도 모른다. 기술적 매체의 무한한 발전과 함께 하는 문화산업은 제도권 내의 예술보다 더욱 강력한 심미성을 생산하면서 일상 세계를 급속하게 잠식해 가고 있는데, 극단적으로 말하자면 "현실의 예술화" 뿐만 아니라 "예술의 현실화"까지도 구현해내고 있는 상황이다. 예술의 자율성을 부정하였던 1970, 80년대의 실천적 미학의 시각이 어쩌면 현재의 문화산업적 경향에 대항하면서 오히려 예술의 자율성을 적극 구원하려 들지 않을까 하는 역설적인 생각마저 든다. 혹자는 그런 문화산업의 논리에 의한 예술과 삶의 경계 해체는 허위이고 그 대신 "진정한" 삶으로서의 예술 내지는 예술로서의 삶이 나타나야만 한다고 주장할 수도 있겠지만, 문제는 진정성과 허위의 구분이 그리 쉽지 않다는 것이다. 문화산업의 논리에 쉽게 함몰될 수 있는 새로운 상황에서 이제 예술의 자율성은 포기되어야만 하는 것일까? 그렇지 않고 다르게 변한 시대적 맥락 속에서 아직도 예술의 자율성에 관한 의미론이 가능할 경우 그 논리는 어떻게 전개되어야만 하는 것일까?

4 절대성과 실천성 사이에서의 자율성

거시적 차원에서 예술의 역사적인 전개 과정을 조망해볼 때, 자율성이 극대화되었던 상황이나 실천성 요구가 과도했던 상황은 결과적으로 "잘못된" 과정이라고 기술될 수 있겠지만, 넓은 의미로는 예술 영역을 확장시킨 과정으로 해석할 수 있다. 또한 그러한 역사적인 결과를 토대로 예술이 왜 자신을 절대화하지 말아야 하는지 혹은 왜 타 영역의 요구에 일방적으로 종속하지 말아야 하는지에 대한 자기성찰력까지도 얻게 된 셈이다. 또한 지배 이데올로기·합리화·도구적 이성 등을 비판하기 위해 예술의 자율성을 긍정적으로 전환시킨 비판이론(아도르노, 벤야민)의 시각도 예술의 자율성 논리를 강화하는 차원에서는 상당히 발전적인 의미를 지닌다. 그렇지만 예술의 자율성을 구축하기 위해서는 단순히 역사적인 경험의 테두리 내에만 머무를 수는 없으며 보다 변화된 현재의 상황을 주시해야 한다. 즉 예술의 자율성은 아름다운 형식, 천재로서의 작가, 정치적 목적으로부터의 자유로움, 순수성 같은 전통적인 담론에 의해서 보장되는 것이 아니라 완전히 새로운 차원에서 자신의 공간을 확장하고 보강해 나가야만 한다. 이를 위해서는 특히 예술의 자율성을 둘러싼 "개인과 사회" 같은 이분법적 구분이 지양되어야만 한다. 가령 예술의 자율성은 개인을 중시하는 반면에 예술의 실천성은 사회에 초점을 맞춘다는 식의 담론 말이다. 아울러 상호 존중에 의해 마련되었던 소위 그 발전적인 논리, 즉 개인을 중시하는 자율적 예술도 어느 정도 총체적인 사회를 외면하지 않았다는 식이나, 역으로 사회를 중시하는 실천적 예술도 결코 자율적인 개인을 무시하지 않았다는 식의 사유도 역시 과거적인 시각에 지나지 않는다. 그런 식의 논리를 추적해보면 양자의 시각이 묘한 공통점을 갖게 되는데, 예컨대 한 쪽이 "형식의 아름다운 도덕성"을 주장하고 다른 쪽이 "내용의 아름다운 도덕성"을 강조하면서 사실 모두 "아름다운 도덕성"이라는 범주로부터 크게 벗어나지 않는다는 것이다. 이제 새롭게 논의되어야 할 예술의 자율성은 그와 같은 개인과 사회, 아름다운 도덕성 같은 전통적인 사회학적·인류학적 담론에 의존되기보다는 사회의 부분영역인 예술 자체 내의 논리를 더욱 강화시키는 방식에서 전개되어야만 한다.

우선 소재와 관련된 예술의 자율성은 그 어떤 이데올로기적 당파성과 이념에 의해 통제되거나 제한되는 것이 아니라 확장되어야만 한다. 소재의 무제한성은 당연한 것처럼 보이지만, 그러나 우리의 경우 고상한 미학이나 계몽적 도덕적 시각에 의해서 소재에 대한 자유는 항상 제한되어 왔다고 볼 수 있다. 서구의 경우 추의 미학이나 아방가르드 운동에 의해 고상함과 저속함의 경계가 오래 전부터 해체되었고 어떤 경우 도덕적 형상화만을 추구하는 작품이야말로 오히려 지루함과 저속함을 가져오기도 했다. 예술이 소재의 상상적 지평을 무한히 넓힐 경우 수용 차원에서 도덕적 합리성만을 기준으로 예술작품과 비예술작품을 가리는 행위도 지양되어야만 한다. 예술작품 여부를 규정하는 행위에 항상 도덕적이고 규범적인 의식이 작동

될 경우 그 이면에는 다양성에 대한 존중보다는 특정한 권력 의식
이 반영되기 마련이다. 그러한 식이 얼마나 예술의 자율성을 침해했
는지는 특정한 도덕적·규범적 의식에 의해 비예술작품으로 낙인찍
힌 텍스트가 후세에 뛰어난 예술작품으로 인정받는 수많은 사례를
통해 역사적으로 입증된다. 이제 진선미의 이상적인 교환을 강조하
는 도덕철학적 예술이론의 시각에 의해 오랫동안 터부시되어 왔던
욕망과 무의식, 그리고 악과 추의 현상까지도 적극 표출되어야 한다.
그러한 소재에 예술성, 즉 고도의 상징성과 심미성을 부여함으로써
예술의 자율성이 강화될 수 있다.

　예술의 자율성을 보강하기 위해서는 작가에 대한 인식도 변해야
만 한다. 작가란 더 이상 절대적인 의식의 소유자 혹은 독창적인 천
재로 파악되는 것이 아니라 – 예컨대 문학의 경우 – 단지 언어라는
물질을 결합하고 변형하고 전이시키는 이로서 자리매김 되어야 한
다. 그렇다고 해서 작가의 의식이 부재한다는 것은 결코 아니다. 오
히려 작가의 의식은 새롭게 요청될 수 있는데, 요컨대 그의 의식은
"탈근대적"이어야만 한다. 여기서 근대적과 탈근대적이란, 흔히 사회
학자들이 주장하듯, 역사적인 시기를 통해서 구분되는 것이 아니라
일종의 "의식 구조"를 지칭하는 개념이다. 가령 근대적 의식은 거대
담론을 구성하려는 의식, 추상적인 역사와 관계된 의식, 과거 – 현재
– 미래라는 시간의 연속성에 젖어 있는 의식, "나"라는 절대적인 주
체로서의 의식, 삶과 세계는 보편적이고 전체적으로 파악되어야 한
다는 의식, 완전성을 추구하려는 의식 등의 특징을 지닌다. 세계와
삶을 이상적인 질서와 체계 속에서 파악하려는 그와 같은 근대적
의식은 실제적인 삶에서 항상 통제와 억압으로 기능하는데, 특히 그

질서에 비껴나 다르게 존재하려는 이들을 배제하려 들기 마련이다. 그러한 근대적 의식 구조에서 벗어나 있을 때 비로소 작가는 탈근대적 의식을 지닌다고 할 수 있다. 그는 거대 역사 속에 편입되지 못한 채 주변으로 내몰린 사건, 과거-현재-미래가 서로 구분되지 않는 상태 혹은 의식과 무의식이 구분되지 않는 순간의 상태, 구체성과 개별성에 대한 세밀한 주의력, 불완전성 등에 자신의 열정을 쏟는 것이다. 탈근대적인 의식을 지닌 작가는, 랭보의 그 유명한 "나는 타자다"라는 언술처럼, 자기 자신의 상실을 기꺼이 말할 수 있는 이들이어야 한다.

사실 예술은 오랫동안 역사나 개인의 차원에서 근대적 의식만을 주장하는 철학적 담론과 사회학적 담론에 의해 자의 반, 타의 반 종속되어 왔고 그런 연유로 예술에서 싹튼 탈근대적 의식은 정당하게 자리매김 되지 못했다. 그런 역사적 과정 중에 이데올로기적 도구로 전락하지 않으려 하거나 사회의 거대한 담론과 함께 하지 않는 방식을 통해 나름대로의 예술적 고유성을 간직해 왔던 작품들이 결국 예술 영역을 지켜왔다고 해도 과언은 아니다. 기본적으로 정치 영역에 종속되지 않는 자율적 예술은 아도르노의 다음과 같은 언술을 자신의 실천 방식으로 삼았을지 않을까 하는 생각이 든다. "인식은 일련의 승리와 패배의 불행한 연속성을 서술해야 하지만 동시에 그와 같은 승리와 패배라는 역동 관계로 들어가지 않았던 것, 도중에 머물러 있게 되었던 것에 관심을 기울여야 한다. 말하자면 변증법에서 벗어난 버려진 잔여물과 맹목적인 부분들에 관심을 기울여야 한다." 마찬가지로 『말과 사물』에서 푸코가 자율적 존재로 남는 문학을 강조했을 때, 그것은 바로 언어를 "재현적 혹은 의미심장한 기능에서 다시금 자연적 존재로 회귀"시킴으로써 스스로를 "대항담론"으로 유지했던 그런 문학을 일컫는다. 그런 점에서 푸코도 승리와 패배라는 거대한 역동관계를 거부했던 아도르노의 인식과 궤를 같이한다. 재현과 의미, 승리와 패배라는 인식은 모두 이성적이며 지배 권력을 향하고 있다면, 자율적 존재로서의 예술은 나름대로의 굴절과 변형을 통해 매 시대 지배 권력에 저항하였던 것이다.

예술의 자율성을 강화할 수 있는 또 다른 측면은 예술이란 "혼돈"(무질서)에 근원을 두고 있다는 점에 대한 인식이다. 실제 현실이나 역사에서는 이성적 요구가 관철될 수 있겠고 그런 요구로 인해 혼돈에 대한 인식은 오랫동안 망각되거나 부정되어 왔다. 다른 각도에서 보면 예술 영역이 혼돈을 중시했을 수도 있었지만 혼돈을 경계의 눈초리로 바라본 다른 영역이 그런 예술을 감시해온 것은 아닐까? 특히 정치·경제·종교 같은 타 영역에서는 혼돈보다는 질서의 담론만이 중시되기 마련이며 그런 논리를 예술에 강요해왔다고 해도 결코 지나친 말이 아니리라. 그나마 최근 과학에서 혼돈 이론의 긍정성이 거론됨으로써 예술에서도 혼돈에 대한 인식 지평이 변화된 것은 그나마 다행스런 일이 아닐 수 없다. 계몽적·이성적 요청에 대항하여 혼돈을 예술의 근본으로 삼았던 독일 초기낭만주의에서 슐레겔은 "이성적이라고 생각하는 이성의 진행과정과 법칙을 지양하고 우리를 다시금 상상력의 아름다운 혼돈 속으로, 즉 인간 본성의 근원적인 카오스 속으로 옮겨 놓는 것이야말로 (…) 모든 문학의 출발입니다"라고 천명하였다. 이처럼 혼돈과 상상을 강조했던 독일 초기낭만주의의 예술관이 최근에 다시 부활하고 있는데, 그 예로는 혼돈을 감정·상황·연관성·사물·욕망 등이 "무한하고 다양하게 펼쳐질 수 있는 가능성"으로 간주한 들뢰즈의 사유를 손꼽을 수 있다. 그리고 우리 문학의 경우 장정일의 작품(『보트하우스』, 『중국에서 온 편지』)을 그러한 혼돈과 상상력을 자유롭게 표출한 대표적인 예로 손꼽을 수 있겠다.

예술의 자율성을 위해 강조해야 할 또 다른 점은 예술이란 진리를 획득하기 위한 유희가 아니라 "쾌"(Lust)와 관계하는 가상의 유희라는 것이다. 진리는 참과 거짓으로 양분되지만 쾌는 그렇지 않다. 따라서 "아름다움이 곧 진리"라는 전통적인 사유와 결별하고 쾌를 예술의 근원으로 삼을 때 예술은 자신의 자율성을 넓혀갈 수 있다. 물론 쾌와 대립하는 불쾌가 있지만 여기서 쾌는, 역사적으로 미와 추가 대립되었다가 "추의 미"라는 논리로 발전되었듯이, 넓은 의미에서 불쾌를 포함한다. 예컨대 불쾌한 감각적 센세이션을 일으킨다는 연유로 특정한 예술적 현상이 예술의 영역에서 추방될 수는 없는 일이다. 진리가 아닌 쾌를 자율적 예술의 특징으로 삼을 경우 작품의 실존적 · 역사적 의미는 더 이상 예술성을 결정짓는 절대적인 기준으로 작용할 수 없다. 이와 동시에 자율적 예술은 문제 해결을 목표로 삼는 예술이 결코 아니다. 의미 찾기나 문제 해결을 목표로 삼는 행위는 자율성을 포기한 도구적 예술관의 특징으로서 대체로 이데올로기적 행위로 귀결되기 마련이다.

소재의 무한성 · 탈현대적 의식 · 혼돈 · 쾌 등은 예술의 자율성 공간을 더욱 적극적으로 확보하려는 차원에서 제시된 것이다. 그렇다면 그러한 특징을 지닌 현상 모두가 예술 영역 내로 포함되는 것일까? 결코 그렇지는 않다. 예술 영역의 발전 과정을 제도적 · 기능적 차원에서 이해해야만 하는 전제조건이 필요하며 이를 통해서만이 비로소 위에 언급된 현상이 예술 영역 내에서 허용된다. 그것은 사회의 분화 속에서 예술의 자율성이 어떻게 작동하는지에 대한 논리를 밝히는 일이다. 요컨대, 자율성 개념을 자기준거성·자기생산성(Autopoiesis) 같은 개념을 통해 보강해야 한다. 여기서 사회의 분화 과정을 적절하게 설명한 체계이론의 핵심 개념인 자기생산성이란 모든 개별 체계는 자기 자신을 구성하는 요소에 의해서 (재)생산된다는 것이다. 스스로 작동하는 체계는 궁극적으로 그 내적인 구성 요소들, 가령 예술 체계의 경우 서술·운율·아이러니·패러디·상징·알레고리 같은 형식을 구성하는 다양한 요소들에 의해서 작동하는 것이지 결코 다른 체계에 의존하진 않는다. 물론 체계가 무조건 폐쇄적으로만 작동하는 것은 아니다. 한 체계는 여타 체계(정치, 종교, 경제, 도덕 같은 예술외적인 다른 체계들로서 이를 "환경"이라고도 한다)에 항상 열려 있어야 한다. 그러나 이 때 중요한 점은 예술은 자신을 둘러싸고 있는 환경과 적극 소통하면서도 동시에 그 소통 과정 중 예술적으로 자신을 닫을 수밖에 없다는 것이다. 소통이란 체계 간에 상호 동의를 추구하는 행위가 아니라 한 체계의 자기생산을 위해서 이루어지는 방식일 뿐이다. 이상과 같은 이론적 관점에서 볼 때 예술은 다른 체계와의 소통 속에서 자신을 다른 체계에 동화시키는 것이 아니라 철저히 자신의 내적인 요소들을 통해 나름대로 굴절·변용·전이 과정을 거치면서 자율적 공간을 강화시켜 나간다. 소재의 무한성·탈현대적 의식·혼돈·쾌를 바탕으로 다양한 현상이 예술 영역 내로 들어오고자 할 때 그것은 궁극적으로 예술적 형식 내에서(혹은 형식을 통해서) 가능한 것이지 예술외적인 인식 내에서(혹은 인식을 통해서) 가능한 것이 아니다. 이 때 그 형식은 영원불변하게 고정된 형식이 아니라 예술 체계가 지금까지 생산해 왔고 또한 앞으로 새롭게 생산할 수 있는 잠재력을 띤 형식을 말한다. 예술의 자율성에 관한 논의를 위해서는 이와 같은 새로운 방법론적 인식이 요청되지 않을 수 없다.

탈역사적인 시기로 전환되어서일까? 최근 서구의 예술 및 미학 이론을 보면 자율성 범주를 넘어서 예술의 "절대 주권"(Souveränität, Sovereignty)이라는 개념이 자주 사용되고 있다.[20] 물론 이 개념은 사회적 문제를 예술적으로 해결하려 했던 이상주의적 예술관에서의 절대성 요구와 동일한 것이 아니다. 그것은 오히려 모든 것이 예술적으로 가능하다는 의미로 파악되며, 그 개념과 함께 예술가들은 "예술의 객관성이란 타협 없는 주관성"이라는 극단적인 언술을 내던지거나 혹은 이해 불가능한 이미지의 신비성, 역사적 필연성의 종말 등 대단히 파격적인 측면들을 예술 속으로 끌어들이려고 한다. 그렇지만 그런 급진적 언술과 실험성도 결국은 예술의 자율성을 강화시켜주는 새로운 계기로 작용하는 것이 아닐까?

(『문학과 사회』, 55권/3호, 2001.1)

---

20) "절대 주권"이라는 뜻을 지닌 "Souveränität"는 본래 법학적·정치적 용어다. 이 개념을 법철학적 사유의 핵심 개념으로 내세운 이는 칼 슈미트이며, 그 개념은 파시즘적 사유에서 남용된 바 있다. 이와 달리 데리다는 오히려 하나의 의미를 총체화하려는 해석학적 사유에 저항하는 차원에서 그 개념을 사용하고 있는데, 이 때 중요한 점은 그 개념이 절대적 주권이라는 본래의 법학적·정치적 의미를 더 이상 간직하지 않는다는 것이다. 즉 데리다의 경우 폐쇄적이고 총체적인 의미에 저항하는 그 개념은 기표의 유희를 오로지 기표의 유희로서만 받아들이는 차원, 즉 닫힌 경계를 위반하고 넘어서려는 무한한 글쓰기를 지칭하고 있다. 예컨대 바타이유를 분석하면서 데리다는 "문학이 주제와 의미를 포기하는 '순간'에 바로 절대 주권의 문학성이 천명된다"고 밝히고 있다(J. Derrida, *Schrift und Differenz*, Frankfurt a.M. 1976, S. 395).

천재 담론과 예술의 자율성

1 천재 개념의 난해성

천재(Genie)라는 개념은 수호신·수호정신·자연·타고난 소질(ingenium)·영감·독창성 등 다양한 의미를 지닌 라틴어 "게니우스"(Genius)에 그 어원을 두고 있다. 두 개념이 자주 혼용되었던 시기는 서구의 경우 17, 18세기이며 당시 서구 문학작품 및 미학 이론에서는 동의어로 사용되었거나 혹은 상이한 의미를 지니기도 했다. 가령 『고대인들은 죽음을 어떻게 표상했을까』라는 레싱(Lessing)의 텍스트에서 게니우스 개념은 "죽음의 수호신"이라는 의미로 사용되고 있을 뿐 우리가 일반적으로 이해하고 있는 뛰어난 개인을 지칭하는 천재라는 개념의 의미와는 무관하다. 반면에 영국 시인이자 비평가인 드라이든(J. Dryden)이 "모든 시대는 일종의 보편적인 정신(universal genius)을 갖고 있다"는 언술을 제시했을 때 게니우스는 개념은 뛰어난 정신의 의미를 뜻하는 천재 개념과 비슷한 의미로 사용되었다고 볼수 있다. 사실 천재 개념의 생성과 발전은 매우 복잡하다. 그 의미가 결코 분명하지 않음에도 불구하고 그 개념은 오늘날 일반적으로천부적 재능이나 정신을 뜻하거나 혹은 그러한 재능을 지닌 사람(특히 예술가)을 지칭하는 언어로 사용되고 있다. 그러나 자세히 살펴보면, 그와 같은 이해는 개념의 의미를 단순하게 고착화시킨 결과에다름 아니다.

천재 개념이 성립한 역사적 과정을 살펴보면 무엇보다도 그 개념이 주체의 태동이라는 근대성 이념과 맞물려 있음을 알 수 있다.즉 그 개념은 바로 신에 의해 만들어진 세계에서 벗어나 자신의 독자성을 찾으려는 근대적 인간의 욕망을 나타내는 기호로 작용한다.또한 그 개념은 그 자체로는 불투명한 채 항상 다른 개념들(자연, 모방, 상상력, 예술, 예술가 등)과의 연관 속에서 그 의미가 보충되고 유예되는 기표로 작용한다. 이제 17, 18세기의 서구 예술이론과 독일낭만주의를 중심으로 그 개념이 어떤 식으로 다양하게 사용되었는지를 살펴봄으로써 그 복잡한 의미망을 정리해 보도록 하자.

2 노력(학습)과 타고난 소질의 대립

1750년을 전후로 전개된 천재 개념에 대한 논의는 무엇보다도자연의 모방을 근거로 한 예술론의 맥락과 깊은 연관성을 형성하고있다. 데카르트적 합리성의 영향을 받았던 신고전주의적 예술은 명증·규칙·법칙 등을 중시하는 합리성의 성격을 띠게 되는데, 이때 자연의 지고한 형상물로서 고대적 예술이 모방의 합리적인 척도로 작용하였다. 당시 예술가는 자신의 독자적인 영감에 의해 예술적 창작을 전개하기보다는 고대의 미에서 발견된 규칙과 법칙을 준수해야 했으며 결국 훌륭한 표본이나 전범을 모방하려는 노력이 곧 "천재적인" 것으로 간주되곤 하였다. 반면에 기억·상상력·위트 같은 심리적인 능력을 바탕으로 예술과 시인의 위치를 평가하였던 영국의 경험론은 천재 개념을 자연의 모방에서 벗어나 인간이 지닌 독특하고 기이한 능력을 발휘하는 의미로 파악하였고,[1] 이 점은 셰익스피어의 문학적 업적을 "학습"의 결과로 볼 것인지 아니면 "타고난 소질"로 파악할 것인지에 관한 논쟁에도 투영되어 있다.

이러한 논쟁 하에서 예술을 자연의 모방으로 간주하고 그 규칙을 끊임없이 연마해야만 한다는 시각은 점차 설득력을 잃고 그 자리에 인간의 독자적인 능력을 강조하는 담론이 강화되었다. 그 결정적인 계기는 계몽주의의 성립과 함께 17세기 말부터 18세기 중반 이후까지 지속된 소위 "신구논쟁"(新舊論爭)이다. 다시 말하면, 천재 담론의 본격적인 형성은 고대인의 모방보다는 자신이 존재하고 있는 시대의 우월성·역사의 진보·완전성을 향한 근대성 이념 등을 옹호하는 시각과 긴밀한 관계를 맺는다. 자연적인 미와 거의 동일시되었던 고대적인 미를 절대 규범으로 삼았던 고대 옹호론자들이 끊임없는 학습과 노력을 통한 고전적 미의 모방을 주장하였다면, 이제 근대인을 옹호하는 측에서는 정적이고도 변하지 않는 주어진 자연 자체의 모방보다는 인간의 능동적이고도 창조적인 능력을 강조하고 나섰던 것이다. 그 대표적인 이는 신구논쟁에서 주도적인 역할을 하

---

1) 이에 대해서는: 먼로 C. 비어슬리, 『미학사』, 이성훈·안원현 옮김, 서울: 이론과 실천, 1987.

였던 페로(Ch. Perrault, 1628~1703)였다. 그는 주어진 자연 자체를 모방하려는 노력과 학습보다는 "미의 신성한 원형"을 직접적으로 주시할 수 있는 동시대인의 천재성을 강조하고 나섰다. 여기서 미의 신성한 원형은 과거적인 미가 아니라 미래적인 것, 즉 앞으로 만들어질 수 있는 이상적이고도 완전한 미를 뜻하며, 이러한 미를 근대인은 "직접적으로 주시할" 수 있다는 것이다. 물론 자연과 인간 이성 중 어느 것이 더 우위를 점하고 있는가에 대한 신구논쟁에서 후자를 강조했던 근대인의 시각 내에서도 모순적인 입장이 발견된다. 가령 페로의 영향을 받았던 뒤 보스(J. B. Du Bos, 1670~1742)는 『문학과 회화에 관한 비판적 성찰』이라는 글에서 완전성을 추구하는 천재란 노력(학습)과 천부적인 타고난 소질의 결합을 뜻한다고 밝힌 바 있다. 결국 고대적인 미를 모방해내는 필수적인 노력(학습)을 강조하는 신고전주의적 합리론의 입장이 근대인의 우월성을 주장했던 시각에서도 어느 정도 잔존하게 되었다. 또한 규칙의 준수를 통한 모방에서 벗어나 근대인의 주체적이고도 독자적인 능력을 강조했던 경향이 더욱 관철되었을지라도 사실 그러한 능력이 어떻게 가능한 것인가에 관한 질문에는 매우 역설적인 대답이 제시되기도 한다. 가령 인간의 독자적인 능력을 "자연적인 소질"이라고 간주하는 식의 대답이다. 자연의 모방에서 벗어나 독창적인 능력을 강조하는 시각도 결국 "자연적"이라는 개념에 의존할 수밖에 없었던 셈이다.

　신구논쟁이 대립적인 차원에서 전개되었다가 점차 그 논쟁을 종합하려는 시각이 간헐적으로 제기되었는데, 그것은 자연성과 인위성, 자연적 소질과 인위적인 노력을 종합하려는 의미로 천재 개념을 해석한 시각이다. 그 대표적인 예로는 에디슨(J. Addison, 1672~1719)과제라르(A. Gerard, 1728~1795)인데, 이들의 경우 천재는 자연적인 소질과 인위적인 교육의 종합, 즉 "교육에 의한 천재"(Bildungsgenie)와 "자연적인 천재"(Naturgenie)의 종합으로 해석되었다. 다시 말하면, 천재는 사유하고 발견해 내는 정신적인 능력(inventio)과 자연적인 소질(dispositio)의 결합으로 파악되었던 것이다. 물론 에디슨은 천재를 과학적 천재와 예술적 천재로 구분하였는데, 전자의 경우 규칙에 의해 자신을 형성해 나간다면 후자는 그 어떤 규칙에 의해서도 규율화될 수 없고 방해를 받지 않는다는 것이다.[2] 예술이란 여타 과학적 분야와는 다르다는 인식과 밀접한 관계를 맺는 그런 구분은 18세기 말에 강화되는 심미적 주관성을 바탕으로 하는 자율적 예술의 성립을 위해서 중요한 역할을 한다.

이와 같은 견해와는 달리 디드로(D. Diderot, 1713~1784)는 자신의 『미학에 관한 저서』에서 천재를 매우 독특하게 정의하고 있다. 그에 의하면, 천재란 상상력·판단력·정신·내적인 열정·감수성·취향을 뜻하는 것이 아니라 다름 아닌 "관찰의 정신"(l'esprit observateur)이라는 것이다. 여기서 관찰의 정신이란 말·행동·표정 같은 일상적인 풍경을 단순히 관찰하는 행위가 아니라 "보고 자신을 교육시키고 자신을 확장시키는" 감각을 뜻한다.[3] 관찰 개념은 예술적 비평가를 "적격한 관찰자"(qualified observer)로 규정한 바 있던 흄(D. Hume)의 이론을 상기시켜 주지만 디드로의 천재 정의에서 핵심은 그것이 감각적인 특별한 능력(열정, 상상력 등)이나 합리적인 능력(판단력, 정신

---

2) A. Gethmann-Siefert, *Einführung in die Ästhetik*, München 1995, S. 131.
3) D. Diderot, *Ästhetische Schriften*, dt. Übersetzung, Berlin 1984, Bd. II, S. 538
-539.

등)으로 환원되지 않는다는 데 있다. 이 밖에도 디드로는 두 가지 모방을 구분하면서 천재란 주어진 자연과 관계된 "모방 장르"를 발견해 내는 사람일뿐만 아니라 "독창적으로 표상된 모방 장르를 완성시킬 수 있는"[4] 사람이라고 규정하고 있다. 여기서 주목해야 할 점은 자연 개념이 단순히 주어진 수동적인 생산물로서의 자연(natura naturata)뿐만 아니라 만들어질 수 있는 역동적인 생산성의 힘을 지닌 자연(natura naturans)으로도 사용되고 있다는 것이며, 이러한 두 가지 유형의 자연과 관계하여 천재는 자연의 모방자를 넘어서 자연의 창조자로 확장된다.

3 "제2의 신성"으로서의 천재

합리성을 내세운 계몽주의에 반발하여 일어났던 독일의 질풍노도 운동의 시기는 일명 "천재 시기"라고 불리며 이 시기의 천재 개념의 의미가 오늘날의 일반적인 사유에도 깊이 각인되어 있다. 당시 천재 개념은 일차적으로 영국의 천재론(샤프츠베리, 영, 에디슨)으로부터 영향을 받은 것이었지만 그 의미는 두 가지 측면에서 새롭게 강화된다. 그 하나는 천재는 단순히 타고난 소질을 뜻하는 것이 아니라 창조적이고도 독창적인 정신을 지닌 인간(특히 예술가)으로 해석된다는 것이다. 신이 인간과 세계를 창조하였듯이, 이 시기의 천재는 스스로 하나의 전체 세계를 창조해 내는 제2의 창조적인 신성을 획득하게 된다. 다른 하나는 천재에 내재해 있는 미학적 의미인데, 즉 천재 개념은 자율적 미학의 중요한 토대가 되는 심미적 주관성의

---

4) Ebd., Bd. I, S. 498.

탄생을 암시하고 있다.

제2의 신성으로서의 천재와 예술가가 동일시되는 예는 당시 개인의 자유를 나타내는 토포스로 사용되었던 신화적 언어에서 찾을 수 있다. 제2의 창조자인 시인을 "주피터 밑에 있는 진실한 프로메테우스"로 규정한 바 있던 샤프츠베리의 시각은 당시 보편적인 시각으로 수용되었는데, 그것은 셰익스피어를 추모하는 글에서 "그는 프로메테우스와 경쟁한다"[5]라고 밝혔던 괴테의 그 유명한 대목을 통해 쉽게 입증된다. 이와 함께 3년 후인 1774년 괴테는 직접 「프로메테우스」라는 시를 쓰면서 자신을 포함한 새로운 시인의 모습을 형상화하였는데, 특히 그 시의 마지막 연은 제우스에 저항하는 프로메테우스의 모습을 과감하게 그려내고 있다. "여기에 앉아서 나는 내 모습을 닮은 인간을 만드노라(forme)." 널리 알려진 이 시의 전체 내용은 일반적으로 신의 지배에 더 이상 구속되지 않으려는 자유로운 인간에 대한 표상으로 해석되고 있으며, 특히 "그대(제우스 신: 역주)를 전혀 존경하지 않는 종족을"이라는 마지막 행은 자유를 요구하는 인간의 주체적 모습을 표출하고 있다. 그러나 프로메테우스라는 언어는 보편적인 인간의 자유 이외에도 구체적으로 특정한 인간상, 즉 창조적이고도 독자적인 힘과 자유를 지닌 예술가를 뜻한다. 이 점은 "만드노라 forme"라는 어휘에서 찾을 수 있다. "만든다"라는 독일어의 다른 동사들(machen, schaffen) 대신에 괴테가 하필이면 "만드노라 forme"라는 동사를 사용한 점을 자세히 들여다보면, 기표상의 연관성에서, 그것은 무엇보다도 예술의 "형식"(Form)이라는 기표를 연상

---

5) J. W. v, Goethe, *Zum Shakespeares-Tag*, in: Hamburger-Ausgabe, München 1981, Bd.. XII, S. 227.

시킨다. 자율성을 확보해 나가는 근대 예술의 발전 과정에서 가장 중요한 특징은 예술이 더 이상 소재에 국한되는 것이 아니라 형식 창조를 추구한다는 데 있으며, 그런 점에서 괴테의 시는 자유로운 인간 종족의 창조라는 일반적인 주제의식보다는 그와 같은 예술적 형식을 자유롭게 창조해내고 싶은 예술가의 욕망을 드러내 주고 있다.[6]

이처럼 하나의 세계를 스스로 창조해 내는 정신의 소유자로서 파악된 천재 개념의 의미는 당시의 사회적 규범과 제도적 장치와의 연관성에서도 파악될 수 있다. 예컨대 18세기에 태동되기 시작했던 시민 사회의 관습에 대해 천재는 매우 비판적이고도 공격적인 모습을 띠며 그 점은 마찬가지로 괴테의 『젊은 베르테르의 슬픔』에서 쉽게 찾아 낼 수 있다.

> "자연만이 영원히 풍부한 것이며, 오직 자연만이 위대한 예술가를 만들지. 사람들은 규정의 장점에 대해 많이 언급하고 있지만, 그것은 흡사 시민 사회를 찬양하는 것과도 같을 뿐이야. 이러한 규정에 의해 자라난 사람은 절대로 몰취미한 일이나 나쁜 짓은 않을 걸세. (…) 그러나 다른 사람들이 어떻게 말하든 간에 규정이란 자연의 진정한 감정과 그 참된 표현을 파괴하는 것이네!."[7]

소설에서 베르테르는 외교관의 직업을 갖고 있지만 그의 내면적 심성은 예술가의 그것과 거의 일치한다. 자연에 의해 만들어진 위대한

---

6) 이 책의 2부에 실린 "파토스와 아이러니: 기계인간에 대한 문학적 형상화"에서 필자는 문학 작품의 다의성을 제시하기 위하여 이 시를 완전히 다른 맥락에서 분석하였다.
7) Ebd., Bd. VI, S. 15.

예술가는 규정 같은 시민 사회의 인위적인 제도와 관습에 의해서 더 이상 억압당하지 않으려 한다. 루카치는 베르테르를 시민 사회에 저항하는 개인보다는 당시의 역사적 현실을 비판하고 전복시키고자 했던 민중의 목소리를 대변하는 이로 해석한 바 있지만,[8] 그러한 사회 비판적인 의미의 개연성보다 더욱 중요한 점은 사회적 규범을 뛰어 넘으려는 위대한 예술가에 대한 표상이다. 이러한 예술가에 대한 표상이 천재 담론과 연관하여 오늘날까지도 자주 거론되거나 혹은 해체의 대상이 되고 있다. 물론 노년의 괴테는 약간의 거리감을 취하면서 젊은 시절에 내세운 천재 담론을 일종의 "일반적인 슬로건"이었고 또한 천재는 "모든 기존의 법을 뛰어 넘고 도입된 규정을 외면하고 무한한 것을 옹호하려"[9]했던 젊은이들이라고 밝힌 바 있는데, 어쨌든 당시 천재는 모든 사회적 규범을 부정하고 자신의 독창성을 주장하려 했던 예술가의 태동이라는 맥락에서 중요한 의미를 담고 있다.

이처럼 질풍노도 시기에서의 천재 개념은 한편으로 종교적 구속에서 벗어난 인간의 독립성을 강조하는 차원에서 근대성의 태동과 관련을 맺지만, 다른 한편으로 사회를 거부하고 자신만을 절대적으로 신격화한다는 점에서 부정적인 의미를 띤다.[10] 이 점은 신의 구속에서 벗어나려 했던 인간이 자신의 독자성을 강조하기 위해 프로메테우스 같은 신적인 위상을 지닌 언어를 신화에서 차용하고 있다는 점을 통해 드러난다. 아울러 근대성의 주도 개념인 합리성이 계몽의 변증법적 길을 걷듯이, 마찬가지로 천재 개념도 그와 같은 해

---

8) Vgl. G. Lukács, *Goethe und seine Zeit*, Bern 1947.

9) J. W. v. Goethe, a.a.O., Bd. X, S. 161.

10) 이에 대해서는 다음의 글을 참조: 김수용, 『예술의 자율성과 부정의 미학』, 연세대학교 출판부, 1998, 139~172쪽.

방과 자기신격화라는 모순을 갖게 된다. 그럼에도 불구하고 신적인 예술가로서의 천재 담론은 예술이라는 영역의 발전 과정을 위해 중요한 의미를 지닌다. 그것은 예술이 전통적인 종교 제식과 궁중 사회의 삶을 재현해 내거나 혹은 주어진 자연을 충실히 모방해 내는 도구가 아니라 자신의 독자적인 영역을 확보한다는 것이다.

4 타고난 재능과 규칙의 딜레마

그렇다면 17, 18세기 당시의 모든 철학적·예술적 경향을 직시하고 있었던 칸트는 천재 개념을 어떻게 정의하고 있을까? 칸트의 경우 천재 개념은 우선 특별한 개인보다는 "타고난 재능" 자체라는 의미로 읽혀진다. 우선 『실용적인 관점에서 본 인류학』(1798)이라는 글에서 칸트는 상상력의 독창성과 개념 간의 일치와 불일치를 바탕으로 타고난 재능(즉 천재)과 몽상을 구분한다. "상상력의 독창성(즉 모방되지 않은 창조성)이 만약 개념과 일치할 경우 그것은 타고난 재능이라고 불린다. 만약 그 양자가 일치하지 않을 경우 그것은 몽상이라고 한다."[11] 이러한 언술은 『판단력 비판』에서 아름다움과 숭고함의 차이점을 논하는 구절을 상기시킨다. 거기서도 그는 상상력과 개념간의 일치와 불일치를 통해 아름다움과 숭고함을 구분하고 있는데, 칸트의 논리에 정통한 이는 상상력과 개념의 일치로서의 타고난 재능은 아름다움 혹은 아름다운 예술과 관련된 것임을 추측하게 된다. 이러한 추측은 『판단력 비판』의 제46장에서 그가 "아름다운 예

---

11) I. Kant, *Schriften zur Anthropologie, Geschichtsphilosophie, Politik und Pädagogik*, in: Werkausgabe, hrsg. v. W. Weischedel, *Franfkurt am Main* 1978, Bd. XII, S. 472.

술은 천재의 예술"이라고 논하고 있는 것을 통해 쉽게 입증된다. 상상력과 개념이 불일치하는 무형식의 숭고한 예술은 천재의 예술 세계에서 배제되고 있는 셈이다.

『실용적인 관점에서 본 인류학』을 자세히 살펴보면 천재에 대한 정의는 상상력과 개념의 일치라는 보충적 설명 이외에도 다양하게 시도되고 있다. 타고난 재능으로서의 천재를 설명하기 위해 칸트가 사용하고 있는 다른 이분법적 개념은 "발견하다"(entdecken)와 "발명하다"(erfinden)이다.[12] 전자는 이미 존재해 있었지만 그간 알려지지 않았던 것을 찾아내는 능력을 일컬으며 후자는 지금까지 존재하지 않았던 것을 만들어 내는 능력으로서 독창적인 생산 능력에 가깝다. 이는 영국의 더프(W. Duff)가 「독창적인 천재성에 관한 에세이」(1767)라는 글에서 자연과학적 능력을 일종의 "발견"(discover)과 "발명"(invention)으로, 예술적 능력을 "발명"(invention)과 "창조"(creation)로 구분했던 것과도 유사하다. 이러한 구분을 토대로 칸트는 타고난 재능을 다음과 같이 부연하고 있다.

> "발명해 내는 소질(Talent)은 곧 타고난 재능이다. 이러한 명칭은 언제나 예술가에게만 주어진다. 다시 말하면, 그것은 단순히 많은 것을 식별해 내고 알고 있는 사람이 아니라 무엇인가를 만들어 낼 줄 아는 사람에게 부여된다. 또한 그것은 단순히 모방하는 예술가에게 주어지는 것이 아니라 자신의 작품을 순수하게 생산해 낼 줄 아는 예술가에게 주어진다. 결국 예술가의 창조적 작품이 모범적일 경우에만, 즉 범례(Exemplar)로서 다른 사람에 의해 모방될 수 있는 가치가 있을 경우에만 그러한 예술가

---

12) Ebd., S. 543.

에게 타고난 재능이 부여된다”[13]

이러한 정의를 보면 타고난 재능은 독창적으로 사유하고 만들어 낼 수 있는 상상력과 거의 동일시된다. 상상력만이 창조적이고 모든 규칙의 강요에서 벗어나 자유롭게 생산해 낼 수 있으며 이것이 곧 타고난 재능의 기본 특성을 이룬다. 그러나 칸트는 모든 종류의 자유로운 상상력을 무조건 인정하진 않았으며 상상력의 전제 조건을 내세우고 있다. 즉 “자연에 위배되고 규칙 없이 진행하거나 몽상하도록 하는 독특한 소질”은 비록 “독창적인 기이함”을 지니지만 결코 “훌륭한 범례는 아니”라는 것이다.[14] 다르게 말하자면, 독창적인 상상력은 규칙을 줄 수 있는 범례로 작용할 수 있을 때 비로소 타고난 재능이라고 일컬어질 수 있다는 것이며 그런 점에서 상상력은 곧 개념과의 연관성을 유지해야 한다는 것이다. 타고난 독특한 소질이 규칙이나 규칙을 줄 수 있는 범례로 작용한다고 할 때 그것은 바로 모든 사람의 객관적인 이해와 동의가 가능하거나 개념화 작업이 가능해야 한다는 것을 뜻한다. 이러한 시각은 아름다운 것은 비개념적인 것이면서도 동시에 개념적인 것이어야 한다는 논리나 혹은 주관적인 취향은 곧 모든 사람의 객관적인 취향으로 나가야 한다는 자신의 『판단력 비판』에서의 그 논리에서 크게 벗어나지 않는다.

근대 예술이론으로 설명하자면 칸트의 『판단력 비판』의 주된 테마는 생산미학적(즉 창작) 측면보다는 수용미학적인 측면과 깊이 관련되며 이 점은 “이해관심사에서 벗어난 만족”이라는 정의에 암시되

---

13) Ebd.
14) Ebd., S. 544.

어 있다. 따라서 그가 『판단력 비판』의 후반부에 타고난 재능으로서
의 천재 문제를 다루고 있는 것은 생산적 주체의 능력과 관련된 천
재 담론이 자신의 주된 관심사가 결코 아님을 간접적으로 말해주고
있다. 따라서 『판단력 비판』에서의 천재 정의는 비교적 소박하게 제
시되고 있다.

> "천재란 예술에 규칙을 부여하는 소질(천부성)이다. 예술가의 타고난
> 생산적인 능력이라 할 수 있는 그 소질은 그 자체 자연에 속해 있기 때
> 문에 우리는 다음과 같이 설명할 수 있다. 천재란 타고난 심성이며, 이러
> 한 심성을 통해 자연은 예술에 규칙을 준다."[15]

상상력과 개념의 일치, 발견이 아니라 발명하는 능력, 범례로 작용
할 수 있는 작품의 생산 능력, 이 모든 것이 곧 타고난 재능으로서
의 천재 개념의 다양한 의미를 구성하고 있다. 그 가운데에서 핵심
적인 특징은 바로 자연미(혹은 이에 바탕을 둔 아름다운 예술)의 맥락에
서 천재 개념을 다루고 있는 것이며, 이는 "자연의 아름다운 미"에
서 출발하는 칸트의 기본 논리에 부합하는 것이기도 하다. 그렇기
때문에 칸트는 예술의 인공미에 대해 비판적이었고 그 점은 아름다
운 예술로 명명된 천재의 예술을 긍정시하고 "노력과 숙련의 단순한
예술"로서의 "기계적인 예술"을 부정시하는 시각에서 다시 드러난
다.[16] 이와 같은 자연에 근거한 천재 개념에 대한 칸트의 정의는 인
위적인 생산 활동이 끊임없이 전개할 수밖에 없다는 의미에서 "정신

---

15) Kant, *Kritik der Urteilskraft*, a.a.O., Bd. X, S. 241 f.
16) Ebd., S. 245.

의 운동"을 강조한 헤겔의 시각과 비교해 볼 때 설득력을 잃을 수 있다. 굳이 헤겔을 언급하지 않더라도 칸트로부터 많은 영향을 받았던 실러(Schiller) 또한 자연미와 관련해서는 이미 칸트로부터 거리를 취했다. 가령 『소박 문학과 성찰 문학에 관하여』에서 실러는 "모든 진실한 천재는 소박해야만 하며 그렇지 않다면 결코 천재가 아니다. 그의 소박함이 그를 천재로 만들며…"[17]라고 언급한 바 있다. 실러 미학에서 천재로서의 소박한 시인은 일종의 "자연의 은총"으로 고대적인 시인으로 간주되고 있고 그 대신 성찰과 이성적 노력을 바탕으로 완전한 이상을 추구해 나가야 하는 근대적인 시인의 모습이 강조되고 있다. 이 밖에도 칸트 미학의 한계는 과연 규칙을 제시하는 훌륭한 범례가 대중적 수용 차원에서 온전할 수 있겠는가 하는데 있다. 당시 프리드리히 슐레겔은 칸트의 천재론을 의식하면서 원형과 복제, 창조성과 일상성 간의 딜레마를 예견하고 나섰다.

"유행의 물결이 위대한 독창적인 예술가를 떠받들 경우 초라한 한 무리의 복제하는 이들이 그를 쫓아다니는 경향이 생기며, 결국 그들의 반복과 왜곡 행위를 통해 그 위대한 원형은 일상적인 것으로 되고 동시에 구역질을 불러일으킨다. 또한 우상화의 자리에는 마침내 혐오감과 영원한 망각이 들어서게 된다."[18]

---

17) Vgl. F. Schiller, *Über naive und sentimentalische Dichtung*, in: Schillers Werke, Nationalausgabe, hrsg. v. B. v. Wiese, Weimar 1962, Bd. 20, S. 424. 물론 쉴러는 성찰적인 시인에게도 "성찰적인 천재"(예컨대 482쪽 이하)라는 표현을 쓰고 있지만, 이 때의 천재는 시인을 지칭하는 표현일 뿐 자연의 은총을 입은 "소박한 천재"의 의미와 동일하지 않다.

18) F. Schlegel, *Kritische Friedrich-Schlegel-Ausgabe*, hrsg. v. E. Behler, Paderborn-München-Wien 1979, Bd. I, S. 222(이하 슐레겔의 전집 인용은 본문에 권수와 쪽수를 기입하는 방식을 취한다).

범례로 작용할 수 있는 원형의 독창성이 강조될지라도 그것은 이내 복사되고 왜곡될 수밖에 없다는 것이며 또한 그 원형 자체가 "구역질"을 불러일으키거나 망각될 수도 있다는 것이다. 이러한 예술에 대한 근대적 수용 상황에 대한 지적은 생산미학과 수용미학을 이상화시킨 칸트의 시각과는 배치되는데, 다시 말하면 칸트의 시각은 수용미학적 차원을 지나치게 이상화함으로써 천재·원형·범례가 왜곡될 수 있음을 간과하고 있었다.

5 낭만주의의 천재 담론과 예술의 자율성

17세기부터 18세기 중반까지 사용된 천재 개념은 한편으로 자연적인 소질과 인위적인 학습이라는 차원에서, 다른 한편으로 사회적인 주체로서의 해방된 개인 및 절대적인 예술적 주체로서의 예술가라는 차원에서 사용되었다. 특히 괴테의 「프로메테우스」에서 엿볼 수 있었던 절대적인 주체로서의 시인의 형상은 낭만주의의 예술이론에서도 지속하는 현상이기도 하다. 예컨대, 노발리스는 "진정한 시인은 언제나 사제이다" 혹은 "시인이란 선험적 의사이다"라고 말한 바 있으며 횔덜린도 자신의 시 「우리들의 위대한 시인들에게」에서 예술가의 절대적인 권한을 예찬하고 있다.

그러나 엄격히 살펴보면, 18세기 말 독일 낭만주의의 태동과 함께 예술은 자신을 독자적으로 인식함으로써 하나의 제도, 영역 혹은 체계(System)로 성립하였고[19] 이와 함께 예술가와 동일시된 천재 개념

---

19) 낭만주의 시기에 비로소 예술이 하나의 제도 혹은 부분체계로 성립된다는 것은 긍정적이든 부정적이든 이미 많은 이론가들이 공통적으로 인정하고 있는 점이다. 그러

도 의미 변화를 갖게 된다. 예술을 하나의 독자적인 체계로서 인식한 낭만주의 예술이론 내에서 천재 개념의 첫번째 변화는, 그 개념이 사회적인 주체로서의 개인보다는 예술적 주체로서의 예술가에 대한 인식을 더욱 강화시켰다는 점이다. 이것은 천재 개념이 낭만주의 이전에 주장되었던 도덕적이고도 계몽적인 주체의 의미론과 급격하게 단절한다는 것을 뜻한다. 그런데 이러한 인식을 바탕으로 다시금 천재 개념의 두번째 변화가 일어나는데, 그것은 예술가라는 주체에서 예술 자체의 객관적 위상으로 전환한다는 점이다. 다르게 표현하자면, 계몽적이고도 사회적·도덕적인 주체와 결별하는 예술적인 주체에 대한 인식이 낭만주의 미학에서 최초로 제시되었지만 동시에 그 예술적 주체는 예술(혹은 예술작품들로 구성된 영역)이라는 객관적인 체계 혹은 예술의 이념 속에서 해체된다. 따라서 천재 개념과 관련해서도 창조와 파괴를 일삼는 천부적인 능력을 소유한 개인이라는 일반적인 선입견은 이제 수정될 필요가 있다.

　낭만주의에서의 천재 개념은 현기증을 일으킬 정도로 다양한 의미를 지닌다. 우선 천재 개념을 자신의 힘을 자의적으로 발휘하는 것으로 파악하는 것에 대해서 슐레겔은 비판적이었는데, 그에 의하면 "천재란 자의성과 관련된 것이 아니라 자유와 관련된 것"(II, 148) 혹은 "자유의 행동이자 영향력"(XVI, 100)이다. 독일 낭만주의에서 자유 개념이 의식적인 행위뿐만 아니라 무의식적인 행위까지도 포함하고 있는 점을 고려한다면, 그러한 자유의 행동인 천재도 마찬가지

한 예술사의 발전에 대한 대표적인 연구 사례로는 가령 페터 뷔르거(Peter Bürger)의 『아방가르드 이론』이나 혹은 체계 이론(Systemtheorie)과 문예학을 접목시키려는 시도를 들 수 있다.

로 결코 의식적인 것에만 제한되지 않음을 알 수 있다. 또한 슐레겔은 모든 사람들에게서 그러한 자유를 "기대할 수는 없지만", 그럼에도 불구하고 모든 사람들로부터 그러한 자유로서의 천재를 "요청해야만 한다"(II, 148)는 당위성을 내세운다. 즉 자유로서의 천재는 결코 특정 소수의 개인에게만 국한된 것이 아니다. 이 밖에도 슐레겔은 "누구나 천재를 결코 소유할 수 있는 것이 아니라 천재로만 존재할 수 있다"(II, 184)라고 언급하고 있다. 위의 맥락을 종합하면 자유·천재·존재 간의 상관성이 강조되고 있는 셈이다.

물론 슐레겔은 천재를 둘러싼 이전 시대 혹은 동시대의 대립적 담론, 즉 자연적인 소질과 인위적인 능력 간의 대립을 염두에 두면서 "자연 천재"와 "인공 천재"라는 두 개념을 구분하지만, 그럼에도 불구하고 기본적으로 그는 "천재란 인간에 내재해 있는 실제적인 힘"(XVI, 276)이라고 밝히고 있다. 그러한 모든 인간의 자연적이고도 근원적인 힘과도 같은 천재가 슐레겔의 다른 글에서는 "개성·독창성·보편성"(XVI, 261)이라고 부연되고 있다. 따라서 낭만주의에서 천재 개념은 천부적이고도 탁월한 특정 개인의 신격화의 차원보다는 모든 인간의 기본적인 특성 차원과 관련된다.

낭만주의에서 흥미로운 점은 천재 개념이 다양한 맥락에서 은유적으로 사용된다는 것인데, 예를 들면 슐레겔은 자신의 아테네움 단편 426번에서 다음과 같은 간결한 언술을 던지고 있다.

> "오성은 **기계적** 정신이며, 위트는 **화학적** 정신이고, 천재는 **유기적** 정신이다."(II, 232)

이 단편 자체가 사실은 일종의 화학적 정신의 소산이다. 왜냐하면 철학적 개념·과학적 개념·문학적 개념을 서로 뒤섞으면서 슐레겔은 과거, 현재, 미래를 함축적으로 기술해주고 있기 때문이다. 우선 기계적 정신이란 슐레겔이 비판하였던 그 이전 시대, 즉 차가운 오성을 토대로 모든 것을 기계적으로 해부하고 분석하던 계몽주의 시대를 가리킨다. 반면에 화학적 정신이란, 모든 원소들간의 상호 충돌·분쇄·결합 등에 의해 다양한 화학적인 반응이 일어나는 것처럼 사건들의 우연성·돌발성·무의식 등을 토대로 새로운 것이 싹트는 프랑스 혁명기(즉 낭만주의 예술이 태동하던 시대)와 관련된 것이다. 이러한 두 가지 정신 형태와 비교하여 천재는 모든 것을 기계적으로 분석하는 능력과 충돌하고 조합하는 능력을 뛰어 넘어서 부분과 전체의 조화로운 관계로서의 유기적인 작용을 가능케 하는 힘으로 해석된다. 사실 유기적(organisch)이라는 개념은 후에 독일 관념론의 절정에 서 있던 헤겔 철학의 핵심 개념이며, 여기서 천재와 유기적 정신을 동일선상에서 올려놓음으로써 슐레겔은 다가올 헤겔의 철학적 사유를 선취해내고 있는 것이다. 또한 위트와 천재, 화학적 정신과 유기적 정신 가운데 슐레겔이 어떤 점을 더욱 중시하였는가에 대한 질문이 제기될 수 있는데, 그에 대한 대답은 곧 초기 슐레겔과 후기 슐레겔의 서로 다른 정치적인 입장과도 관련된다. 즉 가톨릭으로 개종하여 반동적인 메테르니히 정권에 봉사하게 되는 후기 슐레겔의 미학적·정치적 글에서는 질서와 조화를 옹호하는 역사철학적이고도 유기적 정신이 핵심이었다면, 혁명적인 낭만주의 미학의 틀과 사상을 정립하려했던 중기 슐레겔의 핵심은 다름 아닌 화학적 정신이었다.

시대 구분의 맥락뿐만 아니라 천재 개념은 남성과 여성이라는 성의 구분이라는 맥락에서도 사용되고 있다. 가령 슐레겔의 또 다른 단편에서는 남성에게 천재가, 여성에게 사랑이 부여되어 있는 점이 발견되며 이는 능동성과 수동성, 사유와 감정 같은 경직된 이분법을 통해 남성과 여성을 구분하는 전형적인 남성중심주의적 논리로 읽힌다.

> "천재를 지닌다는 것은 인간의 자연적인 상태이다. 인간은 자연의 손에서 건강하게 나와야 한다. 천재는 남성을 위한 것이고 사랑은 여성을 위한 것이기에 우리는 **사랑과 천재**가 보편적이었던 시대를 '황금 시대'라고 생각해야만 한다."(II, 258)

자연적 존재 차원에서 천재 개념을 파악했던 시각이 여기서는 완전히 전복되면서 천재 개념이 다시금 소유로서 파악되고 있는데, 이는 슐레겔 자신의 모순을 형성한다. 그러나 소유와 존재의 문제를 떠나서 더욱 중요한 점은, 남성과 여성, 천재와 사랑이 서로 결합된 상태를 일종의 황금시대로 파악하고 있는 사유 방식인데, 이것이 곧 전형적인 역사철학의 종합적 사유를 뜻하며 낭만주의의 허상으로 비판될 수 있을 것이다.

이처럼 천재 개념은 다양한 의미 맥락(자유, 인간의 실제적인 힘, 시대적 상황, 성의 구분 등)에서 사용되고 있지만, 그러한 맥락은 사실 낭만주의의 미학적 사유 자체와는 하등의 관계가 없다. 낭만주의의 미학적 사유에서 중시되는 점은 오히려 자율적인 예술 체계와 천재 개념의 상호 관계이며 그 점을 더욱 구체적으로 살펴보기로 보자.

슐레겔은 한 단편에서 "천재는 예술의 능력이며, 취향은 아름다움의 능력이다"(XVI, 10)라는 특이한 정의를 내리고 있다. 슐레겔은 취향을, 칸트의 『판단력 비판』에서처럼 아름다움을 받아들이는 수용적 측면과 관계된 것으로, 그리고 천재를 예술의 생산적 측면과 관계한 것으로 보고 있다. 그러나 이러한 구분과는 완전히 모순적인 "천재는 아름다움의 능력과 예술의 능력으로 구성되어 있다"(XVI, 6-7)라는 단편이 발견된다. 천재와 취향 개념이 구분되었다가 다시금 그 천재 개념이 취향 개념을 포함함으로써 양자의 차이는 해체되고 만다. 이제 생산과 수용, 천재와 취향이라는 두 가지 능력 간의 해체는 또 다른 개념에 의해서도 실행되는데, 그것은 슐레겔의 미학적 틀에서 매우 중요한 의미를 획득하는 비평 개념에 의해서다. 슐레겔의 단편에는 18세기 미학에서 주도적인 역할을 했던 취향·천재·비평이라는 세 가지 개념이 다음과 같은 관계를 형성하고 있다.

> "비평이야말로 취향과 천재의 형성에 대한 이론, 즉 양자의 자연사를 가장 적절하게 다룰 수 있다. 즉 자연적인 예술과 인위적인 예술의 이분법을 다룬다"(XVI, 13)

여기서 취향과 천재, 자연적 예술과 인위적 예술을 동시에 포괄하고 있는 비평에 대한 이해가 필요하다. 슐레겔은 비평은 단순히 문학 작품을 수용하는 수동적인 작업을 넘어서 동시에 그 자체 예술작품이 되어야만 한다고 강조하는데, 그 점은 "문학은 문학에 의해서 비판되어야만 한다. 그 자체 예술작품이 아닌 예술비평은 (…) 예술의 영역에서 시민권을 획득하지 못한다"(II, 162)라는 낭만주의의 대표적인 단편에서

뿐만 아니라 다음과 같은 구절을 통해서도 쉽게 확인될 수 있다.

> "낭만적 문학에서 낭만적 비평은 문학 자체와 결합되어야만 한다. 이를 통해 그것은 증폭되며 그 측면에서 더욱 집중적으로 되며, 그 결과 문학과 비평적 문학은 서로 결합되고 융합되며 혼합된다"(XVI, 153).

사실 창작과 비평의 경계 해체 현상은 낭만주의에서 처음으로 제기된 것으로서 오늘날의 포스트모더니즘적 문학이론에서도 다시 요청되고 있으며, 가령 하르트만(G. Hartmann)은 직접적으로 독일낭만주의를 끌어들이고 있다.[20] 이처럼 창작과 비평이 동일한 의미를 획득한다면 비평의 내적 동인인 취향이나 천재 개념도 새로운 지평선상에서 이해되어야 한다. 즉 그것은 단순히 특정 개인의 뛰어난 능력이라기보다는 **문학 혹은 예술의 테두리** 내에서 파악되어야 한다는 것이다. 궁극적으로는 창작과 비평을 문학이라는 테두리 내에서 이해함으로써 슐레겔은 다음과 같은 중요한 단편을 제시하고 있다.

> "비평에서 천재가 발현되거나 혹은 발현되지 않는다. 예술가, 즉 천재란 <매력적인> 서술의 독창적인 힘이다"(XVI, 14).

이 단편에서 분명히 알 수 있는 것처럼, 천재가 발현되는 비평은 문학의 가능성을 뜻하는 것이지 특정 개인의 신격화를 뜻하는 것이 결코 아니다. 다시 말하면, 천재가 비평 내에서 발현될 때 그것은

---

20) 이 점을 명료하게 지적해 주고 있는 대표적인 연구 사례는 다음의 책을 참조할 것: P. Zima, *Die Dekonstruktion*, Tübingen/Basel 1994, S. 10-15.

곧 "매력적인 서술의 독창적인 힘"의 발현으로서 결국 문학을 구성하는 힘을 뜻한다. 또한 『그리스 문학에 관한 연구』라는 글에서도 슐레겔은 아름답고 객관적인 고대 예술과는 완전히 다른 특성을 지닌 근대의 예술적 특성을 다름 아닌 성찰적이고도 매력적인 서술(즉 "철학적인 예술")에서 찾고 있다. "매력적인 서술의 힘", "성찰", "흥미로움"은 근대 문학의 중요한 특징이고 바로 이러한 맥락에서 천재의 의미가 고찰되어야만 한다.

문학으로서의 비평, 비평 내로 흡수된 천재와 취향 이외에도 천재 개념은 특히 성찰 개념과 밀접한 관계를 맺는다. 낭만주의 문학에서의 예술 비평에 관한 벤야민의 연구 결과가 제시된 이후, 우리는 낭만주의 문학에서의 성찰이 예술적 주체의 능력을 뜻하는 것이 아니라 예술(혹은 예술작품)이라는 체계 속에서만 파악되어야 한다는 것을 알고 있으며 그에 대한 벤야민의 탈근대적인 시각은 다음과 같다.

> "낭만주의 의미에서 성찰의 중심은 자아가 아니라 예술이다. (…) 낭만주의 예술관은 자아의 의식이 사유의 사유라는 의미로 이해되지 않는다는 사실에 기인한다. **자아로부터 자유로운 성찰은 바로 예술이라는 절대성 내에서의 성찰이다.**"[21]

이렇듯 벤야민은 성찰 개념을 자아로서의 예술가 개인에 국한시켜 이해한 것이 아니라 "예술이라는 절대성 내에서의 성찰"로 파악함으로써 성찰 개념을 탈개인화시킨 바 있다. 그것은 무한한 자기 성

---

21) W. Benjamin, *Der Begriff der Kunstkritik in der deutschen Romantik*, in: Gesammelte Schriften, hrsg. v. R. Tiedemann und H. Schweppenhäuser, Frankfurt am Main 1977, Bd. I.1. S. 39 f.

찰의 낭만주의 문학이 단순히 예술적 자아와 관계하기보다는 문학 자체의 특성과 관계된다는 점을 통해서 더욱 명확해지며, 또한 "문학의 문학" 혹은 "문학의 문학의 문학"이라는 무한한 증폭 현상을 강조하였던 슐레겔의 시각을 통해서도 쉽게 읽어낼 수 있다. 낭만주의 문학과 성찰간의 관계에 대한 벤야민의 의미심장한 인식은 마찬가지로 천재 개념에도 그대로 적용될 수 있다. 즉 **천재는 특정 자아로서의 예술가가 아니라 예술 자체의 객관적이고도 내적인 서술과 구성의 힘과 관계된 것이다.** 이러한 특징은 다음과 같은 슐레겔의 단편에 명확하게 제시되어 있다. "천재는 문학의 구성적인 힘이며, 이 절대적인 규정하는 능력은 바로 철학적인 소설에서 그 유희를 전개한다"(XVI, 119). 여기서 "철학적인 소설"이란 성찰을 중심으로 삼은 근대의 낭만적인 소설을 뜻한다. 슐레겔뿐만 아니라 노발리스의 경우에도 천재는 인간학적인 차원을 넘어서 예술의 구성력과 관계된 것으로 언급되고 있다. 가령 "너무 많은 외적 감각"을 갖고 있거나 혹은 "너무 많은 내적인 감각"을 지닌다면 천재 유형은 "병적인 체질의 결과"이며, 이러한 일면성을 극복하는 차원에서 내적 감각과 외적 감각의 조화가 요구되고 있다. 그러나 병리학적, 인간학적 차원에서 파악된 천재 개념은 철저히 작품의 내적 구성과 운동 차원에서 규정되고 있다.

"천재는 자신 속에서 일어난 것을 보면서 그것을 대담하고 확실하게 언급한다. 그 까닭은 천재란 자신의 서술에 사로 잡혀 있지 않으며 또한 서술이 천재에 사로 잡혀 있지도 않기 때문인데, 즉 **자신의 관찰과 관찰된 것이 자유롭게 서로 조율되어 하나의 작품을 향해 결합되는 것처럼** 보이기 때문이다. 우리가 외부 세계를 언급할 경우, 즉 실제 대상들을 묘사할 경우 우리는 마치 천재 같은 방식을 취한다. 즉 천재란 상상화된 대상을 마치 실제적인 대상인 양 언급하고 또한 그것을 실제적인 대상인 양 다루는 능력이다. 따라서 서술하는 재능이나 정확하게 관찰하는 – 또한 관찰을 합목적적으로 기술하는 – 재능이란 천재와 다른 것이다."

슐레겔이 문학적 성찰을 서술하는 자와 서술된 것 간의 사이에서 부유하는 특성으로 규정한 것과 마찬가지로, 노발리스도 천재를 관찰과 관찰된 것, 주체와 객체, 서술자와 대상이 서로 자유롭게 결합하는 상태로 파악하고 있다. 그리고 이러한 천재의 능력은 궁극적으로 작품을 위해 작동하는 매개적 역할을 한다. 또한 천재는 허구와 실제라는 작품의 양가적 측면과 관계하는 것일 뿐 결코 정확한 사실을 뛰어나게 보고하는 주관적인 재능과 동일시될 수 없다. 이처럼 천재는 허구를 실제로 혹은 실제를 허구로 환원시키려는 시도에 거리를 취하도록 해주는 특성, 즉 예술의 객관성을 유지해주는 매개적 특성으로 해석되는 것이다.

천재가 예술 자체 내의 구성적인 힘으로 이해될 수 있는 가능성은 "천재 = 도취 + 기교성"(XVI, 177)이라는 매우 간결하고도 의미심장한 슐레겔의 단편에서도 읽을 수 있다. 이 짧은 단편은 일차적으로 천재를 감각적인 능력(도취)과 합리적인 능력(능숙함과 기교), 경험주의와 합리주의를 결합시킨 것으로 파악될 수 있다. 그런데 천재의 중요한 측면으로서 기교성이 강조되는 것은 어떤 의미를 지닐까? 그것은 예술이 결코 자의적이고도 무조건적인 생산적인 방식에서만 파악될 수 없다는 것을 말해 준다. 예를 들면 일탈과 해체와 연결된 기교성이란 기존 예술의 규범과 틀을 직시하지 않고서는 불가능하기 때문이다. 그런 의미에서 기교성은 예술의 객관적이고도 탈개인화된 범위 내에서 발견되고 작동하는 요소인 셈이다.

이제 예술 체계 내에서의 낭만주의 미학과 천재의 관계를 정리해 보기로 하자. 천재는 자유·개성·존재·인간의 실제적인 힘 등으로 인간(혹은 예술적 주체로서의 개인)에게 부여된 능력처럼 해석될 수 있고, 또한 다가오는 시대 범주로서 역사적인 상황을 은유적으로 표현해 내는 범주로도 사용되었다. 이런 여러 가지 측면은 인간학적이고도 역사철학적인 차원에서 논의될 수 있는 특성일 뿐 자율적인 예술의 특성 자체와는 무관하다. 천재 개념이 단순히 예술가의 뛰어난 능력을 지칭하는 의미를 넘어서 자율적인 근대 예술의 특성 내에서만 설명될 수 있을 때 비로소 곧 낭만주의를 새롭게 해주는 해석학적 시도가 그 의미를 획득한다.

6 탈형이상학적 시대에서의 천재의 탈의미화

지금까지 살펴본 대로 17, 18세기의 계몽주의 및 독일 낭만주의에서 요청된 천재 담론은 매우 복잡하고도 다양한 의미론을 구축하고 있다. 특히 낭만주의 이전에 제기되었던 천재 개념은 대체로 스스로 하나의 작은 세계를 창조해내는 절대적인 심급기관으로서 신적인 위상을 지닌 예술가의 의미로 고착화되어 왔다. 그 이면에 사실 형이상학적이고도 선험철학적인 논거가 작용하고 있음은 두말할 나위 없다. 물론 19세기 이후 자연과학적·실증주의적 사유가 도래하면서 17, 18세기의 천재 담론은 잠시 부정적으로 인식되고 흔들린 바 있지만, 그럼에도 불구하고 천재 담론은 아직도 지속적으로 작용한다. 절대적인 예술가와 정치적인 독재자 간의 구조적 유사성을 비판하는 독일의 문학 이론과는 달리 시인의 뛰어난 감정을 중시하는 영국이나 프랑스 문학이론에서는 시인을 절대화하는 경향이 계속 보존되어 왔으며 또한 19세기 말 디오니소스적 정신 내지는 초인을 강조한 니체 철학에서도 천재로서의 예술가의 지위가 다시 한 번 강조된 바 있었다. 그러나 어쨌든 예술적 천재에 대한 담론은 언제든지 사회학적·실증주의적 힘에 의해 비판될 수 있는 그런 담론이었다.

그렇다면 지금은 어떠한가? 천재 담론은 한편으로 정치 및 경제를 구조적으로 설명하려는 사회적 구조 담론에 의해 부정되고 있으며, 다른 한편으로 구조주의 이후 제기된 기호의 독자적인 구조 인식에 의해서도 해체되고 있다. 이러한 경향의 공통점은 다름 아닌 글쓰기 주체로서의 작가의 독창성에 대한 부정이다. 이전에 자연적인 소질로 파악된 천재는 가령 "무료로 물려받은 재산권"으로 해석되기도 하며 또는 천재 담론이란 "자본주의적인 문학시장의 성립에 대한 철학적·미학적 대응방식"이라고 파악되기도 한다.[22] 또 다른 불신은 절대적인 지성인을 거부하는 사회적 경향에서도 설명될 수 있다. 즉 천재라는 개념에 내재해 있던 의미, 다시 말하면 프로메테우스 혹은 "아르키메데스의 점"이 암시하는 소위 "세계를 변화시키고 새롭게 창조해 낼 수 있는 절대적인 지성인" – 특히 예술가는 지성인의 대표적인 예로 작용하는데 – 이라는 의미는 이제 허구에 지

---

22) "저자의 해체"와 관련된 최근의 국내 논문으로는 다음을 참조할 것: 윤혜준, 「저자는 어떻게 죽는가?」 실린 곳: 『근대 비평과 이론』 13호(1997), 15~174쪽; 신경숙, 「작가의 이름으로 – 저작권의 낭만성과 역사성」, 실린 곳: 『안과 밖』(1997), 123~153쪽.

나지 않는다고 언급되기도 한다. 사실 프로메테우스도 신의 아들이며, 또한 지구를 들어올릴 수 있는 아르키메데스의 점도 우리가 살고 있는 세계의 바깥에 놓여 있는 상상적인 점이기 때문에 "여기와 지금"이 강조되고 또한 민주적인 차원에서 다수의 의견이 중시되는 근대적인 삶에서는 그러한 새로운 신이나 허구적인 점 같은 수사적 어휘는 더 이상 설득력을 갖지 못한다. 요컨대, 세계를 새롭게 창조하거나 구원해낼 수 있는 천재적이고 절대적인 지성인이란 더 이상 존재하지 않는다.

이처럼 기존 세계를 창조적으로 변형시킬 수 있는 지성인에 대해 불신하고 능력간의 차이를 점차 소멸시키려는 현재의 대중 사회에서 정말이지 천재 담론은 무의미한 것처럼 보인다. 그렇다면 이제 그 개념은 예술 영역에서 완전히 폐기처분되어야만 할까? 엄밀히 살펴보면, 역사적으로 전개된 천재 담론은 작가의 신비화 및 신격화보다는 예술 자체 혹은 심미적 예술의 자율성 획득 과정과 깊은 관련을 맺는다. 천재라는 개념과 관련하여 끊임없이 보충되고 변형되면서 형성된 그 다양한 의미망을 살펴보면, 천재 개념은 예술적 창작의 근원인 심미적 주관성을 바탕으로 하는 문학의 자율성을 표현해내기 위해 다각적으로 사용된 언어 기호였음을 알 수 있다. 그 점은 낭만주의 미학에 대한 새로운 고찰을 통해 분명히 드러난다.

따라서 천재 담론을 완전히 부정할 경우 자칫 심미적 주관성을 바탕으로 하는 예술의 자율성도 부정하고 마는 결과가 초래될 수 있다. 그것은 사회적 구조를 강조하는 사회학적 입장과 탈주관성을 강조하는 후기구조주의에서 엿볼 수 있는 공통점이기도 하다. 그러나 그런 성향을 무조건 받아들인다면 다음과 같은 문제점이 떠오른다. 즉 심미적 주관성이 사회적 구조로 대체된다면, 또한 복제에 의한 대량 생산이라는 시대적 상황이 심미적 주관성의 의미를 해체시킨다면, 일상적인 언어와 표상을 변형시키고 전이시킴으로써 끊임없이 차이를 생산해 내는 자율적 예술이란 정말이지 존재하지 않는 것일까? 천재 담론과 관련하여 필자 또한 제2의 신성이나 혹은 절대적인 지성인이라는 의미를 통해 작가를 신비화 혹은 신격화하려는 것은 결코 아니다. 그렇지만 사회적 구조 인식에 의한 "작가의 죽음"이 또 하나의 절대적인 사유로 작용할 수는 없는 일이다. 다시 말하면, 심미적 주관성을 토대로 삼는 예술 자체는 결코 사라지지 않는다. 설혹 심미적 주관성이 파괴될지라도 사실 예술 자체는 결코 해체될 수 없으며 이는 아방가르드의 역사적 아이러니를 통해서도 드러난다. 예컨대 아방가르드 운동은 전지전능한 예술가에 대한 전통적인 사유 및 예술이라는 제도를 부정하기 위해 "집단적인 생산 방식"이나 "우연히 발견된 사물(objet trouvé)을 중시하는 "반예술"이라는 새로운 범주를 제시하였지만, 궁극적으로는 예술 자체를 결코 해체하지 못했으며 오히려 예술의 지평을 확장시키지 않았던가! 이러한 역사적인 전개를 고려할 경우, 설혹 천재 개념이 더 이상 유효할 수 없다고 해서, 심미적 주관성을 바탕으로 한 예술의 무기력과 종말이 고해질 수는 없는 일이다. 따라서 문제는 절대적인 예술가라고는 할 수는 없지만 "생산자로서의 작가"(벤야민)와 그의 심미적 주관성까지도 포함되어 관찰되어야만 하는 예술에 대한 새로운 이해가 필요한 것이다.

(『독일문학』, 74집, 2000.6)

비평의 흐름과
"비판적 비평"에 대한 요청

1 비평과 계몽성

문학에서 사용되는 비평 개념과 사회 및 정치 분야에서 사용되는 비판 개념은 문맥에 따라 달리 사용될 수 있지만 사실 동일한 개념이다. 서구의 경우 비판/비평 개념의 본격적인 사용은 17, 18세기의 계몽주의에 뿌리를 두고 있으며 당시 계몽 개념과 거의 동의어로 사용되었다. 그렇기 때문에 비판/비평이 부재할 경우 우리는 흔히 '비판이 필요하다'라는 말 대신에 '계몽이 필요하다'는 전이된 표현을 사용하곤 한다. 비판/비평 개념과 관련된 또 한 가지 흥미로운 점은, 역사학자 코젤렉의 저서 『비판과 위기』가 알려준 바 있듯이, 그 개념의 어원은 "분리하다, 구분하다, 조합하다" 같은 의미를 지닌 그리스어 "krinein" 혹은 "결정, 결정적 전환" 같은 의미를 지닌 "krísis"로 소급한다. 사실 누구나 위기에 봉착할 경우 기존의 것을 비판하고 동시에 새롭게 분리하거나 새로운 결정을 내리는 행위를 시도하는데, 그런 점에서 비판/비평과 위기의 어원학적 상호 연관성은 타당성을 지닌 듯이 보인다. 더욱이 현재의 문학비평을 통해서도 그와 같은 어원학적 상호 연관성의 흔적은 쉽게 입증될 수 있는데, 그것은 비평이 흔히 '이 새로운 작품은 위기에 처한 삶과 실존을 투영해 주면서 동시에 어떤 새로운 탈출구나 의미를 마련해주고 있다'는 식의 모델에 의존해 있기 때문이다. 어쨌든 비판/비평·계몽·위기는 모두 동일한 의미망을 형성하고 있는 셈이다.

일반적으로 이념이나 의식은 시간이 흐르면서 퇴색하고 변질되기 마련이지만 그 생성의 첫 단계에서는 비교적 순수한 의미를 지닌다. 계몽과 비판/비평도, 비록 후에 권력과 결탁하거나 그 자체의 절대성을 요구하는 신화로 전락될지라도, 그 역사적 생성을 살펴보면 나름대로의 정당성을 지녔다. 예컨대 17세기 중반에 싹튼 신구논쟁을 보면, 옛 것과 결별하고 미래의 이상적인 완전함에 도달하기 위해 끊임없이 비판적 의식을 가져야 한다는 인식은 근대인들의 정신적 지평을 형성하고 있었으며, 그러한 인식은 당시 계몽주의 사상의 태동과 불가분의 관계를 맺고 있었다. 특히 문학 영역에서 계몽적·비판적 측면을 강조한 근대인들은 의고전주의자들보다 훨씬 앞선 의식을 보였는데, 그것은 근대인들이 고전 문학의 규범과 법칙을 모방하거나 그것을 기준으로 현재 작품의 완성도를 가늠해야 한다는 의고전주의자들의 주장을 시대에 뒤떨어진 사유로 일축하면서 근대에 맞는 의식과 비판 기준을 새롭게 창출할 것을 강조했기 때문이다. 이처럼 독자적인 오성과 비판적 사유를 강조하는 계몽 이념에 부합하여 비평도 고전적 규범 시학에서 벗어나 엄격하고 냉엄한 비판력으로 동시대의 작품을 평가해야 하는 행위로 각광받았다. 당시 비평이 어떤 특징과 사회적 위상을 갖고 있었는지는 1679년 네덜란드의 암스테르담에서 발행된 그레고리오 레티(Gregorio Leti)의 책에서 쉽게 읽어낼 수 있다. 그는 다음과 같이 여성의 모습으로 비평의 역할을 알레고리적으로 서술하고 있다.

"그녀의 코는 기다랗고 뾰족하여 안경을 걸치기에 매우 적당했다. 그녀의 안경은 갈릴레이의 안경보다 훨씬 좋고 맑은 알을 갖고 있다. 그럼으로써 그녀는 아무리 멀리 있는 것일지라도 모든 것을 주시하며 거대하고도 화려한 대상에서도 아주 사소한 흠집을 찾아낸다. 그녀는 명주로 만든 장식띠 옷을 입고 있다. 그녀는 오른 손에 왕홀 대신에 검열관의 채찍을 쥐고 있으며 신분에 관계없이 모든 이들을 내려친다. 그 채찍질은 너무 매서워서 채찍을 맞은 이들은 모두 절망감과 수치심으로 무릎을 꿇는다. 그녀는 왼 손에 자를 들고서 모든 작가들의 작품을 측정하며 수준 미달인 작품들에 대해서는 심한 멸시와 거부감으로 벌을 준다. 그녀의 오른편에는 살쾡이 눈으로 모든 대상의 구석구석을 살피는 판결(jugement)이 자리 잡고 있다. 그녀의 왼편에는 자연과 금석의 결합에 관해 심오한 지식을 갖고 있는 화학이 앉아 있다. 화학은 납에서 순금을 추출해 내는 일 이외에 그 어떤 것도 하지 않는다. 그녀의 발밑에는 여러 가지 도구를 갖춘 해부학이 놓여 있는데, 직업적으로 글을 쓰는 작가들로부터 그들 작품의 몸덩어리를 분해할 때 해부학은 그 도구를 사용한다."[1]

---

1) Zitiert nach H. Jaumann, *Zur Rhetorik der Literaturkritik in der frühen Neuzeit*, in: Colloquia Germanica, Bd. 28, 1995, S. 191.

평화·정의 같은 이념이 여성의 모습으로 서술되듯이 여기서도 비평은 여성의 모습으로 알레고리화되어 있다. 이러한 알레고리적 묘사에서 우리는 비평의 특징과 사회적 위상을 명확하게 읽어낼 수 있다. "채찍"과 "자"의 비유는 비평가의 냉정함·엄격함·정확한 분석 능력 등을 가리키며, 특히 그녀로부터 "채찍을 맞은 이들은 모두 절망감과 수치심으로 무릎을 꿇는다"는 대목에서는 비평이 차지하는 높은 사회적 위상을 쉽게 감지할 수 있다. 또한 비평은 세 가지 보조적인 힘을 갖추고 있다. 즉 아주 미세한 부분에도 구속력 있는 판단을 내리는 법적인 힘, 일반적인 글("납")에서 작품("순금")을 선별해 내는 화학적 힘, 그리고 작가와 작품 자체를 분리해 내는 해부학적 힘의 도움으로 비평은 모든 글을 분석해 내는 것이다. 법·화학·해부학 같은 과학적 학문 분과가 비유적으로 비평의 보조 역할을 수행한다는 서술은 곧 비평의 객관성을 말해 준다. 물론 지금으로부터 300년 전에 씌여진 이와 같은 비평의 역할과 특징에 대한 정의가 오늘날에도 여전히 유효하지는 않는다. 예컨대 비평가를 일종의 "검열관"으로 표현하고 있는 대목은, 오늘날의 언어로 말하자면, 비평가를 일종의 "문학경찰"로 잘못 인식할 수 있게 하는 가능성을 담고 있다. 구속력 있는 절대적인 판단을 가한다는 특징도 상대적 가치를 중시하는 현재의 미학적 시각에서 보면 전근대적인 것으로 간주될 수 있으며, 또한 아방가르드 예술 운동 이후 고급과 저급의 구분이 모호해진 오늘날 "순금과 납"이라는 은유적 표현을 토대로 고상한 작품과 저급한 글을 구분하려 한다면 그것이야말로 시대착오적인 시각이 아닐 수 없다. 레티의 서술에서 다만 적절하게 수용될 수 있는 유일한 점은 작품과 작가를 엄격히 분리해내야 한다는 세번째 특징이다. 그것은 작가와 작품, 의도와 의미의 구분을 전제로 작품에 비판적이어야 할 비평이 오늘날에도 여전히 작가 및 그의 의도를 예찬하는 경향을 띠고 있기 때문이다.

몇 가지 문제점을 내포하고 있음에도 불구하고 비평에 대한 레티의 서술은 작품을 냉정하고 예리하게 비판해야만 하는 비평의 기본 특성을 강조해주고 있으며 그런 점에서 계몽주의적 비평의 근대적 면모를 보여준다. 프랑스와 독일의 경우 그와 같은 계몽적 비판적 의식은 더욱 강렬하게 요청되었으며 이러한 맥락에서 비평이 매우 중요한 사회적 위상을 차지하게 된 것은 결코 우연이 아니었다. 또한 17, 18세기 독일의 경우 대규모의 출판문화가 형성되는 사회적 상황이 발생하는데, 그것은 "책"이 이성적이고 도덕적인 인간 형성과 역사의식을 위한 중요한 사회문화적 매체로 작용하였기 때문이다(특히 문학의 새로운 장르로 소설이 나타난다). 대규모의 출판 문화 시장의 형성은 대단히 두터운 독자층의 형성을 말해주며, 따라서 책과 독자를 매개해 줄 수 있는 비평 영역이 자연스럽게 요구되었다. 당시 비평가들을 지칭하는 개념으로 독일의 경우 "예술재판관"(Kunstrichter)이라는 용어가 사용되었으며, 이것도 비평가의 사회적 위상을 간접적으로 시사해 준다.[2] 이처럼 책의 생산·매개·소비가 활발했던 17, 18세기

---

2) 비평가(평론가)를 검열관이나 재판관으로 간주하는 사유는 모두 계몽적 사유의 특징이다. 우연히 읽은 어느 단편 소설은 평론가를 검사로 비유하는 대목을 제시하고 있는데, 양식과 지식을 갖춘 평론가와 그렇지 못한 야비한 평론가를 구분하는 다음과 같은 대목에서 계몽적 사유의 흔적을 읽을 수 있다. "물론 작품에 대한 평가는 그렇게 잔인하게도 할 수 있고 비꼬아서 망신 줄 수도 있고, 떡을 칠 수가 있다. 그러나 그 검사와 같이 사나운 턱을 놀리는 매너에도 일가견이 있는 양식과 지식인으로서의 해박함이 넘쳐흘러야 공감도 사고 칭찬도 받는 평론가로 살아남을 수 있는 것이다. 그것은 어쩌면 평론가나 검사가 가져야 할 기본이며 이성적 매너일

는 흔히 "문학적 공공성"이 형성된 시기로 해석되며 이 문학적 공공성은 다시금 넓은 의미에서 "시민적 공공성"(하버마스) 내로 포함된다. 비평이 차지했던 사회적 위상과 관련하여 코젤렉은 레싱, 볼테르 같은 계몽주의적 문인들의 활동을 해석하면서 "비평가들은 계몽 자체를 훨씬 능가했으며 그들은 혁명으로 나아간 진보의 아방가르드주의자들이었다"[3]는 흥미로운 주장을 제시한 바 있다. 즉 비평가들은 단순히 문학 차원에만 머문 것이 아니라 소위 정치적·도덕적 대중성을 확보하는 데 중추적 역할을 수행했으며, 프랑스의 경우 그들의 활동은 곧 혁명을 가능케 하는 계기로 작용하였던 것이다. 17, 18세기 문학적 공공성과 시민적 공공성 간의 긴밀한 관계는 다음과 같이 요약될 수 있다. "18세기 문학비평은 포괄적인 이론과 취향 형성의 단순한 문학 내적인 현상이 아니라 시민적 공공성의 형성을 위해 기여하였다. (…) 비평이라는 제도는, 그것이 계몽주의에서 형성되었듯이, 작품과 대중을 매개하였으며, 더욱이 비평가는 대중 편에 서 있었으며 또한 대중은 끊임없는 토론을 통해 문학적 공공성에 가담하였는데, 이는 자기 자신뿐만 아니라 이성적인 삶의 실천에 대해서도 서로 소통하기 위해서였다."[4] 비평가는 단순히 작품과 독자간의 문학적 매개 역할에만 만족한 것이 아니라 독자로 하여금 이성적인 삶의 실천으로 나아가도록 유도하는 중요한 기능을 맡고 있었다는

것이다. 평론가들 중에는 정말 감정적이고 야비한 인품을 가진 사람들도 더러 있다. 다만 그런 사람에게 어떻게 하면 걸려들지 않아야 재수가 좋은가는 그 작가의 운세와 관련이 깊다"(송숙영, 「베링 해협을 건너며」, 실린 곳: 『라쁠륨』, 가을호, 2000년, 158쪽).

3) R. Koselleck, *Kritik und Krise*, Frankfurt a.M. 1973, S. 100.

4) K. L. Berghahn, *Von der klassizistischen zur klassischen Literaturkritik*, in: P. U. Hohendahl, *Geschichte der deutschen Literaturkritik*, Stuttgart 1985, S. 16.

것이다. 이처럼 정치적·도덕적 차원에서 파악되는 비평은 단순히 계몽주의라는 역사적 시기에만 국한되지 않고 현재까지도 지속하고 있는데, 예컨대 비평에 새로운 삶을 위한 "산파" 역할을 부여하려는 시각(하버마스)이 그와 같은 계몽의 연장선상에 놓여 있다.

그러나 계몽과 비판/비평의 정신은 독일의 경우 매우 아이러니컬한 모순적 결과에 도달한다. 그 점을 요약하면, 현실에 대한 계몽이 과도하게 요청될수록 현실은 그러한 계몽으로부터 더욱 동떨어진다는 모순이다. 문학비평 역시 마찬가지다. 정치적·도덕적 함의를 지닌 비평이 문학작품을 통해 현실의 이상적 변혁을 요구하였지만, 그러나 현실을 변화시키려는 이상적 비평과 그 이상을 받아들이지 않는 경험적 현실 간의 괴리는 더욱 심화되었다. 또한 "문학적/시민적 공공성"을 꾀한 비평은 점차 자신이 비판하고자 했던 자본주의의 시장 논리에 굴복하고 마는 타락의 징후를 띠기도 했다. 계몽과 비판/비평 정신이 부딪히게 되는 이러한 딜레마는 마침내 칸트에게서도 드러나고 만다. "계몽이란 무엇인가"라는 질문에 대한 답변에서 그는 계몽을 미성숙의 상태에서 벗어나 자발적으로 사유하는 용기(sapere aude)로 규정하면서도 동시에 동시대의 지배권에 "순응하라"는 맥락을 남기고 있었다. 이는, 푸코가 지적한 바 있듯이, 계몽과 비판이 그 출발과는 완전히 다른 부적합한 관계를 형성하고 있음을 말해준다.[5] 물론 그러한 모순적 모습은 칸트뿐만 아니라 이상적인 요구를 내세운 계몽 자체가 철저히 지배 세력과 결탁하게 되는 근대 전반의 모습과도 일치한다.

---

5) Vgl. M. Foucault, *Was ist Kritik?*, deutsch übersetzt, Berlin 1992, S. 15 ff.

2 낭만주의와 비평

　계몽주의적 비평이 작가의 의도나 작품의 도덕적 내용을 토대로 계몽 이념을 구현하려 했음에도 불구하고 경험적 현실과 어긋나는 양상을 띠고 말았다면, 18세기 말에 형성된 독일 낭만주의의 경우 비평은 완전히 다른 의미를 지닌다. 낭만주의에서 비평은 정치적·도덕적 함의에서 벗어나 오히려 문학 자체 내의 장르로 인식되기 시작하는데, 이것은 넓은 의미에서 문학이 기능적으로 분화하는 현상과 맞물려 있다. 즉 문학은 다른 부분 체계(정치, 경제, 종교 등)들과 마찬가지로 자율성을 획득하게 되며 특히 포괄적 의미에서의 도덕적 요청까지지도 거부하고 나선다. 자율적 문학의 성립과 함께 비평은 문학 외적인 영역보다는 문학 자체와 관련을 맺으며, 그 결과 문학사·문학이론과 함께 문학비평이 문학의 세부 영역으로 정립된다.

　프리드리히 슐레겔에 의해 이론적으로 정립된 낭만주의의 비평은 몇 가지 점에서 계몽주의적 비평 방식과 대립한다. 우선 낭만주의는 경험적 독자와의 소통 차원, 즉 시장 논리에 정향된 비평을 비판하고 나선다. 예컨대 슐레겔은 독자 혹은 대중이란 "라이프치히 도서전에서 만나 호텔 드 삭스에서 함께 식사한 어떤 이"가 아니라 다름 아닌 "사유, 요청"이라고 정의한다. 이는 도서 전시장에 내재해 있는 시장의 법칙과 그에 종속된 독자층을 거부한 것이다. 또한 낭만주의는 동시대의 도덕적 비평에 대해서도 거리를 취하는데, 그 대표적인 예는 괴테의 『빌헬름 마이스터의 수업 시대』에 대한 슐레겔의 비평에서 찾을 수 있다. 그 글에서 슐레겔은 비평이란 절대적인 우월 의식을 지닌 "예술재판관"(비평가)이 작가와 작품에 대해 일종의 "도덕적 평가서"를 쓰는 것이 아님을 강조하고 있으며, 또 다른 단편적 글에서 "예술작품의 영향력을 설명하는 일은 심리학자의 일이지 비평가의 일이 아니다"라고 역설한다. 도덕적 선악의 차원에서 작품의 가치를 논하는 성향이 그의 동시대뿐만 아니라 현재까지도 부단히 지속하고 있지만 슐레겔은 그러한 시각에 대해서 반기를 들면서 자율적 비평의 길을 제시했던 셈이다. 또한 비평이란 합리적·오성적 사유보다는 상상력·예견 같은 비합리적이고 직관적인 힘에 기초한다고 주장하며, 그런 의미에서 계몽주의가 추구했던 경험적·심리적 비평과는 완전히 다른 형식인 "예견적 비평"이 제시된다. 여기서 예견적 비평이란 작품의 가치 판단에 대한 근거를 합리적이고도 과학적으로 제시하는 비평이 아니라 현실을 뛰어넘는 상상력과 미래선취적인 독특한 직관 능력을 토대로 작품의 가치를 논하는 비평을 뜻한다. 낭만주의의 비평이 어떤 측면에서 계몽주의의 그것과 다른 모습을 띠는가는 비평에 대한 슐레겔의 다음과 같은 정의에서 간접적으로 읽어낼 수 있다.

"훌륭한 비평가와 작품 특성의 서술자는 물리학자처럼 세심하고 양심적으로 그리고 다방면으로 관찰해야 하며, 수학자처럼 예리하게 측정해야 하며, 식물학자처럼 조심스럽게 분류해야 하며, 해부학자처럼 해부해야 하며, 화학자처럼 분석해야 하며, 음악가처럼 느껴야 하며, 연극배우처럼 모방해야 하며, 사랑하는 연인처럼 실질적으로 포옹해야 하며, 철학자처럼 조망해야 하며, 조형미술가처럼 반복적으로 연구해야 하며, 재판관처럼 엄격해야 하며, 골동품상처럼 신성해야 하며, 정치가처럼 순간을 이해해야 한다."

계몽주의적 비평 특성을 제시하기 위해 인용되었던 레티의 대목과는 매우 대조적인 특징이 발견된다. 물론 화학·해부학·재판관 같은 은유적 표현들이 여전히 사용되고 있지만, 그 이외에도 음악가·연극 배우·연인·철학자·조형미술가·골동품상 같은 다양한 영역의 은유적 표현들을 통해 비평 특성이 강화되고 있다. 그 전체 내용의 핵심은 비평이란 합리적이고도 과학적인 특성뿐만 아니라 비합리적이고 종합적인 특성을 지닌다는 것이다. 이처럼 낭만주의가 비평에 다양하고도 포괄적인 특성을 부여하고 있는 까닭은 사실 낭만주의 문학 자체의 특성에 기인하는데, 요컨대 문학은 지금까지 분리된 것을 다시 결합하는 영역으로 정의되고 있기 때문이다. 작품 자체가 통합적인 특성을 갖고 있기에 비평도 마찬가지의 특성을 갖는 셈이다.[6]

통합적 특성 이외에도 낭만주의는 여러 가지 측면에서 비평의 근대적 골격을 마련해 주고 있다. 우선 비평이란 더 이상 작가의 의도를 찾아내는 기생적 작업이 아니라는 것인데 그 점은 다음과 같은 슐레겔의 글에 제시되고 있다. "비평이란 작가가 자신을 이해한 것보다 훨씬 더 작가를 잘 이해한다는 것을 뜻한다." 글을 쓴 주체가 더 이상 글의 주인이 될 수 없으며 오히려 글을 읽는 주체로서의 비평가가 그를 – 사실은 텍스트를 가리키는데 – 더욱 잘 이해할 수 있다는 것이며, 이러한 요청은 작가가 의도했던 의미(authorial meaning)에서 독자에 의해 읽혀진 텍스트의 의미(textual meaning)로 그 중심이 이동되고 있음을 암시해 준다. 요컨대, 생산 주체보다는 텍스트와 해석의 주체가 더욱 중시되고 있는 것이다(물론 나중에 언급하

---

6) 최문규, 『독일낭만주의』, 연세대학교 출판부, 2005.

겠지만 작품과 비평의 경계 해체로 인해 생산과 해석 간의 경계도 사실 사라지게 된다). 마찬가지로 슐레겔은 "비평적 독서는 (⋯) 다른 이의 책읽기를 읽어내는 데 있다"고 강조함으로써 영향사적인 관계 혹은 상호텍스트성 같은 점을 선취하고 있다.

사실 낭만주의의 비평 특징을 이해하기 위해서는 낭만주의 문학관을 먼저 이해할 필요가 있다. 낭만주의 문학관의 핵심은, 슐레겔에 의하면, "문학작품이란 그 자체 한계를 갖고 있지만 동시에 무한하며 한계를 넘어 선다"로 정의된다. 이것은 언어의 특성에서 유도되는 시각이다. 예컨대 언어가 활자 차원에서 한계를 갖고 있음에도 불구하고 다의적인 잠재력을 지니듯이, 한 권의 책은 비록 그 자체가 완결되어 있음에도 불구하고 다양한 의미를 낳는다. 언어와 작품이 유한한 상태에도 불구하고 의미의 무한한 잠재력을 분출하고 있는 것처럼 비평도 마찬가지의 힘을 지닌다. 특히 슐레겔은 "비평문은 유장하고 부유해야 하며 확고한 용어 사용에 저항해야만 한다. 그렇지 않으면 비평문은 마치 철학에 종사하는 듯한 부자연스런 모습을 띠게 된다"고 밝힌 바 있는데, 이것은 비평적 언어의 무한한 잠재력을 암시해 주고 있다. 슐레겔은 용어와 개념이 지나치게 규정적으로 사용되는 경향을 비판하고 있을 뿐만 아니라 또한 "비평의 원칙 자체도 비평적(비판적)이 되어야 한다"라고 언급한 바 있다. 이는 흔들리지 않는 완전한 비평 원칙의 불가능성을 암시해 주고 있다. 확고한 개념이나 자신이 세운 원칙 자체를 비판하는 비평은 우유부단한 시각으로 간주될 수 있겠지만, 사실 확고한 개념적 사유 방식에 대한 저항에서 나온 아도르노와 벤야민의 비평적 글쓰기를 보면 오히려 낭만주의의 시각이 미래선취적인 안목을 제시해 준 셈이다.

이제 낭만주의가 내세운 비평의 가장 중요한 특징이 언급될 수 있다. 그것은 다름 아닌 비평도 궁극적으로는 문학(작품)이라는 점이다. 말하자면, 비평은 더 이상 작품에 대한 이차적인 분석적 판단이나 해석으로 머무는 것이 아니라 창작의 특성을 지녀야 한다는 것이며, 그 점은 자주 인용되는 슐레겔의 다음과 같은 단편에 제시되어 있다. "문학은 문학에 의해서 비평되어야만 한다. 그 자체 예술작품이 아닌 예술비평은 (…) 예술의 영역에서 시민권을 획득하지 못한다." 여기서 비평과 작품 간의 경계는 해체된다. "비평의 문학화"로 해석될 수 있는 그러한 요청은 두 가지 의미를 갖는다. 그 하나는 비평의 문학화라는 요청은 우선 독자를 정치적·도덕적 차원에서 계몽하려는 시대 비평적 인식과 거리를 취함으로써 비평도 나름대로 문학 내에 위치해야만 한다는 것으로 이해될 수 있다. 다른 하나는 비평이 단순히 작품을 분석하는 차원에 머물지 않고 허구성·심미성·수사성을 지닌 글쓰기 차원으로 전환해야 한다는 것이다. 비평이 새로운 창작으로서의 글쓰기 특성을 획득해야 한다는 요구는 사실 매우 파격적이고 아방가르드적인데, 그것은 비평 작업이 진정한 현실 인식이 아니라 사실 허구적 세계에 귀속될 가능성을 갖고 있기 때문이다.

그렇다면 창작과 비평의 경계 해체는 어떻게 이해될 수 있을까? 흔히 낭만주의적 비평은 신비평적·형식주의적 비평 방식과 친화 관계를 맺고 있는 것으로 알려져 있다. 물론 예술 작품에 대한 내재적 비평을 강조하였다는 점에서 공통점이 없는 것은 결코 아니다. 그러나 작품과 비평의 경계 해체라는 낭만주의의 비평은 사실 형식주의의 그것과는 완전히 다르며, 그 점은 낭만주의의 비평에 대한 르네 웰렉의 서술에서 간접적으로 읽어낼 수 있다. "제2의 예술작품 생산인 창조적 비평은 잘못된 것이며, 예술작품의 불필요한 배가이며 필연적인 구분을 없애고 있다."[7] 웰렉의 시각에는 오히려 필연성의 시각이 되살아나고 있다. 즉 작품과 비평의 필연적 구분을 강조하는 그의 시각의 저변에는 작가와 비평가, 일차문헌과 이차문헌, 경전으로서의 작품과 그것에 기생하는 비평의 차이를 강조하는, 넓은 의미로 생산적 주인과 소비적 하인을 구분하려는 문화보수적 시각이 깔려 있는 것이다. 이와 반면에 심미성과 허구성을 바탕으로 창작과 비평의 경계를 해체하려는 비평의 문학화는 비평을 단순히 분석적인 행위로만 제한하려는 사유를 뛰어 넘으려는 것이며, 또한 읽고 평가하는 행위는 단순한 소비 행위에 머물지 않고 새로운 생산(즉 표현) 행위로 전환되어야 한다는 긍정적인 의미를 던지고 있다.

주로 슐레겔에 의해 정립된 낭만주의의 비평은 위에서 제시된 특징 이외에도 다양한 특징을 지니고 있다. 예컨대, 슐레겔은 해석학적 비평·역사적 비평·철학적 비평·심리적 비평·문헌학적 비평 같은 비평의 다양한 종류를 제시하고 있으며 또한 단편·주석·서평·대화·강연·논쟁 같은 다양한 비평 형식에 대해서도 언급한 바 있다. 그 밖에도 슐레겔에 의하면, 비평이란 지금 여기서 생산되는 작품에 즉각적인 반응을 보이는 독서 행위이지만 그러한 행위는 궁극적으로 곧 "고전 작품의 선별"(delectus classicorum)과 연결된다고 한다. 즉 비평은 지금 여기서 생산된 작품에 대해 순간적 판단을 내리는 작업이지만 그 비평 작업은 곧 미래에 고전이 될 수 있는 작품을 찾아내는

---

7) R. Welleck, *Geschichte der Literaturkritik*, deutsch übersetzt, Darmstadt 1959, S. 270.

시도로 상승된다.

3 작품의 명예훼손으로서의 비평, (반)유물론적 비평: 발터 벤야민

계몽주의와 낭만주의가 각기 파악한 비평의 차이는, 전자에서는 비평의 정치적 도덕적 기능이 강조되었다면 후자에서는 비평의 문학 내적인 특성이 강조된 셈이다. 이러한 계몽주의적 비평과 낭만주의적 비평의 대립은 이후 지속되었는데, 물론 그 대립은 매 시대마다 다른 형태의 대립 개념으로 대치되곤 했다. 예컨대 사회와 개인, 역사적 현실 인식과 심미적 의식, 계급의식과 자율성, 역사적 실존과 예술적 삶, 참여와 순수, 진리 인식과 허구 창출, 작가의 의도와 텍스트의 의미, 상징과 알레고리 등이 그것이다. 그런 대립 가운데 정치적 관점을 중시했던 19, 20세기까지 계몽주의적 비평이 우선적으로 요청되었음은 두말할 나위 없다.

그런데 20세기 초 비평과 관련해서 양자택일의 관점이 아니라 변증법적 사유를 취했던 비평가가 발견되는데 그는 다름 아닌 발터 벤야민이다. 여기서 변증법적 사유란 양자의 접점을 찾고자 했던 사유 혹은 벤야민의 말대로 양자의 형상이 순간적으로 조우하는 사유를 말한다. 19세기 중반 하인리히 하이네와 마찬가지로 벤야민은 역사와 현실 인식뿐만 아니라 특유의 심미성과 예술성을 발휘하면서 동시대의 작품에 관한 수많은 비평적 글을 남겼다. 그런데 흥미로운 점은, 역사적·비판적 의식을 넘어서 "문학으로서의 비평"을 보여줌으로써 벤야민은 낭만주의의 요구처럼 작가와 비평가의 경계를 해체시켰던 것이다. 다시 말하면, 그의 글은 더 이상 이차 문헌에 머무르는 것이 아니라 일차 문헌의 위상을 획득한다.

벤야민은 스스로 비평 개념을 다양한 방향에서 규정하였는데 그 시각은 결코 일관적이지는 않다. 우선 학위 논문인『독일 낭만주의에서의 예술비평 개념』에서 벤야민은 낭만주의의 비평 개념을 철저히 예술의 맥락에서 파악하고 나선다. "비평이란, 그 개념의 특성에 대한 오늘날의 이해와는 정반대로, 판단이 아니라 한편으로 작품의 완성·보충·체계화이며, 다른 한편으로 절대성 내에서 작품을 용해시키는 것이다." 비평을 가치 판단으로 이해하는 근대적 방식과는 달리 벤야민은 비평 개념에 작품을 완성시키는 매개적 기능을 부여하고 있으며, 또한 "절대성 내에서 작품을 용해시킨다"는 대목은 곧 개별 작품이란 비평의 매개를 통해 예술이라는 절대적 체계 속에 편입될 수 있다는 것을 뜻한다. 물론 이러한 시도는 낭만주의의 비평 개념에 대한 해석일 뿐 아직 비평 자체에 대한 그의 독특한 시각을 보여주진 않는다. 또한 낭만주의의 비평 개념과 관련해서도 벤야민은 비평이 궁극적으로 예술 체계 속으로 흡수되는 측면을 간과하고 있었다.

두번째 단계는 잘 알려진 주석(Kommentar)과 비평의 구분이다. 벤야민은 이를 토대로 마침내 자신의 독특한 개념 정의를 발전시킨다. 주석과 비평을 구분하기 위해 보충적으로 사용되고 있는 개념은 "실상 내용"과 "진리 내용"이라는 개념이다. 벤야민은 "비평은 예술 작품의 진리 내용을, 주석은 그 실상 내용을 찾는다"고 강조한다. 진리 내용과 실상 내용이 무엇인지는 여러 각도에서 설명될 수 있는데, 우선 전자가 보편적이고도 절대적인 이념 같은 것이라면 후자는 경험적이고도 구체적인 역사를 지닌 것이다. 따라서 비평이 예술 작품 전체를 지배하고 있는 이념으로서의 진리를 찾는다면, 주석은 형식이나 내용 차원에서의 역사적 전개 양상을 다룬다. 그런데 이와 달리『독일 바로크 비극의 원천』에서는 "모든 의미 있는 작품의 토대를 이루고 있는 역사적 실상을 철학적 진리 내용으로 만드는 것"이 예술 형식의 기능이고 그러한 점을 인식하는 것이야말로 "철학적 비평"의 과제라고 정의되고 있다. 따라서「괴테의 친화력」에서 시도된 주석과 비평의 구분과,『독일 바로크 비극의 원천』에서 언급되고 있는 것처럼 실상을 진리로 끌어올리는 시도로서의 비평에 대한 정의는 각기 묘한 차이점을 형성하고 있다. 또 다른 글에서 벤야민은 비평에 관한 대단히 유명한 정의를 남기고 있는데, 그것은 1923년 12월 1일 플로렌스 크리스티안 랑에게 보낸 편지 대목이다.

"비평이란 작품의 명예를 훼손시키는 것입니다. 작품 내에서 의식을 상승시키는 것(낭만주의적!)이 아니라 그 안에 지식을 이주시키는 것입니다. (…) 예술작품의 해석의 과제는 창조적인 삶을 이념 속에서 모으는 것입니다."

비평의 현대적 특징으로 벤야민이 긍정적으로 새롭게 거론하고 있는 측면은 비평을 다름 아닌 "Mortifikation"(명예훼손, 모욕을 가함, 가치 무효의 선언)으로 규정한 것인데, 이는 주로 작가 혹은 작품의 영원성과 불멸성을 기리는 식으로 진행되어 왔던 기존 비평에 대한 거부를 내포한다. 아울러 비평을 작품 속에 "지식"을 이주시키는 행위로 정의하는 대목도, 비평을 더 이상 작품을 긍정적으로 보충하는 행위로서가 아니라 인식론적·정치적 차원에서 작품을 냉철하게 비판하는 행위로 파악할 수 있음을 말해 주고 있다.

벤야민이 비평 개념에 대한 정의를 다각적으로 시도했다는 점은 유고에 남아 있던「문학 비평의 강령」「신세대의 특성 서술」「비평가의 과제」「잘못된 비평」같은 글을 통해 알 수 있다.[8] 그 글들에서 우선 눈에 띄는 점은 벤야민이 독자층과의 관계를 통해서 비평을 다루고 있는 대목이다. 벤야민에 의하면, 독자층은 대중이라는 형태와 공동체(Zirkel)라는 형태로 구분된다. 전자는 주로 문학을 "오락의 도구"로서, "서로 간의 친분관계를 고무시키고 심화시키는 것"으로서 혹은 "시간의 소비"로서 받아들이는 층이라면, 후자는 문학에서 "삶의 책, 지혜의 근원, 대체로 그들 공동체의 규약"을 읽어내는 층이다. 전자는 문학을 사교 수단과 오락물로 소비하려는 일반 독자를 가리키며, 후자는 당시 시인 슈테판 게오르게(S. George)를 중심으로 구성된 특정 파벌 형태를 암시한다. 벤야민에 의하면, 낭만주의 이후 비평은 "객관적인 타락"의 길을 걷고 있는데 그 원인은 비평이 오로지 그러한 두 가지 유형(대중과 공동체)의 독자층과 관계를 맺어 왔기 때문이다. 문학을 오락물로서 소비하는 대중에만 정향되어 있는 비평은 비평적 글 자체의 내적인 질을 상실한 채 단지 오락적 특성을 갖게 된다.[9] 그러나 벤야민이 더욱 끔찍하고 위험한

---

8) 그와 같은 벤야민의 다양한 단편적 글은 벤야민 전집 6권에 수록되어 있다(Walter Benjamin, *Gesammelte Schriften*, hrsg. v. Rolf Tiedemann und Hermann Schweppenhäuser, Frankfurt a.M. 1972 ff, Bd. VI, S. 161-184).

9) <느낌표>라는 독서를 권장하는 국내 방송 프로그램이 있었다면, 독일의 경우 오래 전부터 방송되고 있는 <문학 사중주>(Das literarische Quartett)라는 인기 있는 프로그램이 있다. 소위 "문학의 교황"으로도 지칭되는 비평가 마르셀 라이히 라니츠키(Marcel Reich Ranicki)를 비롯한 4명의 비평가가 비교적 가벼운 분위기에서 신

비평 경향으로 간주하고 있는 것은 다름 아닌 특정 공동체에 정향된 비평인데, 이 경우 "파벌"(Sektiertum) 중심이라는 잘못된 집단주의가 형성된다고 지적하고 있다. 이처럼 각기 대중과 파벌이라는 두 가지 형태의 독자층에 정향된 비평 경향을 냉철하게 비판하면서 벤야민은 소위 집단적 활동, 생산력의 조명, 정치적 강령을 토대로 하는 소위 "유물론적 비평"을 내세운다. 그러나 흥미로운 점은 이제부터다. 즉 벤야민의 글을 자세히 읽어보면 유물론적 비평 자체가 벤야민이 구상했던 비평의 최종 형태가 결코 아님을 알 수 있다. 그 점은 내재적 비평에 유물론적 비평을 대립시키고 있지만 동시에 유물론적 비평을 뛰어 넘어서 "새로운 형태의 비평"을 강조하고 있는 다음과 같은 대목에서 알 수 있다.

"서평에는 강령이 근본을 이루고 있어야 한다. 물론 작품에서 그 척도를 일시적으로 찾아내는 비평인 내재적 비평이 개별적으로 성공적인 결과를 가져 올 수는 있다. 그러나 그것보다 더욱 필수적인 것은 강령이다. 이것은 모든 미학적 범주들(척도들)이 이제 효력을 갖지 않는다는 견해에서 출발한다. 미학적 범주들은 낡은 미학의 능숙한 발전을 통해 생산될 수 없다. 오히려 책을 시대와의 연관성 속에 설정하는 유물론적 비평으로의 우회가 필요하다. 이제 그와 같은 비평이 하나의 새롭고도 유연한, 변증법적 미학으로 나아갈 수 있다"(166).

간 서적의 내용과 작품의 성공도에 대해 의견을 나누는 프로그램이다. 그 프로그램이 성공을 거둔 까닭은 약간은 코믹하고 어눌한 어조로 좋은 작품과 형편없는 작품이라는 식으로 자신의 주관적 판단을 즉석에서 가하는 라니츠키의 모습 때문인데, 이러한 방송 매체를 이용한 비평 방식도 곧 대중을 겨냥한 비평 활동인 셈이다.

정치적 의식, 단호한 강령에서 출발하는 비평으로서 유물론적 비평은 논쟁적이고 전략적인 특징을 지닌다. 유물론적 비평은 자신의 비판적 시각이 어디에 기초하는지를 분명하게 제시하는 정치적 단호함을 지녀야 하며 또한 미학의 전통적 범주에 더 이상 의존하지도 않는다. 이런 점에서 유물론적 비평은 소위 계급투쟁과 동일 선상에서 놓여 있다. 그렇지만 유물론적 비평도 한계를 지닌다. 그 한계는 지나치게 하나의 입장과 의견만을 고수하는 데 있으며 또한 작품 자체를 철저하게 분석하는 내재적 비평의 장점("성공적인 결과")을 결여하고 있는 것이다. 「잘못된 비평」이라는 글에서도 벤야민은 유물론적 비평의 문제점을 지적하고 있다. 예컨대 작품의 "표면적인 것에만 매달리며" 또한 "사회적 내용"만을 "여기저기서 끌어오기" 때문에 그러한 비평 행위는 진정한 비평이 될 수 없다고 밝힌다. 결국 유물론적 비평은 최종적인 비평 형태가 아니며 그것을 뛰어 넘어서 벤야민은 새로운 형태의 비평을 내세운다. 그 새로운 비평은 "작품 내에서 보는 것을 배우는 행위", 즉 "작품에서 실상내용과 진리내용이 서로 어떻게 관통하는지를 설명하는"(178) 방식이다. 다시 말하면, 비평은 실상내용과 진리내용의 접점을 찾아내는 것이며 이러한 비평을 통해서 비로소 형식과 내용의 우선권을 둘러싼 전통적인 시비가 사라지게 된다는 것이다. 유물론적 비평에 대한 벤야민의 비판은 거기서 그치지 않는다. 유물론적 비평에 대한 메타 비판을 보면 거의 반유물론적이라고도 할 수 있는 벤야민의 시각이 발견된다.

"유물론적 문학비평의 온전한 비평은 '신비적인', 판단하지 않는 측면을 결여하고 있다는 문제점을 지니며 또한 언제나(거의 언제나) 비밀을 캐어낸다는 문제점을 갖고 있다"(174).

일반적으로 부정적인 뉘앙스를 지닌 "신비적인, 판단하지 않는" 행위를 벤야민은 오히려 긍정적인 것으로, "비밀을 캐어내는" 비평 행위를 부정적인 것으로 간주하고 있는 것이다. 가치가 전도되어 있는 셈이다. 이 점을 어떻게 이해할 수 있을까? 여기서 벤야민과 니체의 유사성이 발견된다. 즉 비밀을 캐어 내거나 베일을 벗겨낸다는 표현은 절대 진리를 찾아내려는 합리적·과학적 사유 방식과 관련되어 있는데, 벤야민에 앞서서 니체는 지식과 인식을 절대적으로 신봉하는 그런 사유 방식을 소크라테스적 근대인의 사유 방식이라고 명명한 바 있다. 결국 지식·판단 같은 인식론적 능력을 통해 작품에 과학적으로 접근하려는 비평을 비판하면서 벤야민은 니체와 마찬가지로 탈근대적인 사유를 펼치고 있는데, 역으로 말하면 지식과 판단에 의해 완전히 파헤쳐질 수 없는 예술작품만의 독특한 비의성(秘義性)을 간접적으로 옹호하고 있는 것이다. 그런 의미에서 번역가도 자신의 번역이라는 "과제"를 오로지 언어적 지식과 인식에서만 진행할 경우 그것은 실패한 번역이 되고 만다. 물론 판단 자체가 완전히 부정되는 것이 아니다. 단지 항구적인 토대와 목적으로서만 작동되는 판단이 부정될 뿐이다. "진실한 비평가의 경우 본래의 판단은 그가 얻으려는 마지막 판단이지 자신의 비평적 일의 토대는 아니다. 이상적인 경우 그는 판단을 망각한다"(172). 판단은 처음부터 마지막까지 흔들리지 않게 존속하는 영원한 토대로 작용하는 것이 아니라 단지 목적으로, 그렇지만 망각된 목적으로만 존재할 뿐이다. 이상적인 경우 비평가는 "판단을 망각한다"라는 대목은 이제 어떤 의미를 지닐까?

"책을 감싸고 있는 아우라에 대한 감각을 소유하는 것, 이는 무엇을 뜻할까? 아마도 그것은 망각할 수 있는 능력을 뜻할지도 모른다. 책에 대한 말과 대화를 망각하는 것, 책의 페이지를 들여다보는 시선을 망각하는 것, 책을 무의식의 판단에 맡겨버리는 것. 무의식이야말로 매우 순간적인 인상과 형상들에서 그 정수(精髓)를 추출해 내는 힘을 갖고 있으며, 우리는 그러한 정수를 종종 꿈에서 만나게 된다. 결국 진실한 비평가는 책을 만나기 전에 이미 그 책에 대한 백일몽을 꾼다"(171).

유물론적 비평은 강령·물질적 토대·냉철한 의식 등에 기초하지만, 여기서는 그와는 완전히 다른 망각·무의식·꿈 같은 비물질적인 상태가 요구되고 있으며 이는 유물론적 비평뿐만 아니라 내재적 비평에서도 결코 찾을 수 없는 특징이다. 사실 유물론적 비평이나 내재적 비평 모두 작품의 아우라를 벗겨내어 최종 비밀에 도달할 수 있다는 의식중심주의적 신념을 지니고 있다. 따라서 유물론적 비평이나 내재적 비평과는 완전히 다른 새로운 비평은 그런 의식중심주의적 신념을 거부하는 방식이다. 앞에서 지식과 이념을 통해서 작품의 불멸성과 명예를 부수는 행위로서 비평의 특징이 거론되었다면, 여기서는 "말과 대화" 같은 일상적인 의사소통적 행위나 책을 들여다보는 통찰력 같은 인식론적 행위가 거부되고 있다. 의식적인 인식 능력에 극단적으로 저항하고 그 대신 순간적인 인상과 형상, 백일몽 등을 옹호하고 있는 대목이 자칫 인상주의적 비평에 대한 예찬 같은 착각을 불러일으킬 수 있지만 사실은 그렇지 않다. 벤야민이 요구한 새로운 형태의 비평은 대단히 파격적인 형태로서 의식 이전의 차원에서 심미성과 유물론을 결합하는 혹은 무의식과 정치성을 결합하는 방식이다. 흥미로운 점은 망각 · 무의식 · 꿈 같은 특성을 통해 벤야민은 글(Schrift)의 성격을 논한 바 있는데 글을 읽는 비평의 작업에서도 그와 비슷한 특성을 내세우고 있다는 것이다. 결국 벤야민에게서도 글과 독서, 창작과 비평의 경계는 해체되고 있으며, 이는 곧 낭만주의적 사유의 복귀로 해석된다.

4 비판적 비평의 가능성

서두에서 말한 것처럼, 비판/비평은 근대의 산물로서 계몽과 동일시된다. 그러나 포스트모더니즘이 근대의 이념인 계몽에 극단적인 회의를 제기함으로써 그와 함께 비판/비평도 무기력한 상태에 젖어 있는 듯이 보인다. 물론 무기력한 사회적 상태라고 해서 비평이라는 장르가 소멸하거나 부재해 있는 것은 아니다. 국내의 경우 오히려 비평은 과도하게 생산되고 있고 많은 이들이 비평가로 명명되는 현상을 볼 수 있다. 그러나 문제는 그 이름 자체가 무색할 정도로 비판력이 사라진 혹은 관점이 결여된 비평이 팽배해 있다는 것이다. 그것은 절대 원칙과 진리를 주장하는 행위가 거부되고 그 대신 다원주의 · 상대주의 · 절충주의가 팽배해지는 상황에 기인한다. 물론 비평이란, 롤랑 바르뜨도 이미 언급했듯이, 진리를 찾는 작업이 더 이상아니다. 그렇다고 해서 관점이 결여된 무비판적인 비평이 무조건 옹호될 수는 없다. 비평은 철저히 "작품의 비평과 비평 자체에 대한 비평"[10]의 특성을 유지해야 한다. 보들레르의 정의처럼 "비평이란 당

---

10) R. Barthes, *Was ist Kritik?* in: Literatur und Geschichte, deutsch übersetzt, Frankfurt a.M. 1966, S. 65.

힌 시각에서 나타나야 하는데, 즉 하나의 관점이지만 그 관점이 가능한 다양한 지평을 열어 놓는"[11] 방식으로 말이다. 계몽주의적 비평이든 낭만주의적 비평이든 혹은 벤야민이 구상하였던 새로운 형태의 비평이든, 비평은 단순히 작가의 삶에 대한 자서전적 보고서나 혹은 작품의 줄거리나 형식을 정리하는 보고서가 아니라 자신의 명확한 관점 하에서 논쟁적이고 비판적인 언술을 제시해야만 한다. 또한 논쟁적이며 비판적인 사유가 유보되고 단지 조화로움과 아름다움의 이데올로기를 설파하는 글도 비평으로 간주될 수 없다. 벤야민은 이상적인 경우 비평가는 판단을 망각한다고 했지만, 그것은 판단과 의식만을 절대시하는 비평 방식에 대한 비판이었을 뿐 지금 여기서 자신의 명확한 관점으로 동시대 문학 작품을 비평하는 행위를 부정한 것이 결코 아니었다. 대체로 역사적인 방식을 취함으로써 자신의 동시대 작품에 한 발짝 느리게 접근하는 "학문적 해석"과는 달리 비평은 "지금 여기서"라는 시점 하에서 예리하고도 냉철한 자신의 주관적 가치와 관점을 적나라하게 드러내주어야 한다. 요컨대, 가치 판단의 행방이 묘연하고 두루뭉실한 상태 속에 떠다니고 있는 글은 비평이라는 이름을 지닐 수 없는 것이다.

최근 다시 활발하게 논의되고 있는 니체의 「삶에 있어서 역사의 유용성과 단점」이라는 글에 제시된 세 가지 역사 서술 방식은 비평의 방식에도 그대로 적용될 수 있겠다. 니체에 의하면, 첫번째로 지나간 사건을 위대하고 영원한 "전범"(典範)으로 간직하려는 "기념비적 역사"가 있으며 그러한 역사는 예컨대 종교 및 전쟁 기념일과

---

11) Ch. Baudelaire, *Wozu Kritik?*, in: Sämtliche Werke und Briefe in 8 Bänden, hrsg. v. F. Kemp und C. Pichois, München 1975, Bd. I, S. 196.

관련해서 찾을 수 있다. 두번째로는 역사적 유물과 인간 자신을 동일시하는 "골동품적 역사"인데, 가령 향토사에서 그렇듯이 고향의 성문과 벽 혹은 주민 축제 같은 것을 "자신의 유년시절의 채색된 일기장"으로 받아들이는 행위를 뜻한다. 마지막으로 축적된 과거에 대한 망각에서 솟아나는 삶에 적합한 "비판적 역사"가 있다. 이러한 역사는 "칼로 과거의 뿌리를 뽑아내며 비판적 회상에서 과거를 구축해 내는데", 이 비판적 역사에 의해 구축된 과거는 "우리들이 태생한 과거와는 반대로 우리가 태생하기를 바라는 그런 과거"를 뜻한다. 즉 지식이 아니라 욕구에 의해 새롭게 구성되는 과거이며, 이 때 중요한 점은 "베일을 씌우는 환상"을 만들어 내는 힘이다. 물론 니체가 비판하고 있는 것은 근대인의 역사주의적 의식, 즉 지나간 사건을 마치 "소화할 수 없는 엄청난 양의 지식"으로 저장하려는 근대인의 과학적·실증적 역사의식이다. 니체에 의하면, 과학적·실증적 역사의식은 모두 "생동력"을 결여하고 있으며 현재와 미래의 삶에 아무 도움을 주지 못한다. 위에서 서술된 세 가지 역사 서술 방식 가운데 "기념비적 역사"와 "골동품적 역사"가 비교적 삶과 관련하여 수동적인 의미를 지닌다면, 니체의 본래 관심사인 "비판적 역사"는 지식으로서의 역사를 망각하고 "비판적 회상"을 통해 현재와 미래를 위한 방향과 목적을 제시해 주는 능동적인 의미를 지닌다. 이와 같은 역사서술 방식에 대한 니체의 구분은, 그의 철학적 관점과는 무관하게, 문학비평을 구분해 보는 데 적용될 수 있다. 예컨대 비평의 방식을 보면, "기념비적 비평"과 "골동품적 비평" 같은 비평 방식이 그대로 재생산되고 있다. 즉 작품을 마치 위대하고도 영원한 기념물로 찬미하거나 혹은 작품에서 우러나오는 향토성에서 비평가 자신의 일부분을 발견해내려는 행위가 그것이다. 이러한 비평과 달리 "비판적 비평"을 요청해 볼 수 있다. 그런 비평 형식은 특정 작품이 현재와 미래를 위해 어떤 의미를 지니는지를 비판적으로 검토하고 또한 축적된 과거와 극단적으로 단절할 뿐만 아니라 특정 지식에 의존하지 않고서도 자신의 가치 평가를 과감하게 제시하는 형식이라고 할 수 있다.

왜 자신의 관점이 명확한 비평, 혹은 일종의 동어반복이기도 한 "비판적 비평"이라는 개념이 강조되는 것일까? 그것은 어느 정도 국내 비평의 무비판적 성향이 떠올랐기 때문이다. 사실 우리의 비평은 작품에 대해 지극히 관대하고 조심스러우며, 또한 대단히 "인간적"이다. 벤야민이 말했던 작품의 명예를 훼손시키는 비평이란 우리에게 감히 생각될 수도 없는 일이다. 작품에 대한 냉정한 비평뿐만 아니라 동일 작품에 대해 서로 다른 시각의 차이를 첨예하고 치열하게 드러내는 비평 자체에 대한 비평, 즉 비평의 비평도 매우 드물다. 물론 비평의 비평이 전혀 없었다고는 할 수 없으며 간혹 일간지 문화란을 통해 그와 같은 비평의 비평에 관한 기사를 대할 때가 있다. 사실 비판적 비평이나 비평의 비평은, 엄격하게 말하자면, 보도될 필요가 없는 지극히 정상적인 문화 현상이다. 그럼에도 불구하고 그것이 마치 희귀한 사건인 양 보도되고 있는 것이 아닌가? 이는 정상적인 비평 문화의 부재를 충분히 입증해 주고도 남는다. 물론 작품에 대한 비평이나 비평의 비평 같은 정상적인 문화의 부재가 어디 비평 영역뿐이겠는가. 그것은 우리의 의식과 생활 영역 전반에서 찾을 수 있는 보편적 현상이며 그 원인을 예로부터 비판의 절제를 삶의 미덕으로 여겨왔던 전통적인 관습과 교육 혹은 비판적 사유를 터부시했던 억압적인 과거 군사정권의 영향에서 찾을 수 있을지도 모르겠다. 그렇지만 비판적 비평이 부재하게 된 원인을 우리 문화의 보편적인 일상사의 탓으로만 돌린다면 어쩐지 찜찜하고 정당치 못한 것으로 여겨진다. 적어도 작품을 비판한다는 의미로 비평이라는 이름을 지닌 글의 경우 더욱 그렇다. 비평가로 지칭되거나 자칭하면서 비평을 쓰는 이들은 그 이름에 부합하는 글을 써야만 한다. 이 때 작가를 포함한 모든 독자의 경우에도 비판적 비평에 대해 새로운 인식이 요구됨은 두말할 나위 없다. 비판적으로 거론되는 작품은 거론되지 않는 작품보다 훨씬 더 의미를 갖는다는 인식이 그것이다. 설혹 특정 작품이 특정 비평가에 의해서 냉혹하게 비판될지라도 독자는 작품을 읽을 만한 가치가 없는 것으로 인식해서는 안되며 오히려 스스로 적극 읽어줌으로써 그 비평가의 관점이 타당한지를 함께 검토해 주어야 한다. 비평가의 판단이란 결코 절대적인 것이 아니라 단지 하나의 관점에 불과하기 때문에 더욱 그렇다.

비판적 비평이 부재해 있는 동안 기이한 형태의 비평이 슬그머니 정착되어 있음을 볼 수 있다. 그러한 비평의 특징으로 우선 학문적 개념의 차용과 남용을 들 수 있는데, 그 정도가 지나칠 경우에는 서로 상이한 문학이론의 시각에 뿌리를 둔 개념들까지도 마구 차용하고 혼용하는 그로테스크한 경향을 띠기도 한다. 더욱이 개념의 지나친 차용과 혼용을 마치 탁월한 비평의 기준으로 삼기도 한다. 물론 비평이 학문적 개념을 적극 끌어들이게 된 배경은 충분히 이해될 수 있다. 예컨대 그것은 비평의 고질적인 문제인 주관적 인상 비평을 뛰어 넘어 비평의 과학적 객관화를 꾀하려는 계기에서 나온 것으로 보인다. 그러나 학문적 개념과 용어를 마구 사용한다고 해서 비평이 과학적으로 되는 것은 아니며, 또한 그것이 지나칠 경우 비평의 독특한 가치(즉 학문적 해석보다 항상 앞서가는 미래선취적인 특성)마저도 상실될 수 있는 위험이 따른다. 이런 상황에서 간혹 학문적 개념과 지식에 의존하지 않고서도 작품의 의미를 예리하게 진단해내는 참다운 비판적 비평을 만날 경우 마치 오랜 가뭄 끝에 내린 단비처럼 느껴진다. 결국 비평이란 학문적 개념이나 용어에 의존하지 않고서도 자신만의 독특한 가치 판단을 명확하고 설득력 있게 내릴 때 비로소 그 가치를 갖는 법이며, 그렇기 때문에 비평은 일반적인 감상문이나 학문적인 글보다 더욱 어렵고 소중한 글로 간주된다.

학문적 개념의 남용 현상과 마찬가지로 또 한 가지 두드러진 현상으로는 비평이 지나치게 문학화되어 있다는 점이다. 국내 비평을 보면 마치 낭만주의 및 포스트모더니즘적 요구가 이미 오래 전에 실현된 듯한 착각에 사로잡히게 된다. 물론 철학적·인식중심적 전통에 대한 비판이라는 점에서 비평의 문학화 자체는 긍정적이다. 그러나 문제는 그런 비평이 철학적·인식중심적 전통에 대한 비판에서 출발했다기보다는 마치 그 비평 대상인 작품과 경쟁하려는 듯 더욱 뛰어나고 현란한 수사에만 의존함으로써 아무런 가치 판단조차도 기대할 수 없게 만든다는 것이다. 그 결과 적재적소에 일순간에 사용됨으로써 강력한 효력을 얻을 수 있는 수사적 언어가 그 방향을 상실한 채 무력하게 표류하고 있다. 이러한 현상은 비평과 창작, 소비와 생산의 경계를 해체시킨 낭만주의적 사유나 포스트모더니즘적 사유와는 기본적으로 다르다. '문학은 가상'이라는 인식이나 '읽기는 소비가 아니라 생산'이라는 인식이 전혀 전제되어 있지 않은 채 그 기이한 비평의 문학화 현상은 '문학은 진정성'이라는 명제를 내세우면서 동시에 그러한 진정성과는 완전히 배치되는 지나친 허구화와 수사화에 몰두하고 있는 것이 아닌가!

이 밖에도 비판적 비평을 더욱 불가능하게 만드는 다른 외적 요인이 있다. 그것은 이상적인 요구를 무색케 하는 강력해진 현실적인 힘으로서의 시장과 권력의 힘이다. 이 힘은 마르크스주의로부터 혹독한 비판을 받고서도 사라지기는커녕 현재 마치 거대한 공룡처럼 예술과 문화 전반에 지배하고 있으며, 이러한 힘에 예속된 비평은 자연히 자신의 비판력을 상실한 채 단지 손익 계산서 작성에 간접적으로 기여하는 글로 전락하고 있다. 흥미롭게도 마르크스주의적이라고 자칭하는 비평도 점차 자신의 비판 대상인 시장과 권력의 힘에 의존하는 이상한 징후를 띠고 있지 않은가! 이처럼 여러 가지 요인으로 인해 비판적 비평이 부재해 있는 심각한 상황을 어떻게 그려볼 수 있을까? 서두에서 인용했던 레티의 알레고리적 서술을 다음과 같이 패러디화한다면 그런 상황을 어느 정도 부각하는 데 도움을 줄 수 있을지도 모르겠다.

'그녀의 코는 둥글고 작아서 안경을 걸치기에는 매우 불편해 보였다. 그 안경알은 너무 탁해서 가까운 대상도 자세히 들여다 볼 수 없을 정도이다. 그녀는 다양한 천으로 만든 누비옷을 입고 있다. 그녀는 오른 손에 빗을 하나 쥐고 있으며 그것으로 그녀는 항상 다른 이들의 머리를 예쁘게 빗겨 준다. 그녀의 빗질 솜씨는 매우 뛰어났기에 머리카락이 곱게 빗겨진 이들은 자신이 마치 훌륭한 인물인 양 대단한 자만심을 보인다. 그녀는 왼쪽 손에 피리를 들고서 언제든 마음에 드는 작품을 대할 경우 스스로 도취하여 찬송곡을 연주할 태세를 하고 있다. 그녀의 오른편에는 계보학이 자리 잡고 있어서 작가나 작품이 어떤 혈연, 지연, 학연, 이념

등에 기반을 두고 있는지를 꼼꼼히 추적하거나 혹은 시장에서 톡톡한 재
미를 볼 수 있는지를 가늠하는 데 도움을 준다. 그녀의 왼편에 앉아 있
는 수사학은 작품에 대한 평가서를 아름답게 꾸미는 일만을 도맡아 한다.
그녀의 발밑에는 연금술이 놓여 있으며 그 중요한 임무는 작가의 삶과
작품을 적당히 혼합하여 글을 만들어 내는 데 도움을 주는 것이다.'

(『현대비평과 이론』, 20호, 2000.12)

"사악한 서술"과 웃음의 미학

1 웃음의 정의와 기능

"절대적인 지식과 절대적인 권력의 시각 하에서는 웃음이 사라진다"는 보들레르의 언술은 지식과 권력이 웃음에 적대적임을 시사해 준다. 그러나 사실 웃음을 완전히 말살시킬 정도로 지식과 권력이 절대적으로 군림했던 역사적인 사례는 과거나 현재 그 어느 사회에서도 찾아보기 힘들다. 다르게 말한다면, 웃음이란 언제 어디서나 누구에게나 존재하기 마련이다. 또한 설령 결코 웃지 않는 절대적인 인간-사실 그런 인간의 존재는 떠올릴 수도 없는 일이지만-이 사회의 모든 구성원들에게 웃음을 금지할 경우 그 사회를 과연 인간적인 사회라고 명명할 수 있을까? 웃음이라는 특징으로 인간과 동물 간의 차이를 논했던 아리스토텔레스의 시각이 옳다면 웃음이 소멸된 사회란 분명 인간의 사회는 아닐 것이며, 결국 인간이 사회를 구성하고 있는 한 웃음의 금지는 불가능한 일이다.

　　그렇다면 웃음은 어떤 사회적 기능을 지니고 있을까? 그에 대한 성급한 대답으로 웃음의 양가적 기능을 들 수 있다. 독재자에 의해 사회가 철저히 통제되고 억압되고 있을지라도 그 사회에는 적당한 코믹한 현상과 그것을 웃으면서 즐기는 향유가 베풀어지기 마련이다. 그럴 경우 그 웃음의 향유에는 두 가지 의미 지평이 부여된다. 한편으로 적당한 기분전환의 차원에서 웃음이 발산되는 가운데 사실은 통제와 억압이 더욱 강화될 수 있는데, 가령 70년대 "웃으면 복이와요"라는 텔레비전의 코미디 프로그램과 유신 독재체재가 병존했던 현상을 떠올려 볼 수 있다. 다른 한편으로 비틀리고 전위된 의미를 내포한 우스꽝스런 노래는 통제와 억압에 저항하는 비판적 기능을 수행할 수 있는데, 그 예로는 서독으로 추방당했던 구동독 출신의 풍자가인 볼프 비어만의 경우를 생각해 볼 수 있다. 넓은 의미에서 웃음을 일종의 문화현상으로 파악한다면, 웃음은 문화를 '현실옹호적'과 '현실비판적'이라는 두 가지 기능으로 설명했던 마르쿠제(H. Marcuse)의 시각 내에서도 유사하게 해석된다. 요컨대, 웃음은 유치와 전복이라는 의미와 연결된다. 어쨌든 인간학적·문화사회적 차원에서 접근할 경우 웃음은 울음과 마찬가지로 인간과 인간에 의해 구성된 사회의 선험적 조건처럼 작용하며, 그것은 마치 인간은 희극과 비극을 동시에 즐긴다는 조건과도 일맥상통하다. 모든 세계사적 사건과 인물은 두 번씩 일어난다고 말했다는 헤겔에 대해서 그것이 "한 번은 비극으로, 다른 한 번은 촌극"(『루이 보나파르트의 브뤼메르 18일』)으로 일어난다고 덧붙인 맑스는 그러한 비극과 촌극, 울음과 웃음의 인간학적 사유를 세계사의 인식에 대입하였던 셈이다.

웃음의 종류는 다양하다. 일상의 경우 흔히 쓴웃음, 함박웃음, 비웃음, 실없는 웃음 등 다양한 웃음이 있으며, 미학적·철학적 차원에서 웃음을 상위 개념으로 설정할 경우 아이러니(Ironie)·풍자(Satire)·유머(Humor)·위트(Witz)·패러디(Parodie) 등 다양한 미학적 형식이 웃음에 포함된다. 그리고 웃음의 담지자나 상황에 따라 웃음의 해석도 상이하게 다가온다. 예를 들면 '웃으면 건강하다'는 일반적인 건강 상식처럼 모든 이들이 거리낌 없이 웃을 경우 그것은 아무런 해악이 없는 듯이 보인다. 그러나 심각한 모임이나 회의석상에서 누군가가 갑작스럽게 웃음을 터뜨린다면 찬물을 끼얹는 듯한 그 웃음의 행위는 광기나 바보 같은 짓으로 여겨진다. 왜 그럴까? 그 웃음은 어떤 의미로 작동하기에 '웃으면 건강하다'는 일반적인 상식과는 달리 부정적으로 받아들여지는 것일까? 건전한 이성을 표방하는 그들 다수의 구성원들은 왜 그 갑작스런 웃음을 불쾌하게 받아들이는 것일까? 그들은 그 웃음이 자신들의 이성적 질서를 위협한다고 느낀 것일까? 그리고 그 웃음은 정말 상대방을 위협할 만큼 어떤 공격성을 띤 것일까?

웃음에서 동물과는 다른 인간의 고유한 특성을 찾았던 아리스토텔레스와 고대 철학자들부터 "인간은 현존재의 다각적 차원에 동시적으로 속해 있기 때문에 코믹해진다"고 인간과 웃음의 관계를 규정한 현대의 철학적 인류학자 헬무트 플레스너(H. Plessner)에 이르기까지 웃음에 대한 논의는 다양하지만, 여기서 그 모든 논의를 다룰 수는 없는 일이다. 따라서 제한적일 수밖에 없음을 전제하면서 웃음 자체가 어떻게 발생되는지에 대한 칸트의 논의에서 시작해 보기로 하자. 『판단력 비판』(1790)에서 칸트는 웃음을 불러일으키는 것에는 모순이 있다고 밝히고 있는데, 그것은 기대감과 무(無)의 모순을 말한다. "웃음이란 긴장된 기대감이 갑작스럽게 무로 변화하는 데서 나오는 감정이다." 어떤 현상이나 언술이 기대감을 촉발하지만 예상된 기대감과는 달리 갑작스럽게 무(無)로 전환할 경우 웃음이 유발된다는 것이다. 이는 다분히 수용자의 인간학적 특성에 기초한 사유다. 그러나 칸트의 인간학적 사유는 사실 불완전한데, 그것은 칸트의 사유보다는 다양한 경우와 상황을 내포하고 있는 인간학적 사유 자체 때문이다. 예를 들면 칸트와는 달리 무가 갑작스럽게 어떤 의미심장한 것으로 변할 때도 웃음이 가능하다. 터무니없던 것이 예기치 않게 터무니를 띠게 되거나, 범속한 것이 비상한 것으로 변할 경우도 마찬가지다. 어쨌든 의미심장함에서 무로 혹은 무에서 의미심장함으로 갑작스럽게 변할 때 웃음이 파생된다는 것은 근본적으로 웃음이 모순에 기초하고 있음을 말해 준다. 실제로 우리가 특정한 상황·언술·행위 등에서 웃음을 야기하는 장면을 보면 거기에는 그러한 모순이 작동하고 있음을 알 수 있다. 예를 들면 텔레비전에서의 개그가 그렇다. 일반적으로 웃음을 일으키는 개그는 심각한 내용이 예기치 않게 비루한 의미와 연결되거나 혹은 그 반대의 상황으로 전환하는 모순적 방식에 의존한다. 물론 그 모순의 방식이 쉽게 간파될 정도로 정형화될 경우 시청자는 이내 식상하게 되고 웃음은 더 이상 촉발되지 않는다.

18세기 서구 문학을 보면, 데카르트의 합리주의적 정신의 연장선상인 계몽주의가 들어서면서 웃음은 사라진다. 이성의 도덕적이고도 권위적인 정신이 진지한 문화를 주도하게 됨으로써 웃음은 점차 사라지고 마는데, 바흐친에 의하면 라블레에서 시작된 웃음과 유희의 문화는 아쉽게도 계몽적 근대의 '진지한' 문화권력이 등장하면서 점차 억압되었으며 마침내 18세기 고전주의 시기에 들어서는 웃음이 완전히 퇴화되고 말았다는 것이다. 이러한 상황에 대항하여 웃음을 다시 회복하고자 했던 낭만주의가 등장한다. 낭만주의는 모순이라는 웃음의 구조적 특징을 인간학적 사유를 넘어서 미학적 차원으로 옮겨 놓는다. 예를 들면, 슐레겔은 미학적 차원에서 "자기창조와 자기파괴"의 패러독스에서 자유롭게 움직이는 아이러니, "구속된 정신에서의 폭발"로서의 위트, "형식과 질료의 놀라운 자리바꿈"으로서의 그로테스크, "존재와 비존재의 대립"을 성찰적으로 즐기는 유머 등을 강조하고 나섰으며, 노발리스 또한 비루한 자아와 고상한 자아, 범속한 의미와 고귀한 의미, 평범한 것과 비밀스러운 것이 서로 충돌하는 형식에 눈을 돌렸다. 이는 무엇보다도 계몽적이고도 합리주의적인 진지한 문화에 대해 저항하기 위해서였다. 형식미학적인 차원뿐만 아니라 내용미학적인 차원에서도 낭만주의는 바보·미친 자·유령 같은 사악한 웃음을 소유한 타자의 발견을 통해 계몽의 억압적 문화에 대항하였다. 그런 낭만주의를 두고서 계몽주의적 정신의 소유자들은 소위 "허무주의적 낭만주의"라고 명명하곤 했다. 그러나 낭만주의가 내세운 유희적인 문화는 다시 한 번 억압되고 마는데, 19세기 헤겔과 랑케로 대변되는 진지함의 역사철학과 역사주의가 낭만주의의 웃음의 미학에 적대적인 입장을 취했기 때문이다. 결국 헤겔의 진지한 철학과 낭만주의의 유희적 문학 간의 차이는 기존 지배 문화의 옹호와 그러한 지배 문화의 전복으로 설명될 수 있겠다.

2 19세기 사회적 근대성과 미적 근대성

　19세기 서구 유럽의 "진지한" 상황이란 도대체 무엇을 말하는 것일까? 1815～48년 3월까지 유럽의 정치사회적 상황은 소위 3월 전기(Vormärz)로 불리며 이 기간은 왕정복고적인 보수 체제와 자유주의적 시민 계급 간의 끊임없는 갈등과 대립으로 점철된다. 비록 1830년 7월 혁명과 함께 자유주의적 사상이 확산되지만 동시대의 체제를 이끌어갔던 중추 세력은 새로운 금융자본가들로 구성된 시민 계급이었고, 이들은 다시금 구시대의 봉건적 왕권 계층과 결탁하여 1848년까지 자신들의 체제를 유지하려고 했다. 이에 저항하는 또한 번의 변혁이 일어나는데, 그것은 소시민 계급과 노동자 계급으로 구성된 세력에 의한 1848년 2월 혁명이다. 그러나 2월 혁명 이후의 상황은 향후 세계사의 단면을 읽을 수 있는 사회적 변화로 작용한다. 즉 혁명의 핵심세력이었던 소시민 계급마저도 결국 보수적이고 억압적인 성향을 띤다는 것이다. 그 대표적인 예를 바로 프랑스에서 찾을 수 있다. 노동자들 편에 서있던 소시민 계급은 1848년 6월 노동자들이 전개한 혁명적 운동을 철저히 와해시키는 계급으로 등장하고 말았으며, 그 결과 봉건 체제를 붕괴시키려 했던 시민 계급과 노동자 계급이 서로 결별하게 되는 역사적 상황이 형성되었던 것이다. 산업 및 임금 노동자로 대변되는 무산계급(Proletariat)의 요구를 무력으로 제압했던 새로운 시민 계급이 자신들이 본래 지니고 있던 변혁 의식 자체를 포기하게 됨으로써 "3월 전기" 동안 분출되었던 정치적·사회적 변혁 운동은 결국 "제동이 걸린 운동"[1]으로 머물고

---

1) Vgl. Dirk Blasius, *Epoche-sizialgeschichtlicher Abriß*, in: Deutsche Literatur. Eine Sozialgeschichte. Vormärz: Biedermeiner, Junges Deutschland, Demokraten, hrsg. v.

만다. 1848년 이후 저항과 변혁 의식이 점차 소멸되는 경향에 대해서 연구가들은 서로 상이한 의견을 제시할 수 있겠지만, 그 궁극적인 원인은 무엇보다도 다음과 같이 정리될 수 있다. 요컨대, 1848년 이후 새로운 기술 변화(증기선, 기차, 전화, 우편 등의 발전)와 함께 자본주의적 경제 체제가 본격적으로 진행하면서 자유주의적 시민 계급은 자신들이 원했던 발전과 진보가 마침내 실현되었다고 믿었던 것이며 또한 비판적 의식이 더 이상 필요하지 않다고 보았던 것이다. 요컨대, 그들은 역사 발전을 진보의 이념 하에 파악하려는 부르주아로 등장하였다.

이러한 사회적 현상에 대항하여 일군의 문인들은 역사적 과정을 진보가 아닌 사회적 "악" 내지는 "파국"으로 인식하고 나섰으며, 그 점을 최초로 인식하고 문학적으로 강렬하게 표출하고자 했던 이가 바로 보들레르다. 1857년에 처음 출간되었고 1861, 1868년에 재출간된 『악의 꽃』(*Les Fleurs de Mal*)은 시민계급의 의식 변화를 비판대에 올려놓았다. 이 작품에서 보들레르는 사회적 현실이 진보의 유토피아를 향해 가는 것이 아니라, 「길가는 집시들」에서 표현하고 있듯이 사회가 오히려 "친숙한 제국, 즉 미래의 암흑"[2)]으로 나아가고 있음을 직시하고 있었다. 『파리의 우울』(*Spleen von Paris*)에 실린 산문시 「두 얼굴의 방」의 경우 파국을 치닫고 있는 시대적 상황은 다양한 심리 양상을 수반하는 방식을 통해서 그려지고 있다. "오! 그래! 시간이 다시 나타났군. 시간이 다시금 폭군으로 지배하고 있다. 이 무

B. Witte, Bd. 6, Hamburg 1980, S. 31.

2) Ch. Baudelaire, *Die Blumen des Bösen/ Les Fleurs du Mal*, Vollständige zweisprachige Ausgabe, München und Wien 1975, S. 39(동시에 이하 국내의 여러 번역본을 참조하였음).

서운 늙은이인 시간과 함께 기억·회한·경련·공포·고통·악몽
·분노·신경증 등 모든 시간의 악마적 행렬이 돌아와 있다."[3]

　"시간의 악마"는 도대체 누구를 지칭하는 것일까? 그것은 저항
주체에서 순응·착취·억압의 주체로 전향한 부르주아적 시민 계급
의 진보 이념과 관련된다. 흥미로운 점은, 그런 시민 계급의 행태를
비판적으로 관찰하는 보들레르 문학이 단순한 평면적 서술의 모습을
띠는 것이 아니라 전도와 반어의 모습을 취한다는 것이다. 물론 그
로 인해 그의 문학은 폄하·왜곡·오해·간과 등으로 점철된 잘못
된 수용사와 대면하게 된다. 즉 그의 문학은 비판의 대안으로서 사
회적 현실과 동떨어진 유토피아를 동경하거나 혹은 역사초월적인 순
수한 자연 상태를 소망하는 식으로 어두운 현실에 맞선 것이 아니
라 마치 사회적 현실과 "함께 하는 듯한 모습"을 띠는데, 그 결과
그의 문학은 마치 부르주아 의식에 편승하는 듯이 비추어지고 말았
던 것이다. 그러나 부르주아와 함께 하는 듯한 모습은 사실 비판적
인 아이러니컬한 의미를 내포하고 있었다. 요컨대 욀러(D. Oeler)가
적절하게 지적한 바 있듯이 부르주아를 예찬하는 듯한 보들레르 문
학은 오히려 철저히 반부르주아적이다. 가령 「1846년 살롱」의 헌사
에서는 "그 숫자나 지적 능력으로 보나 그대들은 다수이며, 그대들
이야말로 정의와 하나가 되는 강자이구료"라는 식으로 부르주아지를
예찬하는 톤을 띠지만, 그것은 **아이러니, 조소, 뛰어난 언변**으로 가
득 찬 언술"(D. Oeler)에 다름 아니다. 이와 비슷한 인식을 이미 후

---

3) Ch. Baudelaire, *Die Tänzerin Fanfarlo und Der Spleen von Paris*, deutsch
　übersetzt, Zürich 1977, S. 76. 이 글에서는 독어판과 국내 번역판(윤영애 옮김, 『파
　리의 우울』, 민음사 1996)을 주로 참조하였으며 본문에는 독일어판 쪽수를 기입한다.

고 프리드리히(H. Friedrich)도 제시한 바 있다. 그에 의하면 보들레르가 부정시하였던 근대성의 의미는 "식물이 사라진 대도시 세계, 즉 추함과 아스팔트, 인공적 조명시설, 돌로 만든 협곡, 범죄, 대중 속에서의 고독함을 지닌 대도시 세계", "증기와 전기로 일하는 기계와 진보의 시대"라는 것이다. 이러한 근대에 대한 비판적 인식은 보들레르 이외에도 19세기 중반에 문학적 활동을 전개하였던 다른 이들에게도 공통적이었지만, 그들과 보들레르 간의 결정적 차이는 그 부정적인 근대성에 맞서는 문학적 형태에서 찾을 수 있다. 즉 보들레르는 부정적으로 파악된 사회적 근대성에 맞설 수 있는 새로운 미적 근대성을 제시하였는데, 그것은 사회적 근대성에 의해 파괴되었지만 다시 회복되어야 할 이상으로 자연·순수·도덕성·인간성 등을 요청하는 방식이 아니라 오히려 사회적 근대성이 낳고 있는 "초라함·타락·악·어두움·인공성"을 "문학적으로 지각되어야 할 매력적인 소재"(H. Friedrich)로 적극 취하는 방식이다. 아이러니·조소·유머 등을 띤 새로운 미적 근대성은 부정적인 사회적 근대성에 비판적으로 맞선 것이다. 사회적 근대성에 대항하는 미적 근대성은 그 자체 패러독스하다고 볼 수 있는데, 이는 "악"과 꽃"이라는 추상과 구상, 추함과 아름다움의 역설적 결합을 구성해내기 때문이다.

보들레르 문학은 동시대의 정치적·경제적 발전을 중시했던 사회적 근대성의 옹호론자들에게 매우 위협적으로 비추어질 수밖에 없었다. 그들 부르주아는 사회의 낙관적 발전과 밀접한 관계를 맺을 수 있는 밝고 건강한 도덕 담론의 문학적 형상화를 필요로 했기 때문에 죽음·우수·비애·멜랑콜리 같은 문학적 언술에 매우 배타적이었으며, 이러한 배타적 의식은 동시대의 건강한 사회주의자들에게서도 마찬가지였다. "자살은 부르주아들에게 있어서 하나의 스캔들이었으며, 비애 · 우수 · 멜랑콜리는 그들에게 분노를 불러 일으켰다. 욕구가 채워진 이들은 고통의 표현을 용납하지 않았다."[4] 따라서 도덕 · 덕성 · 인간성을 부르짖는 사이비 언술을 거부하고 그 대신 비애 · 공포 · 살인 · 자살 등으로 점철된 보들레르 문학이 부르주아에게 얼마나 충격적인 거부감을 불러일으켰는지는 쉽게 감지된다. 『악의 꽃』에 실려 있는 일련의 죽음에 대한 예찬(「애인들의 죽음」, 「가난뱅이들의 죽음」, 「예술가들의 죽음」)뿐만 아니라 「독자에게」라는 서문에는 그러한 부르주아적 담론에서 일탈하는 문학적 형상이 적나라하게 표출되고 있다. "우리의 머릿골 속에는, 수없이 많은 거위벌레들처럼, 수많은 악마들이 서로 밀치고 우글거리면서 탐닉하고 있으며, 우리가 숨을 쉬면, 보이지 않는 물결처럼 죽음이 우리의 허파 속으로 내려간다, 은은한 한탄 소리를 내며. / 강간, 독약, 비수, 방화가 아직도 즐거운 그림들로 우리의 가련한 운명의 케케묵은 캔버스를 수놓지 못하는 까닭은, 오호라! 우리의 넋이 아직 충분히 대담치 못하기 때문이지." 또한 관능적 탐닉과 전율이 뒤섞인 분위기로 시체를 묘사하고 있는 「송장」의 다음과 같은 대목도, 도덕성과 인륜성을 주창하면서 어두운 실상을 은폐하려는 부르주아적 미학 세계에 심한 역겨움을 불러일으켰을 것이다. "나의 영혼이요, 우리가 보았던 것을 회상해 보오. 그렇게 화창한 아름다운 여름 아침에, 작은 길 모퉁이에 끔찍한 송장 하나가 조약돌로 뒤덮인 침대 위에서, / 음탕한 계집처럼 두 다리를 쳐들고, 뜨겁게 독기를 내뿜으면서, 태연스럽고

---

4) Oehler, Pariser Bilder I(1830~1848). *Antibourgeoise Ästhetik bei Baudelaire, Daumier und Heine*, Frankfurt am Main 1979, S. 196.

음탕하게, 썩은 냄새 풍기는 배때기를 벌리고 있었지."

3 보들레르의 문학적 악마주의: 사악한 서술과 웃음의 미학

근대의 계몽적 진지한 문화에 대항하는 새로운 미적 근대성을 내세운 보들레르 문학은 낭만주의의 문학적 상상력을 물려받았다. 그 문학적 상상력은 일반적인 상식과 감정에 기초한 도덕적 요청을 거부하며 그런 까닭에 보들레르 문학은 주로 "문학적 악마주의"라고 불리기도 한다. 이는 곧 도덕적·종교적 차원에서의 악마주의와 결코 일치될 수 없는, 글자 그대로 "문학적"인 것이다. 도덕적·종교적 차원에서의 선과 악의 구분에서 벗어나 있는 문학적 악마주의의 텍스트, 즉 "사악한 것과의 아이러니컬한 유희"[5]를 펼치는 보들레르 문학은 서술된 것을 그대로 수용해주기를 바라는 것이 아니라 전문적인 심미성을 읽어낼 수 있는 독법을 요구하고 있다. 다시 말하면, 동시대의 리얼리즘 작가들이 취했던 현실의 정확한 모사 같은 밋밋한 수법에서 벗어나 있는 보들레르의 문학적 악마주의는 허구적이고 충격적인 상상력에 의한 알레고리적 생산과 수용 방식을 요구하고 있다. 이를 위한 중요한 전제 조건은 선한 양심이나 관대한 아량에서 일탈하는, 일상적 상식과 정상적 기대감을 전복시키는 문학적 자세이다.

보들레르의 문학적 악마주의는 무엇보다도 "사악한 서술"과 "웃음"을 야기하는 특징을 띤다. 1) 우선 전자를 다루어보기로 하자.

---

5) D. Oeler, *Ein Höllensturz der Alten Welt*, Frankfurt 1988, S. 290.

보들레르 문학은 사회적 근대성을 비판적 대상으로 삼고 그에 대항하는 미적 근대성을 작동시킨다고 위에서 이미 언급된 바 있다. 즉 시민계급이 주도하는 자본주의적 현실이라는 사회적 근대성은 철저히 비판되어야 할 사악한 것이지만, 그러한 추한 현실을 비판하는 새로운 문학은 선하고 아름다운 전근대적인 서술을 취하는 것이 아니라 사악한 서술이라는 근대적인 서술방식을 취한다. 이는 보들레르 스스로가 정의했던 예술의 두 측면, 즉 "일시적이고 순간적인 것"(시대성)과 "영원하고 불변하는 것"(예술성)의 결합이라는 정의와도 정확하게 부합한다. "사악한 것의 서술"은 대상의 역사적 의미, 즉 시대적인 의미와 관련된 것이라면, 사악한 서술은 문학의 예술성과 관련된 측면이라고 할 수 있기 때문이다. 그러한 사악한 것의 서술과 사악한 서술에 대한 대표적인 예로는 『악의 꽃』에 실려 있는 「아름다움에의 찬가」에서의 다음과 같은 대목이다. "아름다움이여, 너는 비웃으며 주검들 위를 걸어가고 있구나. / 네 보석들 가운데 공포는 결코 볼품없지는 않으며, / 네 가장 사랑스런 싸구려 장신구들 중에서 특히 살인은 / 너의 거만한 배 위에서 요염하게 춤추고 있다."[6] 주검을 통해 사회적으로 억압된 이들이 암시되고 있으며 그런 주검 위를 걸어가는 "아름다움"이란 곧 문학적 서술을 가리킨다. 즉 숭고한 인륜성이나 도덕과 관계된 것이 아니라 "공포", "살인" 같은 시적 언어들이 춤추고 있는 사악한 서술 자체 말이다. 은폐하고 배제하고 싶은 사악한 것을 드러내는 사악한 서술의 노골성 때문에 부르주아적 비평가들은 자신들의 아름다운 담론 체계와 아름다운 심미

---

6) Ch. Baudelaire, *Die Blumen des Bösen/Les Fleurs du Mal*, a.a.O., S. 51 ff.

성을 위협한다고 느꼈을 것이며, 그런 연유로 보들레르 문학을 소위 반도덕적이고 사악한 문학 혹은 관능적이고 탐욕적인 문학이라고 부정적으로 폄하하였던 것이다.

어쨌든 보들레르 문학은 "사악한 것의 서술"(Darstellung des Bösen)이면서 동시에 새로운 근대적 서술 방식인 "사악한 서술"(böse Darstellung)이라는 두 양상을 띠고 있다.[7] 이 흥미로운 용어 구분은 독일 문예학자이자 철학자인 뤼디거 자프란스키(R. Safranski)가 그의 최근 연구서 『악 혹은 자유의 드라마』에 도입한 것인데, 그에 의하면 18세기 이후 서구 근대가 형성되면서 문학이나 철학에서는 사악한 것에 관한 관심이 드높아진다는 것이다. 사악한 것에 대한 관심은 일차적으로 동시대의 지배 권력에 대항하는 새로운 자유나 질서에 대한 소망과 관계되는 것으로서 특히 부도덕한 성·범죄 같은 소재 차원에서의 사악한 것을 발견해내는 것을 통해서 더욱 강렬하게 표출된다고 한다. 그런데 자프란스키의 지적에 의하면, 사드에서 시작되어 호프만·보들레르·랭보·포 등으로 이어지는 문학적 흐름의 경우 사악한 것의 서술이 점차 과도해지고 심미화됨으로써 마침내는 사악한 서술로 귀결한다는 것이다. 흥미로운 지적에도 불구하고 자프란스키는 사악한 서술이라는 용어를 사용하는 가운데 약간의 부정적 뉘앙스를 던지고 있다. 즉 서술 자체의 사악함을 두고서 그는 부정적인 도덕적 함의를 남기고 있다. 바로 이 지점에서 필자는 사악한 서술을 문학적·미학적 차원에서 다루어야만 한다는 의견을 제시하고 싶다. 즉 사악한 서술에 적절한 의미를 부여하기 위

---

7) R. Safranski, *Das Böse oder das Drama der Freiheit*, Frankfurt a.M. 2001, S. 211

해서는 그것을 문학이 자신의 영역을 넓히는 차원, 다시 말하면 낭만주의 이후의 근대 문학이 적극 모색하려 했던 "추의 미학" 차원에서만 다루어야 한다는 것이다. 그럴 경우에만 사악한 서술은 자율적 예술의 차원에서 새로운 미적 정당성을 획득하게 된다.

사악한 것의 서술과 사악한 서술 간의 결합으로서의 보들레르의 문학적 악마주의를 문학사적·미학적 측면에서 고찰해 보면 보들레르를 기점으로 기존의 고전주의적 미의 개념이 급격히 변화되는 것을 알 수 있다. 물론 그 변화의 조짐은 이미 보들레르 이전에 간헐적으로 제기된 바 있었다. 예컨대 독일 낭만주의의 슐레겔은 대단히 폭넓은 의미로 미의 개념을 설정한 후 그런 미의 개념에는 아름다운 것(das Schöne)·자극적인 것(das Reizende)·숭고한 것(das Erhabene)이 포함될 수 있다고 밝혔다.[8] 고전주의적 시각에서는 주로 아름다운 것과 자극적인 것(혹은 숭고한 것)이 서로 대치된 바 있었고 언제나 도덕적 의미론의 맥락에서 미(美)·추(醜)의 관점이 구성된 바 있다. 그러나 이와 달리 슐레겔의 경우 넓은 의미에서의 미는 곧 예술적 세계 전체를 지칭하며 위에서 언급한 바 있는 세 가지 형태는 그러한 예술적 세계를 구성하는 인자로 파악된다. 물론 슐레겔도 자극적인 것과 숭고한 것을 추의 범주로 묶어서 논의하고 있지만, 여기서 추는 미와 대립하는 것이 아니라 오히려 미와 상보적인 관계를 형성한다고 보고 있었다. 추를 구성하는 자극적인 것과 숭고한 것의 구체적인 특징을 밝혀낸 후 슐레겔은 그것을 소위 "추의 미학"(Ästhetik des Häßlichen)이라는 이론 하에 체계화하고 있었다.

---

8) *Kritische-Friedrich-Schlegel-Ausgabe*, hrsg. v. E. Behler u.a., Paderborn/München/Wien 1958 ff., Bd. 1, S. 311 ff.

이러한 시각을 이론적으로 더욱 심화시킨 이는 칼 로젠크란츠(K. Rosenkranz)다. 보들레르가 프랑스에서 추의 미학을 문학적으로 실천하고 있었다면, 거의 같은 시기에 독일에서 로젠크란츠는 자신의 이론서 『추의 미학』(1853)을 발표하였다. 그 이론서에서 로젠크란츠는 슐레겔의 시각과 마찬가지로 미와 추를 대립적인 관계에서보다는 상보적인 관계에서 파악한다. 중요한 점은 선과 마찬가지로 미가 절대적이라면 추는 미의 부정이라는 점에서 "상대적인" 특성을 지닌다는 것이다. "아름다운 것은 신적인 근원적인 이념이며, 그것의 부정인 추한 것은 그 자체로 부차적인 존재이다. 추한 것은 아름다운 것 자체, 아름다운 것에서 생산된다."[9] 여기서 미는 "신적인 근원적인 이념"이라고 정의되며 이념은 "조화로운 총체성의 자유로운 형성"(17)을 뜻한다. 이와 달리 추는 그러한 이념이나 조화로운 총체성을 부정한다. 그러한 추를 로젠크란츠는 미의 세계에서 용인하고 있는 듯이 보이는데, 그도 그럴 것이 추는 아름다움에서 생산되기 때문이다. 적어도 그는 도덕의 이름으로 추를 배척하려는 전통적인 시각을 답습하지 않고 있으며 추한 현상을 더욱 탄력적으로 예술 세계로 끌어들이려 하고 있었다. 그런데 엄밀히 살펴보면, 추에 대한 로젠크란츠의 고찰은 자율적 예술에 대한 인식에서 출발한 것이 아님을 알 수 있다. 그것은 추를 미에서 파생한 것으로 간주하는 논리뿐만 아니라 더 나아가 추가 헤겔식의 자기지양의 논법을 통해 미와의 연관성을 "다시" 유지한다는 논리가 작동하고 있기 때문이다. "미와 그것의 자기부정으로서의 추 사이의 내적인 연관성은 다음과 같은

---

9) K. Rosenkranz, *Ästhetik des Häßlichen, herausgegeben und mit einem Nachwort von Dieter Kliche*, Leipzig 1996, S. 15(이하 본문에 인용 쪽수를 기입함).

가능성을 정립한다. 즉 추가 스스로를 지양하는 가능성, 추가 부정적 아름다움으로서 존재함으로써 미에 대항하는 자신의 모순을 다시 해체하고 미와의 통일성으로 되돌아가는 가능성 말이다"(14). 결국 미의 부정으로서 추는 궁극적으로는 자기 자신을 해체시키고 다시금 미의 세계로 귀환하고 있다. 이념의 부정인 추는 다시금 우회적인 차원에서 이념이나 혹은 총체성에 종속되고 있는 셈이다. 물론 로젠크란츠는 "예술에서의 추가 미를 위해서 존재한다"는 목적론적 주장에 대해 비판을 가하면서 예술에서 추가 자유롭게 전개될 수 있으며 이는 미를 위해서가 아니라 "이념 자체의 본질"(37/8)에 기인한다고 주장하고 있다. 이념과 조화로운 총체성은 그러한 총체성을 파괴하는 추를 포함하고 있다는 논리이며 그런 점에서 넓은 의미에서 미가 더욱 강화되고 있는 셈이다. 그러나 로젠크란츠의 경우, 미의 영역은 "본래 혹은 궁극적으로" 윤리적인 선과 연결되어 있기에 미와 통일성을 형성하는 추는 결국 윤리적 순화 과정을 밟아야만 하는 당위성을 띠게 된다. 이러한 당위성은 사실 선과 미의 연결고리를 끊고서 태동된 자율성 미학에서 결코 수용될 수 없는 측면이다. 결국 로젠크란츠의 시각이 과연 예술의 자율적 영역을 확대시킨 것인지에 대해서는 회의적일 수밖에 없다. 추의 범주를 매우 세밀하게 짚어내고 있다는 점에서는 그의 미학적 시도가 긍정적일 수도 있지만 추를 다시금 선과 밀접한 관계를 맺고 있는 미와 관계시키고 이념과 총체성의 이름 하에 끌어들이고 있기 때문에 자율적 미학에 역행하고 있는 것이다. 이러한 사유는 예술의 자율적 현상에 제한과 통제를 부여하려는 전형적인 헤겔식의 논리인 것이다. 특히 보들레르 이후 현대 미학에서 추는 사실 그러한 이념이나 총체성과는 무관한 독립된 미적 현상으로 현현하고 있는데, 그럴 경우 로젠크란츠의 요구대로 추가 자기부정을 통해 미로 복귀해야 한다는 시각은 설득력을 갖기 어렵다. 또한 추의 중요한 특징인 사악한 서술은 악한 인간(성)의 존재 여부와 그것의 계몽적 타당성과는 무관하게 자유로운 상상력의 표출이라는 예술성의 문제로 간주되는데, 바로 이 지점에서 로젠크란츠의 시각은 다시금 이념과 총체성에 의존함으로써 예술의 자유로운 상상력을 어느 정도 통제하고 있는 것이다.

그렇다면, 보들레르의 문학은 어떻게 파악될 수 있을까? 사악한 것의 서술과 사악한 서술의 결합이라는 의미에서 문학적 악마주의로 표방된 그의 문학은 한편으로 슐레겔과 로젠크란츠에 의해 제시된 추의 미학 선상에 놓이지만, 다른 한편으로 로젠크란츠의 논리 방식대로 이념을 위해 추가 자기지양을 취하는 것으로 귀결되기보다는 그 양자간의 모순 자체에 머물고 있다. 즉 사악한 것의 서술은 이념과 총체성을 다시 회복하려는 논리에서 파악될 수 있지만, 사악한 서술은 예술의 자율성 차원에서만 이해될 수 있다는 것이다. 요컨대, 그의 문학은 한편으로 사악한 것의 서술을 통해 역사적 발전에 대한 비판적 시각을 열어 주고 있지만 동시에 도덕적 차원에서 파악될 수 없는 아방가르드적인 서술을 취하고 있는 것이다. 이처럼 사악한 것의 서술과 사악한 서술의 결합인 보들레르 문학은 니체, 바타이유와도 연결될 수 있는 측면을 지닌다.[10] 중요한 점은 보들레르

---

10) 물론 보들레르와 니체, 바타이유 간에서는 차이점이 없지는 않다. 윌러에 의하면, 보들레르의 악에 대한 관심은 악 자체를 반도덕적 차원에서 옹호했던 니체와 악을 위반의 즐거움으로 해석한 바타이유와는 근본적으로 다르다는 입장이다. 시민적 일상의 범속한 악에 대한 저항에서 출발하는 "보들레르의 악마주의는 강자와 협정을 맺거나 모든 것을 무관심하게 몰락에 내맡기려는 조소주의가 아니다. (…) 보들레

의 문학이 한편으로 동시대의 정치사회적 상황에서 파악되어야만 하는 시대적 의미론을 지닌다는 것이며, 다른 한편으로 종래 선악의 도덕적 구분과 연관되어 있던 미추의 도식적 구분에서 벗어나서 근대 문학의 자율적 서술이라는 미학적 의미론을 충족시켜 주고 있다는 것이다.

2) 보들레르의 문학적 악마주의가 지닌 두번째 특징은 웃음을 유발한다는 것이다. 이에 대해서는 보들레르 스스로 『웃음의 본질에 관하여 그리고 조형예술에서의 코믹한 것에 관하여』라는 글에서 이론적으로 자세히 밝힌 바 있다. 그 글에서 보들레르는 인간을 신과 동물의 중간자적 위치에 놓으면서 웃음/코믹의 양면성을 정의하고 있다. 웃음은 악마적이고 인간적인데, 그것은 인간의 모순이 웃음에 놓여 있기 때문이라는 것이다. 인간은 한편으로 절대적인 존재(예: 신)와 비교하면 "무한한 고통"을 지니며, 다른 한편으로 동물과 비교하면 "무한한 위대함"을 지닌다. 이러한 "무한한 고통"과 "무한한 위대함"이 동시적으로 내재해 있기 때문에 인간의 웃음은 "분열적이고 모순적인 감성의 표현"으로 비추어진다.[11] 보들레르는 웃음을 야기하는 방식을 두 가지로 분류한다. 하나는 캐리커처식의 코믹이고 다른 하나는 그로테스크한 코믹이다. 각기 "모방"(캐리커처)과 "새로운 창조"(그로테스크)의 특징을 지니는 두 가지 방식 가운데 보들레르

르의 악마주의는 무엇보다도 선한 양심, 무의식적 조소주의를 지닌 동시대 담론에 대한 대답이다. 보들레르는 니체 못지 않게 그러한 담론에 단호하게 투쟁하였으며, 더욱이 완전히 다른 의미로 말이다"(D. Oeler, *Ein Höllensturz der Alten Welt*, a,a, O, S. 292).

11) Ch. Baudelaire, *Vom Wesen des Lachens und allgemein von dem Komischen in der bildenden Kunst*, in: ders., Der Künstler und das moderne Leben, Leipzig 1990, S. 117-137, bes. 124-127(이하 본문에 인용 쪽수를 기입함).

는 후자, 즉 그로테스크한 코믹을 더욱 근원적이고 기본적인 웃음으로 간주한다. "그로테스크한 것을 나는 절대적인 코믹이라고 명명할 것이다. 이것은 구체적으로(객관적으로) 해석될 수 있는 코믹, 즉 명백한 의미를 지닌 코믹(le comique significatif)으로 정의되는 일상적 코믹과 대조를 이룬다. 명백한 의미를 지닌 코믹은 언어상으로 분명하고 모든 이가 잘 이해할 수 있고 더욱 쉽게 분석될 수 있는데, 그것의 요소는 기교 형식과 도덕적 이념으로 구분될 수 있다"(129). 명백한 의미를 지닌 코믹은 뒤늦게 웃음을 야기하며 그 표현력과는 관계없이 "단지 분석적 민첩함의 질문"을 던진다. 이와 달리 "거의 자연에 가까운" 절대적인 코믹은 오로지 "직관을 통해서만 파악될 수 있는 통일성"을 지니며 그 웃음은 "갑작스러운 웃음"을 야기한다는 것이다. 여기서 그는 절대적인 코믹의 대가로 라블레와 호프만을 손꼽으면서 그 웃음의 특징을 정리한다. 요컨대, 절대적 코믹의 특징은 "자기 자신에 무의식적"(136)이라는 것이다. 일반적인 코믹이 사건화되기 위해서는, 즉 "발화, 발산, 분출"되기 위해서는 "웃는 사람"과 "보는 사람"의 존재가 필요하지만, 자기 자신에서 무의식적으로 발화되는 절대적인 코믹의 경우에는 그러한 구분이 적용되지 않는다. 절대적인 코믹을 수행하는 이들은 바로 예술가들로서 그들은 그 두 가지 존재를 이미 자신 속에 갖고 있기 때문이다. 요컨대, "예술적 현상의 범주"에 속하는 예술가들은 "고유한 자기 자신과 낯선 자기 자신을 자신 속에서 구현하려는 영혼의 분열"(137)을 무의식적으로 경험하고 있다고 보들레르는 말한다. 나아가 예술가들에 의해 수행되는 절대적 코믹의 본질은 "자기 자신에 완전히 무의식적으로 나타나고 자기 자신의 고유한 우월감, 즉 자연에 대한 인간의 우월감을 관찰자나 독자에게서 일깨우는 것"(137)이라고 정의되고 있다. 타자로서의 자연과 동물에 대한 우월감으로 코믹을 정의하고 있지만, 사실 이러한 정의조차도 약간은 재미있는 위트로 전개되어 있음을 발견할 수 있다.

코믹에 대한 보들레르의 개념 규정은 후에 정신분석학적 차원에서 웃음을 분석했던 프로이트의 이론과 어느 정도 궤를 같이 한다. 『위트와 무의식과의 관계』(1905)에서 유머(Humor), 코믹(Komik), 위트(Witz)를 구분했던 프로이트에 의하면, 초자아의 기능과 관련된 유머는 모든 사람이 소유할 수 있는 것이 아니라 타자들에게 웃음을 줄 수 있는 특별한 소질과 재능을 지닌 개인의 "개성"으로 규정되고 있으며, 의식의 기능과 관련된 코믹은 "상황 인식"(표상)의 능력을 바탕으로 다른 이들을 자의적으로 웃기게 만드는 일종의 기술로 파악된다. 이와 반면에 위트는 무의식과 관련된 것으로서 압축·전위·간접 표현 같은 방식을 통해 상징적 차원에서 억압된 것이 표출되는 웃음을 말하는데, 위트는 무엇보다도 의식적 주체의 해체(즉 무의식)에 그 특징을 두고 있다. 분석의 말미에서 프로이트는 그 세 가지 방식의 웃음에 다음과 같은 차이를 부여하고 있다. 즉 유머의 쾌락은 "감정 비용의 절약"에서, 코믹의 쾌락은 "표상 비용의 절약"에서 그리고 위트의 쾌락은 "억제 비용의 절약"에서 나온다는 것이다. 이러한 프로이트의 구분과 관련하여 보들레르의 코믹 이론은 어떻게 설명될 수 있을까? 보들레르의 코믹은 작가의 타고난 개성으로서의 유머라기보다는 오히려 프로이트가 구분했던 코믹과 위트와 관계한다. 보들레르가 명백한 의미를 지닌 코믹이라고 했던 것, 즉 기교와 도덕적 이념으로 구분되는 코믹은 프로이트가 밝힌 코믹에 해당되

고, 이와 달리 무의식적으로 고유한 자기 자신과 낯선 자기 자신이
분열된 절대적 코믹은 바로 프로이트가 말한 위트와 가깝다.

4 정치성과 예술성의 양가성: 「가난뱅이를 때려라!」

이러한 이론적 배경을 토대로 이제 독자에게 웃음을 야기하는
보들레르의 텍스트 「가난뱅이를 때려라!」(Assommons les Pauvres!)를 살
펴보자. 산문시집 『파리의 우울』에 실려 있/는 이 마흔 아홉번째의
산문시는 그의 문학적 악마주의가 매우 재미있게 표출되어 있는 대표
적인 산문시로서 여타 다른 산문시 「위조지폐」, 「유리장수」, 「과자」
등과 함께 그 시집의 백미를 구성한다. 「가난뱅이를 때려라!」의 내
용을 표면 그대로 읽을 경우 그것은, 우리가 요즘 흔히 사용하는 개
념으로 말하자면, 마치 코믹한 폭력 영화의 한 장면처럼 여겨질지도
모른다. 우선 제목 자체부터 매우 파격적이고 도전적이다. 인륜성이
나 연민 같은 인간학적 사유와 기대 지평에서 보면, 가난뱅이는 보
호 대상이지 구타 대상이 아니기에 그 산문시의 제목 자체는 일상
의 기대를 전복하고 있다. 만약 "가난뱅이를 때리면서", "가난뱅이를
때리다니" 같은 식의 제목을 사용했더라면 연민, 반성, 질책 같은
인간학적 심성을 불러일으켰을 것이고, 그 결과 낯설게 하기의 전복
적 효과는 전혀 기대할 수 없었을 것이다. 따라서 평범한 일상적 사
유에서 일탈하는 명령형 제목 자체부터가 더욱 기이하고 낯선 기대
감을 유발시킨다.

그 산문시 내용은 매우 간단하다. 보름 동안 집에 틀어 박혀 책
만 읽었던 화자는 독서를 그만두고 밖으로 나간다. 음식점에 들어가

려는 순간 동냥을 구하는 육순의 늙은 가난뱅이가 그에게 다가오는 순간 화자는 그를 사정없이 때려눕힌다. 하지만 놀랍게도 바닥에 쓰러진 늙은 가난뱅이는 갑자기 일어나더니 역으로 화자를 두들겨 팬다. 실컷 얻어맞은 화자는 비로소 그에게 돈을 주면서 자신의 "이론"(209)이 다른 이들에게도 전달되기를 소망한다. 이것이 기이하고도 그로테스크한 산문시 내용의 전부다. 아무런 이유 없이 늙은 노인을 잔인하게(?) 구타하는 장면은 극도의 도덕적 분노를 불러일으키며 실제 발표 당시 출간이 거절되었을 정도로 충격적이었다고 한다.

그러나 그 산문시는 웃음을 야기하는 문학적 텍스트, 즉 전문적인 미학적 글쓰기의 산물이다. 일상적 이해와 상식에 기초하면 매우 반도덕적이고 사악한 듯한 이야기는 도대체 어떤 의미를 내포하는 것일까? 또한 그 사악한 악마주의의 웃음은 어디에서 나오는 것일까? 우선 전문적인 미학적 글쓰기로서의 텍스트를 이해하기 위해서는 사소한 단어나 대목을 정확하게 포착해야만 한다. 보름 동안 오로지 책만 읽는 이의 직업은 분명 작가 혹은 글쟁이임에 틀림없다. 화자가 집에서의 독서를 "기분 나쁜 독서"라고 느낀 까닭은 자신이 읽은 대부분의 책들이 "행복" "현명" "부유" 같은 서구의 계몽적·인본적 이념과 관계하고 있기 때문이라고 하는데, 특히 "부유"라는 개념은 동시대의 자본주의적 상황을 암시하고 있다. 화자는 그러한 책들을 "보편적인 행복감의 영역에서 일하는 사업가들의 허튼 소리"(206)라고 말함으로써 인본주의와 자본주의가 묘하게 결탁되어 있는 동시대의 현실에 대해 비판적이고 아이러니컬한 조소를 가하고 있다.

그 "기분 나쁜 독서"를 끝내고 기분 전환을 하기 위해 화자가 음식점에 들어가려는 순간, 그는 "왕권을 붕괴시킬 수도 있는 잊을 수 없는 특별한 시선"(207)을 지닌 늙은 가난뱅이와 마주친다. 그 순간 자신의 내면에서 악마의 속삭임을 들은 것처럼 느끼면서 화자는 자신의 악마와 소크라테스의 악마 간의 차이점을 밝힌다. 일정한 틀과 질서를 구축하고 있는 소크라테스의 악마는 그것을 위반하고 일탈하는 행위에 대해 경고·저지·금지를 일삼는다고 한다. 당시의 역사적 상황에 비추어보면 그것은 도덕적이고 인본적인 이름 하에 비호되고 있는 자본주의적 질서의 수호자들의 의식을 대변한다. 반면에 화자의 내면에 자리 잡고 있는 악마는 저지와 금지를 명하는 악마가 아니라 "행동의 악마 혹은 투쟁의 악마"(207)로서 소위 합리적인 세계에 강렬하게 맞서려는 의지를 암시하고 있다.

자신의 내면에서 우러나오는 그런 악마의 속삭임을 듣고서 화자는 의지를 행동으로 옮긴다. 그것은 다름 아닌 자신 앞에 있는 늙은 가난뱅이를 때려눕히는 일이다. 그 행동은 전율을 불러일으키는 "사악한 서술"로 점철되어 있지만, 실은 그 서술이 독서의 과정에 웃음을 야기한다. "단 한 번의 주먹질로 나는 그의 한 눈을 갈겼다. 눈은 순식간에 공처럼 커졌다. 그의 두 이를 부러뜨리는 데 나는 내 손톱 하나를 부러뜨렸다. (…) 나는 이 노인을 재빨리 때리기 위해, 한 손으로는 그의 옷깃을 붙들고 다른 손으로는 목을 움켜쥐고 벽에 그의 머리를 힘차게 부딪치기 시작했다."(208) 이렇게 서술된 화자의 갑작스러운 구타 행동으로 인해 늙은 가난뱅이는 단숨에 쓰러지고 만다. 그러나 한층 재미있는 장면—칸트가 말했던 갑작스러운 전환—은 그렇게 실컷 두들겨 맞아 쓰러진 늙은 가난뱅이가 마치 강시처럼 "갑자기" 일어난다는 것이며, 그 가난뱅이 또한 "증오에

타는 시선을 보내며 나에게 달려들어 내 눈을 멍들게 하고 이를 네 개나 부러트리고, 내가 사용했던 같은 나뭇가지로 나를 석고처럼 사정없이 때렸다"(208). 예기치 않은 반전과 과장된 서술에 의해 야기된 웃음의 강도 또한 절정에 도달하는데, 그것은 "집에서의 독서 → 거러뱅이와의 만남 → 화자의 구타 → 가난뱅이의 구타" 식으로 예측 불가능한 반전이 연속적으로 강도 높게 진행되어 왔기 때문이다. 흥미로운 점은 화자와 늙은 가난뱅이 간의 격렬한 싸움은 서술의 강도(Intensität) 차원에서 볼 때 한 조각의 빵을 놓고서 두 소년이 처절하게 싸우는 또 다른 산문시 「과자」의 장면과 흡사하다는 것이다.

서술된 것을 글자 그대로 읽는다면 분명 반도덕적이고 반인류적인 텍스트로 비판될 수 있을지 모르지만, 그것은 전문적인 미학적 글쓰기의 측면을 간과한 시각이다. 화자와 가난뱅이 간의 상호 격투 장면의 서술을 자세히 살펴보면, 사실 잔인함보다는 과장된 듯한 서술의 강도가 눈에 띈다. 그 서술 방식은 한편으로 마치 일상의 격투 장면을 상세하게 그려내고 있지만 다른 한편으로 터무니없는 듯한 과장을 통해 웃음을 자아내면서 슬며시 비일상적인 장면으로 넘어가도록 만든다. 그러면서 그 서술은 다른 의미를 향해 있는 알레고리적 글쓰기로 읽히게 된다.

그렇다면 이 텍스트가 유발하는 웃음은 어떤 웃음일까? 우선 「가난뱅이를 때려라!」가 야기하는 웃음은 텍스트 자체를 생산한 작가 보들레르의 개인적 윤리성과 관계된 것이라기보다는 구타 장면 자체와 그것을 읽어내는 독자와 관계하며, 특히 독자에게 무엇인가 예사롭지 않은 이해와 인식을 요구하는 웃음이다. 프로이트의 구분을 적용한다면, 그 웃음은 특별한 소질을 지닌 작가 보들레르의 유머가 아니라 독자의 이해와 인식과 관련된 코믹이며, 혹은 프로이트가 정의했던 위트와도 관련된다고 해도 좋을 것이다. 그것은 텍스트가 글자 그대로의 의미를 전달하기보다는 일종의 전위, 압축 같은 과정을 통해 다른 의미를 향하고 있기 때문이다.

텍스트가 야기하는 웃음의 의미를 구체화하기 위해서는 무엇보다 구타 장면에 대한 정확한 인식과 이해가 요구된다. 결정적인 점은 가난뱅이의 정체성 파악에 달려 있는데, 사실 늙은 가난뱅이는 단순한 가난뱅이가 아니라 다른 존재에 대한 알레고리로서 작용한다. 그의 매우 예사롭지 않은 시선을 "왕권을 붕괴시킬 수도 있는" 매우 위협적인 시선이라고 부연하고 있는 비유적 대목은 가난뱅이의 존재를 이해할 수 있는 중요한 단초로 작용한다. 즉 그 가난뱅이의 존재는 일차적으로 1848년과 관련된 시대적 상황과의 연관 속에서 밝혀진다. 그는 왕권을 붕괴시켰던 당시의 민중, 다시 말하면 1848년에 시민 계급과 함께 혁명을 꾀했지만 곧 그들 시민 계급에 의해 억압되어 무력한 노동자나 부랑자로 전락되고만 이들, 즉 정치적·계급적 의식 없이 대도시에서 떠돌이 생활을 연명하고 있는 룸펜프롤레타리아트(Lumpenproletariat)를 상기시키고 있는 것이다. 그렇기 때문에 가난뱅이는 "왕권을 붕괴시킬 수 있는, 잊을 수 없는 특별한 시선"을 지닌 자로 표현되고 있다.

그렇다면 화자가 가난뱅이를 가혹하게 때리는 행동은 어떤 인식론적 이해를 요구하고 있는 것일까? 그것은 상황이 반전되어 가난뱅이로부터 실컷 두들겨 맞은 후 화자가 내던지는 "나의 힘찬 치료요법으로 나는 그에게 자존심과 삶을 되찾아 준 것"(209)이라는 언술을 통해 간접적으로 읽어낼 수 있다. 웃음을 야기하는 장면에서 사용되어 있는 "자존심과 삶"이라는 기이하고도 낯선 표현은 바로 가난뱅이가 대표하는 이들, 즉 시민계급에 의해 억압당하고 있는 룸펜 프롤레타리아에게 자의식을 되찾아주는 것을 뜻하며 이 점에 대해서는 윌러도 정확하게 서술해 준 바 있다. 그에 의하면, 「가난뱅이를 때려라!」는 "1848년에 피를 흘린 후 무력해진, 아마도 나폴레옹 3세의 박애주의적 사회정치에 의해 나약해진 프랑스 노동자 계급의 정치적 소극성의 문제"를 주제화하고 있으며, 그러한 상황에 대한 대안으로서 웃음을 야기하는 전문적인 미학적 글쓰기로서의 텍스트는 기존 사회적 의식의 전복, 즉 "언뜻 패배한 듯한 이들을 어떻게 다시금 자유로운 사람으로 만들 수 있는지에 대한 질문"[12]을 제기하고 있는 것이다.

결국 상호 구타 행위의 서술은 일상에서의 구타 행위를 그대로 묘사하는 것이 아니라 텍스트의 미학적 충격인 셈이다. 이 미학적 충격은 화자 스스로 말하고 있듯이 일종의 "치료요법"인데, 즉 단순한 동포애, 연민 같은 따뜻한 인도주의적·박애주의적 사랑 – 그러한 것은 사실 동시대의 부르주아지가 표방하는 이데올로기였는데 – 보다는 잔인할 정도의 구타 행위를 통해 상대방을 치료해 주는 요법이다. 즉 말이 아니라 행동을 통해서 화자는 무기력·좌절·비굴함에 젖어 있는 다른 존재에게 자의식을 갖도록 일깨우고 있으며 이런 의미에서 화자는 그 가난뱅이에게 자신의 "이론"을 다른 거지 동료들에게도 전달해주기를 소망하고 있다. 보들레르 텍스트에서 "혁명적 에너지는 아름다운 말을 통해 분출되는 것이 아니라 (…) 그것은

---

12) D. Oeler, *Ein Höllensturz der Alten Welt*, a.a.O., S. 299.

오히려 구체적인 빈곤, 민중의 고통 경험에서 생겨난다. 충격 요법을 지닌 보들레르의 악마적 수사는 그러한 점을 물리적으로 현재화하고자 하는 것이다.”[13] 보들레르의 텍스트는 자본주의가 내세우는 박애주의 및 도덕주의 담론을 거부하고 있으며 그 대신 일종의 새로운 미학적 실험, 즉 “새디즘적” 심리와 사회주의적 혁명 의식을 상호 결부시키는[14] 충격적 실험을 꾀하고 있었다.

이러한 의미 파악은 분명 당시의 역사적 상황에서 나온 인식론적 이해다. 텍스트를 시민계급과 룸펜프롤레타리아트 간의 상호 관계에 대한 알레고리로 읽으면서 웃음의 의미를 그러한 역사적 상황에서 도출해 낸다면, 그 웃음은 보들레르가 정의했던 대로 “명백한 의미를 지닌 코믹”, 즉 “기교 형식과 도덕적 이념”이 명확하게 구분되는 코믹으로 규정될 수 있을 것이다. 그러나 전문적인 미학적 텍스트는 역사적 상황에 속박되지 않고 다른 차원에서도 의미 파악을 가능케 하는데, 텍스트가 유발하는 웃음과 관련해서 말하자면 무의식 차원에서 “고유한 자기 자신과 낯선 자기 자신”이 분열되어 있는 절대적 코믹이 텍스트 내에서 작동하고 있는 것이다. 그럴 경우 그 웃음의 의미는 다양하게 해석된다. 작가만이 의식적으로 의도하고 있던 ‘그 하나의 의미’는 중요치 않으며 오히려 자유롭게 해석될 수 있는 잠재력이 텍스트의 본질을 이룬다. 마치 ‘결투’ 장면처럼 여겨지는 화자와 가난뱅이 간의 상호 구타 장면은 작가와 독자, 독자와 독자 간의 결투로서 일종의 해석학적 싸움에 대한 알레고리로서 읽히는 것이다. 특히 그들이 서로 난타하는 중요한 물리적 기관

---

13) D. Oeler, *Pariser Bilder I(1830 ~1848)*, Frankfurt a.M. 1979, S. 158.
14) Ibid., S. 160 ff.

으로 "눈"이 언급되어 있다는 점은 그러한 해석학적 차원에서의 상호 대결을 암시한다. 다시 말하면, 그들의 싸움은 일종의 '글/텍스트'를 대상으로 삼는 이들 간의 싸움, 글쓰기/글읽기 간의 해석학적 싸움이며, 그 결과 「가난뱅이를 때려라!」는 해석이란 무엇인가라는 이론적 질문에 대해 답변을 제시하는 텍스트인 것이다. 이와 관련하여 결투 장면에 대한 또 다른 해석의 가능성은 그 코믹한 텍스트 자체에 적용될 수 있는데, 「가난뱅이를 때려라!」는 코믹에 대한 보들레르 자신의 추상적 정의가 문학적으로 구체화된 텍스트, 즉 이론의 미학적 형상화 작업으로 간주될 수 있다. 이미 살펴 본 것처럼, 보들레르는 절대적 코믹을 "본래의 자기 자신과 낯선 자기 자신"간의 분열로 규정한 바 있는데, 그 분열이 「가난뱅이를 때려라!」에서는 다름 아닌 화자와 가난뱅이의 모습으로 형상화되어 있다. 그 두 사람은 본래의 자기 자신과 낯선 자기 자신의 모습이 무의식적으로 표출된 것으로서 넓은 의미에서는 "자기 자신"의 두 가지 모습임을 알 수 있는데, 그것은 서로 구타하는 신체적 부위나 구타 방식이 너무나 흡사하기 때문이다. 단 여기서 1인칭 화자가 본래의 모습이고 가난뱅이가 낯선 모습인지 아니면 서로 전도된 모습인지에 대한 최종적인 대답은 불가능하다. 이렇게 절대적인 코믹과 관련하여 해석할 경우 그 결투는 (작가 자신은 의식하지 못했을지라도) 독자로서의 작가가 겪는 내적 분열에 대한 알레고리인 셈이다. 또 다른 해석의 가능성은, 그 양자의 분열을 일시성과 영원성이라는 양면성으로 예술의 특성을 규정하였던 보들레르의 정의와 관련하여 해석하는 것이다. 즉 결투를 행하는 두 사람의 모습에는 일시성과 영원성을 취하는 예술의 분열까지도 내포되어 있다. 이를 뒷받침해주는 의미심장한 간접증거로는 『파리의 우울』의 세번째 산문시 「예술가의 고백」에 제시된 "미의 탐구란 예술가가 공포의 외마디를 지르고 마침내 패배하고 마는 결투 같은 것"(71)이라는 언술인데, 여기서도 '결투'는 물리적 의미에서의 대결이 아니라 미를 구성하는 두 가지 측면―가령 영원성과 일시성―과 관계된 예술가의 내적 분열로 이해된다.

보들레르 텍스트가 자아내는 미학적 웃음이 일상의 웃음과 구분되는 까닭은 그것이 일종의 "대립성의 미학"에 정초되어 있기 때문이다. 『문학 텍스트의 구조』에서 로뜨만은 "동일성의 미학"과 "대립성의 미학"을 서로 구분한 바 있으며 그러한 시각을 웃음에 적용할 경우, 보들레르 텍스트가 불러일으키는 웃음은 "가난뱅이를 때려라"라는 제목에서부터 화자와 가난뱅이 간의 "동등한" 차원에서의 상호구타 장면에 이르기까지 모두가 현실에 적합지 않은 낯설게 하기・기이함・놀라움을 수반하고 있다. 이러한 점이 "대립성의 미학"의 특징이며 그러한 미학에서 나온 웃음은 현실옹호적인 기능보다는 현실비판적인 의미를 띤다. 혹은 그 웃음은 현실에 안주한 차원에서의 유치(幼稚)함보다는 현실 전복성을 향해 있다. 웃음을 유치함으로 혹은 전복성으로 구분해주는 결정적인 시금석은 '해독'(Decodierung)이냐 아니면 '해석'(Interpretation)에 달려 있다. 즉 해독은 약호화된 메시지가 발신자와 수신자 사이에서 명확하게 읽혀지고 암호문처럼 그 의미 또한 하나로 규정될 수 있지만, 이와 달리 해석의 경우 발신자와 수신자 간의 명확한 메시지 교환은 불가능하다. 해석을 요구하는 문학적 텍스트는 수용자의 경험 및 기대 지평과 마주하는 순간 다양한 의미를 띠게 되며 그 결과 궁극적인 '하나의' 해석이란 존재하지 않는 법이다. 이런 점에서 보들레르 텍스트는 유치한 웃음을 유발하는 해독의 텍스트가 아니라 전복의 웃음을 불러일으키는 해석의 텍스트이며, '세계적인 작가' 보들레르가 쓴 텍스트라는 이유에서가 아니라 다양한 의미로 해석되기를 요구하고 있기 때문에 더욱 그렇다.

5 전복과 유치 사이에서

서두에서 언급한 것처럼, 진지한 사회나 그 사회적 담론은 웃음에 적대적이다. 이에 대한 적절한 예로 에코의 『장미의 이름』 후반부에서 윌리엄과 호르헤가 나누는 대화 장면을 들 수 있다. 수많은 살인이 자행된 원인이 다름 아닌 도서관에 보관된 아리스토텔레스의 『시학』 제2권 때문이었음을 알아챈 윌리엄은 호르헤 노인에게 희극을 다음과 같이 설명한다. "희극이란 유명한 사람, 권력을 가진 사람의 이야기가 아니라 비천하고 어리석으나 사악하지 않은 사람들의 이야기라는 겁니다. 희극은 보통 사람의 모자라는 면이나 악덕을 왜곡시켜 보여줌으로써 우스꽝스러운 효과를 연출하지요. (…) 말하자면 실재보다 못한, 우리가 실재라고 믿던 것보다 열등한 인간과 세계를 그림으로써, 성인의 삶이 우리에게 보여준 서사시보다, 비극보다 더 열등한 것을 그림으로써 진리에 도달하는 하나의 방법을 제시한다는 것입니다."[15] 그러나 웃음의 긍정성을 논하고 있다는 아리스토텔레스의 서책이 세상에 만연될 경우 세계가 비열하고 저속해질 것이라고 생각한 나머지 그 서책을 은밀하게 보관하려 했던 호르헤 노인은 다음과 같이 윌리엄을 반박하고 나선다. "여기에는 웃음이

---

15) 움베르토 에코, 『장미의 이름』, 이윤기 역, 열린책들, 2000년, 863쪽.

맡는 일몫이 왜곡되어 있어요. 이 서책에, 웃음은 예술로 과대평가되어 있고, 식자들의 마음이 열리는 세상의 문으로 과장되어 있어요. 이것이 철학이나 부정한 신학의 대상이 된대서야 어디 말이나 되는 노릇입니까? (…) 그런데 풍자극이나 광대극과 싸잡아 희극을 평가하되, 불완전하고 허약한 인간의 연기를 통하여 감정의 순화를 낳은 양 평가하는 이 서책은 오히려 천박한 것을 받아들임으로써 사악한 식자로 하여금 악마적으로 뒤틀린 거만한 자들을 구하려 하고 있어요. (…) 그러나 우리의 진중한 교부들은 달리 생각하셨으니, 웃음이 범부의 낙이라면, 이 범부의 낙은 마땅히 엄격한 규율 아래서 질책과 조정을 받아야 한다고들 하시었소. 범부들에게는 웃음을 제어할 무기가 없기 때문에, 이들을 영생으로 이끌고 배와 엉덩이와 먹을 것과 더러운 욕망으로부터 이들을 구하자면 마땅히 목자들은 이를 엄격한 규율 아래에다 두어야 하는 것이오."[16]

이처럼 엄숙주의적이고 진리편향주의적인 시각은 엄격한 규율로 웃음을 통제해야만 한다고 역설하지만 거의 정신착란적 편집증에 가깝다. 적어도 인간이 사회를 구성하는 한 웃음은 사회적 삶의 방식이며 존재의 특성이기에 그것의 통제는 불가능한 일이다. 웃음은 통제나 배제의 대상일 수 없으며 오히려 "예술로서" 그리고 "철학의 대상"으로서 적극 인식될 수 있는데, 위에서 살펴 본 보들레르 텍스트는 웃음이 낯설게 하기·알레고리 등과 연결된 매우 중요한 문학적 수법과 연결되어 있음을 입증해 주고 있다. 이 밖에도 근대의 '진지한' 사회철학적 이론이 역사의 발전을 뒷받침해 주는 방법으로

---

16) 같은 책, 867~870쪽.

인식되어 왔다면, 이에 대항하여 웃음을 토대로 그 진지한 담론의 이데올로기나 허구를 파헤치고 전복하려는 시도가 끊임없이 제시되어 왔던 것도 사실이다. 사악한 웃음을 통해 기존의 형이상학적 체계를 전복하려 했던 니체의 사유나, 변증법적 통일이라는 헤겔 철학에 대항하여 웃음의 미학으로 해체와 위반을 시도했던 바타이유의 사유는 미학적·철학적 차원에서 웃음의 전복성을 환기시킨 예로 작용한다.

그러나 전복적이고도 해방적인 의미가 웃음의 중요한 한 측면이라면, 웃음이 '유치'와 밀접해 있다는 것도 부인할 수 없는 측면이다. 특히 맑스의 인식을 빌리면, 현재의 경우 비극이 끝나고 촌극이 시작하는 때인 것 같다. 모든 것이 가벼워지는 상황에서 유치한 웃음―웃음을 "범부의 낙"이기에 통제가 필요하다고 말한 호르헤의 언술과는 다른 맥락에서―이 더욱 증폭하고 있기 때문이다. 물론 사회적 삶과 문화가 점차 가벼워진다고 해서 그 현상을 무조건 부정적으로만 바라볼 수는 없으며 오히려 혹자는 웃음의 만연은 민주주의 사회로의 진입을 알려주는 바로미터로 작용한다고 말할지도 모른다. 이와 달리 가볍고 유치한 웃음의 팽배는 본질과 실체를 거부하고 표피를 강조한 포스트모더니즘적 이데올로기 때문이라고 비판하는 혹자도 없지는 않을 것이다. 어쨌든 현재의 분위기는 묘하다. 우리의 경우 가볍고 유치한 웃음으로 가득 찬 일상의 문화가 지배적이다. 한편으로 아무 것도 더 이상 일어나지 않는 듯한 무의미한 상태가 존속하고 있다면, 다른 한편으론 무엇인가로부터 벗어나기 위해서인지 혹은 은폐하기 위해서인지 그 유형과 의미를 알 수 없는 웃음이 도처에 기승하고 있다. 예컨대 말장난의 개그, 코믹한 조폭 영화, 성적 농담, 디지털 언어에서 파생된 기괴한 언어유희, 과거와 현재를 넘나드는 퓨전 사극 등 일상과 문화에서 온통 웃음의 인플레이션이다. 새로운 것이 더 이상 존재하지 않는 상황에 일상의 권태가 꿈틀거리고 있는 것일까, 유토피아 담론이 공허해 진 상황 속에 그 어떤 체념이 흐르고 있는 것일까? 그러한 권태와 체념에 자신을 내맡기면서 무의미한 웃음에 매몰되고자 한다면 그 웃음은 어쩔 수 없이 유치로 흐를 수밖에 없을 것이다. 그러나 이 시대의 다양한 문화적 욕구가 웃음의 소통적 형식을 필요로 한다면, 그 문화 현상은 적어도 동시대의 충동이나 콤플렉스 같은 '웃음의 무의식'을 들여다 볼 수 있는 새로운 미학적 의식을 담아내야 하지 않을까? 물론 19세기에 보들레르가 제시했던 알레고리와는 다른 새로운 미학적 의식 말이다.

(『문학판』, 9호, 2003.11)

바로크와 알레고리
발터 벤야민의 언어이론

1 바로크와 근대

17, 18세기의 예술 양식을 지칭하는 바로크(Barock) 개념은 본래 "과다한" "과장된" "기괴한" 같은 의미를 지닌다. 물론 바로크 예술 양식 자체가 얼마나 과다하고도 기괴한 모습을 띠고 있었는지는 전혀 중요치 않다. 역사적 양식과 그 명칭 간의 적합성 여부를 떠나서 바로크라는 개념은 일종의 은유적 개념으로 사용될 수 있다. 요컨대 벤야민(1892~1940)이 경험했고 혹은 우리가 아직도 경험하고 있는 근대, 즉 희생의 역사·상품의 범람·기술적 매체의 출현 등 다양한 현상과 관련하여 기괴한 모습을 띠는 근대를 가리키는 은유로서 바로크라는 개념이 사용된다. 혹은 벤야민 연구의 최근 동향을 보면 우리가 존재하고 있는 현재의 탈근대(포스트모더니즘)라는 시기는 바로크가 다시 도래하고 있는 시기로 진단되기도 하는데, 이 경우 인

식 주체의 소멸·파편화·불일치·알레고리 같은 측면이 벤야민의 미학적 사유와 포스트모더니즘 미학을 서로 연결해 주는 공통점으로 작용하고 있다. 그렇다면 바로크로서의 근대와 바로크로서의 탈근대는 서로 모순적이지 않은가? 가벼운 흥분을 불러일으킬 수 있는 가능성이 없지는 않지만, 근대와 탈근대를 어떻게 이해하고 관찰하는가에 따라서 그 양자는 모순 없이 자연스럽게 결합될 수 있으며 또한 바로크로 지칭될 수 있다.

　　벤야민이 비판하였던 근대는 계몽의 시대이며, 이 계몽의 시대는 흔히 역사철학적 시대라고도 불린다. 그와 같은 역사철학적 계몽의 시대는 진보의 이념을 표방하면서 역사의 낙관적인 발전에 도취되어 왔지만, 그 발전은 사실상 수많은 희생을 대가로 얻어지는 "피러스(Pyrrhus)의 승리"와도 같다. 수많은 희생을 외면한 채 진보의 결과에만 몰두하는 역사철학적 계몽의 시대는 더욱이 그 진보 자체를 절대화하는 신화로 전락하고 마는데, 이런 점에서 벤야민이 파악한 근대는 아도르노/호르크하이머가 지적한 것처럼 계몽의 변증법을 걷는 근대이기도 하다. 이처럼 발전과 희생, 계몽과 신화의 동시성이 형성되는 근대의 역사를 조명하기 위해서는 앞으로만 진행하는 근대와 같은 방향에 서는 것이 아니라 벤야민이 「역사의 개념에 관하여」라는 글에서 요구하였듯이 그 "역사의 결을 반대 방향에서 솔질하는"[1] 사유가 필요하며, 그런 의미에서 벤야민이 반대 방향에서 솔질하려 했던 시기는 다름 아닌 역사적인 바로크 시기였다. 그렇지만 그 바로크

---

1) W. Benjamin, *Gesammelte Schriften*, hrsg. v. Rolf Tiedemann und Hermann Schweppenhäuser, Frankfurt a.M. 1972 ff., Bd. I, S. 697(이하 벤야민 전집은 GS 로 축약하여 권수와 함께 본문에 기입한다).

는 단지 역사적인 특정 시기에 국한되는 것이 아니라 다시금 역사의 무한한 진보 혹은 세계의 탈주술화를 꾀했던 근대 전체로 확장된다.

결국 바로크는 근대의 생성 및 발전과 밀접하게 연결되어 있으며 동시에 그에 대한 (탈)근대적 저항 방식으로서도 중요한 의미를 지닌다. 이 점과 관련하여 벤야민 연구가인 가르버는 더 이상의 논지가 불필요할 정도로 매우 설득력 있게 "근대의 근원"으로서의 바로크 개념을 다음과 같이 설명해 주고 있다

"이런 의미에서 바로크 시대가 사실 근대의 근원으로서 그 역할을 도맡고 있다는 사실은 새로운 타당성을 지닌다. 또한 예술적 형성물에서 흔히 제시되는 화해의 모습과 형상(이미지)은 언제나 다시금 파괴되어야 한다는 점, 그리고 완성되지 않은 것, 고통으로 가득 찬 것, 역사에 의해서 지속적으로 생산되고 있는 악몽 등이 현재에도 존속한다는 점, 이에 대한 증거로서 알레고리가 그 역할을 맡고 있다는 사실도 새로운 타당성을 지닌다. 포스트모더니즘에서 벤야민을 끌어들인다는 것은 곧 바로크, 보들레르, 근대에 대한 벤야민의 이념을 끌어들인다는 것을 뜻한다. 그리고 이러한 요청은 계몽, 이상주의, 역사에 대한 각양각색의 낙관주의, 의미 잠재력, 목적론적 기대감, 진보의 은유, 유토피아적 지평 같은 의무감에 대한 저항을 뜻한다. 또한 인식이론적으로 말하자면, 작품/장르/시대의 형상을 항구적으로 해체하는 작업을 외면한 채, 그리고 말하고 글쓰는 주체 내에서 그것을 새롭게 생산하고 재생산해 내는 작업을 외면한 채, 오로지 폐쇄적이고 통일적인, 조화로운 작품/장르/시대의 형상만을 고집하는 시각에 대한 저항을 뜻하기도 한다."[2]

---

2) K. Garber, *Barock und Moderne im Werk Benjamins*, in: Literaturmagazin, Bd. 29 (1992), S. 28-46, hier S. 44.

이처럼 근대의 근원으로서 바로크는 이중적이다. 그것은 한편으로 이데올로기(계몽 · 낙관주의 · 이상주의 · 완결성 · 폐쇄성 · 통일성)가 생산된 근원이면서 다른 한편 그것을 파괴하고 해체할 수 있는 잠재력을 지니고 있다. 미학적 범주로 표현하자면, 근대는 아름다운 미와 숭고한 미, 총체적인 형상과 파편적 현상의 이중성으로 구성되는 것이다.

이와 같은 근대에 대한 벤야민의 시각은 어떻게 수용되고 있을까? 벤야민을 수용하는 과정을 보면 90년대를 기점으로 일종의 분위기 전환이 일어나고 있는 것처럼 보인다. 즉 1970, 80년대의 경우 멜랑콜리와 혁명적 실천의식이 서로 결합된 벤야민의 정치적 모습이 좌파 지식인들 사이에서 거론되었다면, 90년대 이후 포스트모더니즘과 해체론에서는 벤야민의 다른 모습이 자주 부각되고 있다. 전자의 경우 그 수용 방향이 주로 벤야민의 후기 글에 집중되었다면, 후자의 경우 벤야민의 초기 글이 적극 조명되고 있다. 이러한 분위기 전환을 정치적 맥락에서 탈정치적 맥락으로의 전환이라고 지칭해도 좋을까? 또한 1970, 80년대와 90년대의 벤야민 수용은 과연 서로 다른 의미를 지니는 것일까? 비판이론(Kritische Theorie)과 해체론(Dekonstruktion)을 서로 대립적인 사상으로 파악하는 이들에게는 그런 식의 독해 방식이 가능할 수도 있겠지만, 이와 달리 비판이론과 해체론의 유사성을 생각하는 이들은 초기 벤야민과 후기 벤야민의 수용은 상이한 것이 아니라 같은 선상에 있다는 결론에 도달하게 된다.[3] 물론 초기 벤야민과 후기 벤야민은 분명 약간의 차이점을

---

3) 비판이론과 해체론의 유사성에 관해서는: 최문규, 『문학이론과 현실인식』, 문학동네, 2000, 329~353쪽.

갖고 있다. 예컨대 철학적이며 신학적인 인식이론과 예술 이론의 성향이 초기에 강했다면, 후기 벤야민은 꿈과 유물론이 상호 결합하는 정신분석학적 맑스주의(혹은 맑스주의적 정신분석학)에 심취해 있었다. 만일 이러한 도식적인 구분이 타당할 경우, 1970, 80년대의 수용 경향 및 90년대의 벤야민 수용 경향과 관련하여 정치적 맥락에서 탈정치적 맥락으로의 전환이라는 상당히 설득력 있는 논리가 유도될 수 있을 것이다.

그러나 그와 같은 도식적인 구분이 과연 타당한 것일까? 물론 초기와 후기라는 구분이 잘못된 것은 아니지만, 그럼에도 불구하고 초기와 후기에 관계없이 벤야민의 글 전체를 관통하는 몇 가지 중요한 사유 모티브가 발견된다. 그것은 비평·언어·알레고리·형세(Konstellation) 같은 개념들과 관련된 사유이며, 이러한 개념들은 박사학위 논문인 『독일 낭만주의에서의 예술 비평 개념』과 교수자격 취득논문으로 제출되었다가 거부당한 『독일 바로크 비극의 기원』[4]뿐만 아니라 『아케이드-작업』 및 수많은 비평적 글에서도 지속적으로 사용되고 있다. 특히 『독일 바로크 비극의 기원』에서 제시된 알레고리 수법과 의식은 후기로 갈수록 벤야민의 사유 전체 속에서 핵심

---

4) *Ursprung des deutschen Trauerspiels*의 번역은 "독일 비극의 기원"으로 이미 고착화되었다. 물론 "Tragödie"와 "Trauerspiel"을 서로 상이하게 직역하는 것은 거의 불가능하며, 그 대안으로 의미상의 번역을 꾀할 수밖에 없다. 예컨대 전자를 "전통적 비극", 후자를 "바로크 비극"이라고 번역하는 것이다. 벤야민의 또 다른 두 가지 글의 제목도 *Trauerspiel und Tragödie, Die Bedeutung der Sprache in Trauerspiel und Tragödie*인데, 이 경우도 마찬가지로 「바로크 비극과 전통적 비극」, 「바로크 비극과 전통적 비극에서의 언어의 의미」라는 식으로 의미상의 차이를 두는 것이 좋을 듯 싶다. 따라서 이 글에서 "독일 비극의 기원"은 "독일 바로크 비극의 기원"이라는 식으로 대체하여 사용한다.

적인 의미를 지니는데, 가령 형상(이미지)과 의미의 불일치로서의 알레고리는 근대와 관련하여 비판이론적·해체론적인 특성을 동시에 지닌다. 또한 비평·언어·알레고리·형세 같은 측면 이외에도 벤야민은 『독일 바로크 비극의 기원』에서 "절대 군주가 역사를 대변한다"(GS I, 245)라는 식으로 절대 군주나 영주의 역사적 출현과 그 의미를 분석하면서 동시에 그것을 근대의 멜랑콜리한 댄디의 모습과 결합시키고 있다. 『독일 바로크 비극의 기원』에서 이미 벤야민은 예외상태·결단론 등을 강조한 법철학자 칼 슈미트의 "절대 주권"(Souveränität) 이론에 의존된 모습을 보이고 있으며 그 관계는 마지막 글인 「역사의 개념에 관하여」에서도 지속하고 있다. 파시즘 체제 성립에 결정적인 이론적 틀로 작용하였던 슈미트의 이론에 벤야민이 의존되어 있다는 것은 매우 아이러니컬한 현상이 아닐 수 없으며, 더욱이 정치이론 차원에서 파시즘과 맑스주의가 서로 극단적인 관계를 맺고 있다는 점을 고려한다면 벤야민과 슈미트의 사상적 영향 관계는 난해한 측면을 구성한다. 어쨌든 중요한 점은 알레고리나 결단론적 사유에서 발견되는 파괴와 구성 같은 사유 모티브는 초기에서 후기까지 끊임없이 지속하고 있다는 것이다.

동시대의 보수적인 학문 풍토에서 수용되지 못했지만 뒤늦게 그 가치와 의미가 인정된 『독일 바로크 비극의 기원』(1927)은 사실 벤야민의 독창적 인식의 뿌리가 내려 있는 매우 중요한 글로 평가된다. 그 글은 외적으로 역사적인 바로크 시대의 문학과 예술을 새롭게 인식하려는 시도로 보이지만, 사실은 30년 전쟁을 겪은 역사적인 바로크 시대와 1차 세계 대전 이후 벤야민의 동시대 간의 시대적 유사성이 저변에 깔려 있으며,[5] 그렇기 때문에 바로크는 포괄적인

근대 자체로 확장되고 있는 것이다. 또한 바로크로서의 근대를 고찰
하려는 벤야민의 글쓰기 작업은 아방가르드적 혁신성을 띠고 있다.
즉『독일 바로크 비극의 기원』의 "인식비판적 서문"에 제시되어 있
는 것처럼, 벤야민의 글쓰기 작업은 종래의 철학적이고도 문학학적
"체계"와는 완전히 다른 방식을 취하고 있다. 역사주의적·실증주의
적·문헌학적 방법론에서 출발하는 종래의 글쓰기 방식이 느슨하고
일관된 체계화만을 추구함으로써 소위 "역사적으로 평탄하게 다지는
천박함"[6]에 고착되고 마는 위험을 지닌다면, 이에 대항하여 벤야민

---

5) S. Buck-Morss: *Dialektik des Sehens. Walter Benjamin und das Passagen-Werk(Eng.: The Dialectics of Seeing. Walter Benjamin and the Arcades Project*, Cambridge 1989), Frankfurt a.M. 1993, S. 210.

6) GS, Bd. I, S. 229. 원어는 "historisierende Verflachung"이며, 이것을 직역하면 "역사화하는 평탄함"이지만 여기서는 의역을 취했다. 벤야민이 비판하고 있는 역사주의적 글쓰기 방식은 대체로 "제도"(Institution)로서의 학문 체계 내에서의 글쓰기 방식을 가리킨다. 사실 제도로서의 학문 체계 내에서의 글쓰기는 여러 가지 문제점을 갖고 있다. 그러한 글쓰기는 가능한 주관적 감수성을 억제해야 하고 또한 다양한 영역으로의 넘나들기를 시도하지 못한 채 단지 제한된 틀과 시각 내에서만 움직여야만 하며, 또한 글의 내용보다는 엄격한 형식(제목, 목차, 각주, 인용 방식, 요약 등)이 종종 평가의 척도로 작용하기도 한다. 일반적으로 "논문"이라는 제도 내에서의 글쓰기가 그러한 좁은 운동 반경을 취한다. 예술사 영역에 제출된 벤야민의 글이 거부당한 이유도 기존의 바로크 연구 방식을 취하지 않았기 때문이었고 또한 예술사 영역의 글이라기보다는 미학 영역의 글로 평가되었기 때문이었다. 예술사와 미학의 경계가 해체된 오늘날의 시각에서 보면 벤야민의 글이 오히려 미래 선취적인 특성을 갖는다. 그렇다면, 이와 같은 벤야민의 글쓰기를 전범으로 삼으면서 제도로서의 학문 체계와 그 글쓰기 방식을 완전히 부정해도 좋은 것일까? 제도가 지닌 권위·엄격함·좁은 반경 등으로부터 벗어나기 위해 주관적 감수성을 마음껏 펼치거나 혹은 영역을 파괴시킬 경우 과연 글쓰기의 문제점은 극복되는 것일까? 이 경우 다른 문제점을 낳기 마련이다. 가령 감수성과 영역 파괴 같은 아방가르드적 글쓰기는 자칫하면 주관적 감상문이나 인상 비평 같은 형식을 띨 수 있으며 또한 소위 객관성까지도 결여될 수 있는 위험이 있다. 여기서 객관성이란 불변하는 초개인적인 타당성을 뜻한다기보다는 자신의 생각과 다른 이의 생각을 냉정하게 비교해 보는 행위 등을 말하며, 따라서 특정 개념이 나와 상대방에 의해 다르게 사용될 때는 비록 사소한 개념일지라도 그 차이점을 밝히는 객관적인 방식은 분명

은 "모자이크식" 글쓰기, 즉 아방가르드적 글쓰기를 시도하고 있었던 것이다. 그런 연유에서 벤야민은 때론 아리스토텔레스와 플라톤 전통으로 소급하며, 때론 셸러 · 코엔 · 크로체 · 로젠츠바이크, 니체 같은 동시대의 철학적(신칸트주의) · 역사적 연구와 대면하기도 하며, 혹은 아이쉴로스로 소급하다가 스트린드베리의 표현주의 연극으로 다시 내려오기도 하며, 혹은 르네상스 시대와 고전주의를 비판하기도 하며, 또는 셰익스피어 · 칼데론 · 낭만주의 문학을 끌어오는 식의 다양한 글쓰기를 펼치고 있는 것이다. 요컨대, 바로크에서 엿볼 수 있는 알레고리의 특징이 파편성이라면 벤야민의 글쓰기 자체가 파편성 혹은 알레고리적 특성을 지닌다. 이런 점에서 벤야민의 글쓰기 방식은 초기낭만주의자인 슐레겔의 표현처럼 "화학적" 글쓰기 방식에 가까우며, 혹은 「초현실주의」에서 벤야민이 직접 표현했듯이 "다양한 방향으로의 활동성"이 표출된 방식이라고 명명될 수도 있다. 이 밖에도 벤야민은 수많은 인용 방식을 취하고 있는데, "텍스트를 인용한다는 것은 그 연관성을 중지시키는 것을 포함하고 있다"(GS II, 536)고 밝힌 벤야민의 사유를 고려한다면 바로크 연구에서 엿보이는 인용 방식에 의한 글쓰기는 바로크라는 역사적 맥락에 머물지 않고 오히려 새로운 맥락(즉 근대 전반)을 만들어 나가는 방식임을 알 수 있다. 혹은 바로크 시대의 알레고리에 대한 연구는 근대에 대한

존중되어야 한다. 물론 '객관성이 과연 존재하는가' 하는 극단적인 회의론과 상대주의를 통해서 혹은 '객관성이란 권력의 산물'이라는 식의 권력론에 의존한 대답을 통해서 아방가르드적 글쓰기를 간접적으로 옹호할 수도 있다. 그렇다고 해서 상대주의와 권력론이 곧 모든 문제를 해결해 줄 수 있는 완전한 대답은 결코 아니다. 이처럼 글쓰기 방식도 사회적 제도와 개인, 객관성과 주관성 같은 대립과 연결되어 있으며, 이러한 대립을 극복할 수 있는 이상적인 처방은 존재하지 않는다. 단지 그 대립 사이에서 부유하는 방식만이 유일한 대안처럼 여겨진다.

알레고리, 즉 "알레고리의 알레고리"(Allegorie der Allegorie)[7]로 명명될
수 있겠다.

2 이념·인식·언어의 관계

『독일 바로크 비극의 기원』은 그 첫 부분부터 독서의 어려움을
불러일으킨다. 우선 "인식비판적 서문"에서 시도되고 있는 다양한
개념 정의와 그 상관관계를 들 수 있다. 여기서 그 모든 개념들의
의미를 재분석할 수는 없으며 단지 진리·이념·인식에만 집중해
보기로 하자. 벤야민은 다양성이라는 특성으로 이념과 진리를 거의
비슷한 의미로 사용하고 있는데, 구체적으로 말하면 다양한 이념들
이 진리를 구성하게 된다.

> "각각의 이념은 하나의 햇살이며 마치 많은 햇살들이 서로 관계를
> 맺듯이 각각의 이념은 비슷한 종류의 이념들과 관계를 맺고 있다. 그러
> 한 본체들의 울림 관계가 진리이다."(GS I, 218)

"햇살들"이라는 복수적인 표현에서 암시되고 있듯이, 이념은 결코
플라톤 철학에서처럼 "하나의" 이념으로 절대화되지 않고 다양한 이
념들로, 즉 단자론적으로 분리되어 있음을 알 수 있다. 그러한 이념
들이 서로 관계를 맺을 때, 즉 "형세"(Konstellation)를 형성할 때 비로
소 진리는 싹트게 되며, 그런 의미에서 벤야민은 "이념들은 영원한

---

7) B. Witte: *Allegorien des Schreibens*, in: Merkur, 46. Jg. Stuttgart 1992, S. 125-
136, hier S. 126.

형세"(GS I, 215)라고 밝힌다. 이념과 진리가 서로 밀접하다면, 진리
와 인식의 관계는 완전히 다르다.

> "인식 대상이란 주로 개념의 의도로 규정된 것이며, 이러한 인식 대
> 상은 진리가 아니다. 진리란 이념들로 형성된 의도 없는 존재이다. 따라
> 서 진리에 합당한 태도는 인식하는 사유가 아니라 진리 속으로 들어가서
> 사라지는 것이다. 진리는 의도의 죽음이다."(GS I, 216)

이 대목은 인식 대상과 인식 주체라는 전통적인 이분법적 사유를
비판한다는 점에서 매우 중요한 의미를 지니며 일종의 주체의 죽음
을 선언하는 대목이기도 하다. 즉 자신의 관점이나 의도에서 대상을
인식하려는 주체 중심의 사유가 전통적인 철학에 내재해 있다면, 그
러한 철학적 사유에 대해 벤야민은 부정적인 입장을 취하고 있다.
그것은 주체의 인식 혹은 의도를 지닌 인식이란 항상 "소유"(Haben)
와 관계되어 있기 때문이다. "인식이란 일종의 소유이다. 인식 대상
은 의식 속에서 – 예컨대 선험적으로 – 소유되어야만 하는 과정을 통
해 인식 대상 자체로 규정된다. 대상에는 소유물의 특성이 주어진
다."(GS I, 209) 대상을 인식한다는 것은 대상을 소유하는 것과 동일
하기에 대상은 항상 인식 주체에 의해서 억압되기 마련이다.

　이와 달리 "의도의 죽음"으로서의 진리는 일종의 존재 특성을
지닌다. 즉 진리의 경우 소유하려는 주체와 소유되는 대상 간의 구
분이 존재하지 않으며 더욱이 주체까지도 사라지는 것이다. 의도의
죽음, 요컨대 인식 주체의 개념적 사유와 결별하고 존재로서의 진리
자체를 회복하려는 시도는 벤야민이나 아도르노에게 모두 공통적이

었고, 이러한 측면은 대상(혹은 기호)에 대해 주인 행세를 하는 인식 주체의 죽음을 선언하는 포스트모더니즘 및 해체론과도 연결되는 중요한 단초로 작용한다. 유럽의 전통적인 합리주의 철학들이 일반적으로 인식 주체의 절대성에서 출발하고 있다면, 이러한 인식 주체의 중심에 대항하는 벤야민의 모습은 『독일 바로크 비극의 기원』뿐만 아니라 『독일 낭만주의에서의 예술 비평 개념』에서도 이미 제시된 바 있다. 독일 초기낭만주의의 성찰(Reflexion) 개념을 탈주체론적인 차원에서 해석하고 있는 그 학위논문에서 벤야민은 피히테와 초기낭만주의자(슐레겔, 노발리스)를 엄격히 구분해 주고 있다. 가령 피히테는 의식적인 성찰을 통해 "근원의 규정, 근원의 존재"를 마련할 수 있다고 믿었다면 슐레겔과 노발리스의 경우 그와 같은 "존재론적 규정이 누락되고"(GS I, 29) 있다고 벤야민은 강조한다. 요컨대, 피히테의 경우 성찰은 오로지 지적 관조를 지닌 절대적 자아의 능력 속에 자리 매김 되고 그런 의미에서 대상에 대한 자아의 성찰을 뜻한다면, 초기 낭만주의의 성찰 개념은 "자신의 형식을 만들어 내는 사유"[8]를 뜻한다. 성찰이 구체적인 대상에 대한 주체의 성찰이 아니라 사유 자체에 대한 성찰로서 파악됨으로써 결국 사유·사유의 사유·사유의 사유의 사유 같은 무한한 가능성이 열린다. 이러한 성찰 개념이 예술과 관계를 맺을 경우 예술 이념의 절대성을 향한 과정 속에서 "성찰의 주체는 근본적으로 예술적 형상물"(GS I, 65), 즉 개별 예술 작품 자체이다. 따라서 작품의 형식이란 "그 작품에 고유한 성찰" (GS I, 73)이 객관적으로 표현된 것이며, 예술의 전체 과정에서 보면

---

8) Ebd., S. 30.

모든 개별 작품들의 전개는 다름 아닌 형식·형식의 형식·형식의 형식의 형식 같은 무한한 성찰 과정으로 전이되는 것이다. 이처럼 초기낭만주의의 예술 이론에서 작동하는 성찰 개념을 "자아로부터 자유로운 사유"로 파악함으로써 벤야민은 이미 객체로서의 대상을 자기중심적으로 점유하는 주체 철학의 맥락에서 벗어나 있었고 또한 해체론과의 유사성까지도 내보이고 있었다. 왜냐하면 형식으로서의 성찰의 무한한 전개 과정이 기호학적 차원으로 전이될 경우 기호·기호의 기호·기호의 기호의 기호 같은 자기준거성이 형성되며, 이러한 사유는 곧 해체론적 사유의 기본틀로 작용하기 때문이다.

그렇다면, 인식과 의도를 지닌 주체를 비판적으로 해체하고 존재로서의 진리에 접근할 때 벤야민은 어떤 방식을 요구하는 것일까? 그것은 글쓰기의 매개적 특성을 통해 도달하려는 방식이다. 예컨대, 철학적 비평(Kritik), 에세이(Essay), 소논문(Traktatus) 같은 형식이 그것이다. 흥미로운 점은 그와 같은 형식은 다름 아닌 독일 초기낭만주의가 새롭게 도입한 형식이라는 것이며, 벤야민은 그러한 글쓰기의 새로운 형식을 통해 진리에 접근할 수 있다고 믿었다. 벤야민에 의하면, 글쓰기의 새로운 형식으로서 철학적 비평은 "의미 있는 작품의 근본을 이루는 역사적 실상내용을 철학적인 진리내용으로 만드는 것이 바로 예술형식의 기능임을 입증하는"(GS I, 358) 데 초점을 둔다. 『독일 바로크 비극의 기원』에서 제시된 실상내용과 진리내용의 구분은 벤야민이 「괴테의 친화력」에서 시도했던 비평과 주석의 구분과도 연결되며, 또한 철학적 비평이라는 형식 이외에도 벤야민은 후에 에세이 형식과 단편적 형식의 글쓰기를 통해 실상과 진리의 결합을 추구하였다.

　탈주체적인 차원에서 새로운 글쓰기를 통해 진리에 접근하는 방식은 언어의 문제와도 연결된다. 왜냐하면 "이념은 언어적인 것"(GS I, 216)이기 때문이다. 그런데 인식이 주로 언어를 전달의 수단으로 여긴다면 진리나 이념은 전달이 아닌 언어적 서술(Darstellung)을 취한다. 그도 그럴 것이 의도의 죽음으로서의 진리는 "스스로 서술하는 이념 영역"(GS I, 211)이기 때문이다. 여기서 전달과 서술의 대립은 중요한 역사적인 배경을 갖는다. 18세기 루소와 함께 시작된 자연과 문명의 대립은 언어에도 전이되어 자연적 언어와 사회적(이성적) 언어의 대립으로 발전하며, 다시금 그 대립은 문학과 예술 영역으로 전이되면서 서술과 전달이라는 또 다른 형태의 대립을 낳는다. 특히 서술과 전달의 대립은 독일 초기낭만주의 문학이론에서도 핵심적이었는데, 슐레겔은 서술과 전달을 통해 운문과 산문, 문학과 철학의 차이까지도 설명한 바 있다. 괴테 또한 엑커만과의 대화에서 "특별한 것을 포착하고 서술하는 것이야말로 예술의 본래의 삶"이라고 밝히고 있으며 초기낭만주의 문학이론의 경우 서술 개념은 "불특정성" "무한성" 같은 특성을 지닌다. 따라서 "독일 낭만주의에서의 예술비평 개념"이라는 주제로 박사학위 논문을 썼던 벤야민은 틀림없이 그와 같이 서술 개념의 역사적 배경을 충분히 지각하고 있었을 것이다. 물론 초기 낭만주의와의 관련 이외에도 존재로서의 진리와 이념이 "스스로 서술하는" 특성을 지닌다는 점은 신학적 사유와 연결된 벤야민의 독특한 언어철학에 의해서도 나름대로 설명된다. 예컨대 「언어 자체에 관하여, 그리고 인간의 언어에 관하여」라는 글에서 그는 언어가 최초에 사물과의 완전한 동일성 내지는 보편성을 지니고 있었지만 "인간적 언어", 즉 "인식 언어"가 등장함으로써 본래의 특성을 상실하고 만다고 밝히고 있다. 즉 더 이상 서술의 언어로 존재하는 것이 아니라 무엇인가를 전달하려는 인간적 언어가 발생함으로써 소위 "언어 정신의 타락"(GS II, 153)이 나타난다는 것이다. 의도를 지닌 주체에 대한 비판과 마찬가지로 그와 같은 전달 언어에 대한 비판도 이미 『독일 바로크 비극의 기원』에 제시되고 있는데, 즉 실낙원 장면의 분석과 함께 그 책의 마지막 부분에선 "선과 악에 대한 지식"에 기초한 언어 발생이 비판되고 있다. 이처럼 인식 주체에 대한 비판과 전달로서의 도구적 언어에 대한 비판은 서로 밀접한 관계를 맺는다.

3 자연과 역사로서의 알레고리

의도의 죽음으로서의 진리, 주체의 의도가 배제된 언어적 서술, 역사적 실상 내용을 철학적 진리내용으로 옮기는 글쓰기, 이것이 벤야민이 바로크 연구에 앞서 설정한 새로운 인식론적 전제조건을 구성한다. 이를 바탕으로 벤야민은 역사적인 바로크 비극을 현상적으로 관찰하면서 다양한 관점 하에 그 특징을 제시하고 있다. 우선 벤야민은 전통적인 아리스토텔레스 및 르네상스의 인본주의적 시각에서 바로크를 해석하는 데 반기를 들고 있으며, 이런 점에서 벤야민은 반고전주의적 미학의 입장을 취한다. 적절한 우리말 번역이 불가능하기에 비극이라는 용어를 사용할 수밖에 없지만 사실 "바로크 비극"(Trauerspiel)은 전통적인 아리스토텔레스의 비극(Tragödie)을 지칭하는 것이 결코 아니다. 전통적인 비극과 벤야민이 해석하고 있는 바로크 비극 간의 결정적인 차이점은 아리스토텔레스가 비극의 특징으로 삼았던 포보스(Phobos)와 엘레오스(Eleos), 즉 공포와 연민이 바로 크 비극에는 더 이상 유효하지 않는 데 있다(GS I, 242). 또한 전통 적인 비극의 경우 역사 이전의 신화가 다루어진다면, 바로크 비극에 서는 역사가 중심이 된다(GS I, 243). 요컨대, 바로크 비극에서는 전통 적인 비극처럼 신화적 영웅의 죽음이 중시되는 것이 아니라 모든 인 물들의 죽음, 그것도 역사와 연결된 죽음이 중시된다. 벤야민은『독 일 바로크 비극의 기원』에 앞서 비극에 관한 글들을 쓴 바 있으며, 그 글에서도 두 형태의 비극은 확연히 구분되고 있다. 전통적인 비 극의 경우 영웅은 자신의 죄에 대한 벌로서 죽음을 맞이하며 이 때 영웅의 죽음은 거대한 초개인적인 힘에 의해 이미 결정되어 있는 죽음이다. 즉 전통적인 비극에서 영웅의 죽음은 "아이러니컬한 불멸 성"(GS I, 135)을 획득하는데, 그것은 영웅이 신과 운명에 항거하지만 결국 죽음을 통해 다시금 신과 운명의 힘에 복귀하고 있기 때문이 다. 그러나 바로크 비극의 경우 인물의 죽음은 신의 세계로 복귀하 는 "완결성이 아니며, 더욱 숭고한 삶에 대한 확신도 없으며, 아이 러니도 없는"(GS I, 136) 죽음 자체다. 이 밖에도 드라마의 형식적 측면에서 보면, 전통적인 비극은 "모두 폐쇄적인 형식"을 지닌다면 바로크 비극은 "그 자체 폐쇄적이 아니다"(GS I, 136). 이런 점에서 벤야민은 현재의 드라마 전문가들이 흔히 사용하는 닫힘과 열림, 폐 쇄극과 개방극 같은 개념을 이미 선취하고 있다. 또한 전통적인 비 극은 "인간들 사이의 구두 언어의 법칙성에 기인한다면", 바로크 비 극은 다름 아닌 "말(혹은 소리)과 의미의 양 축"(GS I, 139)을 지니며 이러한 측면은 알레고리의 중요한 특징인 기표와 기의의 차이 혹은 괴리와 연결된다.

고대 비극의 경우 특정 영웅의 죽음이 중심적이지만, 바로크 비극의 경우 인물들의 다양한 죽음, 즉 형세로서의 죽음이 나타난다. 그 죽음은 결코 이상화되지 않으며 또한 도덕적인 차원에서 아름답게 변용되지도 않는다. 바로크 비극에서는 "운명도 죽음을 향해 굴러가고 있는"(GS I, 310) 것이다.

> "바로크 비극의 인물들은 죽는다. 그것은 반드시 시체로서만 그들은 알레고리의 고향으로 갈 수 있기 때문이다. 불멸성을 위해서가 아니라 시체 자체 때문에 그들은 파멸하는 것이다. (…) 17세기 바로크 비극에서 시체는 최고의 엠블렘적 소도구였다"(GS I, 391).

르네상스의 휴머니즘이나 기독교적 전통의 경우 죽음이나 시체는 불멸로 나아가기 위한 전단계로서 미화되거나 혹은 아름답게 변용되지만, 벤야민에 의하면 바로크 비극의 경우 죽음·시체·몰락 같은 생물체의 자연 특성은 더 이상의 아름다운 변용을 필요로 하지 않으며 그 자체로 남는다. "거기서(해골들이 쌓여 있는 무덤의 황량한 모습에서: 역주) 허무함은 의미를 띠고 있는 것이 아니라 (…) 알레고리 자체로 제시되고 있다"(GS I, 405). 그런데 더욱 중요한 점은 죽음·시체 같은 형상을 보여주는 엠블렘(Emblem)[9]을 통해 표출된, 즉 알레고리화된 육체로 표현된 허무(Venitas)가 단순히 삶과 인생의 공허함을 재현하는 것이 아니라 다름 아닌 역사 혹은 현세(Immanenz)를 가리킨다는 것이다. 이런 의미에서 "역사적인 삶이 (…) 바로크 비극의 본질적

---

9) Emblem: 표제, 그림, 짧은 텍스트로 구성된 예술적 표현양식을 뜻한다. 비록 광고를 제작하는 이들이나 소비자들이 의식하지는 못하고 있지만, 사실 현재의 상품 광고는 그와 같은 전통적인 엠블렘의 구조를 그대로 재생산하고 있다.

내용이며 진실한 대상"(GS I, 242/3)으로 간주되며 이 점이 역사의식을 배제한 채 문체 연구에만 매달렸던 기존 바로크 해석과 완전히 다른 벤야민의 독창적인 시각을 이룬다. 이상적인 자연이 아니라 일그러지고 몰락한 생물체의 자연적 모습을 그대로 유지하고, 그러한 죽음·시체 같은 육체의 몰락한 자연 상태는 숭고한 역사의 목표와 이념을 향해 나가도록 지시하는 것이 아니라 파괴된 역사 자체의 진리내용에 대한 알레고리로 작용하는 것이다. 결국 바로크 비극에서는 자연과 역사가 서로 대립하는 것이 아니라 "생물체의 상태 속에 역사적인 것이 여지없이 세속화되어 있음"(GS I, 270/1)을 보여 준다.

> "무대 위에서 바로크 비극에 의해 제시된 자연 – 역사의 알레고리적 외양은 실제로 파괴된 잔해물로 현존한다. 그러한 알레고리적 외양과 함께 역사가 감각적으로 무대로 옮겨진 것이다. 더욱이 역사는 영원한 삶의 발전 과정으로서가 아니라 오히려 지속적인 파멸 과정으로서 각인되어 표현되고 있다. 결국 알레고리는 아름다움과는 다른 차원에서 표출되고 있는 것이다. 파괴된 잔해물이 사물의 영역에 있다면 알레고리는 사유의 영역에 있다"(GS I, 353/4).

여기서 파괴된 자연의 모습은 파괴된 역사를 가리키며, 그러한 역사는 다음 아닌 발전이 아니라 수많은 희생을 낳고 있는 근대의 역사와 연결되는 것이다.

아름답게 변용된 삶이나 자연에 대한 아름다운 예술적 가상이 아니라 죽음·시체 같은 인간 육체의 파괴된 허무적인 자연 모습을 통해 사실은 잔인한 역사의 모습이 제시되고 있다는 점, 혹은 "역사가 자연으로 방향을 전환하고 있다"(GS I, 358)는 점, 이것이 바로크 문화와 예술에 대한 벤야민의 핵심이다. "그 자연은 몰락한 자연이며, 거기에는 역사 과정의 형상이 각인되어 있다"(GS I, 356). 이 점을 더욱 강조하기 위해 벤야민은 상징과 알레고리의 대립을 제시하고 나서며 그 상징과 알레고리의 대립은 다시금 "아름다움"과 "숭고함"의 대립으로 설명된다. 그렇다면 상징과 알레고리의 특징은 무엇인가? 그것은 다음과 같은 대목을 통해 파악될 수 있다.

"조형적인 상징, 유기체적 총체성의 형상인 예술상징에 강력하게 대립하는 것으로서 다름 아닌 무형적 파편 조각을 떠올릴 수 있다. 알레고리적 글의 형상은 그러한 무형적인 파편 조각으로 나타난다. 지금까지 누구나 그 고전주의와의 대립을 낭만주의에서만 찾아내려 했지만, 알레고리적 글의 파편 형상을 통해서 바로크도 고전주의와 현격하게 대립하고 있는 것이다. (…) 알레고리적 직관 영역에서 형상은 파편 조각, 폐허의 잔재이다. (…) 총체성이라는 거짓된 가상은 사라진다. 그것은 본질이 사라지고 비유가 들어서기 때문이며 또한 그 안에서 우주가 시들고 있기 때문이다. (…) 부자유, 미완성, 감성적이고 아름다운 육체의 파괴 등을 고전주의는 인정하지 않으려 했고 본질적으로 거부하고 있었다. 그 화려한 모습에 가려져 있지만, 이전에 예견되지 않았던 강조를 통해 바로크의 알레고리는 그 점을 내보이고 있다"(GS I, 351/2).

"파멸과 함께, 오로지 그 파멸과 함께 역사적인 사건이 수축되어 무대 속으로 들어간다. 그러한 몰락한 사물이라는 포괄적인 개념은 초기 르네상스가 포착하려 했던 변용된 자연이라는 개념과 극단적으로 대립한다"(GS I, 355).

상징과 알레고리의 차이에 대한 벤야민의 분석을 자세히 살펴보자. 상징은 조형성과 유기체적 총체성을 지니며 그 예로는 자유·완성·아름다운 육체의 미를 보여주는 고대의 조각상이나 초기 르네상스 및 고전주의 작품 등을 들 수 있다. 이들 상징적 작품의 특징은 변용된 자연, 즉 아름답게 승화된 자연을 제시한다. 이와 달리 낭만주의·바로크 시기의 알레고리적 형상물들은 "무형적인 파편 조각"의 모습, 즉 부자유·미완성·아름다운 육체의 파괴 같은 특징을 띤다. 알레고리는 "파괴의 잔해 속에 침잠되어 있는 것", "파편 조각"(GS I, 354) 자체로 남으면서 상징의 변용된 자연과 극단적으로 대립하는 것이다. 그런 의미에서 알레고리를 구사하는 시인들은 세계의 윤리적 의미를 상실한, 역사가 발전이 아니라 몰락의 길을 걷고 있음을 인지한 멜랑콜리한 근대인들이며, 이들은 알레고리적 서술을 통해 다름 아닌 역사에 대한 "애도의 이론"[10]을 제시하고 있는 것이다. 상징과 알레고리의 대립은 다음과 같은 대목에서도 명확하게 드러난다.

"상징에서는 몰락의 변용과 함께 자연의 변용된 모습이 구원의 불빛 속에 일순간 계시되지만, 알레고리의 경우 죽음에 임한 역사의 얼굴이 경직된 근원 풍경으로서 관찰자의 눈앞에 놓이게 된다. 역사가 처음부터

---

10) Ebd., S. 318. 벤야민은 애도(Trauer)와 멜랑콜리(Melancolie)를 명확하게 구분하고 있지 않다. 이와 달리 프로이트의 이론에선 그 양자가 서로 구분되고 있다. 프로이트에 의하면, 세계가 공허하고 보잘 것 없이 여겨질 때 애도의 감정이 나타난다면, 자아가 공허하고 보잘 것 없이 여겨질 때 멜랑콜리가 분출된다고 한다(S. Freud: *Trauer und Melancholie*, in: Studienausgabe, Bd. III, Frankfurt a.M. 1982, S. 202). 이에 대한 자세한 분석은 이 책에 실린 "근대성과 심미적 현상으로서의 멜랑콜리"를 참조할 것.

시대에 적합하지 않은 것, 고통으로 가득 찬 것, 놓치고 만 것을 간직하
고 있는 모든 것 속에서 역사는 하나의 얼굴, 요컨대 죽은 자의 머리에
각인되어 있는 것이다"(GS I, 343).

변용된 자연을 추구하는 상징에 대한 벤야민의 비판은 역사에 대한
비판, 즉 낙관적이고도 희망적인 역사 이데올로기에 대한 비판이다.
따라서 상징과 알레고리, 초기 르네상스(혹은 고전주의)와 바로크 시
기, 고전주의와 낭만주의 대립은 특정 역사적 시기에서의 예술 양식
의 대립을 넘어서 역사관 자체의 대립으로 확장되는데, 즉 한편으로
역사는 끊임없이 진보한다는 낙관주의적 이념과 다른 한편 역사란
파국과 몰락의 과정을 걷고 있다는 비관적 의식 간의 대립 말이다.
흥미롭게도 이와 같은 상징과 알레고리의 대립이 맑스주의 자체 내
에서의 미묘한 관점의 차이와 연결된다. 예컨대 고전주의 및 헤겔
전통에 서 있던 루카치와 블로흐가 비교적 유기체적 특성과 변용된
자연을 중시하는 상징 전통에 서 있었다면, 반유기체적이고도 파편
적인 특성을 강조한 벤야민·브레히트·아도르노는 바로크 및 낭만
주의의 선상에 놓여 있었던 것이다. 그러한 입장의 차이는 동시대의
새로운 예술 현상(표현주의 및 아방가르드 예술)에 대한 상이한 반응에
서도 표출된다. 가령 루카치는 표현주의 및 아방가르드 미학을 가차
없이 비판하였지만, 이와 달리 벤야민과 아도르노는 유기체적인 아
름다운 가상을 거부하는 아방가르드 미학을 각기 나름대로 수용하는
가운데 파국으로 치닫고 있는 근대 역사를 비판하였다.

　　물론 바로크 비극과 알레고리에 대한 벤야민의 분석에는 신학적
사상의 흔적이 배어 있다. 벤야민에 의하면, 알레고리를 구사하던

바로크 작가들은 세계 혹은 역사 전체의 진행을 수난사로 파악하고
있었고 이러한 수난사에 직면하여 그들의 주관성은 "악의 공허한 심
연" 내지는 "깊은 심연의 소용돌이"(GS I, 404) 속으로 빠져드는 위
험을 지닌다. 요컨대, 벤야민은 근본적으로 바로크 시대나 후에 보
들레르에게서 부활한 알레고리의 "숭고함"(GS I, 669)[11]을 긍정적으로
평가하고 있었지만 그러한 알레고리가 자칫 "엄청난 반예술적 주관
성"(GS I, 406)에 빠질 수 있다고 본 것이다. 계몽으로서의 근대를
주체의 역사 혹은 주관성의 역사로 규정할 때 여기서 벤야민이 염
두에 두고 있던 시기는 단순히 바로크 자체가 아니라 근대 전체임
을 다시 한 번 읽어낼 수 있다. 그렇다면 알레고리에 내재해 있는
주관성 내지는 자의성은 어떻게 극복되는 것일까? 이러한 질문과 관
련하여 벤야민은, 알레고리를 구사하던 바로크 작가들의 주관적인
의도가 궁극적으로는 역사 전체의 구원 같은 신학적인 틀 내에서
작동하는 것이라고 밝힌다.

> "부활의 알레고리로서, 특히 바로크의 죽음의 회화에서는 (…) 알레
> 고리적 관찰이 급격하게 변한다. (…) 알레고리적 작가는 신의 세계 속에
> 깨어 있다"(GS I, 406).

즉 알레고리를 구사하던 바로크 작가들은 궁극적으로 "구원" 내지는
"기적"(GS I, 408)이 보장된 틀 내에 거주하고 있었다는 것이다. 이

---

11) 메닝하우스는 벤야민의 글을 분석하면서 "숭고함" 범주의 중요성을 강조한 바 있
다(W. Menninghaus: *Das Ausdruckslose: Walter Benjamins Metamorphosen der
Bilderlosigkeit*, in: Für Walter Benjamin, hrsg. v. Ingrid und Konrad Scheurmann,
Frankfurt a.M. 1992, S. 170-182.

것은 파편성을 통해 새로운 구원을 기다리는 의식, 즉 주관적 니힐리즘과 새로운 구원이 서로 결합되고 있음을 보여주는 대목이기도 하다. 그렇기 때문에 "바로크 비극의 알레고리적 구성에는 구원된 예술작품의 파편 조각 같은 형태가 본래 명확히 제시되어 있다"(GS I, 358). 그렇다고 해서 알레고리적 서술을 통해 암시되는 구원이 상징의 그것과 동일시되지는 않는다. 그 구원은 매우 애처롭게 암시될 뿐이며 후에 「역사의 개념에 관하여」에서 벤야민 스스로가 제시한 것과도 상통한다. 그 글에서 벤야민은 역사의 낙관적 진보를 비판하기 위해 파울 클레의 그림 「새로운 천사」를 인용하면서 나름대로 구원의 알레고리를 제시하였으며, 이 때 그 새로운 천사는 르네상스 시대의 그림에서와 같은 아름다운 모습이 아니라 역사의 폐허 속에서 애처로움을 띨 뿐이다.

4 형상과 의미의 불일치로서의 알레고리

흔히 벤야민 연구에서는 바로크 알레고리와 근대적 알레고리가 구분되고 있으며, 그러한 구분은 초기 벤야민과 후기 벤야민이라는 구분의 연속선상에서 제시되고 있다. 예컨대 바로크 알레고리에 대한 분석에는 멜랑콜리와 신학적 구원이 지배적이라면, 근대적 알레고리 경우 자본주의적 대도시와 상품 사회를 예리하게 비판하는 정치적 의식이 우세하다는 것이다. 신학적 사유로부터 강도 높은 정치적 실천성으로의 전환이라는 구분에서 항상 중시되는 측면은 정치적 의식이며, 이를 통해 초기 벤야민보다는 후기 벤야민이 더욱 매력적으로 비추어진다. 그러나 정치적 의식의 존재 여부가 벤야민 해석의 결정적인 논점으로 작용할 경우, 더욱이 바로크 알레고리와 근대적 알레고리를 구분하는 중요한 기준으로 작용할 경우, 그러한 시각은 벤야민의 시각뿐만 아니라 벤야민 시각에 내재해 있는 잠재력까지도 축소시키는 결과를 가져올 수 있다. 정치적 의식의 존재 여부를 떠나서 바로크로서의 근대 전체를 분석하는 가운데 벤야민이 중시했던 알레고리의 핵심은 지각의 예외 상태를 통해 지각의 자동화에 제동을 걸 수 있는 잠재력이며, 이 때 그 잠재력은 정치적 의식뿐만 아니라 기호·언어·글의 운동과 연결된다. 그렇다면 어떤 측면에서 그것이 가능한 것일까?

독일 바로크 비극의 기원에서 벤야민은 죽음·시체·허무 같은 생명체의 자연적 몰락 상태의 알레고리적 서술이 사실은 역사와 관계한다는 분석을 제시하고 있지만, 그러한 분석의 이면에는 매우 중요한 언어학적·기호학적·미학적 사유가 놓여있다. 그것은 알레고리의 구조가 "형상적 존재와 의미 사이의 심연"(GS I, 342)으로 정의되고 있는 대목뿐만 아니라 알레고리의 구조적 특성을 다음과 같이 정의하고 있는 대목에서도 찾을 수 있다.

"그(즉 알레고리를 구사하는 작가: 역주)의 손에서 사물은 다른 어떤 것이 되며, 이를 통해 그는 어떤 다른 것에 대해 말하고 있다. 그가 사물을 엠블렘으로서 경외시할 때 그 사물은 그에게 은닉된 지식 영역의 열쇠가 된다. 이것이 곧 알레고리가 지닌 글의 특성인 것이다"(GS I, 359).

표현된 사물이 알레고리를 구사하는 작가의 손을 거치면 그러한 과정을 통해 "다른 것에 대해 말하고 있다"는 것, 이와 같은 "다른 것"으로 된다는 것, 그리고 알레고리의 특징은 좁은 의미로 기표와 기의 간의 불일치, 넓은 의미로 텍스트와 의미 간의 불일치와도 연결된다. 일반적으로 바로크 시대의 알레고리는 그림과 간단한 텍스트로 구성되어 있고 그러한 형상(텍스트와 그림)은 특정한 의미의 재현이 아니라 "다른 의미"를 향하고 있다. 생명체의 자연적인 몰락 상태 같은 형상이 역사라는 다른 의미를 향하고 있는 까닭은 그러한 알레고리적 형상이 새로운 글읽기를 통해 새로운 의미를 찾게 하는 특성을 갖고 있기 때문이다. 이처럼 형상과 의미의 불일치를 근본으로 하는 알레고리는 "모든 전달과 내적으로 단절된 상태로서 언어 자체에 구성적으로 속해 있는 간극"[12]이라고 부연되기도 한다. 그와 같은 형상과 의미의 불일치 내지는 간극으로서의 알레고리는 근대의 알레고리 작가였던 보들레르를 통해 지속하는데, 벤야민은 보들레르가 구사하는 알레고리의 특성을 다음과 같이 밝히고 있다.

> "사물을 그것의 일반적인 연관성에서부터 떼어놓는 것 - 물론 이것은 상품이 진열되는 단계에서 자연스러운 일인데 - 이 보들레르의 매우 독특한 방식이다. 그것은 알레고리적 의도에 내재해 있는 유기체적 연관성의 파괴 방식과 연관되어 있다"(GS I, 670).

알레고리로 표현된 사물이 그 사물의 본래 연관성을 파괴하고 다른 맥락으로 전이됨으로써 "다른 의미"를 획득하게 된다는 점은 이미 바로크 알레고리 연구에서도 거론된 특성으로 보들레르에게서 다시

---

12) B. Menke: *Sprachfiguren. Name-Allgeorie-Bild nach Benjamin*, München 1991, S. 14.

반복되고 있다. 바로크와 마찬가지로 보들레르 문학에서도 상품·대도시·에로틱한 여인 같은 형상적 서술은 단순히 자본주의적 삶에의 탐닉을 옹호하는 것이 아니라 물질 사회에 대한 비판, 예술의 의미, 좌절된 혁명의 슬픔 같은 다양한 의미를 향하고 있다. 보들레르 문학과 관련하여 벤야민은 다음과 같은 분석을 제시한다. "알레고리로 일그러진 상품 세계의 모습은 바로 상품 세계의 기만적 변용에 대항한다. 상품은 자신의 얼굴을 보려고 한다. 창녀를 통해 상품은 자신의 인간화된 모습을 내보인다"(GS I, 671). 또한 대도시에서 개최되는 "박람회는 상품 숭배를 위한 순례지"(GS V, 50)와도 같으며 그와 같은 박람회를 통해 유행이 조성되는데, 이 때 "유행은 상품 숭배가 성스럽게 치루어지는 예식을 지시한다"(GS V, 51). 사실 보들레르의 알레고리적 서술을 자세히 들여다보면, 거기서도 죽음의 이미지는 매우 중요하다. 그것은 보들레르가 근대성의 특징으로 언급했던 유행이 사실 그 척도를 죽음에 두고 있기 때문이다. 요컨대 새로운 것의 유행은 낡은 것을 사라지도록 하지만 동시에 그 새로운 것 자체도 곧 낡은 것으로 되고 마는, 즉 사라지는 운명을 지닌다. 이 때 상품과 유행의 형상에서 표출된 죽음의 이미지는 곧 역사의 모습을 가리킨다. 그렇기 때문에 바로크 비극에서 팽배했지만 이후 계몽과 역사의 발전 이데올로기에 의해 점차 밀려났던 알레고리적 서술이 유일하게 보들레르 문학을 통해 다시 나타나고 있을 때, 바로크 문학에서 읽혀진 죽음과 역사의 변증법적 관계는 보들레르 문학에도 그대로 적용되는 것이다. 단지 차이점이 있다면 "바로크 알레고리는 시체를 밖에서 본다. 보들레르는 그것을 안에서 보고 있다"(GS I, 684)는 것이다. 일종의 외면과 내면의 차이인 셈이다.

바로크 시대나 보들레르 문학을 통해서 벤야민이 형상과 의미의 불일치로서의 알레고리를 읽어내고 있다는 점, 이것은 곧 해석(글읽기)의 다양성과 연결된다. 이 점은 벤야민의 분석 작업 자체와도 연관된다. 즉 바로크 시대의 알레고리적 서술을 통해 역사를 읽어 내거나 혹은 보들레르의 알레고리적 서술을 통해 물신 숭배의 이데올로기를 비판적으로 읽어낸 벤야민의 해석은 다양한 글읽기 방식 가운데 한 가지 유형에 불과하다. 벤야민의 해석이 절대적인 해석이 될 수없는 까닭은 알레고리 자체의 불완전한 특성에 근거하기 때문인데, 즉 그 불일치는 다양한 해석의 가능성만을 열어주는 계기로 작용할 뿐이다.[13] 여기서 흥미로운 점은 그 다양한 해석의 가능성은 바로크뿐만 아니라 벤야민의 글 자체에도 적용된다는 것이다. 가령 알레고리적 서술로 보들레르 문학을 "해석하는 차원"에서 벤야민 자신도 알레고리적 서술을 취하고 있으며 그로 인해 벤야민의 글 자체도 다양한 맥락에서 "서로 다른 의미"로 읽혀진다.[14]

형상과 의미의 불일치, 기표와 기의의 불일치를 취하는 알레고리는 벤야민의 미학적 시각을 새로운 맥락에서 활성화시킬 수 있는 기폭제 역할을 수행한다. 물론 형상과 의미의 불일치로 인해 알레고리는 한편으로 독자를 불확실성의 늪으로 유인할 수 있지만, 다른 한편으로 알레고리는 "언어가 지닌 글의 특성을 구원해 낸다."[15] 예

---

13) 이에 대한 상세한 예를 필자는 보들레르에 관한 글에서 제시한 바 있다: 최문규, 『불협화음의 문학과 보들레르』, 문학동네, 17호(1998), 408~442쪽.

14) 60년대 말부터 발표된 수많은 이차문헌들뿐만 아니라 1992년 벤야민 탄생 백주년을 기념하여 열린 "벤야민 국제 학술대회"도 벤야민의 다양한 수용 가능성을 입증해 주고 있다. 그 국제 학술대회에는 109편의 글이 발표되었으며 7년 동안의 작업을 거쳐 세 권으로 출간되었다(global Benjamin, Internationaler Walter-Benjamin-Kongreß 1992, hrsg. v. K. Garber und L. Rehm, München 1999).

컨대 보들레르뿐만 아니라 벤야민도 자주 제시했던 대도시의 삶·
사건·사물 등에 관한 알레고리적 서술은 단순한 묘사나 전달로 남
는 것이 아니라 무의식인 집단적인 기억을 읽어내는 글의 특성을
지니며, 또한 "언어는 육체를 갖고 있고 육체는 언어를 갖고 있
다"(GS III, 138)는 벤야민의 언급처럼 언어와 육체 사이의 유사성을
매개하는 특성도 다름 아닌 알레고리에 내재해 있는 것이다. 형상과
의미의 불일치로서의 알레고리적 서술이 글의 특성을 간직할 때, 그
글은 단순히 감각적 유사성에 기초한 미메시스적 특성을 벗어나 초
감각적 유사성을 지니며 이 때 유사성은 범속한 의미와 신비로운
의미 사이에서 부유하는 새로운 형태의 글읽기를 요청한다.

> "이러한 초감각적인 유사성은 모든 독서에 영향을 끼치고 있기 때문
> 에 그러한 심오한 층위에서 '책읽기'란 말의 이중적인 의미가 열린다. 즉
> 범속한 의미뿐만 아니라 신비로운 의미로서의 책읽기가 그것이다"(GS II,
> 209).

초감각적 유사성과 교감하는 글읽기에서 중요한 점은 다름 아닌 "순
간" "지금" 같은 시간적 계기이며, 벤야민은 "순간적으로 빛남" 혹
은 "스쳐 지나감" 같은 형상적 표현을 통해 그러한 시간적 계기를
강조한 바 있다. 이는 유사성의 지각으로서의 글읽기가 다름 아닌
해석자가 서 있는 "지금"이라는 현재의 시간 의식과 연관되어 있음
을 말해 준다. 그와 같은 "지금이라는 시간 속에서의 인식 가능성"

---

15) S. Weigel: *Entstellte Ähnlichkeit. Walter Benjamins theoretische Schreibweise*, Frankfurt
a.M. 1997, S. 96.

이 작동될 때 모든 형상은 단순한 형상으로 머물지 않고 마침내 "읽혀지는 형상"(GS V, 578) 혹은 "변증법적 형상"으로서의 글의 특성을 획득한다.

기표와 기의의 불일치, 형상과 의미의 불일치로서의 알레고리는 텍스트 내적인 차원뿐만 아니라 텍스트의 바깥, 즉 정치적·역사적 맥락과 연결된다. 이 때 알레고리에 내재해 있는 불일치는 일차적으로 파괴의 속성을 지니며, 그 파괴는 "중지"(Unterbrechung)라는 개념으로 보충될 수도 있다. 중지로서의 파괴는 다양한 기술적·미학적 형태를 취한다. 그것은 전통적인 사유 방식과의 단절을 취하기도 하며, 모자이크 식의 파편적 모습을 띠기도 하며, 특정한 말과 개념의 반복을 통해 그 의미의 동일성을 중지시키는 경우도 있다. 혹은 정치적인 맥락의 경우 「역사의 개념에 관하여」에서처럼, "역사의 연속성을 파괴하는" 행위도 중지에 해당된다. 중지가 실천 행위와 연결될 경우 확고한 의지가 뒷받침되어야 하는데, 그런 점에서 중지로서의 파괴에 대한 벤야민의 시각에는 결단을 강조한 슈미트의 이론적 흔적이 남아있다. 그런데 중지와 파괴를 강조하는 벤야민의 시각과 관련하여 벤야민 연구가인 메닝하우스는 중지에 내재해 있는 다른 측면, 즉 인식론적 차원에서의 새로운 구성, 신학적 차원에서의 구원, 정치적 차원에서의 해방을 강조하고 있다. 즉 벤야민의 중지와 파괴는 한편으로 글의 내적 구조를 파괴하고 그 의미를 지연시킨다는 점에서 데리다의 차연(Différance)과 연결되지만, 다른 한편 구원과 해방의 특성으로 인해 데리다와는 다른 특성을 보인다는 것이다. "중지라는 벤야민의 담론은 넓은 의미에서 중지의 사유를 제시하는 데리다를 다시 중지시키는 기능을 지닌다."[16] 요컨대, 파괴와 중지는 벤야민의 경우 "진리·결정·메시아주의의 힘"을 향하고 있다는 것이 메닝하우스의 해석이다. 그러나 이러한 중지의 중지, 즉 구원에 대한 강조는 여전히 한 가지 유형의 해석일 뿐 그 구원 또한 다시금 언제든지 중지될 수 있다.

5 양극에서의 글쓰기

바로크로서의 근대를 조명하는 데 있어서 벤야민의 사유는 역사철학과 미학의 동일성보다는 항상 그 양자의 불일치에서 움직이고 있으며, 이는 벤야민의 글쓰기 자체도 형상과 의미의 불일치로서의 알레고리 특성을 지닌다는 점을 통해 뒷받침된다. 형상의 중요성에 관해서 벤야민은 "역사는 이야기들로 나뉘는 것이 아니라 형상들로 나뉜다"(GS V, 596)고 밝힌 바 있으며, 그런 연유로 역사에 대한 자신의 글쓰기에도 이야기의 특성보다는 형상의 특성을 부여했다. 이때 형상은 결코 특정 의미를 재현하는 수단으로 기능하지 않는다. 역사철학적 형상이 때로는 미학적 의미와 불일치의 관계에 놓이기도 하며, 역으로 미학적 형상이 역사철학적 의미와 불일치의 관계에 놓이기도 한다. 그런 불일치 속에서 어느 순간 갑작스럽게 초감각적인 유사성이 형성되기도 하지만, 그 유사성은 하나로 고정되는 것이 아니라 해석자의 관점에 따라 다양하게 구성될 뿐이다. 카프카 작품과 관련하여 브레히트가 정치적인 차원에서 카프카를 "위대한 볼셰비키 작가"로 일방적으로 칭송하려 했다면, 1938년 6월 12일 숄렘에게

---

16) W. Menninghaus: *Walter Benjamins Diskurs der Destruktion*, in: Studi Germanici, Nr. 29(1991), S. 293-312, hier S. 308.

보낸 편지에서 벤야민은 브레히트의 시각과 거리를 취하면서 카프카의 작품에 다음과 같은 미결정성의 특성을 부여하고 있다. "카프카 작품은 하나의 타원형(Ellipse)이며 그 서로 대립하는 양극의 초점은 한편으로 신비적인 경험 – 이것은 무엇보다도 전통의 경험인데 – 과 다른 한편으로 근대의 대도시인들의 경험으로 규정될 수 있다."[17] 여기서 신비적 경험과 근대적 경험을 양 축으로 삼는 미결정성의 타원형 형태는 카프카의 작품뿐만 아니라 사실은 벤야민 자신의 글쓰기에도 적용된다. 벤야민의 경우 그 양 축은 역사철학과 심미성, 정치와 상상력, 아우라(Aura)와 흔적(Spur), 과거와 현재, 문자 문화와 기술적 매체 문화, 종교와 문학, 파괴와 구성 등 다양한 형태를 띠며, 이러한 양 축으로 구성된 타원형 공간 속에서 그의 사유가 끊임없이 부유하고 있는 것이다. 따라서 카프카에 대한 브레히트의 시각을 벤야민이 비판하였듯이, 벤야민을 일방적으로 "맑스주의적 역사철학자"로만 파악하려는 시각도 비판될 수 있다. 벤야민의 사유에는 그 어떤 통일성이나 동일성이 존재하지 않으며 단지 기묘한 형세가 형성될 뿐이다. 상이한 경험들의 "분리와 결합"이 동시적으로 작동하는 형세 말이다.

(『뷔히너와 현대문학』, 16호, 2001.4)

---

17) W. Benjamin, *Briefe*, hrsg. G. Scholem und Th. W. Adorno, Frankfurt a.M. 1978, Bd. II, S. 760.

'실천'이 '시적'일 수 있을까?

1 실천 개념의 모호성

시적 자유라는 개념이 문학과 예술의 고유한 자유 같은 의미로 자연스럽게 이해될 수 있다면, '시적 실천'이라는 개념의 경우 그 사정은 다르다. 그것은 어떤 연유에서일까? 우선 시적이란 예술적·심미적을, 그리고 실천이란 '구체적인 행위'를 뜻하게 되고, 따라서 시적 실천이란 예술적인 구체적 행위로 풀이될 수 있기 때문이다. 그렇다면 예술적인 구체적 행위로서의 시적 실천이란 명확하게 무엇을 말하는 것일까? 그것은 일찍이 『시와 진실』이라는 제목으로 자신의 삶을 문학적으로 정리했던 괴테의 작업, 즉 개별적 사실 탐구를 통해 진실을 찾으려는 행위와, 그러한 수많은 개별 행위에 전체 연관성을 지닌 시적·문학적 형식을 부여하려 했던 괴테의 작업을 가리키는 것일까? 혹은 독일 낭만주의자인 노발리스가 표방했던 "삶은 우리에게 주어진 것이 아니라 우리가 만들어내는 소설"이라는 생각처럼, 시적 실천이란 "소설 같은 삶"을 만들어보려는 의지의 표현일까? 그것이 아니라면, 시적 실천이란 예술 자체가 곧 삶이거나 역으로 삶이 곧 예술이어야 한다는 이념 하에 예술과 삶을 등치시켜했던 아방가르드의 예술행위를 가리키는 것일까? 그것도 아니라면, 『성과 진리』에서 푸코가 언급한 바 있듯이, 자신의 삶에서 "그 어떤 미적 가치를 지닌, 어떤 문체 기준에 적합한 작품"을 만들어 내려는 행위, 즉 권력 담론과 연결될 수 있는 "존재의 예술" 행위가곧 시적 실천을 설명해 주는 것일까? 이처럼 시적 실천이란 다양한맥락에서 거론될 수 있다. 그럼에도 불구하고 그 상이한 시각의 공통점은 예술과 삶의 경계가 해체된 맥락을 두고서 '시적 실천'이라는 개념이 사용되고 있다는 것이다.

시적 실천은 넓은 의미에서 예술과 삶, 문학적 형상화와 실제적인 사회적 행위와의 관계에서 나온 개념으로서 그 상위 개념은 다름 아닌 미적 실천(ästhetische Praxis)이라는 개념이다. 따라서 시적 실천에 대한 논의는 미적 실천에 대한 논의로 대체될 수 있기에 이제부터는 미적 실천이라는 개념을 사용하기로 하자. 그렇다면 미적 실천이란 어떤 의미를 지닐까? 하나의 개념은 다른 개념과의 차이를통해 그 독특한 의미를 갖기 마련이다. 예컨대 미적 실천은 미적 기능, 미적 규범, 미적 가치, 미적 이론, 미적 경험, 미적 교양, 미적향유 등 수많은 개념과 구분되며 그 차이의 핵심은 실천에 있는 것처럼 보인다. 그런데 실천이라는 개념만을 완전히 규명한다고 해서과연 미적 실천의 독특한 의미를 구성해낼 수 있는 것일까? 결코그렇지도 않다. 그것은 어떻게 보면 실천보다는 미적이라는 개념이 더욱 중시될 수 있기 때문이다. 예컨대 미적 실천은 정치적 실천, 경제적 실천·종교적 실천·도덕적 실천 같은 다양한 실천 형태와 구분되며, 그럴 경우 실천보다는 미적이라는 개념이 그 개념들 간의 차이를 구성하는 결정적 요소로 작용한다.

그렇다면, 미적 실천은 언뜻 자명한 개념처럼 보일지라도 결코 쉽게 이해될 수 있는 개념이 아니다. 더욱이 개념 자체보다는 그 개념이 사용되는 이론의 맥락을 생각해 보면 그 개념의 이해가 결코 녹록치 않음을 알 수 있다. 그 간단한 예로는 예술과 이성을 결합시키려 했던 독일 관념론적 맥락이나, 혹은 역사 및 현실 의식이 반영된 예술을 강조한 맑스주의적 맥락을 들 수 있다. 이 밖에도 미적 실천을 놓고서, 발터 벤야민이 사용한 "예술의 정치화"라는 맥락을 떠올릴 수도 있다. 이처럼 개념 자체의 의미와 맥락이 모호함에도 불구하고 독일에서 출간된 어느 문학 개론서에 실려 있는 미적 실천에 대한 개념 정의를 하나의 준거로서 끌어보기로 하자.

> "그것(미적 실천)은 사회적 행위의 특별한 형식으로서의 예술을 말한다. 이 때 그 출발점은 미적 욕구와 능력이 인류학적으로 불변하는 것이 아니라 일반적인 행위 연관성에서 형성되고 분화된다는 데 있다. 그 결과 예술의 종류, 장르, 기술 등이 제도화되는 의사소통적 표현 체계가 발생하게 된다."

이 정의를 자세히 읽어보면 미적 실천의 특징은 두 가지로 파악된다. 그 하나는 미적 실천이란 곧 "사회적 행위의 특별한 형식"으로서의 예술로서 여타 다른 형식(정치적, 종교적, 도덕적 등)과 구분된다

는 것이다. 다른 하나는 미적 실천에는 욕구와 능력이 작동하고 그
것은 결코 "인류학적으로 불변하는 것"이 아니라 역사와 시대에 따
라 변화하는 특성, 즉 인간의 일반적인 "행위 연관성에서 형성되고
분화된다"는 것이다. 물론 이와 같은 미적 실천의 정의에 대한 반론
이 제기될 수 있다. 예를 들면, 예술이란 사회적 행위로 환원될 수
없는 개인의 독특한 주관성의 표출이라는 점을 강조함으로써 위에서
정의된 첫번째 특징을 부정할 수도 있다. 마찬가지로 예술에 초역사
적이고도 인류학적인 특성을 부여함으로써―이는 『정치경제학 비판
서설』에서 고대 그리스 예술에 시대를 초월한 아름다움을 부여했던
맑스의 시각을 떠올릴 수 있는데―두번째 특징도 부정될 수 있다.
그러나 그와 같은 반론을 일단 접어둘 경우, 위에서 인용된 정의를
따르면 미적 실천은 예술과 삶, 예술작품과 (정치사회적) 행위의 상호
연관성에서 파악되며 이를 토대로 몇 가지 시각을 구체적으로 논의
해보기로 하자.

2 미적 실천의 두 가지 예(아도르노, 야우스)

미적 실천 같은 개념을 자주 언급하는 맥락으로는 맑스주의적
시각을 들 수 있다. 예술을 상부구조의 이데올로기적 향유물로 간주
함으로써 미적 실천의 가능성을 인정하지 않았던 시각도 있었지만,
그런 시각은 차치하더라도 우선 미적 실천을 인정할 때 나타날 수
있는 문제점을 짚어보기로 하자. 가장 우선적으로 떠오르는 문제점
은, 예술을 정치적 실천 내에서 파악함으로써 예술에 도구적 성격만
을 부여하게 되는 위험이다. 이러한 위험은 상당히 극복된 것 같다.

이미 서구에서나 혹은 국내에서도 역사적으로 관찰된 바 있듯이, 예술이 결코 정치적 도구로 전락될 수 없다는 점은 어느 정도 동의되고 있다. 그러한 정치적 도구화의 위험을 직시하는 가운데 예술과 실천, 예술과 생활 세계 간의 관계를 새롭게 규정하려 했던 시도가 바로 프랑크푸르트 학파의 미학적 사유다. 여기서 아도르노는 종래의 경직된 사유에서 벗어나 실천 개념에 대한 새로운 이해를 제시한 바 있으며 그 개념은 때론 부정적인 의미로, 때론 긍정적인 의미를 지닌다. 다음과 같은 몇몇 대목은 미적 실천, 즉 예술과 삶의 관계가 어떻게 성립되는지를 잘 보여주고 있다.

"종래에 실천이란 삶의 곤경에 대한 반사였다. 그런데 실천이 삶의 곤경을 제거하려는 곳에서 실천이 왜곡된다. 그런 점에서 예술은 부자유로서의 실천에 대한 비판이다. 이와 함께 실천의 진리가 싹튼다"
―「이론과 실천에 대한 방주」

"그 순수 형식에 의해 실천은 제거만을 결과로 삼게 되는 경향을 띠게 된다. 실천에는 폭력이 내재해 있으며 실천을 승화시키면서 그 폭력이 유지된다. 반면에 예술작품은―가장 공격적인 예술작품도―비폭력을 대표한다. 예술작품은 (…) 인류의 야만적 탐욕이 숨어 있는 실천적 활동, 실천적 인간에 대항하여 경고를 가한다"
―『미학 이론』

"모든 개별 예술작품이 그 자체 내에서 실행해 내는 과정은 총체적 주체 같은 그 무엇이 구성되는 가능성 있는 실천의 모델로서 사회에 되작용한다."
―『미학 이론』

"예술작품은 실천을 보증한다. 그것은 아직 시작되지 않은 실천, 그리고 그 누구도 그 실천이 변화를 가져오는지에 대해 말할 수 없는 실천이다."

-『미학 이론』

이와 같은 몇 가지 대목에서 알 수 있는 점은 실천 개념이 결코 하나의 의미로 고정되어 있지 않다는 것이다. 실천이란 본래 삶의 곤경을 극복하기 위한 행동 차원에서 사용되는 개념이지만, 그것이 오로지 현실적인 곤경을 제거하는 데에만 정향될 경우 때로는 부자유와 폭력의 성향을 띨 수 있게 된다. 이와 같은 의미에서의 실천에 대해 아도르노는 거리를 취하고 있다. 그렇다고 해서 실천 개념 자체가 부정되고 있는 것은 결코 아니다. 그 점은 두 가지 형태의 실천을 구분함으로써 명확해진다. 하나는 삶의 곤경과 그것의 제거에만 정향된 행위로서의 실천, 즉 오로지 현재적 상황 논리에만 고착된 실천이며, 다른 하나는 "가능성 있는 실천", "아직 시작되지 않은 실천" 같은 표현에서 알 수 있듯이 그 실현성이 보장되지 않은, 미래적 의미에서의 실천이다. 그리고 미적인 것(예술)은 그러한 두 가지 형태의 실천 가운데 후자와 관계한다. 즉 "비폭력적인" 예술작품은 현재에만 정향된 실천 행위에 내재해 있는 부자유나 폭력을 비판하면서 동시에 이상적 공동체가 구성될 수 있는 가능성을 담고 있기 때문에 "가능성 있는 실천의 모델"로 작동한다. 이런 맥락에서 아도르노는 『미학 이론』의 다른 대목에서 "실천을 삼가면서 예술은 사회적 실천의 도식이 된다"는 명제를 남기고 있다. 언뜻 모순적인 그 명제는 쉽게 이해된다. 즉 "실천을 삼가면서"라는 구절의 경우 폭력적·이데올로기적 경향을 띠는 실천으로부터 예술이 거리를 취한다는 것이며, "사회적 실천의 도식으로 된다"는 구절의 경우 예술은 그 거리를 지양하면서 다시금 "가능성 있는 실천"으로 나간다는 것이다. 거리의 유지와 지양, 다시 말하면 자율성과 사회성이 동시적으로 작용하는, 풀리지 않는 모순적 특성을 아도르노는 "미적 실천"으로서의 예술에 부여하고 있었던 셈이다

흥미로운 점은 "가능성 있는 실천"은 다른 대목에서 언급된 바 있는 "진실한 실천"과도 비슷한 의미를 지닌다는 것이다. 이 때 진실한 실천은 다음과 같이 규정되고 있다.

> "자유 이념을 충족시키는 행위의 총합 개념인 진실한 실천이란 완전한 이론적 의식을 필요로 한다. (…) 그러나 동시에 실천은 의식 내에서 결코 파헤쳐질 수 없는 다른 것, 육체적인 것, 즉 이성을 통해서 매개되지만 이성과는 질적으로 다른 육체적인 것을 필요로 한다."
>
> —『부정 변증법』

진실한 실천은 "이론적 의식"과 "육체적인 것"이라는 두 가지 특징이 서로 결합된 상태를 뜻하며, 이는 언뜻 보기에 감성과 이성, 자연과 정신의 대립이 지양된 예술적 행위를 강조했던 관념론적 사유를 답습하는 것처럼 보인다. 대립이 지양된 이상적·유토피아적 상태를 암시하는 듯한 "가능성 있는 실천"의 모델로서 예술을 진실한 실천으로 명명할 경우 그것은 유토피아·계몽성·예술의 삼각관계를 떠올리게 한다. 그런데 아도르노의 시각을 오로지 유토피아와 계몽의 시각에서만 파악할 필요는 없다. 그의 사유가 탈현대적 맥락에

서도 수용될 수 있는 까닭은 예컨대 "이성을 통해 매개되지만 이성과는 질적으로 다른 육체적인 것"이라는 대목 때문이다. 육체적인 것에 대한 강조는 마찬가지로 "육체공간"(Leibraum)이라는 개념을 사용했던 벤야민의 사유와 궤를 같이 하고 있다. 그런데 왜 그들은 그러한 개념을 사용한 것일까? 일차적으로 그 개념은 삶과 예술 간의 구체적이고도 물질적인 관계를 강조하는 것으로 보이지만, 더 나아가 예술적 소통의 감각성 및 물질성의 회복을 암시해 준다.

아도르노의 사유가 실천 개념의 부정적, 긍정적 맥락과 함께 예술의 자율성과 그것의 지양이라는 모순적 사유 속에서 움직이고 있었다면, 그와 함께 비판이론을 이끌었던 마르쿠제의 경우 약간 다른 흔들리는 모습이 발견된다. 그것은 마르쿠제가 시대적 변화에 따라 각기 다른 의미로 미적 실천을 파악했기 때문이다. 가령 그는 30년대부터 1968년 학생운동 시점까지는 정치적 삶을 위한 예술의 실천적 역할을 내세웠는데, 다시 말하면 예술과 삶, 미적 실천과 사회적 실천 간의 경계가 해체될 것을 주장하였다. 그러나 학생 운동이 실패된 이후 70년대 글에서 그는 삶과 예술 간의 경계 해체 현상에 대해 스스로 매우 우려하는 시각을 내보이고 있다. 예술은 곧 실천이라는 식의 종래의 시각을 수정하고 있는 『대항 혁명과 반란』(1973)을 보면, 그가 예술 자체의 고유한 자율적 특성을 적극 인정하고 있음을 쉽게 알 수 있다.

> "미적 형식의 제거, 즉 예술이 혁명적 실천 그리고 혁명을 준비하는 실천의 구성요소일 수 있다는 생각, (…) 이러한 생각은 잘못된 것이고 퇴행적이다."

예술 자체의 고유한 형식을 배제하려 했던 시각, 역으로 예술이 제시한 내용 자체를 곧 삶의 실천 속에서 관철해내려 했던 시각을 완전히 수정하면서 마르쿠제는 오히려 예술 자체의 형식적 독자성을 인정하고 나섰다. 이것은 고급 예술과 저급 예술의 경계를 해체시킨 아방가르드 운동에서 출발했던 마르쿠제가 오히려 아방가르드 운동에 거리를 취하는 것으로 읽히며, 혹은 "긍정적 문화"의 근본적인 특징인 "가상"이 사회적 삶의 변화 혹은 행복의 이념을 위해 지양될 것이라고 믿었던 자신의 기본 생각까지도 수정하는 대목으로 읽혀진다. 미적 실천을 요구했던 마르쿠제가 자신의 예술관을 뒤집는 시도에는 결국 예술이 더 이상 "가능한 진리의 전령(傳令)"이 될 수 없다는 애처로움이 남아 있는 것이 아닌가?

　정치적 행위나 삶의 변화를 꾀하는 맥락에서 미적 실천을 이해하는 시각은 이 정도로 그치자. 그렇다면 또 다른 시각은 무엇일까? 그것은 미적 실천을 인간학적인 차원에서 파악하는 시각으로서 그 대표적인 예는 수용미학을 정립한 야우스의 시각이다. 야우스는 미적 활동을 포이에시스(Poiesis), 아이스테시스(Aisthesis), 카타르시스(Katharsis)라는 세 가지 차원에서 파악하고 있다. 여기서 포이에시스란 작품을 생산하는 창작 차원을, 아이스테시스란 작품을 받아들이는 수용 차원을, 그리고 카타르시스란 작품과 독자 사이를 매개하는 차원을 말한다. 미적 실천을 생산·수용·매개라는 차원에서 파악함으로써 야우스는 사실 정치적 행위와 연관된 미적 실천보다는 오히려 "미적 경험"을 더욱 중시하고 있는 것이다. 그렇다면, 미적 경험은 어떻게 정의되는 것일까?

"미적 경험은 작품의 의미를 인식하고 분석하는 작업으로 시작하는
것이 아니며 또한 작가의 의도를 재구성하는 작업으로 시작하는 것도 아
니다. 예술작품의 근본적인 경험은 예술작품의 미적 영향력과의 관계, 즉
향유하는 이해와 이해하는 향유 내에서 전개된다."

ㅡ『미적 경험』

작품의 의미나 작가의 의도를 중시하는 것이 아니라 작품이 독자에
게 끼치는 영향력, 그리고 그 영향력은 철저히 향유(즐김)에서 출발
한다는 것이 야우스의 기본 논조다. 그 미적 경험은 예술작품에 대
해 인식과 비판적 성찰을 요구하는 전문가들의 개념이 결코 아니라
역사적으로 다양한 독자에 의해서 전개될 뿐만 아니라 현재의 독자
와 텍스트의 관계에서도 작동한다. 그에 의하면, 미적 경험은 인식
과 성찰에 앞서서 작동하는 더욱 근원적인 경험이며 그러한 경험의
작동을 그는 "향유하는 이해", "이해하는 향유"라고 덧붙이고 있다.
인식과 이해, 성찰과 향유, 부정성과 동일성 같은 다양한 개념을 대
립적으로 설정하면서 야우스는 과거 실증적, 맑스주의적 이론에서
강조해왔던 인식·성찰·부정성 같은 개념을 비판하고 그 대신 후
자(이해, 향유, 동일성)를 전면에 내세운다.
　야우스가 정치적, 윤리적 행위가 함의되어 있는 미적 실천보다는
예술적 생산 행위·수용 행위·매개 행위 차원에서 파악되는 미적
경험을 기본 개념으로 사용하고 있다는 점, 그리고 그 미적 경험의
근원을 향유에서 찾고 있다는 점, 이는 어떤 의미를 지니는 것일까?
우선 그것은 예술에 대한 근대적 사유 체계에 반기를 들고 있는 것
으로 해석된다. 예술의 특성을 교훈성(prodesse)과 즐거움(delectare)에서

찾았던 호라츠의 정의에도 불구하고 사실 근대의 예술이론에서는 합리주의적·이성주의적 사유가 팽배해짐으로써 오로지 인식과 성찰만이 강조되어 왔는데, 이는 "무비판적" "현실도피적" 같은 의미와 함께 예술의 향유 특성을 배제하는 결과를 낳고 말았다. 사실 역사적으로 향유에 대한 시각은 부정적 차원에서 감상주의·쾌락주의·속물주의 경향과 동일시되어 왔고 그와 같은 논조는 오늘날에도 여전하다. 특히 넓은 의미에서 교훈성의 맥락, 즉 비판적 성찰을 강조하는 시각이 향유에 기반하고 있는 예술관에 얼마나 적대적이었는지는 위에서 언급된 아도르노의 시각에서도 쉽게 입증된다. 그에 의하면, 예술적 현상에서 단지 향유와 쾌락을 추구한다면 그것은 "바나우제"(Banause: 예술적 지식을 결핍한 속물)로 전락한다는 것이다. 물론 아도르노의 사유가 비판될 수는 없는 일이다. 사실 근대의 시민 사회에서 예술은 고도의 전문적인 발전을 걸어 왔기에 예술적 형상을 이데올로기로 혹은 이데올로기 비판으로 파악해야할지는 정말이지 쉽지 않은 일이며, 그렇기 때문에 예술의 수용과 관련하여 아도르노처럼 매우 정교한 인식과 예리한 비판적 성찰을 요청하는 것은 당연한 일이다. 그렇지 않고 무조건 향유하는 자세만을 취할 경우 예술의 향유는 음식이나 포르노 등을 향유하는 행위와 다를 바 없다.

그런데 인식과 성찰을 요구하는 아도르노의 시각에 대해 야우스는 왜 비판적 거리를 취하고 있는 것일까? 아니 야우스뿐만 『텍스트에의 즐거움』에서처럼 롤랑 바르뜨도 향유를 중시하고 있지 않은가! 특히 아도르노 미학을 집중적으로 비판하는 가운데 야우스는 예술적 행위에 우선적으로 작동하는 것이 무엇인가에 대한 질문을 던진다. 그에 의하면, 아도르노의 부정성 미학은 향유보다는 성찰·의

식·사유를 통해 예술을 지적인 차원에서 분석하는 미학이라는 것
이다. 예를 들면, 위에서 언급한 바 있는 "가능성 있는 실천"도 성
찰적 사유에 의해서만 가능하다. 이와 같은 아도르노에 대항하여 야
우스는 예술적 향유의 기본 특성으로 독서 주체와 작품 인물이 서
로 "동일시하는 행위"를 내세우고 있다. 그리고 이 동일시하는 행위
는 다름 아닌 작품과 수용자 사이를 매개하는 차원인 카타르시스에
서 이루어진다고 한다. 야우스가 가장 중시하는 카타르시스에 의한
미적 경험의 의사소통적 활동은 다음과 같이 정의되고 있다. 그것은

> "말과 문학을 통해 야기된 독특한 흥분의 향유"이며, 이러한 향유를 통
> 해 "청자와 관객은 자신의 확신을 재확인하거나 자신의 마음을 해방시킨다"
> ―『미적 경험』

이처럼 미적 실천이 아니라 미적 경험·미적 향유를 기본 범주로
복권시키면서 야우스는 그 범주를 더욱 정교하게 가다듬는다. 향유
하는 마음으로 예술작품을 읽어내는 상태란 일종의 "부유 상태"로도
명명되는데 이 상태는 곧 "낯선 것을 향유하는 가운데 자기 자신을
향유하는 것"으로 정의되고 있다. 즉 미적 향유란 실재하지 않는 자
아와 실재하지 않는 예술적 대상 간의 만남이라는 것이다. 다시 말
하면, 작품을 대하는 독서 주체로서의 자아는 실재하는 자아가 아니
라 실재하지 않는, 현실로부터 자유로운 자아이며, 이러한 자아가
작품에서 제시된 실재하지 않는 세계를 경험한다. 작품을 읽는 순간
현실에서 벗어난 독서 주체가 작동하며 또한 독서 대상인 작품도 마
찬가지로 현실에 존재하지 않는 세계로서 독자에게 다가간다.

3 탈근대성과 미적 실천

모두에서 언급하였듯이 미적 실천은 초역사적이고도 인류학적 맥락보다는 역사적인 욕구와 행위 내에서 이해될 수밖에 없는데, 이 때 "역사적인 욕구와 행위"란 결코 불변하는 것이 아니라 시대에 따라 항상 새롭게 변화하는 특성을 지닌다. 그렇다면 시대가 변화했다면 실천 개념도 변화되어야만 한다. 구체적으로 말하자면, 과거의 경우 대체로 정치사회적 맥락과 연결된 의식과 행위로서의 실천이 강조되었다면, 시대적 상황이 다르게 변해 버린 오늘날에는 그 의식과 행위의 자리에 다른 유형의 실천, 가령 야우스가 강조한 향유 행위로서의 실천이 들어서야만 한다. 만약 그렇다면 도대체 시대적 상황은 어떻게 변한 것일까?

어떻게 보면 현재의 상황은 아방가르드 운동이 추구했던 "예술적 삶"이 완전히 구현된 상황처럼 보인다. 그렇다고 해서 현재의 상황을 아방가르드의 부활로 단정지을 수는 없다. 왜냐하면 아방가르드의 경우 예술과 삶 간의 경계를 해체시키려고 했어도 그 해체의 궁극적인 목적은 정치사회적 차원에서의 해방의 이념과 연결되어 있었지만, 삶과 예술의 경계가 해체되고 양자가 거의 무차별적으로 상호 교환되고 있는 현재의 상황에는 그러한 정치사회적 이념이 부재해 있기 때문이다. 요컨대, 나름대로 정치적 전복의 의도를 갖고 있던 아방가르드가 본래의 의도를 완전히 상실하고 단지 미학적인 차원에서만 세속화되었다고 해도 과언은 아니다. 인식과 성찰보다는 오히려 이미지와 감수성이 요구되고 있는 현재의 기술공학적 시대에는 삶의 다양한 모습이 예술적 현상으로 되거나 혹은 역으로 예술적 현상이 즉각 삶으로 되어버리고 있지 않은가. 또한 예술적 활동의 주체도 더 이상 예술이라는 제도권 내에 안주해 있는 이들만을 가리킬 수 없고 "누구나" "언제든지" 예술적 주체로 활동할 수 있다. 또한 현재의 시대적 상황에서는 아도르노나 마르쿠제가 염두에 두었던 "가능성 있는 실천"으로서의 예술이 더 이상 요구되지도 않는다. 더욱 분명하게 표현하자면, 정치사회적 맥락과 연결된 실천 개념이 예술과 문화 영역에선 더 이상 유효하지 않는 듯이 보인다. 정치사회적인 의미에서의 계몽과 해방의 역할을 예술에 지나치게 요구할 경우 아마도 일반 수용자들은 그런 요구에 거리를 취할지도 모른다. 이런 경향을 정치적 실천에서 문화적 실천으로의 전환이라고 명시될 수 있겠다.

그런데 문화적 실천 개념도 분명하게 구분되어야 할 필요가 있다. 한편으로 문화 현상을 "우회적으로" 정치사회적 코드로 읽어내려는 신역사주의적 · 맑스주의적 의미에서의 문화적 실천이 있을 수 있고, 다른 한편으로 정치사회적 구속력 없이 감성과 취향을 자연스럽게 발산하고 수용하는 의미에서의 문화적 향유 행위도 있을 수 있다. 전자의 경우 문화 개념은 상품이나 체제 은폐적인 이데올로기로 기능하기 때문에 그런 문화에 대한 비판적 고찰을 통해 보다 나은 사회적 실천을 꾀할 수 있다는 낙관적 기대가 여전히 작용한다. 반면에 후자의 경우 문화는 다양한 층위의 끊임없는 교환과 소통의 산물로서 다중적이고 불투명한 특성을 지니는데, 가령 매혹과 전율이 복합적으로 작용하는 산물로 나타난다. 이 경우 문화적 실천 개념은 누구나 자신의 감성과 취향을 자유롭게 표출해 내지만 동시에 그에 쉽게 무감각해지는 순간의 특성을 지닌다. 예술적 · 미적 실천도 후자와 같은 의미에서의 문화적 실천 내로 점차 포함됨으로써 전통적인 계몽주의적·정치사회적 실천은 더욱 불가능해진다.

　이러한 새로운 문화적 실천의 형성은 곧 자신의 감성과 취향을 표현해 내려는 인간, 즉 바르트나 야우스가 강조했던 향유를 근본으로 삼는 "미적 인간"(homo aestheticus)이 문화의 주도권을 쥐게 되었음을 뜻한다. 그 미적 인간은 이성적·도덕적 인간의 함양 같은 임무를 부여받았던 전통적인 미학에서의 그런 인간이 아니다. 그 미적 인간은 인류의 수호자로 간주되었던 절대적인 예술가를 지칭하는 개념도 아니다. 오히려 그 미적 인간은 자신의 감성·취향·욕구를 자유롭고도 무한하게 표출해내려는 모든 이들을 가리킨다. 그들은, 앞에서 언급한 바 있는 아도르노의 표현을 새로운 맥락에서 인용하자면, "이성과는 질적으로 다른 육체적인 것"을 추구하는 이들과도 같다. 예술적 형식과 관련해서도 그 미적 인간은 전승된 특정 형식을 규범이나 정형으로 받아들이는 수동적인 인간이 아니라 오히려 새로운 파격적인 형식을 능동적으로 만들어 낸다. 그 파격적인 형식의 생산 행위는, 기존 형식의 급진적인 파괴에 희망과 유토피아를 우회적으로 부여하려 했던 아방가르드와는 달리, 시대의 역사적 필연성에 의존하기보다는 실험성 자체를 즐기는 포스트 아방가르드적인 성향에서 나온다. 결코 이성적으로 정형화될 수 없는 개별적이고도 다양한 형식을 즐기는 현재의 경향과 관련하여 어느 독일의 문화예술 이론가는 다음과 같이 언급하고 있다. "과거에는 도식에 의해 재현적 의미의 이미지가 만들어졌거나 혹은 세계의 새로운 이미지를 생산하기 위해 우리가 도식을 위반할 수 있었다. 그러나 그러한 도식이 존재하던 시대는 지나갔다." 이념적이든 형식적이든 보편타당한 것으로 간주될 수 있는 "도식"이 부재하다는 상황, 이것이 우리가 처해 있는 그런 문화적 맥락의 근본인 셈이다.

이제 '실천이 시적일 수 있을까'라는 질문 식의 제목에 대해서는 완전히 새로운 의미를 부여함으로써 그 답변이 가능해진다. 최근 독일의 예술이론서도 제시한 바 있듯이, 시적 실천이란 개념을 일종의 "예술 만들기"(Kunst machen)의 의미로 받아들일 때 비로소 "그렇다"는 대답이 가능해진다. "예술 만들기"에서의 예술이란 전통적인 의미에서의 고상하고도 아름다운 예술을 넘어서 예측 불허의 기이한 형상을 즐기는 예술, 그리고 일상과 초현실적 상황, 가상현실적 상황을 넘나드는 복합성을 지닌 예술을 지칭한다. 또한 만들기라는 개념도 예술의 자연성과 결별하는, 비현실적이고 파격적인 이미지를 인위적으로 생산해내는 의미에서의 인공성을 뜻한다.

몇 년 전부터 자신의 삶을 진솔하게 고백하는 듯한 자서전 형식의 소설이 무수히 쏟아지고 있는 가운데 비평가들은 그러한 소설 유형을 두고서 진정성·신주관주의·내면의 현존 같은 범주를 서로 앞 다투며 사용하고 있다. 그러나 진정성이나 내면성 같은 범주가 정말 현실적인지는 매우 의심스럽다. 그것은 진정성도 엄밀한 의미에서 일종의 "예술 만들기"에서 나온 퍼포먼스, 즉 결코 현존할 수 없는 자기모습을 마치 현존하는 것인 양 인위적으로 연출해 낸 산물 이외에 다름 아니기 때문이다. 이제 미적 인간은 "존재의 예술"보다는 "예술의 존재"를 향유하려고 한다.

(『포에지』, 2호, 2001.6)

근대의 예술과 종교,
그 가깝고도 먼 관계

1 분화로서의 근대

글의 전개를 위해 기본적인 질문을 던져 본다. 우리 사회는 근대 이전에 있는 것일까 혹은 근대를 걷고 있는 것일까, 아니면 전(前)근대와 근대가 혼합되어 있는 것일까? 그것도 아닐 경우 근대와 탈근대가 혼합되어 있는 것일까? 어떤 경우든 그 핵심은 근대에 있다. 그렇다면 근대란 무엇을 뜻하는 것일까?

서구의 학문적 담론에서 근대에 대한 대답은 간단하다. 근대와 구분되는 전근대란 신학적·존재론적·우주론적 차원에서 형이상학적·종교적 세계상의 통일성과 객관적 믿음이 지배했던 시기를 말한다. 그와 같은 전근대가 끝나고 언제 근대가 시작하는가에 대한 대답은 연구자들마다 서로 다르다. 가령 그 시기를 12세기 혹은 16

세기로 보는 이도 있지만 대체로 18세기를 근대의 시작으로 보는 시각이 압도적이다. 어쨌든 형이상학적·종교적 세계상의 통일성과 객관적 믿음이 붕괴되고 그 대신 합리성과 주관적 이성을 토대로 하는 계몽주의 사상이 싹튼 시기를 근대라고 한다. 그렇다면, 과거에 유효했던 통일성이 사라진 근대 사회—이 사회에 대한 등가적 언어로는 세계, 삶, 우주 등이 사용될 수 있는데—에서, 즉 합리성과 주관적 이성이 작동하는 사회에서는 어떤 현상이 구체적으로 나타나는 것일까? 그 핵심적인 특징은 포괄적인 전체 사회가 정치·경제·예술 등 수많은 개별 영역으로 분화하는 것이며, 이러한 분화 과정에서 종교도 결코 예외가 될 수 없다. 특히 근대 이전에 세계상의 통일성을 보장해주었던 것이 종교였다면, 근대가 시작하면서 그 종교는 하나의 부분 영역으로 밀려나고 만다.

사회가 수많은 개별 영역으로 분화하는 가운데 흥미로운 점은, 그 개별 영역들이 각기 보편적인 요구를 내세운다는 것이다. 다시 말하면, 그 개별 영역들은 사회 전체를 자신의 시각으로 설명하려 든다. 예를 들면 '사회는 정치적이다', '사회는 경제적이다', '사회는 예술적이다' 같은 시각이 그것이다. 그러나 이것은 각기 정치·경제·예술이 사회를 바라보고 서술한 언술에 지나지 않는다. 부분이 전체를 바라보려는 그와 같은 언술에도 불구하고 실제 사회 전체는 정치적으로 혹은 경제적이나 예술적으로 환원될 수 없다. 이 환원불가능성은 각 영역의 독자성을 통해 입증된다. 가령 정치 이념을 중심으로 다양하게 구성된 정치 영역을 두고서 종교적 신앙을 토대로 모든 정치적 이념의 차이를 근절하고 하나가 되라고 요구한다면, 그것은 정치를 이해하지 못한 요구라고 즉각 반박되고 만다. 또한 모든 예술적 차이를 하나의 정치 이념을 통해 극복하라고 요구한다면, 예술 영역은 즉각 그런 요구를 묵살하고 만다. 결국 근대와 함께 시작된 사회의 분화 현상, 즉 개별 영역이 독자성을 획득하는 현상은 이미 되돌릴 수 없는 불가역성을 띠고 있는 것이다. 요컨대, 근대와 함께 수많은 개별 영역들은 스스로 보편적인 요청을 내세우지만 그것은 결코 다른 영역들에 의해서 수용되지 못한다. 왜냐하면 아무리 다른 영역들이 보편적인 요청을 내세울지라도 특정 영역은 더 이상 그런 보편적인 요청에 종속되지 않고 오히려 자신의 자율성을 강화하기 때문이다.

이러한 근대의 성립과 진행 과정에 대한 인식에도 불구하고 여러 유형의 사유가 생겨날 수 있다. 우선 근대가 형성되었음에도 불구하고 여전히 형이상학적·종교적 세계상의 통일성과 객관적 믿음에 대해 언급하는 이가 있는데, 이 경우 그는 반근대적 전근대를 옹호하고 있는 셈이다. 이와 달리 사회가 수많은 개별 영역으로 분화하는 과정 중에 있다고 말하는 이가 있다면, 그는 근대 속에 거주하고 있는 셈이다. 한 걸음 더 나아가 분화된 수많은 개별 영역들 간의 퓨전 현상을 이야기하는 이가 있다면, 그는 서서히 탈근대 속으로 발걸음을 옮기고 있는 중이다.

이와 같은 세 가지 유형 가운데 종교와 예술은, 근대 속에 머물고 있음에도 불구하고, 첫번째 유형인 반근대적인 모습을 자주 내보인다. 다시 말하면, 사회가 이미 수많은 개별영역 ─ 이를 정치철학자인 하버마스는 "가치 영역"이라고도 부르는데 ─ 으로 분화되어 있음에도 불구하고 종교와 예술에 몸담고 있는 이들은 아주 특이한 형식으로 형이상학적·종교적 세계상의 통일성과 객관적 믿음에 관해

이야기하려 든다. 그런 점에서 종교와 예술은 너무 닮았고 때론 비슷한 담론을 취한다. 그래서일까? 젊은 시절 오로지 예술적 삶만을 살아왔던 문인들이 원숙기에 접어들면서 종종 종교적 삶에 심취하는 경향을 보이는 것도 아마도 그 양자의 공통된 속성 때문이 아닌가 싶다. 종교와 예술에는 마치 어떤 공통된 아우라(Aura), 가령 자신이 서있는 근대를 부정하고 근대 이전으로 되돌아가고 싶은 반근대적 회귀성 같은 묘한 심리가 작동하고 있는 듯하다.

그러나 설혹 유사한 담론을 사용할지라도 종교와 예술은 동일하지 않다. 다른 각도에서 보면 양자는 근본적으로 다르다. 왜냐하면 종교는 믿음에 바탕을 두고 있지만 예술은 상상력으로 자신을 영위하기 때문이다. 설혹 "종교적 상상력"이라는 개념을 사용하더라도 종교적 믿음과 예술적 상상력은 근본적으로 동일한 것이 될 수 없다. 다신론이든 유일신이든 종교적 믿음은 어떤 절대적인 본질, 절대자의 존재에 대한 확고한 신념과 그것의 진리에서 출발한다. 근대에 접어들면서 과학적·실증적 인식이 종교적 믿음을 주관적 상상력으로 몰아세우기도 하지만, 본래 믿음이란 대상의 실재에 대한 객관적인 신뢰에 바탕을 둔다. 그렇기에 어떤 초월자나 절대자에 대한 믿음을 단순히 주관적 상상력의 산물이라고 한다면 아마도 종교계는 발끈할지도 모른다. 이와 달리 상상력을 근본으로 하는 예술은 어떤 본질이나 진리와는 무관하게 자유로운 가상의 세계를 추구한다. 예술적 상상력이 절대자 혹은 절대 진리에 대한 믿음과 동일시된다면, 그런 예술은 다채로운 감상이나 해석을 용납하지 않는 경직된 모습을 띨지도 모른다. 어떤 대상의 현존 없이도 예술적 상상력은 아무런 구속 없이 부재의 대상을 표상하고 관조해 낼 수 있는 감각적이고도 주관적 힘을 지닌다. 상상력의 출발과 목표는 그 어떤 본질에 대한 믿음에 있는 것이 아니라 유희와 가상의 세계를 마음껏 펼치는 데 있다. 결국 믿음과 상상력은 근본적으로 서로 다른 특질을 갖고 있다. 그런데도 불구하고 예술과 종교를 서로 유사하고 더 나아가 같은 것이라고 간주해도 되는 것일까? 그 경우 서로 다른 것으로의 분화 과정인 근대는 철저히 부정되어야만 하는 것일까?

2 '감각적 종교'로서의 예술

분화로서의 근대가 시작되면서 종교와 예술은 각기 사회를 구성하는 하나의 개별 영역으로 약화되지만, 그 과정에서 특히 종교는 근대 이전 자신에 부여되었던 절대적인 위상을 상실함으로써 가장 커다란 상처를 입는다. 종교가 사회의 분화 과정을 거부하고 다른 영역의 자율성과 기능을 부정한다면, 더 나아가 근대 이전처럼 통일성과 객관적 믿음을 무조건 요구한다면, 근대 속에서 살아가고 있는 이들은 아마도 종교를 근본주의나 혹은 광분주의로 간주할지도 모른다. 이렇듯 종교가 약화되는 반면에, 상대적으로 그 위상을 강화하는 것은 다름 아닌 예술이다. 즉 예술은 마치 종교가 차지했던 총체적인 역할과 기능을 떠맡으려 하며, 이 때 예술이 펼치는 종교적 상상력은 종교적 믿음을 함양하려는 목적을 지닌다기보다는 차용 어법과 비논리적인 혼합 등을 통해 예술의 폭을 넓히는 결과를 가져온다. 가령 "예술종교"라는 개념의 사용이나 종교적 상상력에 의한 작품 생산은, 예술의 시각에서 보면, 사실 예술 영역의 확장에 다름 아니다.

그 점은 무엇보다도 낭만주의 예술에서 읽어낼 수 있다. 우선 비교적 이해하기 쉬운 대표적인 예를 들어보자. 횔덜린, 헤겔, 셸링 중 그 원작자가 아직도 밝혀지지 않은 「독일 이상주의의 가장 오래된 체계 강령」(1796, 97)이라는 글을 보면, 근대와 함께 예술은 과거의 종교 이상으로 자신의 보편성을 강력하게 내세우며 또한 세계를 예술적으로 통일하려고 든다.

> "나는 확신하건데, 모든 관념을 포괄하는 이성의 가장 드높은 행위는 다름 아닌 **심미적 행위**이며 진과 선은 바로 미속에서 하나가 된다고 말이다. 시인과 마찬가지로 철학자도 **심미적 힘**을 지녀야만 한다. 글자에만 얽매이는 철학자는 **심미적 감각**이 없는 인간이다. **정신의 철학은 심미적 철학이다.** 심미적 감각 없이는 그 어떤 점에서도 정신이 풍부할 수 없으며, 심미적 감각 없이는 역사에 대해서도 이성적으로 생각할 수 없다."

전통적인 플라톤주의처럼 단순히 진선미의 유기적인 조화 관계가 서술되어 있는 것이 아니라 "이성의 가장 드높은 행위는 다름 아닌 **심미적 행위**", "진과 선은 바로 미속에서 하나가 된다"라는 대목에서 알 수 있듯이 예술적(美) 영역이 인식적(眞), 윤리적(善) 영역보다 상위에 설정되어 있다. 다시 말하면, 인식 영역과 윤리 영역의 분리까지도 다시금 통합해 낼 수 있는 힘이 예술에 부여되고 있는 것이다.

더욱이 역사·철학 같은 개별 분과학문 간의 분리도 심미적 감각을 통해서 극복될 수 있다는 언술은 대단히 파격적이다. 그렇다면, 위에서 인용된 글의 저자들이 생각하는 심미적이라는 개념은 어떤 뜻일까? 그 심미적이란 다름 아닌 예술, 즉 포에지(Poesie)의 특성인

주관적 상상력·감수성·허구의 유희 등을 가리킨다. 심미적 감각 없이는 역사나 철학이 불가능하다는 것은, 그 두 영역도 주관적 상상력과 허구의 유희 등에 의존해야 한다는 것을 뜻한다. 그렇지만 사실 이러한 언술은 예술에서나 가능한 것이지 예술 이외의 다른 분과학문에서는 도저히 수용될 수 없는 요청이다. 왜냐하면 과거 사실의 복원과 재현을 목적으로 삼고 있는 역사가 "심미적 역사"로 변할 경우 혹은 진리의 과학적 인식을 절대적인 목적으로 삼고 있는 철학이 "심미적 철학"으로 흐를 경우, 두 학문은 주관적인 사유에 의존됨으로써 더 이상 역사나 철학이 되지 못하고 포스트모더니즘적 사유처럼 허구를 생산해 내는 예술과 동일시되고 만다. 가령 아리스토텔레스가 시학에서 언급했던 그 기본적인 구분, 즉 있는 그대로의 서술로서의 역사와 있을 수 있는 가능성을 서술하는 예술의 차이까지도 해체되고 만다. 결국 위 인용문을 이해하는 데 있어서 중요한 점은, 진실한 역사의 구성이나 참된 진리의 인식에 심미적 감각을 부여하려는 것은, 예술 영역에서의 요청일 뿐 그 두 영역이 스스로 내세운 것이 결코 아니라는 것이다. 다시 말하면, 그것은 예술이 자신의 시각에서 일방적으로 내세운 보편적 요청에 지나지 않는다. 그런데도 사회의 모든 영역에 심미적 감각을 요구하면서 예술은 마침내 자신을 절대적이고 궁극적인 것으로 내세운다.

"그것을 통해 포에지는 지고한 품위를 얻는다. 포에지는 최초에 모습 그대로 미래에 다시금 존재할 것이다. 즉 인류를 이끄는 스승으로 말이다. 더 이상 철학은 존재하지 않으며 역사도 존재하지 않는다. 창작예술만이 여타 학문과 인위적 기교를 극복하면서 생존할 것이다.(⋯)

동시에 우리는 거대한 대중은 **감각적 종교**를 가져야만 한다고 듣고 있다. 거대한 대중뿐만 아니라 철학자도 그런 **감각적 종교**를 필요로 한다. 이성과 마음의 유일신, 상상력과 예술의 다신론, 이것이 바로 우리가 필요로 하는 것이다."

인류를 이끄는 것은 더 이상 철학이나 역사가 아니라 바로 포에지라는 것, 대중이나 학문에 종사하는 이들도 궁극적으로는 "감각적 종교"로서의 예술에 심취해야만 한다는 것, 이러한 요청은 과학적·실증적 인식을 거부하고 그 대신 예술적 상상력과 감각을 가장 숭고한 본질적인 것으로 삼으려 한다. 특히 마지막 구절에는 오로지 감각적 종교로서의 예술을 통해서만 고대와 현대, 이교도와 기독교 같은 시대적·종교적 대립까지도 극복될 수 있다고 언급되고 있다. 사실 18세기 중반까지만 해도 서구의 경우 유일신을 표방하는 기독교적 세계관과 다양한 신들을 예술적으로 그려냈던 고대 희랍의 세계관은 서로 첨예하게 대립하고 있었으며, 또한 고대가 전범인가 아니면 새로운 시대에 부합하는 정신이 필요한가를 놓고서 신구(新舊) 논쟁까지도 제기된 바 있다. 그런 대립을 극복하는 차원에서 고대 희랍적 세계관과 기독교적 세계관을 조화롭게 파악하려는 시도가 있었고 위 글의 저자들은 그와 같은 사유의 연장선상에 놓여 있는 셈이다.

이처럼 근대 이전 종교가 구현해냈던 세계의 통일성과 객관적 믿음을 마치 예술이 다시 창출해낼 수 있다는 사유는 예술을 절대적인 것으로 보았던 자연철학자 셸링에게서 그 절정에 도달한다. 셸링은 지적 직관의 객관성이 철학보다는 예술에 의해 구현될 수 있다고 믿었다. "이 보편적으로 인정된, 그 어떤 방식으로도 부인될 수 없는 지적 직관의 객관성은 바로 예술 자체이다. 왜냐하면 심미적 직관이야말로 객관적으로 된 지적 직관이기 때문이다. 예술작품은 평소 그 어떤 것을 통해 성찰되지 못했던 그것, 즉 절대적 동일성(…)을 나에게 재투영해준다." 주관과 객관으로 분리되기 이전의 근원적인 조화의 상태는 "지적 직관" 혹은 "직접적인 직관"을 통해서만 가능하다는 것이며, 다른 대목에서 셸링은 지적 직관의 다른 이름으로 "심미적 직관"이라는 개념을 사용하고 있다.

통일성을 보장해 주는 심급으로서 예술이 언급되고 있지만, 그러나 앞서 언급했듯이 다른 비예술적 영역(철학, 역사 등)까지도 예술적으로 되라고 요구하는 언술, 혹은 주·객관의 새로운 통일성이 예술에서 다시 생겨날 것이라는 표상은 이미 분화가 진행되고 있는 상황 하에서 예술이라는 하나의 부분영역이 내세운 요청에 지나지 않는다. 그것은 예술 자체에서만 가능한 것일 뿐 정치나 종교에서도 관철될 수 있는 것이 결코 아니다. 역으로도 마찬가지다. 삶과 세계를 오로지 정치적 혹은 종교적으로 파악하려는 시각은 각각 정치와 종교에만 가능한 요청일 뿐이다.

3 의미 미결정성과 예술성

위에서 인용한 「독일 이상주의의 가장 오래된 체계 강령」의 원작자로서 주로 횔덜린이 거론되는 까닭이 있다. 그것은 횔덜린이 자신의 대표적인 비가(悲歌) 「빵과 포도주」에서 바로 역사와 삶을 이끌어가는 심미적 감각을 가장 뛰어나게 제시해주었기 때문이다. 세계 문학에서 자주 인용되는 "이 궁핍한 시대에 시인은 무엇을 위해"라는 구절도 그 비가 안에 녹아 있다. 「빵과 포도주」는 근대 이전에 존재했던 세계상의 통일성과 객관적 믿음을 다시금 호명해내는 시이며, 그 통일성은 다름 아닌 희랍시대의 이교도적 전통과 기독교적 전통을 결합하는 예술적 방식을 통해 형상화된다.

사실 그 비가가 주제로 삼고 있는 통일성에 대한 이해는, 비록 비가 자체가 수많은 종교적 어휘를 차용함에도 불구하고, 종교적 차원보다는 예술적 차원에서만 가능하다. 왜냐하면 다신론을 표방하는 희랍 시대의 "신들"에 대한 예찬과 동시에 "아버지"로 표현되는 기독교의 유일신 사상이 마구 혼합되어 있는 그 비가를 특정 종교 사상이나 논리를 통해서 설명하고 이해한다는 것은 처음부터 불가능하기 때문이다. 희랍 시대의 종교적 믿음과 기독교의 종교적 믿음은 18세기까지만 해도 서로 대립하고 있었고, 그런 배경을 의식하면서도 횔덜린은 예술의 유연한 의미망 속에서 "아버지"라는 기독교적 개념과 만물의 근원적 힘인 "에테르"(天氣)라는 희랍 철학의 개념을 동일한 것으로 묶어내고 있다. 또한 낮과 밤, 밝음과 어두움의 상호 대립을 새롭게 극복하고 그 대립의 통일성을 나타내는 상징적 기표로서 "다가오는 신"을 예찬하고 있을 때, 그 신도 다름 아닌 디오니소스와 그리스도를 동일한 역할과 의미망 속에서 하나로 일치시키는 방식을 통해 그려지고 있다. 따라서 "다가오는 신"은 공간적으로 동쪽 시리아 지방에서 다가오는 바커스를 뜻하고, 시간적으로 현재적인 신이 아니라 미래적인 신으로서의 그리스도를 암시한다. 이렇듯 서로 융합될 수 없는 종교적 표상과 의미를 하나로 엮어내는 것, 이것은 문학의 언어적 상상력을 통해서만 가능한 일이다.

비가의 전체 내용을 짧게 구성해 보자. 과거에는 인간과 신들이 아름답게 함께 공존하고 있었지만 자신들을 보살펴주던 신들이 지상에서 사라진 후 현재의 인간에게는 황폐함만이 남아 있다. 그렇기에 다가오는 신은 궁핍한 상태에 처한 인간에게 새로운 구원을 가져다줄 것이라는 믿음의 기표로 작용한다. 자신의 현재적 욕구만을 채우는 삶을 살아가고 있는 인간의 현재, 그런 현재는 황폐하게 변해버린 그리스라는 공간적 형상화를 통해 표출되고 있다.

> "축복받은 그리스여! 그대 모든 천상의 신들의 집이여,
> 이전에 젊은 시절 우리가 들었던 것이 정말 사실인가?
> 성스런 홀! 바다가 바닥이구나! 산은 또 식탁이구나,
> 정말이지 유익한 용도로 그 옛날 지어졌구나!
> 그러나 그 용좌들은 어디에? 그 신전들은, 그리고 그 그릇들은 어디에,
> 신선한 음료로 가득 채워진 그릇들, 신들을 즐겁게 해주었던 노래는
> 어디에 있는가?
> 저 멀리까지도 적중했던 예언들은 도대체 어디서 빛나고 있는가?
> 델피 신전은 선잠에 빠져 있구나, 어디서 그 위대한 운명은 울리고
> 있는가?"

신들과 인간 간의 소통적 관계가 단절되어 있는 황폐한 현재의 극복은 마지막 연에 제시되고 있다. 즉 새로운 신으로서의 디오니소스가 다시금 인간과 신(들)이 하나가 될 수 있도록 그 매개적 역할을 수행하기 위해 현현한다는 것이다. 광기의 신·주신·여인들의 신 등 다양한 의미를 지닌 디오니소스, 그렇지만 그 신은 또한 "빵과 포도주"라는 기독교적 전통의 어휘와 함께 섞이면서 호명되고 있다.

그리고 디오니소스를 맞이하는 역할은 다름 아닌 가인(歌人), 즉 시인에게 부여되고 있다.

> "빵은 대지의 결실이지만, 빛의 축복을 받아
> 천둥치는 신으로부터 포도주의 환희가 내려온다.
> 그렇기에 우리는 거기서 천상의 신들을 생각한다,
> 이전에 여기 있었고 제때에 돌아와 주시는 신들을.
> 그렇기에 진심으로 **그들 가인들은 주신(酒神)을** 노래하며,
> 공허하게 꾸미지 않은 그 옛 주신에 대한 찬송 울려 퍼진다.

주신을 통해 암시된 디오니소스가 과연 신화의 디오니소스인지 아니면 기독교의 그리스도에 부합하는 것인지는 답하기 매우 어려운 질문이다. 또한 애매하고도 부유하는 듯한 의미를 지닌 디오니소스라는 기표는 신화적·종교적인 의미망에서 벗어나 현재의 모든 삶의 갈등이 사라진 미래 사회의 유토피아에 대한 정치적 기의를 지닌다는 해석도 가능하다. 이 밖에도 횔덜린 문학의 연구가들은 그 시적 어휘에서 프랑스 혁명의 공화정 사상이나 생시몽의 공상적 사회주의 사상의 단초까지도 끄집어낼 정도다. 결국 다양한 해석의 가능성 가운데 하나를 선택하는 것보다는 그 부유하는 듯한 의미의 미결정성을 그대로 인정하는 것이 오히려 바람직할지도 모른다. 왜냐하면 디오니소스를 단순히 고대 신화나 기독교의 의미론 내에 고착시킬 경우 이 비가의 뛰어난 정감적 표현과 의미는 사라질 수 있기 때문이다. 이렇듯 신화적·종교적 어휘를 차용하면서도 그 의미의 미결정성을 통해 자신의 영역을 확보해나가는 것, 이것이 횔덜린 문학의

고유함을 이룬다.

또한 의미 미결정성으로서의 디오니소스를 가인이 노래한다는 것은 곧 예술(가)이 다의성을 띨 수 있음을 암시해주는 것은 아닐까? 그럴 경우 시 자체가 시의 특성을 말해줌으로써 「빵과 포도주」는 종교적·정치적 의미의 단순 지시를 넘어서 예술의 역할과 의미를 논하는 메타이론적 특성을 획득하게 된다.

4 죽음의 문학적 상상력

예술을 종교적인 것처럼 내세웠지만 전혀 종교적이지 않은 예술 사조로는 독일 낭만주의를 들 수 있다. 사실 독일 낭만주의는 심미적 영역의 독자성을 이론적으로 확립하려 했던 최초의 예술적 시도였다. 특히 종교와 관련하여 독일 낭만주의는 종교의 핵심 개념들, 예를 들면 무한성·절대성·직관·부유·분위기·상태 같은 종교적 개념들을 모두 문학적으로 전이시키는 행위를 통해서 자신의 독자성을 강화시켰다. 본래 무한성 혹은 무한한 것이란 유한한 인간이 지향해야만 하는 절대자를 지칭하는 종교적 개념이지만, 이를 차용하여 낭만주의는 "포에지(주로 문학을 일컬음)는 무한해야만 한다"는 식의 언술을 통해서 시공간성에 얽매이지 않는 문학 자체의 항구적인 자기 변혁과 확장을 이론화하였다. 제도화된 종교를 비판하기 위해 "우주의 직관"을 강조한 슐라이어마허는 흔히 낭만주의자로 분류되기는 하지만, 엄격히 말하면 그는 감각적 능력을 통해 나와 우주, 인간과 절대자 간의 대화를 역설한 종교철학자였을 뿐 낭만주의 예술가는 아니었다. 왜냐하면 낭만주의 예술관에서는 신과 인간 간의 종교적인 소통보다는 수사적·미학적 강도를 높이는 차원에서 문학적 직관 혹은 우주적 직관이라는 언어가 더욱 중시되었기 때문이다.

이러한 점을 노발리스의 대표적인 시 「밤의 찬가」를 통해 짧게 살펴보자. 흔히 문학사에서 「밤의 찬가」는 노발리스가 어린 약혼녀 소피 폰 퀸의 죽음에 대한 개인적인 고통을 그려낸 낭만주의의 대표적인 작품으로 분류된다. 그런데 노발리스는 자신의 원고를 수정하여 당시 낭만주의자들이 만든 문예 잡지 「아테네움」에 발표하였는데, 이는 「밤의 찬가」가 단순히 사적인 심정의 고백에 머물지 않고 공적인 특성을 획득했음을 말해 준다. 개인적 고통에 문학적 형식과 의미가 부여됨으로써 「밤의 찬가」는 작가 스스로가 주장한 "낭만화"의 특성, 즉 인위적 생산물의 특성을 띤다. 노발리스에 의하면, 낭만화란 "일상적인 것에 비밀스런 외양을, (…) 유한한 것에 무한한 의미를 부여하는" 작업으로서 그것은 종교적인 행위보다는 일상의 작은 삶의 편린에 "비밀스런 외양"이나 "무한한 의미"를 부여하는 문학적 생산 방식 자체를 암시한다.

총 6연으로 구성되어 있는 「밤의 찬가」는 낮과 밤, 빛과 어두움 같은 이분법적 사유로 삶과 죽음, 세속과 피안을 구분했던 계몽으로서의 근대적 사유를 비판한다. 전반부(1~4연)에서 후반부(5~6연)로 진행하는 과정을 두고서 흔히 「밤의 찬가」는 단순히 어두움·밤·죽음·사랑에 대한 예찬을 뛰어 넘어 그리스도의 희생을 통해 죽음과 구원에 대한 상징성을 강화시키는 것으로 해석되곤 한다. 그러나 자세히 들여다보면, 기독교 정신의 강화가 주목적이라기보다는 오히려 기독교적 상징성이 시의 핵심인 죽음의 문학적 형상화 측면을 뒷받침해주는 역할을 띠고 있음을 알 수 있다. 다시 말하면, 시의 실제적인 중심은 죽음을 문학적으로 형상화하는 작업 자체에 있다. 여기서 낭만주의 문학 작품이 어떻게 자신을 종교적으로 포장하면서 자신의 문학적 영역을 확장시키고 있는지를 짧게 살펴보도록 하자.

> "아침은 다시 와야만 할까? 속세의 힘은 결코 끝나지 않으려나?
> 낮의 불행한 분주함이 **밤의 찬란한 비약**을 집어삼키려 한다.
> **사랑의 신비로운 희생**은 결코 영원히 타오르지 않을 것인가?
> 빛에는 나름대로 그 시간이 부여된다. – 그러나 밤의 지배는
> **무시간적**이다. 잠의 지속은 영원하다. **신성한 잠이여!** – 세속의
> 분주한 하루 일과 속에서 자신을 밤에 바친 이들을 너무 드물게
> 기쁘게 해주지는 마시오. 단지 바보들만이 그대를 오인하고 있으며
> 그들은 참된 땅거미 속에서 그대가 연민하는 마음으로 우리에게 던지는
> 저 어두움 외에는 잠에 대해 아무 것도 모르고 있다. 포도송이의 황금빛
> 물결 속에서, – 편도나무의 놀라운 향유 속에서도, 양귀비의 갈색
> 용액 속에서도, 그들은 그대를 느끼지 못하고 있다. **부드러운 처녀의**
> **가슴**을 감싸고 그 품안을 천국으로 만드는 것이 바로 그대임을
> 그들은 알지 못한다. 하늘의 문을 열면서 그대가 옛 이야기 속에서
> 나타난다는 것을 그들은 알지 못하며, 그들은 그대가 축복받은 자들의
> 집 열쇠를 갖고 있음을 알지 못하며 또한 그대가 **무한한 비밀을 지닌**
> **침묵하는 사자(使者)**임을 알지 못한다."

시의 첫 연에서는 빛의 세계, 낮의 세계가 긍정적으로 그려져 있지만, 이와 달리 여기서 인용된 두번째 연은 그것이 철저히 부정되고 있다. 그것은 "아침의 도래" "속세의 힘" "낮의 불행한 분주함" 같은 어휘를 통해 알 수 있다. 또한 밝음과 어두움·낮과 밤·시간성

과 무시간성 등 다양한 대립을 통해 밤과 연계된 것들이 모두 긍정적인 의미를 획득하고 있다. 낮의 세계가 우리가 일상에서 경험하는 특성을 지닌다면, 밤은 사람들이 매일같이 경험하는 그런 일상적인 특성과는 무관한 것으로 그려지고 있다. 중요한 점은 밤이 사실은 죽음과 동일한 기표로 작용한다는 것이다. 이러한 측면은 "잠의 지속" "무시간성"이라는 개념적인 시적 어휘를 통해서 강화되고 있다. 일상적인 잠은 현상적으로 어두울 때 가능하거나 혹은 시간적으로 다시 깨어나는 상태와 관련되어 있지만, 이 시에서 잠은 그러한 시간적 제한을 갖지 않는다. 결국 잠의 지속이란 다름 아닌 죽음을 가리키며 세속적인 이들이 잠을 청할 때의 저 "어두움"과는 구분된다.

이 밖에도 밤은 어떤 특징을 지니고 있을까? 그 밤은 "사랑의 신비로운 희생" "잠의 지속" "무시간성" "소녀의 가슴" "무한한 비밀" 등 다양한 수사적 어휘로 채색되고 있다. 요컨대 사랑하는 여인과 하나가 되는 밤이다. 노발리스는 자신의 어린 약혼녀가 죽자마자 "그녀의 죽음과 뒤이은 나의 죽음은 더욱 숭고한 의미에서의 결합"이라고 토로한 바 있다. 따라서 이미 1연에서 시적 화자가 "나는 이슬방울 속으로 가라앉고 싶고 한 줌의 재와 섞이고 싶다"로 말하고 있는 심정을 보면, 밤은 곧 이미 죽은 연인과 함께 하고 싶은 죽음, 즉 "사랑의 죽음"을 내포하고 있다. 그 죽음은 에로스와 타나토스가 결합된 특성을 띤다. 시에서 밤을 "사랑의 신비로운 희생"이라고 부른 것도 그런 맥락에서 이해된다. 그렇기에 죽음을 "신혼의 밤"이라고 명명하는 대목도 에로스와 타나토스의 결합을 암시하고 있다. 자신의 메모집에서 노발리스는 "죽음 속에서 사랑은 가장 달콤하다. 사랑하는 이들에게 죽음은 신혼의 밤, 달콤한 비밀이다"고 밝힌 바 있는데, 이러한 언술도 에로스와 타나토스의 결합으로서의 "사랑의 죽음"을 말해주고 있다. 에로스와 타나토스를 결합시키는 시적 방식은 「밤의 찬가」 전반부에서는 연인의 죽음과 관계하여, 후반부에서는 그리스도의 죽음과 관계하여 전개되고 있다. 이러한 시적 형상화 방식은 우리 문학작품에서도 엿볼 수 있다. 가령 새벽·무덤·연인·사랑·죽음의 시적 상관성을 그려내고 있는 고은의 「새벽 밀회」 가운데 1연과 4연만을 인용해 보자. "또다시 나는 새벽마다 무덤에 가야 한다. / 나와 함께 삼나무 묘판(苗板)을 만들고 / 내 세수하는 물과 마실 물을 떠다 주고 / 기꺼이 먼 심부름도 해 준 애의 무덤에 가야 한다 / (…) / 새벽마다 만나도 항상 바다는 그대 앞에 깨어 있고, / 그렇게도 단정하게 자고 난 연인(戀人)아. / 그대가 무덤가에서 미안한 듯 내 품 안을 밀고 / 어디선가 첫 수꿩 울음소리가 무덤을 깨우며 지나간다."

비록 사적인 경험이 작품 생산의 계기가 되었지만 노발리스가 자신의 시를 공적인 독서의 담론장 속에 제시했다는 것은, 그 시의 형상화와 의미가 결코 사적인 차원에만 머물 수 없음을 말해 준다. 노발리스의 시를 읽고서 친구 슐레겔은 그를 "죽음에 대한 예술적 감각을 지닌 우리 시대의 최초의 사람"이라고 명명할 정도였는데, 이러한 언술은 죽음을 문학적으로 형상화해낼 줄 아는 노발리스의 뛰어난 감각과 기질을 입증해주고 있다. 연인의 죽음에 대한 단순한 슬픔이 아니라 죽음 자체의 형상화를 문학적 과제로 인식하였다는 것을 말해 준다. 따라서 이 시기에 죽음의 형상화와 관련하여 중요한 점은, 당시 낭만주의 작가들은 죽음을 존재론적으로 긍정시하는 것보다는 죽음이라는 전통적인 소재를 어떻게 문학적으로 새롭게 그려낼 수 있을까에 주된 관심을 두고 있었다는 것이다. 죽음에 대한 낭만적 상상력은 초월적인 절대자를 향한 구도(求道)의 마음에서 나온 것이 아니며 또한 불변의 세계 속에서 자신의 영혼을 간직하려는 것도 아니다. 영혼이나 정신과 관계된 형이상학적·우주론적 사유를 통해 물질적 존재의 한계를 극복하려는 것이 종교인과 철학자의 몫이라면, 이와 달리 낭만주의 작가들은 그 죽음에 어떤 문학적 형상화를 부여할 수 있는지를 언어적으로 실험해 보았던 것이다. 이 점은 현대의 역사가에 의해서도 확인된 바 있다. 『서양에서의 죽음의 역사에 관한 연구』(1981)에서 필립 아리에(Ph. Ariès)는 죽음의 유형을 네 가지로 분류하면서 그 세번째 유형인 낭만주의에서의 죽음의 형상화를 공동체 내에서의 죽음이나 자기고유의 죽음 같은 현실적인 의미와는 완전히 다른, 주로 "타자의 죽음"에 대한 예술적 산물이라고 설명해 준 바 있다. 즉 낭만주의에서의 죽음은 그 진정성보다는 미학성과 수사성이 극대화된 인공적 생산물인 것이다.

그런 인공적·예술적 이미지를 상승시키는 차원에서 노발리스는 "밤, 잠, 연인, 신혼의 밤, 죽음"을 서로 연관시키고 아울러 에로스와 타나토스를 결합시키는 방식을 착안해 냈다. 그 후 이러한 형상화 방식은 근대 예술의 미학적 토포스로 자리 잡게 되었으며, 그 결과 횔덜린·노발리스·에드워드 영·사드·보들레르·트라클·호프만스탈로 이어지는 소위 "어두운 낭만주의"(schwarze Romantik)가 형성된다. 여기서 "어두운 낭만주의" 문학은 현실에 대한 극단적인 비판과 자기만족적인 인공적 수사성이라는 양면성을 띤다. 더 한 가지 흥미로운 것은 형상화 작업이 결코 그 자체로만 머물지 않고 삶과 죽음의 관계에 대한 새로운 인식 지평도 열어준다는 점이다. 죽음에 대한 천착에서 노발리스는 "삶은 죽음의 시작이다. 삶은 죽음을 위해 존재한다"는 인식을 제시한 바 있는데, 이러한 인식은 흥미롭게도 100년 후 "모든 삶의 목적은 죽음이다"고 밝힌 프로이트의 인식과 너무나 흡사하지 않은가.

5 유사성 속에서의 차이

사회나 삶 전체를 "심미적 종교"로써 파악하려는 「독일 이상주의의 가장 오래된 체계 강령」, 디오니소스를 호명하면서 삶의 새로운 통일성을 불러들이는 횔덜린의 「빵과 포도주」, 사랑하는 연인의 죽음과 그리스도의 죽음을 동시적으로 읊어내는 노발리스의 「밤의 찬가」, 이러한 문학적 생산물은 종교와 예술의 유사성을 말해주는 동시에 그 양자의 차이를 드러내주는 대표적인 예들이다. 요컨대, 예술적 시각에서 보면 종교적 배경과 언어를 차용하면서 자신의 독특한 미적 형상화 측면을 강화시킨 예들이다.

근대와 함께 사회가 정치·경제·예술 같은 다양한 개별 영역으로 분화하는 현상은 곧 개별 영역이 자율성을 획득해나가는 과정이라고 모두에서 언급한 바 있다. 예술은 정치나 종교 같은 예술 외적인 영역의 언어를 차용하면서 마치 정치 혹은 종교와 하나가 되는 듯한 모습을 띨지라도 실상은 자신의 심미적 자율성을 강화시켜 나갔다. 그러한 점이 간과된 채, 대개의 사회사적 문학사는 그와 같은 예술의 자율성 과정을 자족적 예술관이라고 비판해왔거나, 또는 정치적·종교적 언어의 심미화를 통해 마치 예술이 정치나 종교를 위해 기여하는 것처럼 설명해왔다. 이는 사회적 분화 속에서 개별 영역의 자율성 강화라는 중요한 측면을 놓친 진부한 시각이 아닐 수 없다. 물론 정치적·종교적 소재와 언어를 차용한 예술작품을 두고서 정치나 종교가 각기 자신의 영역에 기여한 예술작품이라고 말한다면 그것은 어쩔 수 없는 일이다. 다른 영역이 예술작품을 자기 식으로 관찰하고 해석하는 것은 그 영역의 당연한 수행 행위이기 때문이다.

문제는 예술 영역 자체에 있다. 예술 영역에 종사하는 이들이 자신의 예술적 시각을 포기하고 단지 이념의 긍정적·부정적 측면을 둘러싼 이데올로기적 담론에만 의존함으로써 다른 영역의 시각과 아무런 차이를 제시하지 못하는 경우가 종종 관찰된다. 사실 정치인·종교인·예술가는 동일한 이념이나 믿음을 간직하는 것이 가능할지라도 궁극적으로 서로 다를 수밖에 없다. 그것은 그들이 각기 다른 방식으로 말하고 있기 때문이다. 그 다른 방식의 말하기는 예술 영역의 경우 예술성과, 정치 영역의 경우 정치적 역량과, 종교 영역의 경우 신앙심과 관계한다. 예술 영역은 흔히 작가·비평가·독자에 의해서 구축되는 예술성을 바탕으로 사회 내에서 자율성을 구축해 낸다. 작품 생산의 주체인 작가들은 설혹 동일한 정치적·종교적 소재나 이념을 소유한 작가들일지라도 자신만의 독특한 형상화를 통해 서로간의 예술적 차이를 갖기 마련이다. 작품 수용의 주체인 수많은 독자도 다양한 독서 방식을 통해 예술적 언어나 이미지 발견에 관여하고 있다. 그렇다면 비평가는 어떠한가? 작가와 독자 이외에 그들이야말로 언어로 형상화된 작품을 정치적·종교적 시각이 아닌 예술적 시각으로 정확하게 읽고 해석해야만 하는 이들이다. 다시 말하면, 자율적 예술 영역의 형성과 발전을 매개해주는 중요한 역할과 기능이 그들에게 부여되어 있다. 그들은 종교적 가르침을 전파하는 성직자나 정치적 이념의 실천을 추구하는 정치인이 아니라 공시적, 통시적 차원에서 수많은 작품들이 예술적으로 어떤 관계와 차이를 띠고 있는지를 밝혀주어야만 한다. 결국 예술 영역의 위축과 강화는 그들의 그런 예술적 노력 여하에 달려 있다.

(『유심』, 13호, 2006.2)

제2부

문학과 문화학
해체의 동일성과 경계의 차이성

"개념과 대상으로서 문화가 확산되는 가운데 문학(순수 창작물)과
문예학의 현재적 지위에 대해 질문해 볼 수 있다.
'문학' 자체는 전혀 확장되지 않았고
오히려 그 말의 타당성과 호감은 궁지에 몰려 있다.
인간학과 문화 이론에 '텍스트' 메타포가 도입됨으로써 아이러니컬하게도 (…)
문학의 학문적 고찰은 확장되지 못하고 감소된 것 같다."

– G. Hartmann

1 문화의 팽창과 문학의 위기

인용문에서 하트만도 지적하고 있듯이,[1] 문화가 팽창할수록 상대
적으로 문학의 입지는 약화되고 말았다. 뿐만 아니라 허구적이고 창
조적인 작품에 대한 주·객관적 분석 작업, 다시 말하면 문학사·
문학이론·문학비평을 포함하는 "문예학"[2]도 매우 위축되어 있다.

---

1) G. Hartman, *Das beredte Schweigen der Literatur*, Frankfurt a. M. 2000, S. 14(orignal: The Fateful Question of Culture, Columbia University Press 1997).

2) 김현의 글에 의하면, 이광수는 순수 창작물을 가리키는 용어로 "문예"를, 그리고 문학비평, 이론, 문학사 등과 같은 학자적 태도의 작업을 가리키는 용어로 "문학"을 제안한 바 있다. "순수 창작물에 관한 학문"이라는 의미를 지닌 독일어 "Literaturwissenschaft"는 지금까지 "문예학"으로 번역되어 사용되고 있지만 사실 "문학"으로 번역되었어야만 옳았다. 아마도 순수 창작물을 가리키는 용어로 이미 "문학"이 사용되었기에 부득불 문예학이란 용어가 사용된 것이 아닌가 싶다. 이 글에서는 문학과 문예학이 동일한 의미로 사용된다.

그 단면은 다각도로 짚어볼 수 있지만 무엇보다도 문학의 내외적인 상황 변화에서 쉽게 감지할 수 있다. 제도적인 측면에서 학과간의 경계 해체·학문의 실용성·문화적 교양인 양성 등을 표방한 "학부제" 모델이 도입된 이후 작가와 텍스트 중심의 문학 교육은 점차 주변으로 밀려나고 있으며 그 대신 지역학적, 매체학적 주제를 포함한 문화학적 성향의 교육이 소위 "메인 스트림"을 형성하고 있다. 그로 인해 셰익스피어 카프카 토마스 만 같은 강의는 학생수가 적다는 이유로 폐강의 벼랑 끝에 서 있다면 그 대신 "영화의 이해" "매체와 문화" "신화의 이해" 같은 문화 관련 강의는 대형 강의 형태로 수적 우위의 맹위를 떨치고 있다. 문화로 쏠리는 현상은 문학 비평계도 마찬가지다. 문학비평보다는 언제부터인가 여기저기서 "문화비평"이라는 이름이 더욱 횡행하고 있는 가운데 문학 계간지로 불리는 몇몇 잡지에는 문학비평과 문화비평이 아무런 변별력 없이 하나가 된 듯 특집 지면을 채우고 있으며, 이는 문학의 특수성보다는 문화의 보편성을 선뜻 받아들이려는 준비 단계처럼 보인다. 문화비평 일색으로 인해 문학 계간지조차 문학비평 용어에 스스로 낯설게 되는 것은 시간문제인 듯 싶다. 마찬가지로 문학사적 영역에서도 작품과 시대의 밀접한 연관성을 짚어보는 분석보다는 대중의 감각적 일상과 관련된 문화사적 주제("매체" "에로스" "죽음" "의복" "가족" "걷기" "음식" "여행" 등)가 서점을 온통 장식하고 있다. 이제 새로운 총체적 개념인 "문화" 없이는 세계와 삶의 조명이 불가능한 것처럼 보이며 이를 두고 하트만은 다음과 같이 함축적으로 기술하고 있다. "문화에 대한 언급이 곧 우리 문화의 일부분이다. 지금 모든 이들이 이런 저런 것을 모두 '문화' 개념으로 입증하려는 경향을 띠고 있다. 문화는 현재 가장 즐겨 쓰는 상위 개념인 셈이다"(같은 책, 43쪽).

이처럼 매순간 다양하게 분출하는 문화 현상의 분석을 "문화학" "문화연구"[3]라는 이름으로 부를 경우 문학적 창작물의 고유성과 특수성의 존속을 입증하고 지켜내는 문예학은 어떻게 대응해야만 하는 것일까? 아무런 문제의식 없이 문예학도 그러한 새로운 유행 현상에 합류해야 하는 것일까? 문예학이 문화학적으로 전환할 경우 그것은 과연 문예학의 거듭나기를 위해 바람직한 것일까, 아니면 문예학의 견패와 사멸을 부추기는 것일까? 답변하기 힘든 상황 속에서 우선 문화학과 관련하여 문예학에서 감지될 수 있는 세 가지 흥미로운 반응 양식을 상상해보자. 첫번째 반응은 평소 문학 자체의 자율성과 특수성에 대해 강한 불신을 지녔거나 특정 문학(국문학 영문학 독문학 등)을 학문적 분과로서 파악하는 데 적지 않은 불만족을 느꼈던 이들의 경우인데, 그들은 문화학을 통해 마침내 문예학이 환골탈태할 수 있다고 주장하면서 문화학적 전환을 적극 변호하고 나선다. 그들은 문화유물론적 문화연구, 신역사주의(New Historicism) 같은 방법론에 의존하면서 탈문학적 문화학의 가능성을 엿보고 있다. 흥미로운

---

3) 독일에서는 주로 "문화학"(Kulturwissenschaft)이, 영미권에서는 "문화연구"(Cultural Studies)라는 개념이 통용되고 있다. 문화연구는 문화유물론적 시각으로 대중매체를 이데올로기 비판적으로 분석하는 데 주력하고 있으며, 신역사주의(New Historicism)는 다양한 역사적·문학적·정치적 담론을 결합함으로써 과거의 텍스트 생산의 사회적 문맥을 파악하려 한다. 이 글에서 사용되는 문화학 개념은 신역사주의를 염두에 두고 있지만 넓은 의미에서 문화 연구도 어느 정도 포함하고 있다. 두 경향은 미묘한 차이점을 띠고 있지만서도 상호 공통점을 지닌다. 가령 정치이론, 역사학, 문예학 등을 서로 결합하는 학제간의 모색, 문화산업에 대해 비판적 시각을 견지했던 벤야민과 아도르노 등의 비판이론, "권력과 욕망"으로 담론의 역사적 발생을 추적한 푸코의 후기구조주의적 시각, 장르간의 경계 해체를 선언한 해체론적 시각 등을 들 수 있다.

점은 탈문학적 문화학을 수용하는 가운데 문예학에 종사하던 이들까지도 서슴없이 자기 부정을 통해 "문화비평가"로 나서는 현상인데, 이들은 소위 자족적인 학문을 거부하고 대중이 숨쉬는 문화 영역 내에 함께 하기 위해 텔레비전 드라마나 영화 분석에 매진하는 문화비평가로의 변신을 서두르고 있다. 두번째로는 침묵·무관심·조소 등으로 문화학적 전환을 단연코 거부하는 문예학자들의 반응이다. 조소하는 듯한 이들의 침묵에는 그 이유가 없지는 않은데, 그것은 문화학적 전환이 곧 문예학의 자리를 위협할 수 있음을 직시했기 때문이다. 다시 말하면, 문예학에 종사하던 이들이 문화연구와 문화비평으로 나아갈 경우 궁극적으로 문예학의 자기파괴를 초래할 것임을 어렴풋이 인식하고 있기 때문이다. 그렇다고 해서 마냥 방관자로 머물 수도 없기에 약간의 관심을 기울이면서도 동시에 문화학적 전환에 주저할 수밖에 없는 세번째 유형의 이들이 있다. 이들은 문예학과 문화학이 공존할 수 있는 길을 모색하지만 실제로 양자간의 구체적인 접점을 찾지 못한 채 현기증에 시달리고 만다. 그런데 그 현기증의 근본적인 원인을 자세히 살펴보면, 새로운 것에 대한 용기 부족이라기보다는 과연 심미성(혹은 문학성, 예술성이라고도 하자!)과 역사성이 서로 결합될 수 있는지에 대한 근본적인 회의가 작용하고 있음을 알 수 있다. 문화학을 적극 수용할 경우 아무래도 심미성보다는 역사성이 중시될 것이 자명하기 때문이다.

　　물론 세 가지 반응 양식은 단지 상상해본 것뿐이다. 그 가운데 어떤 반응 양식이 바람직한 것인지 자문해 볼 경우 개개 반응 양식 자체가 나름대로의 문제점을 지닌다는 애매한 대답 이외에 솔직히 확실한 대답을 줄 수 없다. 그렇기 때문에 문화학, 문화연구가 팽창하는 가운데 문예학에는 기이한 침묵만이 흐를 뿐 그 침묵을 극복하는 묘안이 쉽게 떠오르지 않는다. 문예학의 경우 지난 10년 동안 (포스트)모더니즘에 관한 논쟁과 함께 푸코·데리다·리오따르·보들리야르·부르디외 등이 제기한 이론과의 접목 가능성을 타진하면서 나름대로 긍정적이든 부정적이든 괄목할 만한 성과를 거두었지만, 이제 그러한 이론적 맥락에서 무엇인가를 되짚어보려는 시도는 어쩐지 시의에 적절하지 못한 듯 하다. 도대체 문예학 내에 흐르고 있는 이 적막감은 무엇을 뜻하는 것일까?[4] 그것은 문화학에 마침내 자신의 자리를 내주고 만 문예학의 상실과 패배인지, 아니면 문화학과의 만남을 통해 문예학이 자기 변화를 꾀하려는 준비 상태인지 도무지 알 수 없는 노릇이다. 이런 상황을 감지하면서 여기서는 다음과 같은 몇 가지 질문 제기로 만족할 수밖에 없는데, 그것은 1. 문화란 무엇이며, 2. 문화학이 도대체 어떠한 학문적 특성을 지니는지, 3. 문예학이 자기정체성을 상실하지 않으면서도 어떻게 문화학적 사유

---

4) 조형준의 다음과 같은 언술은, "문학비평"을 넘어서 대중을 사로잡는 문화 권력의 요체를 해부해 내겠다는 "문화비평적" 야심은 차치하더라도, 적어도 문(예)학에 흐르는 적막감을 적절하게 그려내고 있다. "요즈음의 비평계를 보면 너무 적적하다 못해 적요하다는 생각이 들고 한편으로는 기이하다는 느낌마저 든다. 이미 오래전에 문학은 제도 내부에서 '문학권력'이 은밀하게 작용해 위기라는 결과를 초래했다는 진단을 받았다. 반면, 이 문학 바깥의 대중들을 몇 백만 명씩이나 휘어잡고 있는 다른 '문화 권력'들에 대한 분석다운 분석이나 비평을 거의 찾아볼 수 없다. (…) 물론 비평이 무조건 침묵하고 있다는 평가는 다소 과장되어 보일 수도 있다. 예를 들어 앞서 이야기한 <야인시대>를 두고 '사나이가 없는 시대'니 '마초들의 반페미니즘적 남근 권력의 행진'이니 하는 비판이나 비평이 등장하고 있다. 하지만 왠지 그러한 비판은 비판이라기보다는 흥행 상품에 대한 투정이나 은근슬쩍 끼어든 간지 광고 같은 느낌이 들지 않는가"(조형준, 우리가 꿈꾸는 철학보다 더 희한한 사실로 가득 찬 세계에서, 실린 곳: 『세계의 문학』, 2002년, 겨울호, 253~254쪽).

와 교감을 나눌 수 있는지를 살펴보는 일이다.

2 문화학의 과거와 현재

문화란 무엇이며 왜 문화일까? 문화는 한편으로 정치·경제·종교 등과 마찬가지로 사회를 구성하는 하나의 부분 영역을 나타낼 수 있는데 이 경우 문화는 대체로 예술적 행위 영역과 동일시된다. 다른 한편으로 문화는 매우 포괄적일 수 있는데, 예를 들면 '정치문화가 바뀌어야만 한다'라는 언술처럼 모든 사회적 행위와 소통 양식을 지칭하기도 한다. 현재의 경우 두 가지 의미가 혼재하는 가운데 문화 의식이 팽배하고 있다. 서구에서 문화 개념이 성립하는 과정을 보면, 문화는 계몽이나 교양 같은 개념과 비슷한 의미론을 형성하면서 서구 문명을 정당화하는 이데올로기로 표현된다. 물론 엄밀한 의미에서 문화 개념은 서구 "문명(화)" 과정을 비판하는 의미도 지니지만, 그럼에도 불구하고 문명/문화 개념은 넓은 의미에서 서구 역사와 정신의 우월성을, 좁은 의미에서 개별 국가의 민족성을 담보하는 이데올로기로 작용한다. 예컨대 시대정신·민족정신·영혼 등이 문화에 보존되어 있다는 식으로 사유할 경우 그것은 "문화주의" 이데올로기, 더 나아가 국수주의 이데올로기를 대변하기도 한다. 특정한 예술작품과 작가 정신이 문화를 주도하거나 시대 정신까지도 투영한다고 말할 경우 그것 또한 문화 이데올로기에 다름 아니다. 역사주의적 문화학의 창시자로 간주되는 독일 문인 헤르더(Herder)는 18세기에 문화사적 의식을 강조하고 나섰는데, 그에 의하면 문화사는 "영웅과 국사(國事)"뿐만 아니라 "인물사와 풍속사"를 제공하기 때문에 곧 "시대 정신"을 발전시킬 수 있다고 한다. 흥미로운 점은 문화사를 "영웅과 국사", "인물사와 풍속사"로 파악하는 헤르더의 시각은, 비록 정확한 학문적 근거를 제시하지 않았을지라도, 20세기에 본격적으로 진행된 일상사·심성사·개인사 같은 문화학의 다양한 방향을 선취하고 있다. 사실 문화를 개인에 정향할 것인가 아니면 사회에 정향할 것인가에 따라서 그 방향은 다르게 전개된다. 문화와 사회의 연관성을 강조할 경우 문화는 경제적·기술적·사회적·환경론적 조건과 욕구에 의해서 구성되고 설명될 수 있는 것으로 간주되는데 이러한 방식은 주로 사회인류학(social anthropology)에서 출발하는 유럽식 문화학의 특징을 이룬다. 반면에 문화와 개인 사이의 연관성을 강조할 경우, 다시 말하면 문화적 실천과 규범을 특정 개인이라는 심급으로 환원할 경우 그것은 문화연구와 인물연구 간의 유사성을 중시하는 미국식 문화 인류학으로 나가게 된다.

물론 오늘날의 문화학, 문화연구가 18세기 이후 태동된 역사주의적 문화 이데올로기를 답습하는 것은 결코 아니다. 문화를 하나의 개념으로 단수화하면서 문화제국주의적 이데올로기를 생산한 것이 과거 서구의 모습이었지만, 오늘날의 경우 문화연구가들은 그러한 단수적인 의미에서의 문화 개념을 비판하고 있으며 그 대안적 사고로서 문화의 상대성을 내포하는 복수적 개념인 "문화들"을 강조한다. 다시 말하면, 국가 단위의 개별 지역 내에서도 다양한 하부문화가 존중되고 있으며 탈지역적인 차원에서도 민족이나 국가간의 상호 이질적인 "문화들"에 대한 시각이 인정되고 있다. 특히 서구중심적 문화 의식에서 탈피하려는 레비-스트로스의 구조주의적 시각 이후 문화연구는 보편적 정체성보다는 특별한 차이성을 존중하는 방향으로 나가고 있다.

18세기 이후 근대적인 차원에서 문화가 중심 개념으로 사용되었던 까닭은 사실 정치철학적·역사철학적 사유와 거리를 취하려 했기 때문이며, 특히 역사주의적 입장이 그러한 문화중심주의적 시각을 옹호하였다(물론 그러한 적대적 관계에서 벗어나 문화와 역사철학적 사유를 결합시키는 것은 한 단계 발전된 시각이다). 그 역사주의적 문화중심주의에서 최고의 장르로 간주된 것은 다름 아닌 예술이었으며 이에 대한 예로는 역사학자 부르크하르트(Burckhardt)의 대표적 저서 『역사 연구에 관하여』(1905)를 들 수 있다. 거기서 그는 "국가·종교·문화"를 구분하면서 문화를 다음과 같이 정의하고 있다. "요컨대 문화란 자발적으로 일어나고 그 어떤 보편적인 강제적 효력을 요구하지 않는 정신적 발전 과정들의 전체를 말한다. 끊임없이 변화시키고 해체하는 방식으로 문화는 두 가지 삶의 요소(국가와 종교: 역주)에 영향을 끼친다. 물론 그 두 가지 삶의 요소가 문화를 이용하여 자신의 목적을 위해 제한시킬 수도 있지만 그 점은 제외하기로 하자. 국가와 종교에서는 형식과 실상이 더 이상 일치하지 않기 때문에 문화는 그 두 가지(국가와 종교)에 대한 비판이며 시간을 알리는 시계와도 같다."[5] 여기서 중요한 측면은 문화에 자발적이고도 보편적인 특성을 부여하고 있다는 점, 그리고 국가와 종교를 비판할 수 있는 시대적 힘으로서 문화를 강조하고 있다는 것이다. 국가와 종교가 형식과 실상의 불일치를 특징으로 삼고 있다면, 문화는 그러한 불일치를 비판하고 나아가 과거·현재·미래의 지표를 제시하는 힘을 지닌, 요

---

5) J. Burckhardt, *Über das Studium der Geschichte*, München 1982, S. 276.

컨대 "시간을 알리는 시계"와도 같다고 언급되고 있다. 또한 문화란 "변화와 해체"의 특성을 지니며 동시에 성찰적인 힘을 토대로 부단히 변화하는 특성을 지닌다고 한다. 이 밖에도 문화를 부르크하르트는 "물질적인 삶을 장려하는 정신적인 표현"이라고 규정하고 있는데, 그 가운데 언어를 기반으로 하는 문학과 예술이 문화의 핵심 장르로 간주되고 있다. 자세히 들여다보면 부르크하르트의 문화 정의에는 이상주의적 시각이 전제되어 있다. 그것은 문화를 지고한 인간성과 보편적 가치를 담아내는 것으로 파악하는 대목이나, 예술과 문학을 문화의 중심 장르로 간주하고 있는 대목에서도 쉽게 알 수 있다.

그렇다면 현재의 경우 문화는 어떻게 규정되고 있을까? 물론 오늘날의 문화학과 문화연구에서는 그러한 이상주의적 시각이 오히려 비판된다. 현재의 경우 고급문화로서의 예술보다는 대중적 속성을 지닌 새로운 형태의 하부문화가 더욱 중시되며, 또한 분석자의 시각과 방식도 결코 이상화(理想化)를 취하지 않는다.[6] 오히려 문화는 이데올로기를 재현해 내는 물질적 요소로 비판되고 있으며 또한 문화와 헤게모니의 관계까지도 언급되고 있다. 혹은 기호학적으로 말할 경우, 문화는 사회의 의미화 과정을 투영하거나 혹은 사회 체계를

---

6) 뜻밖에도 이상화로 치닫는 시각은 2년 전 『문학동네』(2000, 겨울호)의 특집 「문화, 문화론, 문화연구」에 실린 글들에서 발견된다. 필자들은 각기 대중적 "일상적 문화연구"나 "문화정치학으로서의 문화연구" 등의 필요성을 역설하고 있는데, 대체로 문화를 통해 모든 정치사회적 문제가 해결될 수 있을 것으로 믿는 문화이상주의적 시각이 깊이 각인되어 있다. 특히 "시민문화권, 문화능력, 문화교육"을 강조한 여건종의 논지를 대하면 마치 "미적 교육"을 강조했던 독일 고전주의자 실러(Schiller)의 시각이 18세기와는 다른 시대적 맥락에서 다시 부활한 듯한 느낌을 지울 수 없다. 그것은 실러 또한 "미적"이란 용어와 "문화적"이란 용어를 동의어로 사용했고 그러한 문화 교육·미적 교육을 통해 18세기 당시의 사회적 문제를 해결할 수 있을 것으로 믿었기 때문이다.

구성하는 결정적인 요소로 파악되기도 한다. 넓은 의미의 문화학에
서는 문학과 예술이 문화 구성의 핵심적인 요소로 간주되곤 하는데,
이때 문학과 예술 또한 그러한 물질성·헤게모니·의미화 과정 등
으로부터 자유롭지 못한 것으로 파악된다. 그럼에도 불구하고 문화
학을 이끌어나가는 신역사주의를 자세히 들여다보면 위에서 언급된
역사주의의 흔적이 다시 발견된다. 신역사주의를 주도하는 그린블랫
(S. Grennblatt)은 "예술은 문화를 옮겨내는 중요한 운반도구다. 행위
역할이 상호 의사소통을 나누고 세대에서 세대로 옮겨지는 길, 남성
과 여성이 자신의 삶을 구조화해야만 하는 길은 다양하며 예술은
그 중 하나의 길"[7]이라고 밝히고 있다. 물론 사회적 현상(세대 문제,
성문제 등)이 구조화되어 있는 현상으로서 예술을 파악하고 있다는
점에서 현재의 문화학은 보편성·인간성 같은 이념을 추구하였던
과거의 역사주의적 문화중심주의와는 다르다. 그러나 문화의 대표적
인 수단으로 예술을 끌어들이고 있는 점은 곧 18, 19세기의 유럽 전
통에서 벗어나지 못한 사유임을 알 수 있다. 이 밖에 신역사주의가
역사주의적 문화 의식을 그대로 답습하고 있는 점은 다음과 같은
대목에서도 읽을 수 있다. "많은 문화들은 절대적인 질서, 완벽한
정지에 도달하는 것을 소망한다. 그렇지만 그러한 질서와 정지가 최
소한의 운동과 관계를 맺게 함으로써 문화들은 한 세대에서 다른
세대로 재생산될 수 있다. 다른 한편으로 문화들은 절대적인 역동성,
완벽한 자유를 소망한다. 그렇지만 문화들은 존속해야 하기 때문에
어쩔 수 없이 어느 정도 제한되지 않을 수 없다"(같은 책). 부르크하

---

7) S. Greenblatt, *Kultur*, in: M. Baßler(Hg), New Historicism, Frankfurt 1995, S.
   53 f.

르트가 문화에 자기변화와 성찰적 특성을 부여하고 있었다면, 그린 블랫은 제한과 운동, 질서와 역동성이라는 문화의 양면적 특성을 강조하고 있는 셈이다. 즉 문화는 특정한 시기에 정지된 듯한 모습과 자유로운 역동적 모습을 지님으로써 일종의 정중동(正中動)의 상태에 놓인다. 이러한 문화 정의는 그린블랫 이전에도 시도되었는데, 예를 들면 20세기 초의 문화사회학자였던 짐멜(G. Simmel)의 「문화 개념과 문화의 비극」이라는 글이 그렇다. 거기서 짐멜은 문화 개념을 흐르는 것(유동적인 것, 움직이는 것)과 정지된 것(닫힌 것, 완결된 것)의 변증법적 통일성으로 규정하고 있었는데, 문화란 한편으로 매 시기마다 특정한 형태의 문화적 생산물로 나타나지만 다른 한편으로 특정한 형태로 제한되지 않는 끊임없이 변천하는 특성을 지닌다는 것이다. 전자의 특성을 문화의 정지 상태라고 한다면 후자는 문화의 역동 상태라고 할 수 있다.

이처럼 신역사주의적 문화학이 문화를 이중적으로 정의하고 있다면 그러한 문화를 분석하는 구체적인 방법은 어떤 특징을 지닐까? 그 단초는 그린블랫의 다음과 같은 정의에서 읽을 수 있다. "포괄적인 문화 분석이란 결국 텍스트들간의 경계를 짓지 않으며 서로 다른 문화적 장소에 위치해 있는 텍스트들과 가치·제도·실천적 방식 사이의 연관성을 만들어내야만 한다. 하지만 이러한 결합이 내재적 독서(닫힌 독서)를 대체할 수는 없다. 문화와 관련된 분석은 문학적 텍스트의 세심한 형식분석에서 많은 것을 배워야만 한다. 문학 텍스트는 단순히 자신의 바깥에 놓인 세계를 지시한다는 점을 통해서만 문화와 관련되는 것이 아니다. 문학 텍스트는 자신 속에 효과 있게 받아들인 사회적 가치와 문맥으로 인해 이미 문화와 관련되어 있다. 세계는 그러한 텍스트들로 가득하다"(같은 책, 50~51쪽). 여기서 그린블랫의 주장을 꼼꼼히 읽어보면 신역사주의적 문화학의 몇 가지 중요한 특징이 드러난다. 우선 가치·제도·실천적 방식을 강조하거나, 텍스트란 "사회적 가치와 문맥으로 인해 이미 문화와 관련되어 있다"고 밝힌 대목은 문화학이 역사성과 사회성을 근본 조건으로 삼고 있음을 말해 준다. 역사성과 사회성에 대한 강조는 일차적으로 영미권의 특수한 정황에 기인한다. 그것은 텍스트 내재성을 강조했던 신비평주의에 대한 비판이며 동시에 텍스트의 기호학적 측면만을 강조하는 해체론에 대한 저항을 뜻한다. 그렇지만 역사성을 중시한다고 해서 신역사주의가 단순히 과거의 유물론이나 역사주의에서 발견되는 재현 논리나 투영 논리를 그대로 답습하는 것은 결코 아니다. 그것은 신역사주의적 문화학이 과거 유물론적 사유처럼 필연적인 존재와 역사성에 의존하기보다는 오히려 역사의 우연적인 조건과 맥락 하에서 텍스트를 문화적 산물로 읽어내고 있기 때문이다. 또 한 가지 흥미로운 점은, 문화학적 분석이 곧 문학을 대체하는 것은 결코 아니라는 것, 나아가 형식분석을 중시하는 문예학적 분석으로부터 상당히 많은 점을 얻을 수 있다고 밝힌 대목이다. 그것은 두말할 나위 없이 텍스트의 엄밀한 독서를 내세웠던 작품 내재적·형식주의적 문예학의 중요성을 인정하고 있는 것이며, 더욱이 "세계는 텍스트들로 가득하다"는 대목은 세계는 기호로 구성되어 있다고 밝힌 데리다의 사유를 반복하는 것처럼 들린다. 모든 문화적 현상을 텍스트 분석 어법과 시각으로 읽어내고 있다는 점에서 신역사주의적 문화학은 단순한 역사적·사회사적 방식과는 달리 일종의 "문화 시학"(cultural poetics)으로도 불리고 있는 것이다.

신역사주의적 문화학은 역사주의적 사유와 형식주의적 신비평적 사유를 절충주의적으로 수용하고 있는 것으로 보인다. 혹은 모순과 배리를 인정하는 포스트모더니즘적 시대에서의 문화사 방식처럼 보이기도 한다. 그것은 "문화로서의 텍스트"뿐만 아니라 "텍스트로서의 문화"가 동시적으로 강조되고 있기 때문이다. 특히 "텍스트로서의 문화" 읽기를 위해서는, 마치 역사의 우연성에서 출발하는 신역사주의적 의식을 반영하듯, 다양한 정치적·경제적·종교적·문학적 담론 등을 서로 연결하고 중첩하는 몽타주 방식이 사용된다. 이처럼 "문화로서의 텍스트"와 "텍스트로서의 문화"라는 측면이 서로 얽힐 경우 문학적 텍스트와 비문학적 텍스트·허구와 역사·문학과 사회 간의 경계가 해체되며, 이는 아이러니컬하게도 신역사주의가 역사성의 부재라는 이유로 비판했던 해체론적 사유로부터 그 방법과 인식을 빌려오고 있음을 말해 준다. "지금 문예학에서 대두된 역사에 대한 포스트모더니즘적 관점은 교차어법의 특징을 띨 수 있다. 즉 **텍스트의 역사성**과 **역사의 텍스트성** 간의 상관적 이해관계가 그것이다."[8] 텍스트의 역사성은 쉽게 이해된다. 그것은 텍스트를 역사적, 다시 말하면 문화적으로 자리매김한다는 것을 뜻한다. 그러나 후기구조주의적 사유의 일면이기도 한 역사의 텍스트성의 경우 역사란 단순히 물질적인 경험 차원(정치경제적인 차원)에서 구성될 수 없고 오히려 "텍스트화"라는 매개에 의존되어 있음을 암시한다. 다시 말하면, "흔적"으로서의 과거적인 것은 결코 완전한 물질적 존재로서 그대로 기억되는 것이 아니라 텍스트 내에서의 "간직하기/지우기" 과정을 거

---

8) Louis A, Montrose, *Die Renaissance behaupten. Poetik und Politik der Kultur*, in: New Historicism, a.a.O., S. 67-68.

칠 수밖에 없으며, 또한 특정 텍스트의 흔적은 또 다른 텍스트의 매개를 필요로 함으로써 상호텍스트성의 관계가 형성되는 것이다. 예컨대 파시즘 역사의 구성은 단순히 파시즘이 횡행하였던 특정 시기의 정치적·경제적 담론 자체의 분석만으로는 불가능하며 그것은 문학적 담론·영상물·종교적 담론·스포츠 담론·교육적 담론 같은 다양한 영역의 이질적인 담론들을 서로 융합하고 종합하는 매개 ―물론 그 매개는 인과성이 아니라 우연성에 의존하는데―를 통해서 비로소 구성 가능하다. 이처럼 신역사주의가 텍스트의 역사성과 역사의 텍스트성 간의 교차어법적 관계를 강조하고 있는 점은 결국 진정성과 허구성의 경계가 해체되어 있음을 말해 주며, 이러한 신역사주의적 사유는 역사가 "하나의" 동질적이고도 연속적인 차원에서 구성될 수 없음을 인식했던 벤야민(Benjamin)의 사유에 적지 않게 빚지고 있다.[9]

신역사주의적 문화학은 나름대로 새로움을 제시하고 있음에도 불구하고 문제점이 없지는 않다. 그것은 역사적인 것을 절대화하는 것이 아닌가 하는 측면이다. 가령 셰익스피어에 관한 연구에서 그린블

---

9) 19세기 역사주의와 동시대의 (정치결정론적이나 경제결정론적) 유물론에 대항하기 위해 벤야민은 자신만의 고유한 지각 지평에서 다음과 같은 방법론을 제시하였는데 그러한 방식은 역사로서의 문화를 해석하는 신역사주의에 상당한 영향을 끼치고 있다. "역사적 유물론은 역사의 동질적인 서술 혹은 역사의 연속적 서술을 추구하지 않는다. 상부계급이 하부계급에 다시 영향을 끼침으로써 다음과 같은 점이 입증된다. 즉 문학사나 법학사가 존재하지 않듯이, 경제의 동질적인 역사란 존재하지 않는다. 다른 한편으로 과거의 다양한 시대는 역사가의 현재에 의해서 아주 상이할 정도로 짚어짐으로써(가령 최근의 과거는 역사가의 현재에 의해서 전혀 짚어지지 않는다. 그것은 현재란 그들에게 '합당하지' 않은 것으로 비추어지기 때문이다) 역사 서술의 연속성은 결코 실행될 수 없는 것이다."(W. Benjamin, *Passagen-Werk*, Bd. 1, S, 588)

랫(S. Greenblatt)이 던진 "사자(死者)들과 이야기하고픈 소망이 싹튼다"라는 유명한 언술의 경우 그 "사자" "유령" 같은 토포스는 다름아닌 역사성을 암시하는 은유로 작용하고 있다. 물론 역사성은 단순히 과거 속에 닫혀 있지 않고 현재적 관점과 지평에서의 해석을 요구하며 그런 연유에서 신역사주의는 "해석학적 문화학"으로 불리기도 한다. 그러나 바로 여기에 문제점이 있으며 그 점에 대해서는 바르트와 푸코의 비판적 시각을 다시 떠올릴 필요가 있다. 바르트는『비판과 진리』에서 역사적인 것은 곧 "사자"(死者)와 그것의 대체물인 "시대·장르·어휘, 요컨대 작가에게 있어서 동시대적인 모든 것"을 중시하는 행위, 즉 역사적인 것(작품)의 신화화를 낳을 수 있다고 밝힌 바 있다. 아울러『문학에 관한 글』에서 푸코 또한 작가와 글쓰기를 둘러싼 경험적인 특성들이 "초월적 익명성"으로 전이되는 과정에 대해 경고한 바 있다. 다시 말하면, 글쓰기에 "근원적인 위상"을 부여할 경우 그것은 "한편으로 쓰여진 것의 신성한 특성이라는 종교적인 주장과 다른 한편으로 창조적인 특성이라는 비판적인 주장을 초월적인 것으로 전이시키는 행위"라고 비판된 바 있다. 지나간 것은 이미 사라진 것임에도 불구하고 그것의 존속에 의해 끊임없이 "수수께끼 같은 잉여"가 산출되며 이것이 일종의 역사주의의 환상을 구성한다. 이와 같은 바르트와 푸코의 비판적 지적은 문화학적 사유에도 그대로 적용될 수 있다.

3 문화학 혹은 문예학

사실 문화학의 여파로 문예학의 입지가 좁아진 상황은 결코 우리만의 특별한 현상은 아니며 가령 독일 문예학도 마찬가지다. 물론 문화학에 대해 무관심으로 일관하는 이들이 적지 않지만, 반면에 문예학과 문화학을 접목하는 시도 또한 무시할 수 없을 정도다. 그 점은 독일 문예학계를 대표하는 「문예학과 정신과학을 위한 독일 계간지」(1999, 73집)에 실린 발터 하우크(W. Haug)와 게르하르트 그레베니츠(G. Graevenitz)의 논쟁을 통해서도 알 수 있는데, 이는 문예학과 문화학 간의 관계 설정이 매우 시급한 문제임을 입증해 주고 있다. 「문화학으로서의 문예학?」(하우크), 「문예학과 문화학들」(그레베니츠)이라는 제목의 두 글에서 전자가 문화학으로 인한 문예학의 자기 상실을 경계하고 있다면 후자는 "문화학들"의 가능성을 적극 옹호하는 반론적 성격을 띠고 있다. 여기서 흥미로운 점은 문화학을 적극 옹호하는 그레베니츠의 시각이라기보다 상품미학 연구로 잘 알려진 하우크의 시각인데, 그것은 문화학적 전환과 관련하여 그가 놀랍게도 문학의 자율성을 중시하는 문예학적 입장을 고수하고 있기 때문이다. 우선 그는 문예학이 처한 상황을 함축적으로 서술하고 있다. "다음과 같이 간단히 자문할 수 있다. 도대체 문예학이 왜 문예학이어서는 안 되는 것일까? 문예학을 대변하는 이들이 언제나 문예학 자체로부터 도피하려는 불만족은 어디에 기인하는 것일까? 언제나 새롭게 근접 학문에서 치유수단을 찾으려 하는 자기 불신감은 도대체 어디에 근거하는 것일까?"[10]

하우크는 문예학이 자기 자신에 대해 갖는 불만족의 근본적인 원인을 세 가지 딜레마에서 찾고 있는데, 그것은 1. "작품의 개성과

---

10) W. Haug, *Literaturwissenschaft als Kulturwissenschaft?* in: Deutsche Vierteljahrsschrift für Literaturwissenschaft und Geisteswissenschaft, Nr. 73(1999), S. 69.

역사적 과정의 무매개성"을 저버릴 수 없는 딜레마, 2. "다른 체계와의 테두리 내에서 나름대로의 기능과 자율성을 지닌 문학 체계"를 말할 수밖에 없는 딜레마, 3. 주어진 시점에 작품 해석을 단호하게 행하지만 그러한 해석은 제한적이며 상대적이고 결국 문제점 제기에 역점을 둘 수밖에 없는 "해석학적 비약"의 딜레마로 요약된다(같은 글, 72쪽). 이러한 딜레마와 관련하여 문화학적 시도는 언뜻 보기에 해방의 계기를 주는 것처럼 보이며, 특히 클리포드 기어츠(G. Geertz)의 문화학적 시각이 대표적이다. 하우크에 의하면, 프랑스 아날 학파의 신역사(Novelle Historie)가 새롭게 단장된 모습으로 복귀한 역사적 인간학으로서의 신역사주의적 문화학은 모든 사회적 역사적 현상까지도 텍스트로 읽어낼 수 있는 "확장된 문예학"의 가능성을 제시하고 있고, 특히 기어츠의 문화학적 방법을 보면 "다양한 텍스트의 몽타주", "텍스트로서의 문화 혹은 텍스트의 혼합"을 통해 작품의 통일성을 해체하고 체계간의 넘나들기를 시도하며 무제한적인 해석의 가능성을 가져다준다는 것이다.

하지만 하우크는 그러한 문화학적 시도에 대해 회의적이고 부정적인 진단을 내리고 있다. 그것은 "포스트모더니즘적 불구속성"과 "해석의 불확실성"을 취하는 신역사주의적 문화학을 수용할 경우 문예학이 치러야 할 대가가 적지 않기 때문이라는 것이다. 요컨대, 신역사주의적 문화학은 "역사의 포기이며, 개성 있는 작가의 개성 있는 작품에 대한 포기이며, 고유한 방식의 체계로서의 문학에 대한 포기이며, 결국은 해석학적 모험을 통해 적어도 잠재력 있게 제시된 진리의 포기"(같은 글, 85쪽)를 야기한다고 하우크는 비판한다. 역사를 새로운 방식으로 조명한다고 하지만 형식적인 차원에서는 몽타주와 혼합 같은 다원적인 방식을 취함으로써 문화학적 시도는, 다시 말하면 "확장된 문예학"으로서의 문화학은 문예학의 고유한 특성(작품·자율성·해석학 등)을 위협하며, 이것이 곧 하우크가 우려하는 결정적인 점이다. 물론 하우크는 문화학적 시도를 전면 부정하진 않으며 어느 정도는 문화학적 시도와 소통해야 한다고 밝히고 있지만, 그것은 문예학으로 하여금 자신의 내적 문제점을 발견하게끔 하는 자극제 정도로서만 작용해야 한다는 전제 조건을 요구한다. "단호하게 다시 한 번 정리하자면, 문예학이 포괄적인 문화학 내에서 사라진다는 것을 뜻하진 않는다. 문화학적 측면으로 열린다는 것은 오히려 문학 내재적인 문제점을 증대시켜 준다. (…) 분명한 점은 문학 해석의 문예학적 전환이 문화학적 연구의 문학화와 함께 한다는 것이다. (…) 문예학에서 중요한 점은 문예학이 고유한 학문 분과로서의 자기 자신을 포기하는 것이 아니라 오히려 기호학적인 문화학이 제공하는 새로운 시각에 열린 자세로 자신의 전문적인 과제와 가능성을 더욱 명확하게 의식하는 기회를 가져야 한다는 것이다"(같은 글, 92~93쪽).

문화학적 사유에 대한 요청이 곧 문학의 자기소멸 혹은 "학문 분과로서의 자기자신"의 포기로 귀결될 수 없다는 것이며, "문학 해석의 문예학적 전환"뿐만 아니라 "문화학적 연구의 문학화"까지도 작동해야만 비로소 학문 분과 간의 진정한 교류가 가능하다는 논지다. 이러한 쌍방의 교환은 문예학과 문화학이 각기 취해야만 하는 덕목으로 이해된다. 다시 말하면, 문예학이 좁은 텍스트의 범위를 넘어서 문화 현상을 문예학적으로 적극 소화해야 하며, 마찬가지로 문화학도 사회 현상에만 머물지 않고 문학 텍스트 분석에 적극적이어야만 한다는 것이다. 텍스트 분석을 외면하고 오로지 사회문화적 현상만을 분석하는 작업은 자칫 문화학이라는 허울 아래 얄팍한 지역학적·대중매체적 모습을 띨 수 있으며, 그럴 경우 다층적인 담론 분석에서 출발했던 문화학은 그 다원적인 사유를 스스로 부정하면서 일차원적 사회연구로 그치고 마는 것이다.

문예학의 특성을 유지하는 가운데 문화학을 고려하자는 하우크의 언술은 국내의 문화학적 경향과 관련하여 시사하는 바가 크다. 그것은 자의반 타의반 문화학적 전환을 마치 자기전공이나 자기학문의 부정을 위한 촉매로 파악하기 때문인데, 특히 하우크가 우려한 문예학의 자기부정 현상은 매우 심각하다. 물론 문화학적 사유가 일정 범위 내에서 문예학에 새로운 방향과 동기를 부여하고 있는 점은 부인할 수 없으며 그 가능성과 잠재력은 충분히 주목할 만한 것이다. 서구의 경우 비록 텍스트를 사회적·역사적인 산물로서 파악하고 있을지라도 문화학은 텍스트 읽기를 결코 부정하거나 도외시하는 것이 아니라 오히려 텍스트 읽기를 강화하고 있다. 그러나 국내의 경우 문화학적 전환을 수용하는 가운데 문예학이 자기정체성을 부정하고 마는 현상이 나타나고 있다. 이러한 잘못된 수용에는 극단적인 이분법적 사유까지도 작동하고 있으며, 예컨대 작품 읽기는 "폐쇄적" "정태적" "자족적" 취향처럼 치부되고 사회와 매체 현상의 분석은 "능동적" "적극적" 행위로 간주되는 식이 그것이다. 엄밀한 의미에서 문화학과 문예학은 각 영역의 독자성을 유지하면서 담론의 상호 교차성을 펼쳐야 하는 것이지, 담론의 상호 교차성이 곧 자기학문의 정체성 상실을 위한 근거로 작용할 수 없는 일이다.

이제 경박한 지역학적 연구와 동일시될 수 없는 문예학적 성향을 지닌 문화학과, 문화학적 성향을 의식하면서 작품 분석에 초점을 두는 문예학이 함께 소화할 수 있는 주제로는 어떤 것이 있을까? 그에 대한 예로는 매체와 문화·정전화 과정·정체성과 문화·타자의 담론·기억과 문화·권위·젠더·기계와 인간 같은 학제적인 차원에서의 담론의 상호 교차성을 요구하는 다양한 흥미로운 주제를 생각해 볼 수 있다. 가령 문화와 매체의 경우 문화는 결코 그 자체로 보존되고 전달되는 것이 아니라 매체에 의존할 수밖에 없다. 여기서 매체란 단순한 기술적 수단만을 뜻하는 것이 아니라 "지각, 느낌 그리고 사유가 어떤 특징적인 형식과 서술을 획득할 경우 그것을 역사적·체계적으로 이해하는 것"(H. Böhme)을 뜻한다. 따라서 소설 같은 문학작품 내에 형상화된 지각과 느낌도 매체에 속한다. 또 다른 예로는 문화와 기억(회상)의 상관관계다. 문화는 지나간 것을 보존하고 기억하는 행위(혹은 그러한 행위의 산물)이며, 이 때 문화적 기억의 대표적인 예로 문학작품을 들 수 있다. 그러나 문학작품은 단순한 재현이 아니라 변형과 창조의 산물이기에 문화와 기억을 둘러싸고 재현·변형·창조 등의 문제점이 문예학적, 문화학적 차원에서 다각도로 고찰될 수 있다. 문예학과 문화학이 만날 수 있는 또 다른 예로는 "정전"(Kanon)이나 "고전"에 관한 질문이다. 특정 텍스트가 교육현장에서 정전화될 경우 문화적인 제도(학교·대학·역사적 독자층·사회사적 지평)와 텍스트 사이에는 어떤 요소(권력·전통 등)가 작용하는지, 이 때 미적 가치와 역사적 사회적 가치가 과연 균형 관계를 맺고 있는지에 관한 질문은 문예학과 문화학이 만날 수 있는 지점을 형성한다. 물론 외국 문학 작품의 수용시 특정 작품의 정전화에 어떤 이데올로기가 작용하고 있는지를 꼼꼼히 분석해보는 탈식민주의적 주제도 가세할 수 있다.

4 문화학과 문예학

문화학의 가능성과 깊이는 아직 정확하게 가늠할 수 없으며 특히 그것이 새로운 학문 형태로 요청될 수 있는가에 대해서는 논란의 여지가 있다. 문화학의 학문적 정체성 문제는 사실 문화 개념 자체의 광범위한 의미에서 비롯된다. 그것은 모든 현상이 사회적 내지는 문화적이라고 지칭될 수 있을 정도로 문화 개념은 사회 개념과 거의 엇비슷한 의미망을 형성하며 그로 인해 사회학과는 다른 문화학만의 고유한 객관적인 방법이나 테두리를 정립하기가 쉽지 않기 때문이다. 문화학의 정체성과 방향성이 불투명할 수 있다는 점에 대해서는 독일 문화학을 주도하는 하르트만 뵈메(H. Böhme)도 다음과 같은 회의적인 목소리를 남긴 바 있다. "그 다채로움은 혼란을 일으킬 정도다. 그 전공(문화학: 역주)은 각 대학에서 서로 다른 형태를 띠고 있다. 대상 영역도 엄청나게 폭넓고 이론과 방법은 전혀 일목요연하지 않고 복잡하고 모순적이다. 또한 생산적인 아마추어리즘과 전문적 지식 사이에서 우왕좌왕하며 그 어떤 확고한 토대를 찾지 못하며 관점이나 방향성도 없다."[11] 이것은 명확한 관점과 과학성을 결여한 온갖 분석에 문화학이라는 통짜식 이름을 부여하는 현상에 대한 비판적 자기성찰이다. 실제로 문화학·문화연구·문화비평이라는 이름 하에 생산되고 있는 다양한 글을 살펴보면 객관적이고 과학적인 입증보다는 자의적인 사유나 주관적 상상력에 의존해 있으며, 그 글쓰기 방식도 다분히 주관적인 어조와 문체를 띠고 있다. 외면상으로는 푸코와 부르디외의 이론 개념인 권력·상징적 자산·

---

11) H. Böhme/P. Matussek/L. Müller, *Orientierung Kulturwissenschaft*, a.a.O., S. 8.

문화적 장·아비투스 같은 개념을 실천화한다고 하지만, 그 분석의 깊이를 냉정하게 들여다보면 대부분 학문적인 설득력을 주기보다는 표피적이고 감성적인 자신의 고유한 수사에 도취된 분석에 그치고 만다. 물론 다양한 관점이나 감성적 글쓰기 형식 자체가 잘못된 것은 결코 아니다. 문제는 그러한 형식이 정당성을 얻기 위해서는 더욱 근본적인 차원에서 학문적 토론이 선행되어야 한다는 것이다. 즉 "아마추어리즘과 전문적 지식"이 혼합된 문화학적 시각이 학문의 새로운 방식을 요구할 경우 학문의 특징·의미·방식·기능 같은 학문의 구조 변화와 관련된 다양한 측면들이 우선적으로 심도 있게 논의되어야만 한다. 또한 소위 학문적 글쓰기란 무엇인가라는 질문도 새롭게 제기되어야만 한다. 가령 전통적인 제도권 학문의 글쓰기 방식보다는 분석자의 심미적 주관성을 분출하는 방식, 그리고 특정 작품의 전체 내용보다는 일화(Anekdote)에 의존한 파편적 글쓰기 형식 등이 과연 학문적 타당성을 갖는 것인지에 대한 질문 말이다.[12] 에세이 특성의 문학비평이 그 타당성을 얻기 위해 문예학의 학문적 틀 내에서 오랜 논의 과정을 거쳐 왔듯이, 문화학의 주관적 글쓰기도

---

12) 「사회비평」(2002년 겨울호)이나 간혹 「교수신문」에서 필자는 학술진흥재단의 등재 학술지에 실린 논문에만 학문적 타당성을 부여하는 현재의 상황을 비판하는 글을 읽은 적이 있다. 계간지나 비정규적인 단행본도 중요하다고 역설하는 이들은 소위 학술지에 실린 글이란 단지 3인의 독자(논문투고자와 두 명의 심사자)만을 지닌 글이라고 폄하하고 있고, 반면에 학술지를 선호하는 이들은 계간지나 여타 잡지에 실린 글들이란 엄격한 학문적 형식을 갖추지 못한 에세이 같은 글이라고 혹평하고 있다. 양자 모두 형식의 타당성과 관련하여 대립적 입장을 취하고 있는데, 사실 그러한 형식에 관한 질문 이전에 "진리", "객관성" 등으로 규정된 전통적인 "학문"의 타당성과 유효성에 대한 문제 제기와 답변이 우선적으로 시도되어야만 한다. 이러한 질문에 대한 답을 구할 때 비로소 글의 형식에 대한 시시비비를 가릴 수 있다.

그러한 과정을 거쳐야 할지 모른다. 물론 특정 학문에 귀속되기를 거부하는 차원에서 "학"의 명칭을 거부하고 그 대신 "문화연구"로 남을 수도 있지만, 이 경우 그러한 작업은 단지 학제적 의사소통 차원에만 머무는 "유목민적" 특성에 스스로 만족해야 할지도 모른다.

문화학이 새로운 학문 분과로 존립할 수 있는지의 여부는 그 자체의 내적 성찰 과정을 거쳐야만 하는 문제이지 다른 인접 학문이 관여할 일은 아니다. 이제 마지막으로 검토될 수 있는 점은, 문화학과 대화적 관계를 전개하면서도 그것에 함몰되지 않지 않는 문예학의 특수성과 고유성을 어떻게 지킬 수 있는가 하는 점이다. 특수성에 대한 의식 없이 무조건적으로 문화학과 대화적 관계만을 추구한다면 문예학이 그 안에서 희석되고 마는 결과가 초래될 수 있으며, 따라서 공통 주제를 중심으로 양자가 소통을 전개하더라도 문예학은 근본적으로 문화학과 다를 수밖에 없음을 인식해야만 한다. 예를 들면 문학비평이 문화비평으로 대체될 수는 없는 일이다. 그렇다면 그 다름 혹은 차별성은 어떻게 정립될 수 있을까? 그것은 예술적(심미적) 현상에 대한 문화학과 문예학의 서로 다른 이해 방식을 환기시킴으로써 가능하다. 이에 대한 단초는 "문화"로서의 예술이 아니라 "새로운 체험방식"으로서의 예술을 강조한 수잔 손탁의 시각에서 찾을 수 있다. "매슈 아널드(M. Arnold)의 문화 개념은 예술을 삶의 비판으로 정의하고 있다. 즉 윤리적·사회적·정치적 이념의 표현으로 이해되는 삶의 비판이다. 이와 반면에 새로운 체험방식은 예술을 삶의 확장으로 파악한다. 다시 말해 생동성의 (새로운) 형식 표현으로 이해되는 삶의 확장 말이다."[13] 손탁은 문화적 사유와 차별된 문예학의 특수성을 위해서 매우 중요한 언술을 던지고 있는데, 요컨대 문예학은 "삶의 비판" 차원에서가 아니라 "삶의 확대" 차원에서 예술적 생산물을 관찰해야만 한다는 것이다. "감각적 지각·감정·체험 방식의 추상적 형식과 양식이 손꼽힐 수 있다. 그것들이야말로 곧 동시대 예술의 목표다. 동시대 예술의 기본 척도는 이념이 아니라 지각 분석과 확장이다"(같은 책, 350쪽). 이데올로기 비판이나 이념 비판을 주목적으로 삼을 경우 문예학과 문화학은 결국 동질성을 띠게 되고 그 결과 문예학은 문화학 담론 속에서 자기 자신의 특수성을 상실하게 된다. 이와 달리 문예학이 심미적 현상이 불러일으키는 "지각 분석과 확장"에 치중할 경우 그것이 곧 문화학과는 다름을 만들어 낼 수 있는 것이다.

문화학과의 차이점을 형성하는 가운데 문예학 자체 또한 변해야 함은 두말할 나위 없다. 문예학의 변화를 위한 내적 성찰의 중요한 측면은 그 분석 대상인 작품/텍스트 개념을 열어 놓아야만 한다는 것이다. 지금까지 문예학은, 특히 문학사나 문학비평이 그렇듯이, 소위 "위대한 고전"이나 현대의 "대표적" 작가/작품에만 치중해오면서 엇비슷한 해석과 비평을 끊임없이 재생산해 왔으며, 이러한 현상은 국문학이든 외국문학이든 공통적이다. 그러나 문화학과 경쟁하기 위해서 혹은 문예학 자체의 역량을 넓히기 위해서는 그와 같은 형태의 재생산 작업만으로는 불충분하다. 지금까지 고전에 의해 배제되거나 고전의 반열에서 비껴나 있는 작품들, 그리고 소위 현대를 대표하지 않는 주변적 작품들 내에 형상화되어 있는 다채로운 지각 방식이 적극 분석될 필요가 있다. 이러한 방식에 의한 문예학의 자

---

13) S. Sontag, *Kunst und Antikunst*, Frankfurt 1982, S. 349.

기 확대는 사실 "문학"(Literatur, literature, littérature) 용어 자체의 복권과도 연결되는데, 그것은 문학의 어원을, 라캉도 언급한 바 있듯이, "편지(문자, letter)"뿐만 아니라 "오물(쓰레기, litter)"에서도 찾을 수 있기 때문이다.

(『문학동네』, 34호, 2003.2)

문화, 기억 그리고 문학

1 문화와 인문학

현재 및 미래 사회에는 문화가 중심이 될 것이라는 수사적 언어가 언제부턴가 유행어처럼 나돌고 있으며 약간은 충동적인 분위기 하에 인문학도 문화학적 패러다임 전환을 취해야 하지 않을까 하는 변신의 움직임이 감지되고 있다. "문화주의"(Kulturalismus, Culturalism)라는 용어가 사용될 정도로 문화에 대한 인식은 마치 거대한 소용돌이처럼 일고 있으며[1] 그 누구도 그런 정황을 피해갈 수 없는 듯이 보인다.

---

1) 이 개념을 적극 사용하고 있는 독일 철학자는 디르크 하르트만(Dirk Hartmann) 과 페테 야니히(Peter Janich)이다. 이들은 모든 현상과 인식을 인위적이고 문화적으로 "만들어진 것"으로 보는 구성주의(Konstruktivismus)에서 출발하지만, 그러나 과학적·인식론적 비판에만 머물고 있는 구성주의의 한계를 넘어서 모든 과학적 인식과 자연적인 현상까지도 모두 문화적 산물로 보고 그에 대해 적극적인 비판적 안목을 제시하는 "문화비판"으로서의 철학을 주장하고 있다. 이것이 그들이 강조하는 문화주의의 출발점이며 대표적인 저서는 다음과 같다. D. Hartmann/P. Janich (Hg.), *Methodischer Kultualismus*, Frankfurt am Main 1996: P. Janich, *Kultur und*

그런데 흥미롭게도 문화 개념은 학문적 차이, 오해 더 나아가 불신까지도 유발하는 흥미로운 "기표"로 작용하고 있다. 문화라는 주제로 몇몇이 만나서 이야기를 나누는 장면을 상상해 보자. 그 모임에 참석한 "갑"은 문화라는 개념 하에 자본주의 이데올로기가 어떻게 우리의 일상 문화 속에 침투해 있는지에 초점을 맞추면서 소위 좌파적 문화 읽기를 시도할 수 있다는 의지를 밝힌다. 주로 정치사회학적 사유를 중심으로 삼는 "갑"의 문화 읽기의 방법으로는 탈식민주의적·정신분석학적 방법을 들 수 있다. 그런데 "갑"의 생각을 가만히 듣고 있던 "을"은 문화라는 개념을 완전히 다르게 파악할 수 있지 않겠느냐고 말한다. 그는 미래 사회의 추동력은 다름 아닌 정보와 매체이고, 이 때 문화란 다름 아닌 정보와 매체에 의해 생산되는 모든 새로운 현상을 가리키며 그러한 문화 현상의 생산과 수용, 분석에 적극 참여해야 한다고 주장한다. 어떻게 보면 "을"은 곧 정보화 및 매체 사회를 옹호하는 이데올로기를 의식적으로 수용하고 있거나 혹은 그 이데올로기를 무의식적으로 내면화하고 있는지도 모른다. 매체와 관련된 이데올로기적 구분의 타당성이 아직은 불투명하지만, 성급한 판단을 내리자면 "갑"과 "을"의 시각은 문화에 대한 좌우파적 시각으로 분류될 수 있다. 하지만 "을"은 정보 및 매체 사회에서는 전통적인 좌우파적 이분법이 더 이상 통용되지 않는다고 재반박할지도 모른다. 그런데 이들과 함께 있던 "병"은 양쪽의 시각을 도저히 이해할 수 없다는 표정을 지으면서 문화에 대한 시각을 기존의 이분법적 시각에만 국한시킬 수 없다고 주장한다. 그리곤 자

Methode, Frankfurt am Main 2006.

신이 생각하는 문화 개념이란 시대 현상과 관련된 개념이 아니라 근본적인 삶의 역동적인 힘이라고 강조한다. 아마도 "병"은 문화 개념을 문화인류학적인 차원에서 매우 폭넓은 의미로 사용하고 있는 듯하다. 세 사람의 이야기를 듣고 있던 "정"도 나름대로의 의견을 피력하고 나선다. 그에 의하면 이 지구상에는 수많은 지역과 나라가 공존하고 있기 때문에 문화에 대한 모색은 수많은 나라의 역사적 · 문화적 삶을 비교 분석하는 지역학적 방향으로 나가야 한다는 것이다. 이처럼 "갑 · 을 · 병 · 정"은 문화라는 주제 하에 동석하고 있지만 그들 모두 동상이몽에 젖어 있는 것이다. 그들은 아마도 문화에 대한 합의점을 찾기보다는 약간의 오해와 불만을 갖게 되어 결국은 불편한 마음으로 자리를 박차고 나설지 모르는 일이다. 이런 장면을 상상해 본 까닭은 그들 개개인의 편협성을 탓하기 위해서가 아니다. 그들이 서로간의 인식의 차이와 오해를 지닐 수밖에 없는 중요한 원인은 사실 문화라는 개념 자체의 다의성 때문이다.

이처럼 문화에 대한 학문적 소통이 매우 복잡하고 다채롭게 전개될 수 있는 상황에서 단순히 유행에 편승하려는 의도에서가 아니라 문화를 학문의 진지한 분석 대상으로 삼으려는 의도에서 인문학의 문화학적 방향을 모색하려 한다면,[2] 무엇보다도 인문학은 문화 개념을 어떻게 이해해야 할 것인지 그리고 어떠한 길을 나름대로 취해야 하

---

2) 정신과학으로서의 전통적인 인문학과 문화학의 연결을 모색하고 있는 최근의 대표적인 예로는 다음을 들 수 있다: *Orientierung Kulturwissenschaft. Was sie kann, was sie will*, hrsg. v. H. Böhme u.a., Hamburg 2000(이 책은 다음의 이름으로 번역되어 있다. 하르트무트 뵈메, 『문화학이란 무엇인가』, 손동현 외, 성균관대학교 2004); *Literatur und Kulturwissenschaften*, hrsg. v. H. Böhme und K.R. Scherpe, Hamburg 1996.

는가 라는 질문을 던져야 한다. 이러한 질문에 함축되어 있는 중요한 측면은 그러한 문화학적 전환이 곧 인문학을 실용주의적 차원으로 탈색시키는 계기로 작용하지 말아야 한다는 것이다. 요컨대, 인문학이 문화를 대상으로 삼을 경우 그 작업은 "글읽기"와 "비판적 사유"라는 인문학의 독특한 특성 내에서 진행되어야만 한다는 말이다. 여기서 살펴볼 문화와 기억의 관계는 그러한 방향에 대한 예시로 작용한다.

2 문화와 기억

그렇다면 사유의 출발점인 문화라는 개념은 어떻게 정의될 수 있을까? 문화에 대한 정의는 본래 다양하다. 우선 카시러(E. Cassirer)의 정의처럼, 문화란 공동체적으로 생활하는 인간이 인위적으로 생산해 낸 의미 있는 그물망으로 간주될 수 있다. 혹은 후이징가의 사유처럼, 문화란 "자유로운 유희"로 정의될 수도 있다. 문화 개념을 정의하려는 다양한 시도 가운데 가장 의미 있는 시도는 20세기 초의 문화사회학자인 게오르크 짐멜(G. Simmel)에게서 찾을 수 있다. 「문화의 개념과 문화의 비극」이라는 글에서 짐멜은 문화 개념을 흐르는 것(유동적인 것, 움직이는 것)과 완결된 것(닫힌 것, 정지된 것)의 변증법적 통일성으로 규정한 바 있는데, 그에 의하면 문화란 한편으로 특정한 형태로 규정될 수 없을 정도로 끊임없이 변천하는 특성을 지니며 다른 한편으로 문화란 매 시기마다 특정한 형태의 문화적 생산물로 나타난다는 것이다. 전자의 특성을 문화의 "역동적 상태"라고 할 수 있다면 후자는 문화의 "정지된 상태"라고 할 수 있다. 이는 우리가 일반적으로 '면면히 흘러 내려오는 한 민족의 문화'를 언급하면서도 동시에 각 시대와 관련된 특정 문화(예컨대 한글 세대 문화, 청바지 세대 문화, 인터넷 세대 문화 등)를 언급하는 언어적 현상에서 쉽게 찾을 수 있다. 짐멜이 언급한 흐름과 정지의 변증법적 통일성을 지닌 문화는 다음과 같은 예로도 쉽게 설명된다. 예컨대 계곡에 흐르는 물과 그 흐르는 물 속에 놓여 있는 수많은 작은 암석의 비유를 통해 문화의 흐름과 정지의 변증법적 통일성이 언급될 수 있다. 이 때 작은 암석은 매 시기 마다 생산된 문화적 생산물에 대한 비유이며, 그 생산물은 비록 정지된 형태를 띠지만 넓은 의미로 흐르는 물 속에 놓여 있다. 그 암석은 다름 아닌 유행 현상·건축물·미술품·문학작품 같은 문화적 생산물이다. 이 때 흥미로운 점은 그 작은 암석이 때로는 흐르는 물의 속도를 가속화시킬 수도 있거나 때로는 물의 속도와 방향을 바꾸어 놓을 수도 있다는 것이다. 물의 속도가 가속화되거나 그 속도와 방향이 바뀐다는 측면은 나중에 언급하게 될 문화의 강화·변형·왜곡 등을 말한다.

언어학적·문예학적 개념으로 말하자면 문화는 요컨대 통시적 특성과 공시적 특성을 지닌다. 넓은 의미로 흐르는 물과도 같은 특성이 문화의 통시적 특성을 말한다면, 그 안에 놓여 있는 정지된 암석으로 표현된 문화적 생산물은 곧 문화의 공시적 특성을 함축하고 있다. 이렇게 정의된 문화 개념에 정확하게 부합하는 개념이 바로 "기억"(Mnemosyne/Anamnesis/Memory/Erinnerung/Gedächtnis)이다.[3] 인간은

---

3) 독일 문화학에서는 기억이라는 개념으로 "Erinnerung"과 "Gedächtnis"를 동시적으로 사용하고 있다. 우리말로는 정확히 구분이 되지 않기에 여기서는 두 개념을 모두 기억으로 번역한다. 전자의 개념이 좁은 차원에서 특정한 내용을 다시 불러내는 현재화하는 행위로서의 개인적 기억이라면, 후자의 개념은 그러한 개인적 기억을 포함하여 폭넓은 역사적 차원에서 지나간 것을 형식화하여 기억해 내는 집단적 기

자신이 겪고 있는 현재적 삶의 모습과 경험을 문화적 매체(전통적으로는 글쓰기)에 저장한 후 시간이 흐른 후 스스로에 의해서 혹은 타자에 의해서 다시 돌이켜보는 행위를 반복한다. 글쓰기 행위든지 혹은 거대한 기념비의 건립 행위든지 간에 문화적 매체에 의해 돌이켜보는 행위가 수없이 행해지고 동시에 축적될 경우, 그 기억 행위는 곧 문화 형성이라고 지칭될 수 있다. 기억이란 좁은 의미에서 지나간 특정 사건을 기억하는 행위로 구체화되지만, 넓은 의미에서 수많은 작은 기억들로 엮어진 거대한 흐름을 형성한다(나중에 알라이다 아스만의 연구 결과를 통해 부연되겠지만 이것은 기능기억과 저장기억이라는 용어로 명명될 수 있다). 이러한 점을 고려해 볼 때, 문화와 기억은 동어반복의 관계를 형성하고 있다. 사실 지나간 과거를 끊임없이 돌이켜 보는 인간의 기억 능력 없이는 인간의 문화 자체가 불가능하며, 이를 통해 두 개념의 상호 연관성이 적절하게 설명될 수 있다.

기억의 특징을 구체적으로 살펴보자. 현재를 살아가는 개인이 자신의 지나간 사건을 기억의 대상으로 삼거나 혹은 타자가 경험했던 지나간 것을 현재의 다른 타자가 기억해 내든지 간에, 넓은 의미에서 기억은 지나간 것의 현재화라는 특징을 지닌다. 지나간 것의 현재화라는 기억의 특징은 로마 시대의 정치가이자 웅변가인 키케로(Cicero, 107~43 BC)의 저서 『웅변가에 관하여』에 나오는 시모니데스(Simonides)의 일화에서 찾을 수 있다. 기억으로서의 문화 연구에서

억을 뜻한다. 개체와 전체, 특수와 보편이라는 전통적인 철학적 용어로 이해하자면, 전자는 개체적이고 특수한 행위이고 후자는 잠재력 있는 보편적인 행위를 말한다. 따라서 기억으로서의 문화에 대해 언급할 때 그것은 대체로 후자를 말하지만, 때론 개인적인 기억이 문화적 기억에 포함되거나 종속되는 경우도 있다. 이 글에서는 두 개념 모두 기억으로 번역하지만 때론 회상으로도 번역한다.

자주 인용되는 그 일화의 내용은 다음과 같다. 시인이자 화가인 시모니데스는 어느 날 부유하고 저명한 주인의 초대로 만찬에 참석하게 된다. 그 주인은 자신을 찬양하는 시를 짓도록 부탁하지만 시모니데스는 이를 거절하고 신을 찬양하는 시를 지음으로써 그 주인의 심기를 건드린다. 이 때 시모니데스는 자신을 찾는 이들(이들은 자신을 찬양해 준 시모니데스를 보호해주기 위해 변장을 하고 나타난 신들인데)이 만찬장 앞에 와 있다는 전갈을 받고서 잠시 밖으로 나가게 된다. 그러나 시모니데스가 밖으로 나간 사이 연회장의 건물 전체가 갑자기 붕괴되며 (물론 이것은 신들이 그 주인에게 벌을 내린 사건인데), 그 결과 만찬에 참석한 이들은 본래의 모습을 알아볼 수 없을 정도로 참혹하게 죽고 만다. 시신의 정체성을 알아내기 어려운 상황에서 유일한 생존자인 시모니데스는 만찬 중에 누가 어디에 앉아 있었는지를 떠올리고는 죽은 이들의 위치를 그림으로 그려냄으로써 시신의 정체성을 확인해 준다.

시모니데스의 일화는 기억술과 관련해서 매우 중요한 의미를 지닐 뿐만 아니라 기억으로서의 문화학을 전개하는 데 있어서도 시사하는 바가 크다. 문화학과 관련하여 그 일화는 우선 기억이란 지나간 것의 현재화에 특징을 두고 있음을 말해 주고 있으며, 특히 기억을 통해 죽은 이들(지나간 사건)의 정체성을 찾게 된다는 대목이 문화학적으로 중요한 의미를 지닌다. 또한 사람들이 앉아 있던 위치를 떠올려 정체성을 찾아낸다는 점은 곧 기억의 구성 요소인 형상(영상, 이미지, Bild)과 공간(loci)의 중요성을 말해 준다. 그리고 시모니데스가 시인이자 화가라는 점은 지나간 사건을 기억하는 데 있어서 예술가의 역할이 중요함을 말해 주고 있다. 아울러 위 일화가 기억과 형상의 밀접한 관계를 말해주고 있다면, 이와 관련하여 기억과 글이 어떻게 자리매김될 수 있는지에 대한 학문적 모색도 제시될 수 있다. 즉 글이란 과연 형상에 대립하는 것인가 아니면 언어에 의해 전개되는 글도 형상을 포함하고 있는 것은 아닐까 하는 점이 그것이다.

3 기억으로서의 문화학

문화학과 문예학의 접목에서 중심으로 부각된 기억이란 결코 개인적인 산물로 머무는 것이 아니라 사회적 조건에 의해 규정된다. 이를 위해 전통적인 문화학에서는 그런 사회적 조건을 사회적 테두리(cadres sociaux)라는 개념으로 사용한 바 있으며 그러한 사회적 테두리 내에서의 기억을 집단적 기억이라고 명명한 바 있다. 그러나 집단적 기억이라는 개념은 지나치게 사회학적·심리학적으로 정향되어 있기에 문화를 인문학적으로 읽어내기에는 불충분한 범주로 인식되고 있으며, 이를 극복하기 위해 90년대부터 최근까지의 독일 인문학에서는 기억 개념을 다시 검토하고 있다. 특히 기억 개념을 문화학의 기본 개념으로 설정하는 가운데 얀 아스만(J. Assmann)과 알라이다 아스만(A. Assmann)은 그 개념을 더욱 세분화하여 새롭게 정립하고 있다.

우선 얀 아스만은 외적 영역과 관련하여 기억을 네 가지로 분류하고 있다. 첫번째로는 인간의 모방 행위에 의한 기억으로서 이를 "모방적 기억"이라고 부른다. 두번째로는 "사물의 기억"인데, 이는 주변의 일상 사물이 불러일으키는 기억을 말한다.[4] 사물은 현재 시

---

4) "사물의 기억"에 대한 예는 프란츠 카프카의 『변신』에서 발견된다. 벌레로 변한 잠자의 누이동생과 어머니는 소설의 중반부에서 잠자의 방에 놓여 있는 가구들을 치워버리기 위해 잠자의 방으로 들어간다. 그것은 잠자가 자유롭게 기어다닐 수 있는 공간을 마련해 주기 위해서라고 누이동생은 말하지만, 사실 옷장과 책상이 잠자에게

간뿐만 아니라 과거의 시간성을 갖고 있으며 그러한 사물을 대하면서 인간은 자기 자신·자신의 과거·타자의 과거를 기억한다. 세번째로는 언어적 의사소통에 의한 기억으로서 이를 "의사소통적 기억"이라고 부른다. 의식과 기억은 개인 혼자서는 불가능하며 언제나 다른 이들과의 의사소통 과정에 참여함으로써만 가능하기 때문이다. 마지막으로 의미의 전수 과정에 의한 기억이 있으며 이를 "문화적 기억"이라고 부른다. 위에서 언급된 세 가지 기억 형태는 시간이 흐르면 모두 문화적 기억으로 전환되기 마련인데, 이 때 그 기억은 텍스트·상징·이콘·재현물·무덤·성전·우상 같은 형태들로 표현된다.[5]

　　이러한 구분 가운데 신선하게 수용되고 있는 것은 의사소통적 기억과 문화적 기억이라는 개념 구분이다. 이것은 사회학이나 전통적인 문화학에서 사용된 바 있는 개인적 기억과 집단적 기억 같은 개념을 대체하는 개념으로서 설득력 있는 새로운 의미를 던져주고 있다. 의사소통적 기억이란 주로 구두로 전개되며 "살아 있는 과거와 관계된 기억"을 말한다. 이것은 대체로 세대간의 기억으로 이루어지는데, 여기서 세대란 주로 3, 4세대로 구성되는 세대를 말한다. 역사학자들에 의해 확인된 결과에 의하면, 대략 80년 정도의 범위 내에서 우리는 살아 있는 과거에 대한 의사소통적 기억을 나누지만 80년이 지나면 소위 "부유하는 틈새"가 형성됨으로써 살아 있는 과

는 매우 중요한 사물이다. 그것은 바로 자신이 사용했던 사물을 통해서 잠자는 벌레로서가 아니라 아들로서, 오빠로서의 자신의 과거, 자신의 정체성을 간직할 수 있기 때문이다. 따라서 어머니와 누이동생이 가구와 책상을 치우려는 행위는 아들과 오빠에 대한 기억, 곧 잠자의 정체성을 지워버리는 행위이기도 하다. 이처럼 새로운 각도에서 접근할 경우 이 소설의 주제는 기억과 망각 사이의 갈등이라고 할 수 있다.

5) J. Assmann, *Das kulturelle Gedächtnis*, München 1997, S. 20 f.(이하 인용 쪽수는 본문에 기입함).

거는 더 이상 의사소통적 기억으로 작용하지 않고 그 대신 교과서·기념물·예술작품 등 다양한 형태를 통해 문화적 기억으로 넘어간다는 것이다(49). 의사소통적 기억과 문화적 기억의 차이점은 다음과 같이 제시되고 있다(56).

	의사소통적 기억	문화적 기억
내용	개인의 자서전 테두리 내에서 다루어지는 역사 경험.	신화적 근원사, 완전한 과거 속의 사건.
형태	상호행위와 일상 생활을 통해 발생되며 비공식적이며 형식을 갖추지 못한 자연적 상태.	특정 목적을 위해 만들어지며 고도의 형식을 지님. 격식을 갖춘 의사소통이나 축제 같은 형태를 띔.
매개물	유기체적 기억, 경험, 듣고 말하기를 통해 전달되는 생생한 기억.	확고한 객관화. 전통적인 상징적 코드화/언어, 그림, 춤 등으로 연출됨.
시간구조	현재와 함께 이동하는 3, 4세대의 시간지평 으로서 80~100년.	신화적 근원 시간의 완전한 과거.
운반자	기억 공동체 내의 비전문적인 시대적 증인.	전문적인 전통 전달자들.

이러한 두 가지 기억 형태 중 아스만이 문화학의 새로운 주제로 삼고 있는 것은 문화적 기억이며 그 대표적인 매체로서 "글"을 주시하고 있다. 그런데 문화적 기억의 매체인 글과 관련해서는 다양한 주제가 수반되는데, 가령 전통(Tradition)과 표준(Kanon)에 관한 질문을 들 수 있다. 아스만에 의하면, 전통이란 정체성을 지켜나가는 것을 목적으로 삼고 있기 때문에 "대안의 배제"라는 특징을 지닌다면 표준은 "선택된 것을 지키려는 울타리" 같은 특징을 띤다(120-121). 따라서 문화적 기억의 매체인 글과 관련하여 다음과 같은 질문이 제기된다. 즉 어떤 유형의 텍스트가 민족적·정치적 정체성의 보존에

기여했으며 동시에 어떤 텍스트가 "선택된 것을 지키려는 울타리" 역할과 기능을 수행하는가? 특정 문화권의 표준적 텍스트가 다른 문화권에서도 강요될 때 그것은 제국주의적 힘의 상징 내지는 "식민지화"의 수단으로 작용하게 된다. 전통이나 표준을 둘러싸고 자연스럽게 제기되는 또 다른 문화학적 주제는 교양·검열·이탈·복귀 같은 개념이다. 예컨대 어떤 텍스트가 전통과 표준의 테두리 내에서 어떠한 교양 담론을 위한 필독서로 규정되어 왔는지를 검토해 볼 수 있으며, 이 때 교양은 어떤 의미를 지니며 동시에 그것이 어떠한 문화 형성의 정당성과 이데올로기로 기능하는지도 질문해 볼 수 있다. 여기서 선택된 텍스트와 배제된 텍스트의 차이와 대립은 다시금 문화들 간의 차이·대립·충돌로 확장되기도 한다.

글이란 지나간 사실을 투명하게 보여줄 뿐만 아니라 "비밀"도 갖고 있으며, 이런 점에서 비밀도 문화학의 중요한 주제가 된다. 아스만 부부가 편집한 세 권의 책에서는 일종의 "비밀의 고고학"이 핵심 주제로 다루어진 바 있다. 여기서 비밀은 사랑·죽음·영혼·시간 같은 초시대적인 "본질적인 비밀", 무엇인가를 의식적으로 은폐하고 덮어두려는 "전략적 비밀", 그리고 호기심의 시선 속에서 만들어지는 "구성적 비밀"로 구분되고 있다. 문화학적 접근은 이러한 세 가지 유형이 어떻게 글에서 작동하는지를 밝히는 것이다.[6]

알라이다 아스만은 기억의 방식과 기능에 초점을 맞추고 있다는 점에서 얀 아스만의 시각과 차이를 보이고 있다. 그녀에 의하면, 기억은 기술(ars)로서의 기억과 힘(vis)으로서의 기억으로 나뉠 수 있다고

---

6) *Schleier und Schwelle. Archäologie der literarischen Kommunikation*, hrsg. v. A. und J. Assmann, Bd. 1. 2. 3, München 1999.

한다. 전자는 서구에서 오랜 전통을 갖고 있는 기억술(Mnemotechnik)
에서의 기억 방식으로서 특히 수사학 영역에서 찾을 수 있다. 이 경
우 특정 역사적 경험은 기계적인 방식에 의해 간직되었다가 아무런
변화 없이 다시 그대로 불러올 수 있는데, 이와 같은 저장하기와 불
러오기 형태의 동일한 기억은 가능한 경험의 왜곡을 배제한다. 이와
달리 힘으로서의 기억이란 문화적 기억을 뜻한다. 이 때 기억은 "과
정", 즉 그 어떤 기계적인 방식에 종속되지 않는 그 자체의 힘을
지니며 일종의 내면화하기(er-innern)라는 의미에서의 기억을 뜻한다.
기술로서의 기억과 힘으로서의 기억을 구분해 주는 또 다른 중요한
요소는 시간과 망각이다. 기술로서의 기억에서는 시간과 망각이 배
제되는 반면에, 힘으로서의 기억에서는 항상 시간과 망각의 요소가
작동함으로써 전이·변형·왜곡·뒤바뀐 평가가 발생한다.[7]

　　문화학에서는 당연히 기술로서의 기억보다는 힘으로서의 기억이
핵심 주제가 된다. 아스만은 힘 혹은 내면화화기로서의 기억에는 다
시금 두 가지 기억 형태가 작동한다고 본다. 그 하나는 "구체적인
당파성의 관점을 지닌 살아 있는 구성원에게 속하는 것"으로서의 기
억이라면 다른 하나는 "모든 이에게 속하면서 동시에 그 누구에게도
속하지 않는 것"으로서의 기억이다. 물론 이러한 구분은 얀 아스만
이 시도했던 의사소통적 기억과 문화적 기억이라는 구분이나 혹은
종래 사용되었던 구체적/주관적 기억, 추상적/객관적인 역사라는 구
분과 어느 정도 공통점을 갖고 있는 듯이 보인다. 그러나 알라이다

---

7) Vgl. A. Assmann, *Erinnerungsräume*, München 1999, S. 27-32(이하 인용 쪽수는
　본문에 기입함). 이 책도 다음과 같이 번역되었음: 알라이다 아스만, 『기억의 공간』,
　변학수 외, 경북대학교, 2003.

아스만은 종래의 주관적 기억과 객관적 역사라는 개념 대신에 새로운 개념을 제안하고 있는데, 요컨대 "구체적인 당파성의 관점을 지닌 살아 있는 구성원에게 속하는 것"으로서의 기억에 대해서는 "기능기억"(Funktionsgedächtnis)을, 그리고 "모든 이에게 속하면서 동시에 그 누구에게도 속하지 않는 것"으로서의 기억에 대해서는 "저장기억"(Speichergedächtnis)이라는 개념을 사용하고 있다.

문화학의 새로운 기본 개념인 기능기억과 저장기억은 어떻게 정의되는 것일까? 기능기억의 중요한 특징은 특정 그룹과의 관계·선택성·가치 결합·미래에의 정향이 작동하고 있다는 점이다. 가령 특정 그룹이나 행위 주체들은 자신들의 현재적 관점에서 특정한 기억 문화를 생산해내는데, 국가나 민족의 정체성을 둘러싼 기억 문화가 그 대표적인 예이다. 특정 그룹이 국가와 민족의 정체성을 자신의 현재적 관점에서 만들어 나갈 때 기능기억은 "합법화"를 위해 작동하며, 이러한 합법화를 부당하게 파악하는 다른 그룹은 그것의 "탈합법화"를 시도하게 된다. 또한 다른 국가와 민족과 비교할 때 기능기억은 "차별화"로 작동하는데, 예컨대 상징적 표현에 의한 기억이 그에 속한다. 이와 같은 합법화·탈합법화·차별화라는 세 가지 요소가 기능기억의 핵심 특징인 셈이다(138-139).

기능기억이 현재와 구체적인 관계를 지닌 기억으로서 우리가 흔히 사용하는 특정 그룹의 이데올로기적 기억으로 간주될 수 있다면, 저장기억이란 기능기억에 대한 기억, 즉 제2질서의 기억이다. 현재와의 관계가 없는 "비동형적인 덩어리"로 존재하는 저장기억의 중요한 역할은 이데올로기로 작용하는 기능기억을 다른 관점에서 비판적으로 재해석할 수 있는 가능성을 열어주는 데 있다. 저장기억은 기억의 구체적인 정체성을 갖지 않으며 기능기억을 폭넓게 혹은 다르게 해석할 수 있게 하는 거대한 "기록 보관소"(Archiv)처럼 작용하는 것이다. 기능기억이 폐쇄적인 상태에서 작동한다면, 저장기억은 다른 가능성·대안·모순·상대화·비판적 이의 제기 등이 가능한 열린 상태를 유지한다(140-141). 저장기억이 완전히 배제되고 오로지 특정 기능기억만이 작동할 경우 그 사회는 변화가 존재하지 않는 사회라고 볼 수 있는데, 예컨대 파시즘 시대나 스탈린주의적 사회는 오로지 기능기억만이 절대시되는 근본주의적 문화 형태를 띤다. 이러한 이분법적 구분에도 불구하고 알라이다 아스만은 글읽기로서의 문화분석에서는 궁극적으로 기능기억과 저장기억이 상보적 관계를 유지해야 한다고 강조하고 있다. "저장기억과 단절된 기능기억은 환상으로 쇠퇴하며, 기능기억과 단절된 저장기억은 의미 없는 정보 덩어리로 쇠퇴하고 만다. 저장기억이 기능기억을 검증해주고 뒷받침해주고 수정해 줄 수 있다면, 기능기억은 저장기억의 방향을 정해주며 동기를 부여해 준다. 양자는 함께 하며 기능적으로 분화되는 문화에 속해 있다"(142).

몇 년 전부터 일어나고 있는 중국의 고구려사 왜곡이나 일본의 근대사 왜곡 등을 보면, 아스만이 제안한 두 개념이 역사에 대한 인문학적 인식을 위해 얼마나 유익하게 사용될 수 있는지를 알 수 있다. 넓은 의미로 문화적 기억 차원에서 일어나고 있는 그들의 왜곡 현상은 현재를 위한 것이 아니라 미래를 위한 것임을 알 수 있다. 교과서 같은 문화적 기억 매체들을 통해서 그들은 자신들의 이념에 부합된 기능기억을 작동시키고 동시에 과거적인 것을 새롭게 해석해 놓으려는 저장기억을 작동시키고 있는 것이다. 그런 그들의 작업에 대해서 역사를 왜곡한다는 지적은 왜곡이 일어나고 있는 현재 자체에

대해서는 비판적일 수 있지만 미래를 위해선 아무런 도움을 주지 못
한다. 그런 비판보다 더욱 절실하게 요구되는 점은 우리 또한 문화적
기억의 차원에서 나름대로 기능기억과 저장기억을 활성화시켜야만 한
다는 것이다. 과거를 들여다보는 열쇠는 역사적인 실상 자체가 아니
라 문화적 기억에 달려 있기 있으며 그 가운데 교과서나 예술 작품
같은 문화적 매체들에 대한 지속적인 관심과 생산이 요구되는 것이다.

4 기억과 문학

현재를 살아가는 우리는 구체적인 경험에 대해 의사소통적 기억
을 나눌 뿐만 아니라 주로 문화적 매체를 통해 지나간 사건에 대한
기억을 갖기 마련이다. 이 때 문화적 기억의 핵심 매체는 다름 아닌
글/텍스트/언어 예술작품이다. 요컨대 글/텍스트/언어 예술작품은 자
신의 삶과 시대에 대한 사유·지각·흔적을 남겨 놓은 문화적 기억
이며 인문학은 그와 같은 문화적 기억을 다루는 영역이다.

인문학이 다루어야 할 글과 기억의 관계는 사실 문화 담론의 주
제만은 결코 아니며 역사적으로 거슬러 올라가면 철학적인 문제로
나타난다. 글과 기억의 관계를 보여주는 대표적인 시각은 플라톤의
『파이드로스』에 나오는 그 유명한 일화에서 찾을 수 있다. 여기에서
글과 기억의 관계는 전혀 긍정적이지만은 않았다. 소크라테스가 전
하고 있는 그 신화의 내용은 다음과 같다. 발명의 신인 테우트는 자
신이 만든 상형문자를 타무스 왕에게 제시하면서 지나간 경험이나
현재의 생각을 글을 통해 기록함으로써 지나간 과거에 대한 기억이
오랫동안 간직될 것이라고 건의한다. 그러나 이를 본 타무스 왕은

글에 대해 매우 부정적인 반응을 내보인다. "그 발명물은 기억을 외면케 할 것이며 학습자의 영혼에 망각을 불러일으킬지도 모릅니다. 왜냐하면 학습자들은 자기 스스로 직접 내면적으로 기억하기보다는 글자에 의존한 나머지 그 낯선 기호들을 통해 단지 외면적으로만 기억할 수 있기 때문입니다. 그러니까 당신은 기억의 수단을 발명한 것이 아니라 기억 상실의 수단을 발명한 셈이며, 그렇기에 지혜와 관련해서도 당신은 제자들에게 진리 자체보다는 가상만을 심어주게 될지도 모릅니다."[8] 이와 같은 이집트 신화를 언급하면서 플라톤이 중시하고 있는 측면은 내면적인 기억·영혼·진리 등이며, 그 개념들은 – 데리다가 부정한 바 있는 – 현존의 목소리·로고스·이성 등을 지칭한다. 플라톤의 시각에 의하면, 글은 그러한 직접적이고도 내면적인 기억에 매우 위협적이다. 글은 외면적인 기억과 가상만을, 결국에는 망각만을 부추기는 위험한 수단으로 간주되고 있는 것이다. 그러나 외면적 기억과 내면적 기억 같은 이분법적 사유로 플라톤은 글의 위험한 측면을 파악하고 있지만 그의 시각을 완전히 전도시킬 경우 글의 특성이 새롭게 정립될 수 있다. 즉 "본래적인 것"으로서의 "내면적 기억·영혼·진리"로부터 글이 멀어질 수 있음을 말해 주고 있지만, 다른 한편으로 망각될 위험에 처해 있는 지나간 것과 그 의미를 담아내는 글의 특성이 부정되는 것은 결코 아니다. 여기서 중요한 점은, 글이 야기할 수도 있는 피상적이고도 외면적 기억을 무엇보다도 새로운 글읽기의 작업을 통해 다시금 내면적 기억으로 나아가는 가능성을 찾는 일이다. 사실 글에서는 "흔적과 쓰레

---

8) Platon, *Sämtliche Werke*, hrsg. v. W. F. Otto/E. Grassi/G. Plamböck, Hamburg 1986, Bd. 4, S. 55.

기", "기억과 망각"이 서로 대립하지 않고 오히려 공존해 있다.[9] 특히 플라톤이 우려했던 글의 가상 특성은 곧 글에 의한 역사적 사건의 전수 과정 중에서 나타날 수 있는 문학화 혹은 수사적 심미화 같은 특성을 일컬을 수 있는데, 현대적인 언어로 말하자면 변질과 변형의 특성이라고 할 수 있다. 그런데 이러한 문학적·수사적 심미화는 지나간 것을 망각시키는 것이 아니라 지나간 것을 새롭게 현재화할 수 있는 길을 제공하며, 그런 차원에서 글의 역할·글의 의미·수사학과 그 의미의 변형 등에 대한 질문은 곧 기억으로서의 글에 의한 문화를 이해하는 데 있어서 매우 중요한 연구의 단초를 제공한다.

『파이드로스』에서 제시된 일화는 넓은 의미에서 글이 기억에 끼칠 수 있는 부정적 영향에 관한 것이지만, 사실 글과 기억, 특히 언어 예술작품이라 할 수 있는 문학과 기억의 관계는 플라톤과는 완전히 다른 차원에서 긍정적으로 파악될 수 있다. 예컨대 기억으로서의 문화가 문학 텍스트와 얼마나 밀접한 관계를 맺고 있는지는 고대 그리스 신화에서 쉽게 찾아 낼 수 있다. 그리스 신화에서는 우라노스와 가이아 사이에서 출생한 기억의 여신이 다름 아닌 므네모쉬네(Mnemosyne)로 명명되며, 모네모쉬네는 제우스신과 결합하여 학문과 예술을 관장하는 아홉 명의 뮤즈를 낳았다고 전해진다.[10] 이는 예술의 모태는 바로 기억임을 말해 주고 있다. 이 므네모쉬네에 대한 뛰어난 묘사는 다시금 18세기 독일 작가인 칼 필립 모리츠(K.

---

9) A. Assmann, *Texte, Spuren, Abfall: die wechselnden Medien des kulturellen Gedächtnis*, in: Literatur und Kulturwissenschaft, hrsg. H. Böhme und K. R. Scherpe, a.a.O., S. 96-111.
10) 9명의 여신: Calliope(서사시), Clio(역사), Erato(서정시), Euterpe(음악), Melpomene (비극), Polyhymnia(종교음악), Terpsichore(무용), Thalia(희극), Urania(천문).

Ph. Moritz)의 글에서 발견된다. "상상력의 아름다운 형성은 고대의 신성함에 속한다. 그것은 상상력의 아름다운 형성이 곧 하늘과 대지의 딸이기 때문이다. 그녀의 아름다운 이름은 생각하는 행위와 돌이켜 보는 행위를 나타내며 (…) – 거인족들 가운데 처녀였던 그녀는 마침내 제우스와 결혼하여 뮤즈들을 낳았으며, 이 뮤즈들은 어머니가 하나로 간직했던 지식의 보물을 서로 나누어 가졌다."[11] 상상력·사유·기억·지식을 관장하는 여신으로 그려진 므네모쉬네가 학문과 예술의 모태임을 다시 한 번 강조해 주고 있는 셈이다. 기억과 글의 관계는 프리드리히 횔덜린에게서도 발견되는데 그는 다음과 같은 구절로 「기억」이라는 제목의 시를 끝맺고 있다. "바다는 기억을 빼앗고 또 준다/ 사랑도 부지런히 눈길을 부여잡는다./ 그러나 머무는 것은 시인들이 짓는다."[12] 기억을 앗아 가고 다시 주는 "바다"가 인간의 역사적 삶과 세계의 역동적인 전체 흐름을 뜻한다면, 시인은 그러한 역사의 흐름 가운데 소멸되지 않는 "머무는 것"을 만들어 낸다. 그 "머무는 것"이란 다름 아닌 기억으로서의 예술작품, 즉 문학 텍스트이다. 이러한 점은 서두에 언급하였던 흐름과 정지의 변증법으로 문화를 파악했던 짐멜의 사유와도 일맥상통한다.

문학과 기억의 밀접한 관계에 대한 담론은 독일의 경우 18세기에 가장 활발했다. 물론 이 당시의 담론에서 흥미로운 점은 개인적인 주관적 기억이 더욱 중시되었다는 것이다. 아마도 그것은 문학 작품의 창조력을 개인에게서 찾았던 당시의 철학적·문학적 경향 때

---

11) K. Ph. Moritz, *Götterlehre oder Mythologische Dichtungen der Alten*, Berlin u.a. 1967, S. 53.
12) F. Hölderlin, *Sämtliche Werke und Briefe*, Bd. I, hrsg. v. G. Mieth, München 1970, S. 390(횔덜린, 『궁핍한 시대의 노래』, 장영태 역주, 혜원출판사, 1990 참조).

문이라고 추측된다. 예컨대 독일 작가인 장 파울(Jean Paul)은 『미학 입문』에서 회상을 폄하시키고 기억을 강조하고 나선다. 회상이란 동물에게도 부여된 능력으로서 주로 뇌라는 육체적 기관에 의존하며 "창조하는 능력이라기보다는 수용하는 능력"이라는 것이다. 장 파울은 회상을 두 가지로 구분하는데, 그 하나는 "실상회상"이며 다른 하나는 "이름과 말의 회상"이다.[13) 회상이 수동적이고 기계적인 특성을 지닌다면 이와 달리 기억은 "주어진 많은 회상된 생각들에서 그 다음의 생각을 자유롭게 일깨우고 생각해내는 창조하는 힘"(849)으로 정의되고 있다. 기억에 부여된 창조적인 힘은 동물에게 주어질 수 없는, 인간 정신의 고유한 능력이라는 것이다. 또한 회상이 사물들을 단순히 병존시킨다면, 기억은 "인과적 혹은 다른 류의 연관성에 의한 생산 활동"을 전개할 수 있다고 한다. 요컨대, 회상이 주로 공간적 기억(momoria localis)을 통해서 과거의 것을 유추해 낸다면, 기억은 "유사성"을 엮어내는 힘인 것이다(852). 결국 회상이 하나의 일차원적이고 직선적 시간의 차원에서 과거를 현재로 기계적으로 불러들이는 행위라면(물론 이를 현대적인 언어로 표현하자면 "정보적 기억"이라고도 지칭할 수 있는데), 기억은 다차원적 시간과 공간에서 과거와 현재, 현재와 미래의 관계를 창조적으로 엮어내는 행위라고 할 수 있다. 그리고 기억에 의한 대표적인 생산물은 다름 아닌 예술작품이며, 특히 문학과 기억의 공통점으로서 장 파울은 상상력을 들고 있다. "상상력이란 형성하는 힘 혹은 환상의 산문이다. 상상력은 강화된 밝은 색깔의 기억에 다름 아니다"(47). "밝은 색깔의 기억"으로서의 상상력

---

13) Jean Paul, *Vorschule der Ästhetik*, in: Sämtliche Werke, hrsg. v. N. Miller, München 1980, bD. I/5, S. 848 f.(이하 인용 쪽수는 본문에 기입함).

을 통해 지나간 삶이 다시금 현재화되며 이를 통해 "전체"가 형성된 다는 것이다. "이미 삶에서 상상력은 그 우주적인 힘을 행사한다. 상 상력은 저 멀리 놓여 있는 과거에 빛을 던지며 빛나는 색깔의 무지 개와 평화의 무지개로 과거를 감싸 안는다. 상상력은 사랑의 여신이 며 젊음의 여신이다. (…) 이런 연유에서 저 멀리 놓여 있는 기억된 삶은 하늘에 닿아 있는 대지처럼 빛나게 된다. 즉 상상력은 부분들을 완결된 청렴한 전체로 나아가도록 한다"(48-49).

기억과 문학의 밀접한 관계는 다시금 헤겔에게서도 발견된다. 그 는 신화적 기억으로서의 문학, 오늘날의 용어로 말하자면 "신화문 학"(Mythopoesie)의 차원에서 그 양자의 관계를 다음과 같이 언급하고 있다. "기억이란 그리스 신들이 교살된 채 매달려 있는 교수대이다. 처형된 이들의 전시장을 내보여 주고, 위트의 바람으로 그들을 사방 으로 내몰거나 서로 우스꽝스럽게 만들고 이런 저런 그룹과 일그러 진 모습으로 바람을 불어넣는 것이 종종 문학(Poesie)이라고 일컬어진 다. 기억은 무덤, 즉 죽은 것을 간직하는 그릇이다. 죽은 것은 그 회상 안에서 죽은 것으로 보존된다."[14] 구체적으로 언급하지는 않았

---

14) G. W. F. Hegel, *Frühe Schriften*, in: Werke in 20 Bänden, Frankfurt a.M. 1971, Bd. 1, S. 432. 후에 헤겔은 『철학적 학문의 백과전서』에서 관조(Anschauung), 표상 (Vorstellung), 기억(Erinnerung), 상상력(Einbildungskraft), 기억(Gedächtnis)를 상세하 게 구분하고 있다. 관조는 아직 대상을 자신의 것으로 의식하지 못한 채 단지 대 상에 몰입되어 있는 상태를 말하며, 표상은 대상에 대한 형상을 자신의 것으로 의 식하는 상태다. 그 표상에는 세 가지 단계가 있다. 표상의 첫 단계는 기억이며, 두 번째 단계는 상상력이고, 마지막 단계는 회상이라고 분류되고 있다. 첫 단계인 기 억의 경우 수많은 형상들이 마치 어두운 동굴이나 심연 속에서 간직되어 있는 상 태로 설명되고 있으며, 그런 형상들이 상상력 혹은 상징이나 기호 같은 형식적 활 동을 뜻하는 회상을 통해 점차 구체적인 연관성이나 사회적 형식을 획득하게 된다. 기억, 상상력, 회상의 관계는 지나간 것에 대한 표상이 주관화에서 점차 객관화되 는 순차적 관계인 셈이다.

지만 헤겔은 기억이 단지 지나간 것에 대한 표상 혹은 그것과의 유희만을 담고 있기에 기억에 부정적인 모습을 취하고 있다. 특히 "기억 안에서 지나간 것은 지난 것으로 보존된다"고 지적함으로써 헤겔은 의식화된 현재적 행위의 가능성을 기억에서 배제시키고 있다.

그러나 기억으로서의 문학이 헤겔이 파악한 것처럼 현재적 의미를 결여하고 있는 것은 결코 아니다. 비록 기억으로서의 문학이 과거적인 것, 지나간 것의 보존과 연결됨으로써 일종의 과거로의 회귀 ─예컨대 랑케 식의 역사주의를 들 수 있는데─로 보일 수 있지만, 다른 차원에서 기억으로서의 문학은 의식적이고 창조적인 힘을 바탕으로 기억된 것에 현재적인 의미를 부여하는 새로운 지평을 열 수 있다. 물론 18세기 이후 문학적 글쓰기의 기억 특성은 부정적으로 배제된 바 있다. 그것은 사회가 진보와 발전 같은 낙관주의적 이념에 의해 주도되었고 유토피아적 미래를 향해 오로지 앞만을 향해 걸어가는 단선적 발전론의 상황에 종속되었기 때문이었다. 그러나 기억은 그러한 발전론에 제동을 거는 문학적 행위로서 다시 구체화되기 시작하는데, 낭만주의 이후 기억이 문학적 글쓰기의 정점에 도달하는 사례로는 그것을 서사적 구조의 기본 형식으로서 삼은 프루스트의 『잃어버린 시간을 찾아서』를 들 수 있다. 또한 무의식적·무의도적 기억(mémoire involontaire)을 내세운 프루스트를 넘어서 발터 벤야민은 프루스트와는 달리 의식적·의도적 기억을 강조하기도 한다. 예컨대 『베를린의 유년시절』에서 벤야민은 자신의 어린 시절에 대한 형상(Bild)을 "의식적인 기억"의 공간으로 끌어들임으로써 동시대의 현재를 비판하는 서술 방식을 취한다. 특이한 점은 벤야민의 글쓰기도 시모니데스의 일화에서 제시된 "공간과 형상"이라는 두 가지 기본 특성을 자신의 기억 행위에 부여하고 있으며 또한 기억의 작동 자체에 파편성과 갑작스러움이라는 새로운 시간성을 부여함으로써 기억을 새롭게 정의하고 있다. "삶의 진실한 척도는 기억이다. 뒤를 조망하면서 기억은 번개처럼 삶을 스쳐 지나간다. 책의 몇 페이지를 뒤에서부터 재빨리 넘기듯 기억이란 어느 마을에 도착한 기사가 출발을 결심했던 그 이전 장소로 다시 돌아가는 가려는 것과도 같다. 고대인들처럼 삶이 글로 변화되었던 이들의 경우, 그들은 글을 뒤에서부터 읽으려할지도 모른다. 그렇게 그들은 서로 만날 수 있으며 – 현재로부터의 도피에서도 – 그들은 그렇게 삶을 이해할 수 있다."[15] 삶과 글은 기억에 뿌리를 두고 있으며, 특히 과거에 대한 기억은 단지 현재로부터의 도피가 아니라 현재를 비판적으로 각성하고 새롭게 구성하려는 사유와 밀접한 관계를 맺고 있는 것이다. 이런 맥락에서 벤야민은 "지나간 것을 역사적으로 표현해 낸다는 것은 '과거에 어떠했는가'를 인식하는 것이 아니다. 그것은 위기의 순간에 빛을 발하는 기억을 자기 것으로 삼는 행위를 말한다"[16]라고 강조하고 있다. 지나간 것과 현재적 순간의 만남의 매개로서 기억을 언급하는 듯이 보이지만 사실 벤야민은 지나간 것 자체가 재현되는 것을 강조하는 것이 아니라 형상 자체가 구성되는 순간을 강조하고 있다. "지나간 것이 현재적인 것에 그 빛을 던지는 것이 아니며 또한 현재적인 것이 지나간 것에 그 빛을 던지는 것도 아니다. 존재했던 것이 지금의 시간과 함께 번개처럼 하나의 성좌를 그리면서 서

---

15) W. Benjamin, *Gesammelte Schriften*, Frankfurt a.M. 1977, Bd. VI, S. 529 f.
16) W. Benjamin, *Über den Begriff der Geschichte*, in: Illuminationen, Frankfurt a. M. 1977, S. 253.

로 만나게 되는 것은 바로 형상이다. (…) 왜냐면 현재와 과거의 관계가 순전히 시간적이고 연속적이라면, 존재했던 것과 지금의 시간과의 관계는 변증법적이다. 그것은 진행이 아니라 갑작스러운 형상이다."[17] 벤야민이 강조하고 있는 형상은 사실 베르그손이 『물질와 기억』에서 설명했던 "기억의 형상"("이미지-기억"이라고도 번역됨)이라는 개념과 비슷하다. 차이점이 있다면 벤야민의 경우 그 기억의 형상은 지나간 것과 동일시되지 않는 그 자체 독자적인 것으로서 과거와 현재 간의 기계적이고 순차적인 시간성에 놓여 있는 것이 아니라 "갑작스러움"이라는 변증법적 · 우연적인 시간성을 지닌다.[18]

5 문학적 기억으로서의 글읽기: 파울 첼란의 「죽음의 푸가」

죽음의 푸가

새벽의 검은 우유 우리는 저녁마다 그것을 마신다
우리는 정오마다 아침마다 그것을 마신다 우리는 밤마다 그것을 마신다
우리는 마시고 또 마신다
우리는 공중에 무덤을 판다 그 곳에선 좁지 않게 누울 수 있다

---

17) W. Benjamin, *Das Passagen-Werk*, Bd. 1, Frankfurt a. M. 1989, S. 177.
18) 영화와 관련하여 베르그손의 기억의 형상을 해석하고 있는 들뢰즈의 시각은 다음과 같다. "이제 기억의 형상은 잠재적이 아니라 그 나름대로 (베르그손이 '순수 기억'이라고 명했던) 잠재력을 구체화한다. 그렇기 때문에 기억의 형상은 우리들에게 지나간 것을 제공해주는 것이 아니라 과거로 '존재했던' 지나간 현재를 재현해 준다. 기억의 형상은 구체화된 혹은 스스로를 구체화하는 형상이며, 이 형상은 현재적이고 활성적인 형상과 함께 거의 구분되지 않는 순환 운동을 형성한다"(G. Deleuze, *Das Zeit-Bild*, Frankfurt a. M. 1991, S, 77).

한 남자가 집 안에 살고 있다 그는 뱀과 함께 논다 그는 편지를 쓴다
날이 어두워지면 그는 독일로 편지를 쓴다 그대 금빛 머릿결 마르가
레테여
그는 이렇게 편지를 쓰고 집 앞으로 나선다 별들이 반짝인다
그는 휘파람을 불어 자신의 사냥개들을 불러모은다
그는 자신의 유태인들에게 휘파람을 불어 불러낸다 땅에 무덤을 파
게 한다
그는 우리에게 명령한다 자 무도곡을 연주하라

새벽의 검은 우유 우리는 밤마다 너를 마신다
우리는 아침마다 정오마다 너를 마신다 우리는 저녁마다 너를 마신다
우리는 마시고 또 마신다
한 남자가 집 안에 살고 있다 그는 뱀과 함께 논다 그는 편지를 쓴다
날이 어두워지면 그는 독일로 편지를 쓴다 그대 금빛 머릿결 마르가레테
그대 잿빛 머릿결 술라미트 우리는 공중에 무덤을 판다 그 곳에선
좁지 않게 누울 수 있다

그는 외친다 너희들 한 무리는 더 깊이 땅 속을 파라 너희들 다른
무리는 노래를 부르며 연주하라
그는 허리춤의 권총을 잡고 그것을 흔들어 댄다 그의 눈은 푸르다
너희들 한 무리들은 더 깊이 삽질을 해라 너희들 다른 무리들은 계
속 무도곡을 연주하라

새벽의 검은 우유 우리는 밤마다 너를 마신다
우리는 정오마다 아침마다 너를 마신다 우리는 저녁마다 너를 마신다
우리는 마시며 또 마신다
한 남자가 집 안에 살고 있다 그대 금빛 머릿결 마르가레테여

그대 잿빛 머릿결 술라미트 그는 뱀과 함께 논다

그는 외친다 죽음을 더욱 달콤하게 연주하라 죽음은 독일에서 온 마
　　　　　　　　　　　　　　　　　　　　　이스터
그는 외친다 더욱 음울하게 바이올린을 켜라 그러면 너희들은 연기 되어
공중으로 오를 것이다
그러면 너희들은 구름 속에 무덤을 갖게 되며 그 곳에선 좁지 않게
　　　　　　　　　　　　　　　　　　　누울 수 있다

새벽의 검은 우유 우리는 밤마다 너를 마신다
우리는 정오마다 너를 마신다 죽음은 독일에서 온 마이스터
우리는 저녁마다 아침마다 너를 마신다 우리는 마시고 또 마신다
죽음은 독일에서 온 마이스터 그의 눈은 푸르다
그는 납총탄으로 너를 맞춘다 그는 너를 정확하게 맞춘다
한 남자가 집 안에 살고 있다 그대 금빛 머릿결 마르가레테
그는 사냥개를 우리들에게 몰아온다 그는 우리들에게 공중의 무덤
　　　　　　　　　　　　　　　　　　하나를 선사한다
그는 뱀과 함께 놀며 꿈을 꾼다 죽음은 독일에서 온 마이스터
그대 금빛 머릿결 마르가레테
그대 잿빛 머릿결 술라미트

이제 문학적 기억과 글읽기에 대한 예로서 파울 첼란(1920~1970)의
「죽음의 푸가」를 살펴보기로 하자.[19] 이 시는 첼란이 1945년에 쓰고
1948년에 출간한 초기 시에 속한다. 나치에 의한 유태인 대학살

---

19) P. Celan, *Gesammelte Werke*, hrsg. v. B. Allemann und S. Reichert, Frankfurt a.M.
　　1983, Bd. I, S. 41 f.

(Holocaust)을 기억하면서 쓰여진 이 시는 아우슈비츠의 문학적 형상화를 비판하였던 아도르노와 관련하여 더욱 유명해졌다. 대학살의 사건은 너무나 비인간적이었기에 언어로 표현할 수 없다는 의미로 아도르노는 "아우슈비츠 이후 서정시를 쓰는 것은 불가능하다"라고 밝힌 바 있는데, 그러한 아도르노에게 조심스럽게 이의를 제기하듯 첼란은 다음과 같이 간접적으로 언급하고 있다. "아우슈비츠 이후 시가 존재하지 않는다면, 그 시에 대한 생각 하에 무엇이 전제되고 있는 것일까? 그것은 가설적으로, 사변적으로 아우슈비츠를 꾀꼬리의 관점이나 지빠귀의 관점으로 바라보거나 보고하려는 자만심이 아닐까."[20] 첼란 역시 "가설"이나 "사변"을 통해 아우슈비츠의 참혹한 상황을 재현하려는 시적인 작업에 대해 경고를 가하고 있지만, 그렇다고 해서 그 지나간 사건에 대한 기억을 담아내는 시적 행위 자체를 포기할 수는 없다고 간접적으로 답변한 것이다. 중요한 점은 꾀꼬리나 지빠귀의 관점에서 시를 쓰는 것이 아니라 그 참혹한 사건을 현재화하는 문학적인 시를 쓰는 일이다. 이 때 시는 시인의 개인적 기억을 통해서 생산되지만 넓은 의미에서 문학적 기억의 증표로 작용한다.

「죽음의 푸가」는 단순한 시처럼 읽혀짐에도 불구하고 매우 충격적이다. 그 충격성은 무엇보다도 시의 형식에서 찾을 수 있다. 푸가라는 언어는 본래 "도망치다, 도피하다"라는 뜻을 갖고 있지만, 다른 한편 음악 형식으로서 푸가는 반복적인 양식과 대위법적 양식을 특징으로 한다. 이러한 음악 형식이 시에 도입되고 있다는 점은 반복과 대위가 지나간 것을 현재화하는 문학적 변형의 중요한 수법의 하나

---

20) *Lesarten. Beiträge zum Werk Paul Celans*, hrsg. v. A. Gellhaus/ A. Lohr, Köln u.a. 1996, S. 55.

임을 말해 주고 있다. 또 다른 형식적 측면으로는 쉼표와 마침표 같
은 구두법의 생략을 들 수 있다. 그러나 구두법이 부재함에도 불구하
고 모든 문장은 자연스럽게 흐르는 듯한 느낌을 자아낸다.

　　이 시의 충격은 "아침의 검은 우유"로 시작하는 어휘의 새로운
변형에 있다. 매연마다 반복하는 그 모순어법(Oxymoron)은 어떤 의미
를 지니는 것일까? 「죽음의 푸가」 이전에 첼란은 「검은 눈송이」라
는 시의 제목으로 어머니의 죽음을 기억해 내는 시를 쓴 적이 있다.
"검은 눈송이"라는 표현 역시 서로 상반된 색깔의 이미지를 결합하
는 모순어법으로 이해되지만, 문학적 전통에서 "눈송이"는 순결의
이미지뿐만 아니라 죽음의 이미지로 이미 자주 사용된 바 있다. 따
라서 "검은 눈송이"는 그 죽음의 이미지를 더욱 강화시킨 어법이라
고 할 수 있다. "검은 눈송이"가 문학적 전통 속에서 파악되는 시적
어법라면, "검은 우유"의 문학적 강도는 "검은 눈송이"라는 시적 표
현과 비교해 볼 때 더욱 파격적이고 충격적이며 새롭게 다가온다.
"검은 우유"에서 검은 색이 어두움과 죽음의 의미를 띤다면, 하얀
색의 우유는 생명을 뜻한다. 신성하고 순결한 생명의 의미를 지닌
"우유"에 일반적인 상식적 표상에서 벗어난 "검은색"의 이미지가 부
여되고 있으며, 그러한 순결한 생명의 죽음을 뜻하는 검은 우유를
아침·정오·저녁·밤에 마신다는 것은 대학살의 죽음이 일상에서
반복됨을 뜻한다. 다시 말하면, "아침의 검은 우유"(독가스)를 마시는
주체인 "우리"가 수시로 학살되고 있음을 말해 준다. 1연에서 "우
리"는 "아침의 검은 우유"를 "그것"이라는 3인칭 대명사로 받아들이
고 있지만 2연부터는 "너"라는 2인칭 대명사로 받아들이고 있다. 이
러한 "그것"에서 "너"라는 친근감을 지닌 표현의 전이를 통해 죽음

의 전율은 더욱 아이러니컬하게 표출되고 있는 것이다.

시의 전체 배경으로는 유태인 집단 수용소 같은 공간의 형상화를 연상시킨다. 대위법적 구조가 푸가의 형식적 특징이라고 할 때 그 내용상으로도 철저히 대위를 이루고 있다. 우선 주체의 차원에서 "그"와 "우리"는 가해자와 피해자, 즉 수용소를 지키는 이와 그 안에 수용되어 죽음을 맞이하는 이들로 서로 대조적이다. 더욱 구체적으로 표현하면, "자신의 유태인들에게 휘파람을 불며 땅에 무덤을 파도록 삽질을 시킨다"라는 구절이나 고향으로 편지를 쓰는 "그"는 수용소를 감시하는 독일 장교를 연상시키며, "우리"는 수용소에 갇혀 자신들의 무덤을 파는 유태인을 직접 가리킨다. "그는 집에 거주한다"라는 표현은 정치적·철학적 의미를 갖는데, 즉 내밀한 거주 공간을 뜻하는 "집"은 바로 고향·조국을 뜻하기도 한다. "그"는 고향과 조국뿐만 아니라 "자신의 유태인들"이라는 소유격을 통해 알 수 있듯이 유태인을 자신의 소유물로 파악하고 있다. 이러한 "그"와 대조적으로 "우리"에게는 그 어떤 소유물이 없다. "우리"는 단지 "그"의 명령에 따라 삽질만을 하며, 그럼으로써 "우리"는 현세가 아닌 이세에서만 자유로운 공간을 갖는 아이러니컬한 운명을 지닌다.

"그"와 "우리"는 행위의 측면에서도 서로 대조적이다. "그"는 "편지"를 쓰는 정신적인 행동과 타자에게 명령하고 개에게 휘파람을 부는 등 매우 능동적이고 공격적인 행동을 취하고 있지만, "우리"는 단지 "검은 우유"를 마시고 삽질하는 제한된 수동적인 행동을 할뿐이다. 구약성서를 통해 알 수 있듯이 "뱀"과 유회를 하는 "그"는 곧 사악함을 대변하는 자로 해석된다. 그의 연인 마르가레테의 머리카락이 "황금빛"이고 그의 눈이 "파란색"이라고 언급되고 있는 것도 가해자인 독일인의 특징과 관련된다. "황금색"이 영광과 아름다움을 뜻한다면, "잿빛"은 죽은 이들이 남긴 "재"를 상기시켜 주는데, 머리카락의 대조적인 색깔은 곧 산 자와 죽은 자의 대립으로 연결된다. 또한 마지막 연에 권총으로 자신의 유태인들을 "정확하게 맞힌다"고 언급된 것도 "정확성"으로 알려져 있는 독일인을 말해 주고 있다. 그런데 "그"는 수용소를 지키는 수용소 장교를 가리킬 뿐만 아니라 더 나아가 독일 자체를 대변하고 있음을 알 수 있다. 예컨대 마르가레테라는 여인의 이름은 괴테의 파우스트 1부의 여주인공인 마르가레테(=그레트헨)를 연상시키며, 또한 이 시의 핵심 구절인 "죽음은 독일에서 온 마이스터"라는 표현에서 "마이스터"라는 시어는 괴테(『빌헬름 마이스터』)와 바그너(『뉘른베르크의 마이스터』)로 대변되는 독일을 가리킨다. 결국 집단 수용소에서의 유태인 대학살이라는 독일이 저질렀던 범죄가 이 시의 전체 주제임을 쉽게 알 수 있다.

가장 충격적인 내용으로는 수용소의 한 무리로 하여금 땅을 파게 하고 다른 무리로 하여금 음악을 연주하도록 명령을 가하는 행위, 이러한 참담한 장면은 실제로 뒤늦게 밝혀진 역사적인 사실을 통해 입증된다. 예컨대 르보브 집단 수용소나 혹은 아우슈비츠 집단 수용소에서는 그러한 일이 있었다고 하는데 1991년 독일 신문에 실린 알마 로제의 증언은 그 점을 뒷받침해 주고 있다. 아우슈비츠 수용소에서 소녀 합창단에 소속되어 바이올린을 연주했던 그녀에 의하면, "수용소 사령관인 크람머는 우리가 슈만의 '꿈'을 연주할 때 울먹거리곤 했다. 크람머는 2만 4천 명을 가스로 질식시킨 장본인이었다. 그는 자신의 일에 지칠 때면 우리에게로 와서 음악을 듣곤 했다. 사람들을 총으로 쏴서 죽이고 가스로 질식시키면서 예민했던 나치의 정말이지 이해되지 않는 측면이었다." 이러한 증언은 일종의 역사적 사실에 대한 의사소통적 기억이다. 그런데 역사적 사실에 대한 의사소통적 기억과 문학적 기억으로서의 시적 텍스트를 서로 비교해 보면, 시적 텍스트가 역사적 사실을 더욱 강도 높고 예리하게 그려내고 있다. 가령 독일에 있는 연인에게 편지를 쓰고 난 후 "그"는 별이 빛나고 있는 집 앞으로 나온다. 안에서 밖으로 나오는 과정, 즉 편지를 쓰는 행위와 별이 빛나고 있는 저녁의 대비는 평온함과 아늑함에서 "차가움과 위험으로의 전환"[21]이라고 해석될 수도 있지만, 사실 안과 밖, 편지와 별은 전환을 나타내기보다는 행위의 연속성을 갖고 있다. 그것은 연인에 대한 사랑의 감정은 곧 고향과 조국에 대한 사랑을 암시하며, 따라서 밖으로 나온 "그"가 타인에 대한 살해 같은 공격성을 띠는 것은 고향과 조국에 대한 맹목적인 사랑에서 나온 폭력적인 행위와 자연스럽게 연결된다. 특히 "우리"로 하여금 자신들의 무덤을 파도록 명령하고는 "그"가 다른 무리로 하여금 바이올린을 연주하게끔 명령하는 행위는 사람을 살해하는 행위와 예술적 쾌락을 절묘하게 결합시킨다, 이것은 곧 죽음에 대한 새디즘적 잔인성을 비판하고 있는 것이다. 그렇기에 "그"는 "죽음을 달콤하게 연주하라"(5연)고 외치고 있다.

「죽음의 푸가」는 나치가 저지른 유태인 학살에 대한 첼란 개인의 기억에서 생산된 문학적 텍스트이다. 그러나 1945년에 쓰여진 이 문학적 텍스트는 단순한 의사소통적 기억(얀 아스만)이나 특정 집단인의 죽음을 전달하는 "기능기억"(알라이다 아스만)이 아니라 일종

---

21) H. Stiehler, *Die Zeit der Todesfuge*, in: Akzente, 19. Jg.(1972), S. 28.

의 문화적 기억이며 넓은 맥락에서 재해석될 수 있는 저장기억의 시공간 속에 놓여 있다. 다시 말하면, 개인적 기억에서 쓰여진 텍스트가 문화적 기억의 특질을 획득한다는 것이다. 그것은 가해자와 피해자로 구분되는 역사는 특정한 역사적 시간에만 국한되는 것이 아니라 여기 지금에도 항구적으로 반복될 수 있다는 것, 즉 과거·현재·미래로 이어지는 보편적인 시공간에서 진동할 수 있음을 말해준다. 이 점은 첼란 텍스트에 이미 내재해 있다. 가령 "아침의 검은 우유"라는 모순어법에서 "아침"이라는 독일어 명사 "Frühe"는 일상적인 객관적 시간인 "아침"에만 고정되는 것이 아니라 "태고" "먼 옛날"이라는 의미를 지닌다. 따라서 "아침의 검은 우유"는 나치가 저지른 집단 수용소에서의 유태인들의 죽음뿐만 아니라 과거의 시간으로도 확장되는데, 즉 이미 태고부터 겪어 오던 유태인 박해와 죽음을 뜻할 수 있다. 이러한 시간의 확장은 물질을 구성하는 네 가지 원소에 죽음이 연결되는 측면을 통해서 강화된다. 시에서 "우유"는 "물"을 뜻하며 "땅"은 곧 "흙"을 가리키며 공중은 "대기"를 말하며 "연기"는 곧 "불"을 가리킨다. 이러한 네 가지 원소는 물질을 구성하는 원소이지만 「죽음의 푸가」에서는 죽음과 연결되어 있으며, 이는 죽음의 역사가 보편적으로 확장되고 반복될 수 있음을 암시하고 있다.[22] 또한 "푸가"라는 반복 형식도 지나간 범죄의 일회성보다는 학살이라는 범죄가 과거뿐만 아니라 앞으로 여전히 재생산될 수도 있는 반복 가능성을 암시한다고 볼 수 있다. "심미적 문체"[23]에 속

---

22) 데리다에 의하면, 첼란의 「좁은 길로 나아감」에서 반복되는 "재"(Asche)라는 시어는 아우슈비츠의 희생자만을 가리키는 것이 아니라 학살과 죽음의 반복성을 암시한다(J. Derrida, *Schibboleth*, München 1986, S. 99).
23) 아도르노는 예술작품의 "심미적 문체 양식"이 과거에 행해진 전율스런 사건을 무

하는 반복 형식은 전율을 무화시키는 것이 아니라 오히려 그것의 반복 가능성을 암시하고 있다.

사실 「죽음의 푸가」는 유태인에 대한 전대미문의 학살이라는 차원에서 이해되었고 그런 점에서 과거의 참혹한 범죄를 비판적으로 반성하는 계기를 주었다. 그런데 시의 수용 과정을 살펴보면, 「죽음의 푸가」는 독일 민족과 유태 민족간의 화해 정신을 지나치게 강조하는 식으로 수용되었고 특히 정치적·교육적 차원에서 화해를 위해 도구화되는 경향을 띠게 되었다. 그러나 화해 정신은 시 밖에서 주어질 수 있는 가능성일 뿐 시 안에서는 그러한 화해의 정신이 애매하게 제시되고 있다. 그것은 "그대 금발의 마르가레테" "그대 잿빛의 술라미트"라는 시의 마지막 두 행이 서로 연결되지 않은 채 각기 한 줄로 씌여져 있다는 점에서 읽을 수 있다. 그것은 가해자와 피해자가 영원히 화해될 수 없는 평행의 길을 갈 수밖에 없는 운명을 말해 주는 것은 아닐까? 또한 비애의 목소리일 수도 있고 아니면 울부짖음일 수도 있는 그 마지막 두 행은 결코 과거의 시공간에만 제한되지 않고 열린 시공간 속에서 움직이고 있는 것이다.

모두에서 언급된 짐멜의 문화 정의와 관련하여 말하자면, 문학적 기억으로서의 「죽음의 푸가」는 독일 문화의 거대한 흐름 속에 함몰되어 있는 작은 조약돌이 아니라 그 흐름을 비틀 수 있는 작은 암석과도 같다. 「죽음의 푸가」 같은 기억으로서의 문학 텍스트를 지나간 사건의 온전한 보존물이나 재현물로 파악하지 않고 과거의 것을 새롭게 구성한 문화적 산물로 규정할 때, 그 구성 과정에는 특히 아스만 부부가

화시키고 그 결과 피해자들이 입었던 부당함에 해를 끼치는 것이 아닌지 조심스럽게 밝힌 바 있다.

강조하고 있듯이 전이·변형·왜곡·뒤바뀐 평가가 뒤따르기 마련이다. 교과서 같은 문화적 기억의 매체를 통해 지나간 사건이 변형되고 왜곡될 수 있음을 우리는 최근의 사건(가령 일본의 교과서 왜곡 사건)에서 알 수 있다. 문학적 글쓰기에도 마찬가지로 변형과 전이가 작동되기 마련이다. 그러나 문화적 기억으로서의 문학 텍스트에서 작동된 창조적 변형은 첼란의 경우 왜곡을 꾀하는 것이 아니며 또한 지나간 것을 단순히 현재화하는 차원에만 머물지도 않는다. 문학 텍스트는 사실의 재현을 뛰어 넘어 새로운 잉여적 가치와 의미를 생산할 수 있는데, 요컨대 형상적 객체로서 지나간 것이 현재화되는 과정 속에서의 창조적 변형은 과거와 현재에 대한 비판적 인식을 더욱 강화시켜 주고 있다.

6 의사소통적 기억에서 문화적 기억으로

1970, 80년대가 언어학적 전환으로 불린다면, 1990년대 중반 이후 현재까지는 문화학적 전환으로 명명될 수 있을 정도로 문화학의 영향력이 확산되고 있다. 여기서 문화학이란 종래의 지역학이나 사회 연구처럼 인문학을 실용주의적으로 탈색시키려는 것이 아니라 오히려 텍스트 읽기를 더욱 강화하는 인문학적 특성을 띠고 있다. 그 핵심 테제는 "텍스트로서의 문화 읽기 혹은 문화로서의 텍스트 읽기"이다. 즉 문화학은 사회현상을 분석하는 것이 아니라 철저히 텍스트 읽기를 통해 사회적·문화적 의미를 도출해내고자 하며, 이런 점에서 문화학은 매우 인문학적이다. 흥미로운 점은 텍스트 읽기의 문화학적 방법론으로는 심리학적·해석학적·역사적·해체론적·포스트모더니즘적 방법이 서로 혼용되어 사용되고 있다는 것이다. 그

것은 다층적인 문화로서의 텍스트 분석에는 하나의 방법만이 적용될 수 없기 때문이기도 하다.

서구의 경우 인문학·문화학·문예학이 기억을 학제적 비교 연구의 주제로 설정하게 된 데에는 시대적 변화와 맞물려 있는 몇 가지 외적 요인이 작용하고 있으며 그 요인은 사실 우리가 처한 상황과도 밀접한 관련을 맺고 있다. 그 외적 요인으로 다음과 같은 세 가지 점을 들 수 있다. 첫째, 엄청난 저장 능력, 즉 소위 "인공적 기억" 능력을 갖춘 새로운 전자 매체의 등장으로서 이러한 매체에 의한 기억이 점차 인간에 의한 기억을 대체하고 있는 시점에 도달한 것이다. 문화의 핵심 매체인 "텍스트/글"이 근본적으로 지나간 사건을 현재화한다는 의미에서 기억의 특성을 지닌다면, 글에 의한 기억과 전자 매체에 의한 기억의 공통점과 차이점이 어떻게 설정되어야 하는가는 매우 중요한 의미를 지닌다. 두번째로는 무엇인가 지나갔다는 의식, 그렇기 때문에 그 지나간 것이 기억의 새로운 대상으로 부각되어야 한다는 것이다. 철학적인 차원에서 보면 그 지나간 것은 다름 아닌 문화로서의 근대다. 요컨대, 근대는 이제 더 이상 살아 있는 의사소통적 기억이 아니라 문화적 기억으로 파악되어야 한다는 것이다. 이는 다분히 포스트모더니즘의 영향이기도 하다. 근대가 시간적으로 비교적 넓은 의미에서 파악될 수 있다면, 인류사의 사악하고 추악한 사건이 그 근대의 정점에 위치한다. 그것은 2차 세계 대전이라는 유럽 자체의 특수한 상황을 가리킨다. 현재 시점은 인류사의 가장 참혹하고도 야만적인 파시즘 범죄를 직접적으로 경험했던 증인들이 점차 역사 속으로 사라지는 시기이며 따라서 그 범죄에 대한 기억이 앞으로 어떻게 간직되어야 하는가라는 매우 중요한 문화적 시각이 제기되는 것이다.

이러한 정황은 우리에게도 마찬가지다. 현재의 시점은 일제가 저지른 만행을 직접 경험했고 그러한 과거에 대한 의사소통적 기억을 주고받았던 이들이 점차 사라지는 시점이다. 요컨대, 의사소통적 기억이 문화적 기억의 장(Feld)으로 넘어나는 시점이 대두된 것이다. 그렇기 때문에 그 지나간 것을 어떻게 형상화하고 그에 대한 기억을 어떻게 간직해야 하는지, 그리고 문학적 텍스트가 시대 역사적·사회적 맥락과 연결된 문화적 기억 차원에서 어떻게 수용되고 해석되어야 하는지에 대한 치열한 탐색이 우리에게도 요구되고 있다.[24]

(『인문언어』, 2호, 2001.10)

---

24) 국내의 경우 "문화적 기억"으로 분류될 수 있는 최근의 글쓰기 작업으로는 유종호 교수의 『나의 해방전후』를 들 수 있다. 식민지 시기에서 해방 후의 시기(1940~1949)에 대한 유종교 교수의 기억 작업은 "나의"로 표현됨으로써 주관적 특성을 지니지만, 그것은 넓은 의미에서 특정 시대에 대한 기억을 전승하고 해석을 요구하는 "텍스트"로 다가오기 때문에 의사소통적 기억을 넘어서 문화적 기억으로 전환하는 텍스트로 간주될 수 있다. 기억으로서의 글쓰기 내에서는 기억의 중요성과 기억 자체의 개념적 정의도 내려지고 있는데, 그 흥미로운 대목은 다음과 같다. "요즘도 가끔 주말 산행을 함께 하는 당시의 동기생들에게 함께 기억을 되살려 보자고 유도 심문을 해보아도 아무런 소용이 없었다. **완전한 기억의 공백 상태였다.** 대부분 왜 갑자기 자다가 봉창을 두드리느냐는 반응을 보이는 것이 고작이었다. 그러면 그럴수록 우리는 우리의 기억을 되살리는 노력을 계속해야 한다고 생각한다. **기억이란 일목요연하게 정리되어 있는 상습적 부정 거래자들의 회계장부 같은 것이 아니다.** 브레히트는 '범죄자들은 죄 없다는 증거를 가지고 있다. 무고한 사람은 증거를 가지고 있지 않다'고 노래했지만 기억은 범죄자 이력서처럼 말끔하게 정서되어 있는 것도 아니다. **그것은 얽히고설킨 미로와 같아서 제대로 파악하는 데 노력이 필요하다. 꿈을 기억해 내려 할 때 하듯이 몸을 움직이지 않고 정신을 집중하여 오로지 옛날 되살리기에 전념할 때 비로소 살아나는 희귀한 보물이 기억이다.** 우리는 프루스트가 아니지만 프루스트의 기억술이나 기억 재생술을 학습할 수는 있다."(유종호, 『나의 해방전후』, 민음사, 1994, 28쪽)

"축제의 일상화"와 "일상의 축제화"

1 축제와 문화

1795, 96년에 쓰여진 「기독교의 긍정성」이라는 글의 부록에서 청년 헤겔은 과거의 사건에 대해 회상하고 기념하는 축제와 관련하여 매우 의미 있는 언술을 남기고 있다. 우선 그는 국가의 지배자들이 축제의 회상 행위에 대해 두려워 할 것이라고 밝히고 있는데, 그것은 과거에 존재했던 사건이 축제를 통해 현재화됨으로써 지배자들의 체제가 위태롭게 될 수 있기 때문이라는 것이다(우리의 경우 가령 5·18 광주 민주화 항쟁 이후 그 항쟁을 기념하는 1980, 90년대의 대동제를 연상시킨다). 이밖에도 헤겔은 축제가 지닌 교육적·지식 습득적인 힘에 대해서 언급하고 있다. "아테네 도시의 역사·교양·법제화를 전혀 알지 못한 채 1년 동안 그 도시 안에서 살았던 사람도 여러 축제를 통해서 그것(역사·교육·법제화)을 배울 수 있었다."[1] 한 도시

의 역사와 지식이 반드시 책·도서관·학교 같은 제도적 매개를 통해서만 획득되는 것이 아니라 감각적인 행사인 축제를 통해서도 가능하다는 헤겔의 언술은 한편으로 축제에 긍정적인 의미를 부여하고 있지만, 다른 한편 그의 전형적인 모습을 드러내주고 있다. 왜냐하면 후에 예술을 다루는 미학에서도 그는 예술의 감각적인 측면에서 지적이고 정신적인 의미를 읽어내려 했기 때문인데, 그러한 철학적 야심은 미학이나 일반 문화 이론적 생각에도 그대로 투영되고 있는 것이다. 그렇다면, 축제란 무엇이고 어떻게 파악될 수 있기에 그와 같은 "정신적 의미"와 연결될 수 있는 것일까?

축제는 원시사회에서뿐만 아니라 문명화 과정에서도 지속해 온 문화적 현상으로서 인간의 삶과 밀접한 관계를 맺고 있으며 그런 점에서 축제와 문화는 서로 분리될 수 없는 개념으로 간주된다. 그렇지만 문화학 혹은 문화연구에서 축제는 항상 지체된 연구 대상으로 머물러 왔다. 그 점을 일찍이 갈파한 이는 신화·문화·문학 간의 상호 연관성을 자신의 연구 대상으로 삼았던 헝가리 출신 문화 인류학자인 칼 케레니(K. Kerény)로서 그는 이미 1938년에 축제가 민속학이나 문화 연구에서 전혀 다루어지지 않고 있다고 진단한 바 있다.[2] 최근 문화학 혹은 문화 연구라는 학제적 변동의 상황에서 다시금 축제의 문화적 의미가 조명되고 있는 것은 그나마 다행한 일이라 하겠다.

인간은 이념·인물 혹은 사건 같은 지나간 것을 공동의 기억 속

---

1) G. W. F. Hegel, *Frühe Schriften*, in: Werke in zwanzig Bänden, Bd. I, Frankfurt a.M. 1971, S. 198.

2) Vgl. K. Kereny, *Vom Wesen des Festes*, in: Paideuma, Mitteilungen zur Kulturkunde, Bd. I, H.2, Frankfurt a.M. 1938, S. 59-74.

에 저장하고 그것을 현재의 차원에서 규칙적으로 특정한 시간 내에서 다시 불러내어 기리는 공동체적인 행사를 갖는데, 이 때 우리는 그러한 공동체적 행사를 축제라고 일컫는다. 지나간 것을 간직하면서 동시에 현재의 시간에서 다시 불러낸다는 점에서 축제는 기억(회상)과 긴밀한 관계를 맺고 있다. 그렇기에 우선적으로 언급하지 않을 수 없는 점은, 넓은 의미에서 축제란 기억의 형식이라는 것이다. 얀 아스만의 구분에 의하면, 기억은 크게 네 가지 형태로 구분되지만 그 가운데 의사소통적 기억과 문화적 기억이 핵심적인 형태로 간주된다.[3] 전자는 생존해 있는 이들이 동시대인들과 함께 공유하는 과거에 대한 기억을 말한다면, 후자는 "문화적 형식"들에 의해 전수되는 기억을 말한다. 의사소통적 기억은 대체로 구두 언어로 이루어지지만, 이와 달리 문화적 기억은 "문화적 형식"이라는 매체를 필요로 하며 그 가운데 문자에 의한 기록 행위·제식(Ritus)·축제가 핵심 매체로 간주된다. 아스만에 의하면, 의사소통적 기억과 문화적 기억은 각기 "일상과 축제, 범속함과 신성함, 일시적인 것과 변하지 않는 정착된 것, 부분적인 것과 보편적인 것"[4]의 차이를 통해서 설명되며 혹은 "흐르는 것과 정지해 있는 것"이라는 개념을 통해서도 부연되고 있다. 이런 맥락에서 보면, 문화적 기억으로서의 축제는 "정지해 있는 것", 요컨대 보편적으로 정착된 제도화된 형식이라는 특징을 지닌다.

축제는 어떻게 규정될 수 있을까? 문화 개념뿐만 아니라 축제 개념도 그 이해 지평을 다양하고 복잡하게 형성하고 있다. 그것은

---

3) 이에 대해서는 앞의 글 "문화, 기억 그리고 문학"을 참조할 것.
4) J. Assmann, *Das kulturelle Gedächtnis*, München 1997, S. 58.

공동체적 질서와 의식을 확인하고 강화시키는 행위일까 아니면 한계 경험·일탈·위반을 일시적으로 경험하는 행위일까? 이에 대한 대답은 아마도 축제의 유형에 따라 다르게 파악될 수 있을 것이다. 예를 들어 축제를 관주도의 공식적인 문화 행위로 인식할 경우 그것은 대체로 전자의 특징을 지닐 것이다. 지배 질서에 의해 배려된 축제에서는 일상에서 금지된 것이 잠시나마 허락되지만, 결국 일상을 전복하고 싶은 힘과 욕망만이 일시적으로 배설되어 축제가 끝나면 다시 일상으로 복귀하고 만다. 이와 달리 관주도적이 아닌 비공식적인 축제가 행해질 경우, 그것은 극단적인 한계 경험과 일탈로서의 공동체적 행사의 모습을 띠게 되며 때론 저항과 전복의 의미를 갖게 된다. 이러한 류의 축제는 일상으로의 복귀를 거부하면서 과잉·카오스·무질서를 일상 속에서 실천하려고 한다. 결국 축제를 파악하는 시각은 다양할 수 있지만 그 시각은 크게 두 가지 극단적인 입장으로 나뉠 수 있다. 이미 독일에서도 축제에 관한 광범위한 학제적인 연구서가 1989년에 『축제』라는 제목으로 발행되었고 당시 책임 편집을 도맡았던 문예학자 라이너 바르닝(R. Warning)은 머리말에서 축제와 관련된 서로 대치하는 두 가지 시각을 다음과 같이 정리하고 있다. "극단적인 입장을 정리할 경우 다음과 같다. 하나는 축제를 기존해 있는 질서의 긍정적인 고양으로 파악하는 것이고, 다른 하나는 축제를 규범 파괴적인 과잉으로서 파악하는 것이다. 이러한 두 가지 이론적 관점은 서로 화해 불가능한 것으로 대립하며 그 결과 포괄적인 형식으로 양자를 매개하는 일은 불가능한 것으로 보인다."[5] 이와 같은 바르닝의 함축적인 시각, 즉 축제가 현실 옹호적인 것인지 아니면 현실 전복적인 것인지에 대한 물음은 앞으로의 축제 연구에서도 매우 중요한 좌표로 작용한다. 그것은 축제의 한 가지 형식적 특징인 패러디(Parodie)가 과연 지배 질서의 추종인가 아니면 그것의 전복인지에 대한 물음과도 연결된다. 물론 이러한 양 극단으로 축제를 파악하는 시각이 전부는 아니다. 그 양 극단은 사실 모더니즘적 맥락에만 적용될지도 모르며, 그러한 시각과는 달리 과거와는 완전히 다르게 변한 현재의 문화적 환경을 고려할 경우 현실 옹호/현실 전복이라는 이분법적 시각과는 무관하게 축제를 파악하는 시각이 가능할 것이라고 짐작된다. 이 점에 대해서는 나중에 논의하기로 한다.

2 축제의 특징

현실 옹호이든 아니면 현실 전복이든 축제의 일반적이고도 보편적 특징은 어떻게 정리될 수 있을까? 축제의 유형에 따라 그 특징이나 형식에 관한 논의가 다양할 수 있지만 여기서는 일반적인 특징만을 짚어보기로 하자.

첫번째 특징으로 축제는 일상과 대립한다는 것이다. 축제는 특별한 시간과 공간에서만 행해질 수 있는 것이지 삶 전체가 축제일 수가 없다. 주로 일상과 축제는 힘겨운 현실과 즐거운 유희로도 구분되는데, 축제는 그 힘겹고 고달픈 일상의 시공간이 잠시 멈추면서 시작하기 때문에 우리는 그것을 일상으로부터의 일탈로 받아들이게 된다. 특정한 주어진 시공간 내에서 정기적으로 허락되는 특별한 행

---

5) *Das Fest*, hrsg. v. W. Haug/R. Warning, Poetik und Hermeneutik, Bd. 14, München 1989, S. XV.

사로서의 축제가 끝나면 구성원들은 다시금 일상으로 복귀하며 다음에 다가올 축제를 기대하게 된다. 축제는 일상과 대립하지만 일상 속에서 반복하는 현상인 셈이다.

축제의 두번째 특징으로 그것이 결코 개인적 행사가 아니라는 점이다. 다시 말하면, 축제란 반드시 공동체와의 연관성 내에서만 이루어질 수 있고 사유될 수 있는 문화적 행위다. 사회 속에 존재하는 특정한 개인이 고독하게 홀로 축제를 행할 경우 그것은 사회문화적 행위가 결코 아니다. 물론 특정한 개인을 숭고하게 기리는 목적에서 공동체적 행사가 행해질 경우, 그것은 공동의 의식을 나누는 구성원들의 전체 행위와 관련된 것이기에 분명 축제로 간주된다. 지방의 고유 특성과 풍물을 보여주는 지역축제가 점차 상업화되고 있는 경향을 비판한 어느 시인의 최근 언술을 보면, 거기서도 축제의 본래 의미인 공동체적 연대감이 전제되고 있음을 알 수 있다.

> "여기저기서 축제는 수도 없이 열리는데 왜 우리의 생활 속에 축제다운 즐거움과 공동체적 정서는 회복되지 못하는 것일까. 이는 대부분의 행사가 관주도로 이루어지면서 전시효과나 경제적 이익에만 급급한 채 주민들의 자율적인 참여가 부족하기 때문일 것이다. 축제란 원래 공동체의 구성원들이 함께 즐기고 연대감을 형성하는 마당이 되어야 한다."[6]

이처럼 "생활 속에 축제다운 즐거움과 공동체적 정서는 회복되지 못하는 것일까"라는 안타까움을 던지는 서술 자체는 이미 생활(즉 일상)과 축제의 대립을 전제로 하고 있는 것이며, 그러한 대립을 설정

---

6) 나희덕, 『동아일보』, 2001년 11월 28일자, 5쪽.

함으로써 일상 속에서 "진정한" 축제가 실현되기를 바라는 소망이 표출되고 있는 것이다. 아울러 전시효과나 경제적 이익만을 추구하는 축제 형식이 비판되고 그 대신 "연대감"을 심어주는 축제가 요청되고 있다. 이것은 나중에 밝히겠지만 전형적인 모더니즘적 의미로 축제를 해석하는 시각인 셈이다.

축제의 세번째 특징으로 축제는 지적인 행위라기보다는 일종의 "분위기"가 절대적이다. 축제를 비판적으로 바라보는 냉정한 관찰자의 입장이 아니라 축제에 젖어 있는 구성원의 심리적 상태와 관련해서 말한다면, 축제에서는 즐거움·기쁨·향유·과잉 같은 감각적인 분위기가 지배적이다. 이를 철학적으로 서술한다면, 축제의 경우 일상에서 작동하는 이성적이고 도구적인 사유가 정지되며 그 자리에 감각적인 자연 본성으로서의 흥분과 도취가 들어선다는 것이다. 그런 연유에서 흔히 축제는 일종의 "감각적인 육체의 복귀"로 서술된다. 그런데 축제에서는 왜 그와 같은 즐거움·향유 같은 분위기가 지배적일까? 이에 대해서는 씨족 공동체로부터 유래하는 토템 향연을 통해 축제의 근원을 찾으려 했던 프로이트의 분석이 도움을 준다. 프로이트에 의하면, 신성한 동물을 동족의 한 사람처럼 보호하고자 했음에도 그 동물을 정기적으로 살해하여 먹고 마시는 희생제식·제물향연 같은 형태의 토템 향연은 두 가지 모습을 띠는데, 즉 한편으로 슬픔과 애도가, 다른 한편으로 떠들썩한 축제의 분위기가 뒤따른다는 것이다.

"그러나, 애도가 끝나면 떠들썩한 축제의 기쁨이 따르고 모든 충동들의 고삐가 풀어지며 온갖 욕구 충족이 허용된다. 우리는 축제의 본질을 어렵지 않게 통찰할 수 있다.

축제란 허용된, 오히려 제공된 과잉이며 금지의 엄숙한 파괴다. 그 어떤 규정에 따라 경건한 기분이 들기 때문에 인간이 그러한 과도함을 원하는 것이 아니라, 오히려 과잉 자체가 축제의 본질을 이룬다. 평소 금지되었던 것을 자유롭게 행함으로써 축제의 기분이 생겨난다."[7]

토템 동물을 살해한 후 구성원들 전체는 그 동물을 공동으로 먹게 되는데, 이러한 행위는 자신을 신성하게 만드는 행위, 다시 말하면 자신과 토템과의 동일성을 소망하는 행위로 해석된다. 그렇지만 어떤 연유에서 한편에는 슬픔과 애도가, 다른 한편에는 과잉의 해방적 분위기가 뒤따르는 것일까? 이를 풀어내기 위해 프로이트는 원초적 군거집단에 관한 이야기를 덧붙인다. 토템 향연에서 그 토템동물은 사실은 "아버지의 대체물"[8]인 것이다. 따라서 토템동물을 죽인 후 슬픈 애도식과 향유하는 축제를 행하는 구성원들의 감정은 다름 아닌 아버지에 대한 양가적 감정과 연결된다는 것이다. 그렇다면, 도대체 아버지는 어떤 이였을까? 과거 모든 여자들을 독점했던 아버지는 성장한 아들들에게 폭력을 가하고 그들을 추방시키는 강압적인 아버지였을 것이며, 추방된 아들들은 그러한 아버지에 대항하여 전쟁을 일으키고 결국 아버지를 살해하여 그 시신을 함께 먹었을 것이라는 이야기가 가능하다. 이러한 아버지와 아들 간의 투쟁 관계를 통해 프로이트는 다음과 같이 토템 향연과 축제의 상관관계를 설명한다. "아마도 인류 최초의 축제였을 토템 향연은 그와 같은 기억될

---

7) S. Freud, *Totem und Tabu*, in: Studienausgabe, Bd. IX, Frankfurt a.M. 1974, S. 425.
8) Ebd.

만한 범죄적인 행위의 반복이며 회상의 축제였을 것이며, 그러한 범죄
행위와 더불어 수많은 것들, 즉 사회조직·도덕적 제약·종교가 시작
되었을 것이다."[9] 축제의 향유적인 분위기를 정신분석학적 차원에서 설
명한 프로이트의 분석이 어느 정도 타당한지에 대해서는 더 이상 논할
수 없지만, 축제와 관련하여 강조될 수 있는 점은 일종의 과잉·금지
의 엄숙한 파괴에서 오는 즐거움이 그 본질을 이룬다는 것이다.

축제의 또 다른 특징으로 예술성 혹은 인공성을 들 수 있다. 어
떤 종류이건 간에 축제는 일상의 모습 자체를 띨 수 없으며 반드시
인공적인 꾸밈과 장식의 행위, 즉 심미화의 행위를 수반한다. 이 때
꾸밈과 장식의 역할을 담당하는 것은 주로 예술이며 그 대표적인
예로는 춤·노래·의상·그림 등을 들 수 있다. 이러한 예술은, 근
대 이후 자율적 예술의 탄생과는 완전히 배치되는, 헤겔이 지적했듯
이 자유로운 예술이 아닌 "봉사하는 예술"의 특징을 지니게 된다.

마지막으로 축제는 유희 특성을 지닌다. 사실 위에서 언급했던
공동체·즐거움·장식 등을 통해서 이미 축제와 유희가 긴밀한 공
통점을 갖고 있음이 암시되었다고 볼 수 있다. 그렇지만 유희로서의
축제를 언급할 경우 무엇보다도 유희의 구체적인 특징을 다루어야만
하며 이를 바탕으로 비로소 유희와 축제의 연관성이 지적될 수 있
겠다. 이에 대해서는 후이징가의 연구가 중요한 역할을 한다. 그는
자유로운 행동, '일상적' 혹은 '본래의' 삶으로부터의 이탈, 폐쇄성과
제한성, 반복성, 긴장감을 유희의 특성으로 제시하면서[10] 그러한 특

---

9) Ebd., S. 426.
10) J. Huizinga, *Homo Ludens. Vom Ursprung der Kultur im Spiel*, Hamburg
    1987(1956^1), S. 15-20.

성이 축제에서도 발견된다고 밝히고 있다. "일상적인 삶의 배제, 반드시 필수적은 아닐지라도 대체로 경건한 – 물론 축제도 진지할 수 있는데 – 행위의 분위기, 시공간적인 제한성, 엄격한 단호함과 진정한 자유의 동시성, 이것이 축제와 유희가 공통으로 지닌 특성이다."[11] 물론 유희의 중요한 특징인 긴장감(즉 불확실성·기회)이 과연 축제에서도 발견될 수 있는지에 대해서 후이징가는 침묵하고 있지만, 그 나머지 특징을 토대로 후이징가는 넓은 차원에서 축제를 유희에 포함시키고 있다.

이상과 같은 특징 이외에도 다양한 점이 논의될 수 있겠지만 여기서는 더 이상의 상세한 논의를 생략하기로 한다. 단지 축제에 대한 필자의 논의에서 중요한 점은, "르네상스 시대가 카니발적 삶의 절정이었고 이후 그것은 쇠퇴하고 말았다"[12]는 바흐친의 지적처럼, 축제는 르네상스 이후 더 이상 구체적인 삶과 현상과 관계하는 것이 아니라 점차 "의식 구조"나 "이념"으로 작동한다는 것이다. 즉 축제 개념은 일상적 존재와 삶에 대립하는 유토피아적 상태에 대한 동경과 향수에 대한 은유로 작용하며, 그 은유적 어법이 여전히 유효한지 아닌지에 따라서 모더니즘적 의식과 포스트모더니즘적 의식이 구분될 수 있다. 그 은유적 어법의 유효성을 주장하는 모더니즘적 의식은 이상적이고도 유토피아적인 이념(예컨대 공동체·연대감 등)을 일상적 삶 속으로 가져오려는 소망을 간직하고 있다는 점에서 "축제의 일상화"로 명명될 수 있으며, 이와 달리 그러한 동경과 향수를 더 이상 간직하지 않으면서 자신의 일상 자체를 축제 – 이 경

---

11) Ebd., S. 31.
12) M. Bachtin, *Literatur und Karneval*, München 1969, S. 58.

우 축제의 의미는 전통적인 의미론에서 벗어나 연출·퍼포먼스 같
은 새로운 의미를 지니는데 - 로 전환시키려 한다는 점에서 포스트
모더니즘적 의식은 "일상의 축제화"를 꾀하는 것으로 보인다.[13] 즉
전자의 경우 표피적인 축제에 내재해 있는 본래적인 의미를 찾으려
한다면, 후자의 경우 표피적인 축제 현상 자체가 있는 그대로 향유
되는 것이다.

3 모더니즘적 "축제의 일상화"

축제를 일상으로부터의 일탈과 해방으로 규정할 경우 그것은 축
제를 모더니즘적·역사철학적으로 이해하는 방식이라고 할 수 있다.
즉 모더니즘적·역사철학적 사유에서의 축제는 공동체 - 그것의 거
대 개념은 곧 "인류"인데 - 를 일상의 구속으로부터 해방시키고 이
상적인 삶을 일상에서 실현하려는 이념으로 작용한다. 물론 억압적
인 현실로부터 사회적 삶 전체를 해방시킨 구체적인 역사적 사건,
다시 말하면 "축제의 일상화"가 실현되었던 사건이 없지는 않았다.
가령 프랑스 혁명·러시아 혁명·독일 파시즘 같은 사건이 그와 같
은 사회정치적 의미를 띤 축제의 예에 속한다. 유토피아적 이념을 현
실에서 실현했던 그러한 사건은 때로는 "평화의 축제", 때로는 "전쟁
의 축제"라는 극단적인 모습을 취했으며 전자에는 프랑스 혁명이,

---

13) 고대 이집트 문화에서 발견되는 축제의 만찬에 관한 그림과 시를 분석하면서
   얀 아스만은 결론 부분에서 근대 및 현재와 관련하여 이 두 용어를 사용하고 있
   는데(J. Assmann, *Der schöne Tag-Sinnlichkeit und Vergänglichkeit im altägytischen
   Fest*, in: Das Fest, a.a.O., S. 28), 여기서 필자는 그 두 용어를 빌어 모더니즘적
   의미에서의 축제와 포스트모더니즘적 의미에서의 축제를 구분해 보고자 한다.

후자에는 독일 파시즘이 일으킨 전쟁이 속한다. 이 두 가지 형태의 축제는 역사적으로 극단적인 대립을 취하고 있지만 그럼에도 불구하고 기존 현실로부터의 해방과 새로운 공동체의 탄생을 강조했다는 점에서 공통점을 지닌다.

그런데 새로운 공동체의 실현이라는 맥락에서 파악되는 축제는 역사적 사건 자체보다는 모더니즘적 의식 구조 내에서 일종의 "이념"으로 작용하고 있는데, 즉 역사의 기억 속에 저장되어 일상의 짐이 버거울 때면 언제나 다시금 현재화되곤 하는 이념 말이다. 여기서 그 축제 이념의 불러오기 역할을 수행하는 대표적인 매체는 다름 아닌 문학 텍스트다.[14] 그와 같은 모더니즘적 의식 내에서 축제의 일상화라는 이념을 문학적 텍스트에서 구현하려 했던 대표적인 시인으로 횔덜린을 들 수 있다. 횔덜린은 축제를 때로는 자신의 시 제목으로, 때로는 시적 소재로 삼아 축제의 문학적 형상화를 시도했다. 역사적으로 볼 때 횔덜린의 시 세계에서 축제는 일차적으로 프랑스 혁명과 나폴레옹 찬양이라는 당시 상황과 긴밀한 관련을 맺고 있다. 가령 「평화의 축제」(Friedensfeier)는 축제의 문학적 형상화에 대한 대표적인 예로 손꼽히며, 역사적 상황과 관련하여 읽을 경우 유럽 세계에 자유 이념과 공화국 이념을 실현하고자 했던 나폴레옹을 찬양하는 시로 간주된다.[15] 우선 도입부인 2연에는 다음과 같이 서

---

14) 라흐만(R. Lachmann)은 도스토예프스키의 작품 『악령』을 분석하는 가운데 기존의 공식적인 축제에 대항하는 "텍스트"를 "대항축제(Gegenfest)라고 명명하고 있다(R. Lachmann, *Die Schwellensituation-Skandal und Fest bei Dostoevskij*, in: Das Fest, a.a. O., S. 307-325).

15) 더 정확히 말하면, 횔덜린의 이 시에서는 루소, 프랑스 혁명, 나폴레옹으로 이어지는 프랑스에서의 "혁명"이 "축제"로 알레고리적 언어로 각인되어 있다. "횔덜린의 평화의 축제는 공동체와의 화해를 발견하지 못한 채 그러한 화해를 동경하는

술되고 있다. "어른거리는 눈길로 나는 벌써 / 진지한 한낮의 힘든 일로부터 미소짓는 / 그 사람, 축제의 영주를 보는 듯하다."[16] 축제를 주관하는 영주는 횔덜린이 찬양하였던 나폴레옹을 뜻하며, 이 시에서 그 축제의 영주는 유럽 전지역에 공화국 이념을 실현코자 했던 행동("진지한 한낮의 힘든 일")을 통해서도 전혀 힘든 기색 없이 미소를 머금고 있는 위대한 영웅으로 그려지고 있다. 또한 축제의 영주는 시대가 만들어 낸 인물이라기보다는 마치 그의 출현이 이미 "예고된" 듯이, 더욱이 모든 역경과 시련을 이겨냄으로써 마침내 현실의 모든 지배를 철폐하는 이로서 제시되고 있다. "그러나 오늘부터가 아니라, 그는 먼저 예고되어 있었다. / 또한 홍수도 불길도 겁내지 않았던 한 사람 / 놀라움을 자아내니, 옛 같지 않게 고요해지고 / 신들과 인간들 사이 어디에서도 지배를 찾을 수 없기 때문이다. / (…) 이제 심연에서 울리며 / 천둥 울리는 자의 반향, 천년의 천후 무한히 끓어올라, / 평화의 소리 아래 잠들어 가라앉는다. / 그러나 그대들, 귀중한 오 그대들 순수한 나날이여, / 그대들 또한 오늘 축제를 벌이나니, 그대들 사랑을 나눈다!" "천둥 울리는 자의 반향" "천년의 천후" "평화의 소리" 같은 시적 어휘는 축제 주관자의 필연적인 초월성을 정당화하는 수사적 어법으로 작동하며, 이러한 축제 주관자와 더불어 축제 구성원들인 "그대들"의 행위도 다름 아닌

고독한 자아의 축제이다. 새로운 프랑스에서는 축제로 기념되는 새로운 사회의 이름과 임무 속에 창작의 가능성이 존재하지만, 여전히 낡은 지배 관계의 확고한 모습을 띠고 있는 독일에서는 그러한 창작 공간이 주어져 있지 않고 있다"(Karlheinz Stierle, *Die Friedensfeier. Sprache und Fest im revolutionären und nachrevolutionären Frankreich und bei Hölderlin*, in: Fest, a.a.O., S. 481-525, hier S. 498).

16) 이하 횔덜린의 「평화의 축제」는 다음의 번역서에 실려 있다(횔덜린, 『궁핍한 시대의 노래』, 장영태 역, 혜원출판사, 1990, 348~355쪽을 참조).

"사랑을 나누는" 행위라는 식으로 이상화되어 있다.[17]

축제를 주관하는 이, 즉 평화를 가져오는 이로서 초월적인 영웅적 존재를 불러들이는 내용이 시의 도입부를 형성하고 있다면, 시의 중반부에는 축제의 상태가 다음과 같이 상상적으로 그려지고 있다.

> "아침부터
> 우리는 곧 하나의 대화. 서로 귀기울인 이래
> 인간은 많은 것을 경험했다. 그러나 우리는 곧 합창이어라.
> 또한 위대한 정신이 펼치는 시간의 형상
> 하나의 징후로 우리 앞에 놓였으니, 그와 다른 이들 사이,
> 그와 다른 힘들 사이 하나의 유대가 있노라.
> 그 자신뿐 아니라, 누구에게서도 태어나지 않은 자들, 영원한 자들
> 모두 그를 통해 알 수 있나니, 마치 초목들을 통해
> 어머니 대지, 빛과 대기가 알려짐과 같다.
> 끝내 너희들, 성스런 모든 힘들
> 너희를 위해, 너희들 아직 있음을 증언하는
> 사랑의 징표, 축제일이어라."

---

17) 이 시를 정확히 고찰할 경우, 사실 시에서 언급되고 있는 축제 구성원 전체를 가리키는 "우리"는 그 어떤 실제의 현실적인 "우리"가 아닌 단지 허구적인 언어일 뿐이다. "횔덜린의 찬가는 평화 축제의 일부분이 아니라 그 자체 평화의 축제이다. 무슨 뜻일까? 횔덜린의 시를 이해하기 위해서는 축제에 대한 질문, 그리고 그 축제를 대상으로 삼고 있는 서정적 언어와의 관계에 대한 질문이 필수적이다. 프랑스의 경우 축제의 찬가는 실제 현실적인 '우리'의 문학적 표현이다. 즉 '우리'는 역사적으로 정립되고 정립될 수 있는 우리로서 축제에서 스스로를 경험한다. 그러나 횔덜린의 찬가는 자아의 서정적 담론으로 머문다. 그 자아는 문학적 자아로서 구체적인 주체의 실제 현실적인 조건을 결여하고 있는 자아이며 그 자체 시에서 비로소 형성된 자아이다"(K. Stierle, *Die Friedensfeier*, a.a.O., S. 499).

우선 축제일은 감각적인 언어를 통해 묘사되고 있기보다는 대단히 추상적이고 개념적인 모습을 띠고 있는데, 가령 축제를 맞이한 구성원들을 "하나의 대화"나 "합창"이라고 언급한 대목에서 알 수 있다.[18] 물론 그러한 추상적인 언어는 불협화음이 사라진 구성원들 간의 조화로운 상태를 암시한다. 또한 "위대한 정신이 펼치는 시간의 형상"이라고 표현된 축제의 상황에서는 영웅과 구성원들 간의 지배 관계가 마침내 사라지고 이상적인 유대 관계가 형성되는데, 그러한 유대 관계는 "초목" "대지" "빛과 대기" 같은 자연의 요소를 통해 강화되고 있다. 그리하여 마침내 축제일은 모든 현실적 논리와 틀에서 벗어난, 자연과 인간이 합일되는 이상적인 "사랑의 징표"로 명명되고 있는 것이다. 횔덜린의 시를 보면 축제가 일종의 이념으로 작용하고 있음을 쉽게 파악할 수 있다. 예컨대 어떠한 구체적인 억압과 구속이 현실에 존재하는지, 그리고 그러한 현실을 극복하여 새로운 평화를 가져오는 이가 누구인지 등에 관해서 시는 구체적인 언급을 회피하고 있다. 축제는 단지 우리가 앞에서 축제의 특성으로서 언급했던 감각적이고도 심미적인 측면보다는 개념적·정신적인 특징을 지님으로써 사실상 이상적인 새로운 공동체의 구현이라는 "이념" 자체로 승화되고 있으며,[19] 그 결과 「평화의 축제」는 모더니즘적 의

---

18) 축제를 시적으로 형상화할 경우 동서양의 차이점은 그리 크지 않다. 예컨대 정현종의 초기 시집 『고통의 축제』에 실려 있는 「고통의 축제」의 경우 글쓰기 자체가 축제처럼 인식되고 있는데, 그 글쓰기는 축제의 "해방적" 성격을 지니며 동시에 "합창 소리"를 불러들이는 식으로 형상화되고 있다. "나는 감금된 말로 편지를 쓰고 싶어하는 사람이 아닙니다. 감금된 말은 그 말이 지시하는 현상이 감금되어 있음을 의미하지만, 그러나 나의 감금될 수 없는 말로 편지를 쓰고 싶습니다. 영원히. 나의 축제주의자입니다. 그중에 고통의 축제가 가장 찬란합니다. 합창 소리 들립니다."(정현종, 『고통의 축제』, 민음사, 1995, 95쪽)

식에 대한 전형적인 예로 작용한다.

휠덜린이 보편적인 이념 차원에서 축제를 형상화하고 있다면, 니체의 경우 그 비판의 대상과 축제의 상태는 어느 정도 명시적이다. 인간은 신화적인 비극 세계로부터 탈출하면서 자신의 삶을 합리성·도구적 이성·지배와 권위 등에 맡기게 되는데, 그러한 삶을 니체는 "소크라테스적 인간" 세계의 태동이라고 비판적으로 서술하고 있다. 이러한 소크라테스적 세계 이전에 존재해 있던(혹은 이후에 도래하게 될) 디오니소스적 축제 상태를 니체는 다음과 같이 상상화하고 있다.

"디오니소스의 마법 하에서는 인간과 인간 간의 끈이 다시 결합된다. 소외된, 적대적이거나 억압된 자연이 자신의 잃어버린 아들인 인간과 다시 화해의 축제를 벌인다. 대지는 자발적으로 자신의 선물을 보내며, 암벽과 황야의 맹수들이 평화롭게 다가온다. 디오니소스의 마차는 꽃과 꽃다발로 잔뜩 장식되며 표범과 호랑이가 그 멍에를 메고 간다. 베토벤의 '환희의 송가'를 한 폭의 그림으로 바꾸어 보라 (…) 이제 노예는 자유민이다. 곤궁, 독재, '뻔뻔한 행위'가 인간들 사이에 심어 놓은 완강하고도 적대적인 경계를 이제 모든 이들은 부숴 버린다. (…) 인간은 노래하며 춤추면서 자신을 더욱 지고한 공동체의 일원으로 표명하며, 자신이 배웠던 걷는 법과 말하는 법을 잊는 동시에 춤을 추면서 허공으로 날아오르려 한다. 그의 몸짓에서 마법이 흘러나온다. 이제 짐승이 말하고 대지가 젖과 꿀을 주듯이, 인간으로부터도 초자연적인 것의 소리가 울려 퍼진다. 그는 자신을 신처럼 느끼며, 거닐고 있는 신들의 모습을 꿈에서 본 것처

---

19) "축제는 이성적인 도취의 순간이다. 즉 개념이 지고한 개념으로 승화되는 순간, 그리고 그 지고한 개념이 흡사 형상의 직접성으로 전환되는 순간이다"(K. Stierle, *Die Friedensfeier*, a.a.O., S. 513).

럼 그 자신도 황홀하게 신처럼 거닐고 있다."[20]

디오니소스적 상태는 단순히 고대 그리스 신화에서의 주신 디오니소스를 문학적으로 현재화하는 것이 아니라 합리적이고 이성적인 문명 상태를 지양한 문명비판적이고도 사회철학적 의미를 지닌다. 즉 그것은 다양한 형태의 지배와 소외가 사라진 새로운 사회를 암시한다. 인간과 인간·인간과 자연·지배자와 노예 간의 대립이 마침내 사라지면서 "화해의 축제"가 열리게 되는데, 이는 모든 위계질서가 해체된 유토피아적 상태("지고한 공동체")와 연결된다. 특히 축제와도 같은 디오니소스적 상태에서는 문명적·기계적 행위의 특징인 "언어"와 "걸음걸이"가 사라지고 그 자리에 노래·춤·소요하는 행동 같은 언어 이전의 행위가 들어서는 것이다.

횔덜린이나 니체와 마찬가지로 해방의 유토피아적 이념을 축제와 연관시켰던 이로는 단연코 바흐친을 들 수 있다. 그는 중세 및 르네상스 시대에서의 삶을 두 가지로 설명한 바 있는데, 하나는 소위 질서정연한 삶이며 다른 하나는 카니발적 삶이다.

"쉽게 요약하자면, 중세 시대의 인간은 흡사 두 가지 삶을 살았다고 말할 수 있다. 하나는 통짜식의 진지하고 암울하고 엄격하게 위계질서로 짜여진 삶, 공포와 교리주의·경외심·경건함으로 채워진 공식적인 삶이며, 다른 하나는 카니발적 삶이다. 후자는 자유롭고, 상반된 웃음으로 가득 찬 삶, 신에 대한 모욕과 모방으로 가득 한 삶, 예의에 어긋나는 말과 몸짓으로 가득 찬 삶을 말한다. 이러한 두 가지 삶이 합법화되어 있

---

20) F. Nietzsche, *Die Geburt der Tragödie*, in: Kritische Studienausgabe, Bd. I, München 1988, S. 29 f.

었지만, 그러나 엄격한 시간 경계를 통해 구분되었다."[21]

카니발적 삶은 전복적이고 해방적인 삶이라고 할 수 있는데, 그런 삶은 비록 정해진 시간적인 한계 내에서 행해졌지만 점차 공식적인 삶의 영역까지도 침범했다고 한다. 또한 그런 삶은 공식적인 삶을 비웃는 "웃음의 문화"를 주도하는 삶이었으며 그로테스크와 패러디가 거침없이 난무하는 삶이기도 했다는 것이다. 즉 카니발적 삶은 자신이 살아가고 있는 질서정연한 삶에 대항하는 의미를 지닌다. 라블레 연구서에서 바흐친은 중세 및 르네상스 시대에서 엿볼 수 있는 카니발적 삶을 "그로테스크한 사실주의의 물질적·육체적 토대"라고도 명명하면서 그 특징을 다음과 같이 밝히고 있다.

"그로테스크한 사실주의의 물질적, 육체적 토대는 여기서 통합적인 기능, 멸시하는 기능, 폭로하는 기능 그리고 새롭게 변화시키는 기능을 갖는다. 개별적인 '사적인' 육체와 사물들이 파편화되고 분리되고 고립되었더라도, 르네상스 사실주의는 그것(개별적인 육체와 사물들)을 대지와 민족의 잉태하는 육체와 연결시키는 탯줄을 잘라내진 않았다. (…) 그 육체와 사물들은 물질적·육체적으로 성장하는 하나의 전체 세계를 대변하는 것이며, 따라서 부분성의 한계를 넘어선다. 즉 사적인 것과 보편적인 것이 그 안에 모순적으로 혼합되어 있다. 르네상스 문화의 근본 토대는 바로 카니발적 경험이다."[22]

넓은 의미에서 축제에 포함되는 혹은 축제와 등가적 기능을 지닌 카니발적 삶에 대한 바흐친의 분석에는 변증법적 통일성을 내세운

---

21) M. Bachtin, *Literatur und Karneval*, a.a.O., S. 57.
22) M. Bachtin, *Rabelais und seine Welt*, Frankfurt a. M. 1987, S. 74.

헤겔 식의 사유가 깔려 있다. 개별적인 육체성과 물질성이 그 어떤 제한과 통제를 받지 않은 채 마치 화산처럼 폭발하지만 동시에 "대지와 민족"이라는 거대하고도 보편적인 육체와 다시 연결되고 있다는 점, 요컨대 "사적인 것과 보편적인 것"이 통합된다는 점이 그러한 헤겔식의 변증법적 통일성을 말해 주고 있다. 파편성은 파편성 자체로 그치지 않고 총체성과 반드시 연결되어야만 한다는 인식을 토대로 바흐친은 카니발적 삶을 해석하고 있는 것이다. 바흐친은 르네상스 이후 그러한 카니발적 삶이 점차 사라졌음을 지적하고 있지만,[23] 그럼에도 불구하고 그는 자신의 동시대적 삶에서도 그와 같은 카니발적 삶이 다시 실현되기를 소망하고 있었던 것으로 보인다. 요컨대 카니발적 삶은 중세와 르네상스 시대에만 존재했던 삶이 아니라 다시 실현되어야만 하는 이념으로 작용하고 있는 것이다. 그런 맥락에서 파편성을 총체성과 연결시키면서 해방의 논리를 펼치는 바흐친의 시각은 어느 정도 이데올로기적이다. 그것은 카니발적 삶이 동시대의 지배적이고도 공식적인 삶과 문화(교조적 맑스주의로부터의 해방)에 대해 저항하는 의미를 갖고 있지만, 그 저항의 이데올로기를 "대지와 민족"이라는 러시아적 전통에서 벗어나지 않게 함으로써 그

---

23) 본래 이교도들의 행사였지만 카니발은 기독교적으로 흡수되었고 곧 기독교 제도의 힘에 의해서 해체되고 만다. "원래 이교도들의 봄맞이 축제였던 카니발은 중세 시대 네덜란드 곳곳에서 펼쳐졌다. 까르네발(carnevale)이라는 말에 종교적인 의미가 있다('육체여, 안녕')고 생각해서 교회는 카니발을 사순절의 시작을 알리는 축제로 이용했다. 그러나 16세기가 지나면서 성직자들을 공격했다는 이유 때문에 카니발은 교회의 반대에 부딪혔다. 게다가 신교들까지 이 '로마적인' 전통을 싫어했다. 그래서 결국 카니발은 18세기 프랑스 혁명 이후 거의 다 자취를 감추고 말았다"(Ulrich Kuhn-Hein, *Feste feiern in Europa*, 심희섭 역, 『유럽의 축제』, 북21 컬처라인, 2001, 214쪽).

정당성을 인정받으려 했기 때문이다.

이제 축제와 해방의 이념이 서로 연결된, 바흐친에서 그 절정에 도달하는 모더니즘적 시각과 관련하여 중요한 질문이 제기될 수 있다. 육체와 물질을 축제의 중요한 특징으로 파악한 바흐친의 시각은 한편으로 우리가 서두에서 밝힌 축제의 본래적인 특징인 향유 혹은 육체의 복귀와 연결되지만, 다른 한편 그러한 육체성과 물질성이 과연 거대 담론의 핵심적인 내러티브인 "대지와 민족의 탯줄"로서 유지될 수 있는가 하는 점이다. 다시 말하자면, 지배와 위계질서로 파악된 일상 속에 축제를 실현코자 하는 소망에서 "축제의 일상화"를 꾀했던 모더니즘적 담론이 현재의 삶과 축제의 관계를 파악하는 데 있어서 여전히 유효한가라는 질문이 그것이다. 여기서 중요한 분기점으로 작용하는 사유는 아도르노/호르크하이머의 사유다. 이들은 문화산업이 지배하는 현재에 그러한 "축제의 일상화"의 가능성에 대해 회의적이었다. 그들은 축제의 본래적 의미에 대한 인식과 그 본래적인 의미가 부재할 수밖에 없는 상황을 다음과 같이 분석해 준 바 있다.

"사유는 무시무시한 자연으로부터의 해방 과정에서 싹트며, 마침내 자연은 완전히 종속되고 만다. 향유는 흡사 자연의 복수와도 같다. 향유 속에서 인간은 사유를 떨쳐 버리며 문명으로부터 달아나려 한다. 고대 사회에서 향유의 도래는 공동체의 도래로서 축제에 배려되어 있었다. 원시적인 광란의 축제는 그러한 향유의 집단적인 근원이다. (…) 이제 누구나 그와 같은 근원의 변형된 힘들에 자신을 바친다. 그러나 중지된 금지에서 그러한 행위는 방탕과 광기의 특징을 지닌다. 문명과 계몽이 점차

증가하면서 자기 자신을 강화시킨, 안전하게 보장된 지배세력은 축제를
단순한 희극으로 만들어 버린다. (…) 향유는 조작의 대상이 되고, 마침
내 향유는 완전히 하나의 행사로 몰락하고 만다. 이러한 발전은 원시적
인 축제에서부터 휴가로 이어진다."[24]

아도르노/호르크하이머의 논리에서 보면, 인간과 자연·사유와 향유
는 서로 대립을 형성한다. 이 대립 과정에서 사유의 태동은 자연으
로부터의 해방을 뜻하지만, 다른 한편 사유에 의해 밀려나고 억압된
자연이 다시금 그 사유에 대해 보복을 가한다. 다름 아닌 향유를 통
해서 말이다. 그러한 향유를 간직하고 있던 것이 축제였다. 그렇지
만 사유를 바탕으로 하는 계몽적 사회에서는 자연·축제·향유가
그 보복의 힘을 상실하고 마는데, 그것은 "문명과 계몽이 점차 증가
하면서" 향유를 띤 축제가 점차 대항적인 힘을 상실하고 단지 하나
의 "희극"으로 변질되기 때문이다. 예컨대, 축제가 단지 "행사"로
전락하고 만다는 점, 더욱이 축제가 "휴가"와 동일시되고 만다는 점
등은, 축제가 사회비판적·문명비판적 이념을 더 이상 간직할 수 없
음을 말해 주고 있다. 축제는 지나간 것을 기억해 내는 행위가 아니
며 또한 일상으로부터 벗어난 새로운 공동체적 삶에 대한 동경도
아니다. 축제는 단지 정기적으로 찾아오는 휴가처럼 간주되며, 이런
의미에서 아도르노/호르크하이머의 인식은 "축제의 일상화"에서 "일
상의 축제화"로 전환하는 분기점에 서 있다.

---

24) Adorno/Horkheimer, *Dialektik der Aufklärung*, in: Gesammelte Schriften, Bd. 3,
　　 Frankfurt a.M. 1984, S. 125.

4 포스트모더니즘적 "일상의 축제화"

이성중심주의에 대한 비판과 함께 개별적 취향과 감각적 이미지의 다양성을 옹호하는 포스트모더니즘적 미학이 대두되면서 적지 않은 변화가 감지된다. 그것은 무엇보다도 "일상의 심미화" 혹은 "삶의 디자인화"라는 현상이다. 물론 감각적 이미지에 의한 일상의 심미화 현상은 반드시 현재만의 고유한 특징은 아니다. 이미 산업화가 고도로 진행되었던 19세기 말에도 다양한 이미지로 뒤덮인 도시적 삶이 팽창한 바 있었고, 그러한 다채로운 이미지 생산은 환전·물신 숭배·환락·도취 같은 부정적 성향으로 발전되었던 것도 사실이다. 그렇다고 해서 19세기 말과 현재의 삶을 감각적 이미지라는 특성 하에 함께 묶을 수도 없는 일이다. 왜냐하면 양자 간에는 현격한 차이가 있기 때문이다. 즉 19세기 말의 감각적 이미지는 적어도 우회적인 차원에서 해방의 이념과 연결되어 있었으며, 특히 그 감각적 이미지는 정치사회학적 문법 체계 내지는 이성적 기획 안에서 긍정적으로 해석될 수 있는 여지를 갖고 있었다(니체의 디오니소스적 상태가 그렇다). 그러나 오늘날의 경우 감각적 이미지는 이념이 부재해 있는 상황 때문에 정치사회학적 문법으로 더 이상 "번역"될 수 없는, 오히려 그 자체를 절대화하는 경향을 띠고 있다. 감각적 이미지의 절대화는 심미화(Ästhetisierung)라고도 불릴 수 있으며, 오늘날의 포스트모더니즘적 사회에서 일종의 문화경제적 전략으로 작용하고 있는 감각적 이미지의 절대화는 다음과 같이 규정될 수 있을 것이다.

"심미화란 근본적으로 비심미적인 것도 심미적으로 만들어진다는 혹은 심미적으로 파악된다는 것을 뜻한다. 그러한 것을 우리는 현재 도처에서 체험한다. 물론 그러한 심미화가 도처에서 똑같은 형태를 취하는 것은 아니다. 비심미적인 것에도 확대되기 시작한 심미적인 것의 유형은 경우에 따라 각각 다른 것일 수 있다. 예컨대, 도시적 환경에서 심미화란 점차 아름다운 것·매력적인 것·스타일을 지닌 것이 대두하는 경향을 말한다. 광고에서나 자기 행동에서 심미화란 연출과 생활 스타일을 뜻한다. 객관적 세계를 기술적으로 규정하는 영역, 다시 말하면 매체를 통해 사회적 세계를 전달하는 영역과 관련하여 심미화란 가상현실의 의미를 지닌다. 마지막으로 의식의 심미화는 다음과 같은 점을 뜻한다. 즉 우리는 최초의 혹은 최후의 토대를 보지 못하며, 현실이란 우리가 지금까지 예술에서 알고 있었던 것과도 같은 상태를 취한다는 것이다. 요컨대 생산된 존재·변화가능성·불구속성·부유 같은 상태 말이다. 심미화는 개별적으로 매우 상이한 방식으로 일어나지만, 요컨대 심미화라는 총체적 상태가 일어나고 있는 셈이다.”[25]

현재의 문화 현상을 관찰하는 가운데 축제 경향도 위에서 언급된 포스트모더니즘적 현상인 심미화와 긴밀한 관계를 맺고 있다. 앞에서 언급했듯이, 모더니즘적 의미에서 파악된 축제의 경우 분명 일상과 대립적인 관계를 맺으며 그러한 일상 속에서 축제가 구현되기를 소망하는 논리가 지배적이었다. 그러나 현재의 포스트모더니즘적 환경에서는 정반대의 경향이 관찰된다. 일상과 축제의 경계가 해체되면서 오히려 일상의 축제화 현상이 두드러지고 있는데, 다시 말하면 감각적 이미지의 다양성이 자유롭게 분출되는 일상이 언제나 여기저기서 축제로 변화되고 있는 것이다. 축제를 일탈 내지는 특별한 이념의 현현으로 규정했던 모더니즘적 사유가 후퇴하고 현재의 경우

---

25) W. Welsch, *Grenzgänge der Ästhetik*, Stuttgart 1996, S. 20f.

그러한 이념보다는 오히려 축제 자체가 삶 자체로 혹은 삶을 구성하는 요소로 파악되고 있는 실정이다. 즉 전통적으로 시공간적인 제한 내에서 제도적으로 행해졌던 축제도 이제 일상 속으로 편입됨으로써 일상과 축제의 경계가 해체되고 있는 것이다. "(…) 다른 사람들은 일하고 있는데 축제를 즐기는 향락적인 도락가들의 모습을 떠올린다면 그것은 적절치 못하다. 왜냐하면 오늘날에는 학계에서도 축제를 일상의 범주로 파악하고 있기 때문이다. 즉 축제는 일상과는 전혀 다른, 일상과 대립하는 것이 아니라 일상을 보완하고 드높여주는 것이다."[26]

일상 속에 제도적인 축제가 편입되고 있는 현상을 넘어서 더욱 흥미로운 점은 일상 자체가 축제의 형식을 띠고 있다는 것이다. 다시 말하면, 우리의 일상을 구성하고 있는 삶의 다양한 파편조각들이 마치 축제처럼 꾸며지고 있는 것이다. 물론 그러한 현상은 상업성 논리와 전략이 우리의 삶을 더욱 지배하고 있다는 측면을 말해주고 있지만, 중요한 점은 우리 모두가 그러한 상업성에서 벗어날 수 없는 생활 방식의 변화를 겪고 있다는 것이다. 더욱이 축제의 경우 상업성은 혼합주의를 가능케 하는 피할 수 없는 중요한 요소로 작용하고 있다는 것이다.[27] 최근 신문기사의 다음과 같은 짧은 대목은

---

26) 울리히 쿤-하인, 『유럽에서의 축제』, 259쪽.
27) 기독교와 광고, 구원과 소비가 묘하게 결합된 모든 행사도 그러한 상업성 없이는 불가능한데, 미국의 경우 다음과 같은 분석은 매우 흥미롭다. "슈퍼볼 선데이, 오스카상 시상식, 비서의 날, 봄방학, 친코 데마요, 심지어 성 패트릭 기념일 같은 행상들은 모두 상업적인 이익집단에 의해 열심히 지켜오고 있다. 한 제도가 다른 제도 위에 중첩된 이런 현상을 인류학자들은 '혼합주의', 광고인들은 '니르바나'라고 부른다. 할로윈데이를 자세히 들여다보라. 이 축제는 가을걷이와 그에 이은 겨울의 도래를 맞아 치른 비기독교인들의 축제에서 비롯된 것이었다. 위험한 겨울을

상업성에 의한 일상의 축제화 현상을 적나라하게 드러내 주고 있다.

> "카드사들은 또 회사 창립일에 맞춰 이벤트를 여는 것은 물론, '감사
> 감사 대축제', '사은 대축제', '돈벼락 대축제', '현금서비스 한도 확대 행
> 사' 등 별별 이름의 이벤트를 틈만 나면 연다."[28]

사실 카드 없이는 현대인들이 존재할 수 없는 상황이 되었고 마침
내 카드 사용과 그에 따른 행사가 우리의 일상 자체로 되어 버렸다.
결국 그러한 카드 사용을 촉발시키는 행사는 일상의 축제화라는 논
리로 파악될 수밖에 없다. 어찌 그러한 카드 사용을 위한 축제만이
있겠는가. 백화점의 세일 행사도 연중 축제이며, 주유소·전시회·
출판사·음악회·문학의 밤·지방의 특산품 심지어 학술 행사까지
도 축제의 이름을 빌리고 있지 않은가. 요컨대 "별별 이름의 이벤
트"와 "틈만 나면 연다"라는 지적은 축제 자체가 지닌 과잉·욕구
충족의 특성과 관계하는 것이 아니라 엇비슷한 종류의 축제가 도처
에서 언제나 과도하게 행해지고 있는 상황을 말해 주고 있다. 모더
니즘적 축제가 특별한 시공간적 제한을 받았다면, 이제 포스트모더
니즘적 일상에서 축제는 더 이상 특별한 시공간적인 제한을 받지
않으며 언제 어디서나 행해지고 있는 것이다. 매일 같이 신문과 함
께 배달되는 두툼한 광고 전단지에도 온갖 축제가 기획되어 있으며

무사히 보내기 위해 화톳불을 피워놓고 영가를 부르는 풍습이었던 것이다. 이 '화
톳불 밤'은 가톨릭 교회에 의해 채택되어, 장난스런 놀이라는 '가이 폭스 데이'의
요소가 가미된 만성절 전야가 되었다"(James B. Twitchell, Twenty ads that shook
the world: the century's most groundbreaking advertising and how it changed us
all, 『욕망, 광고, 소비의 문화사』, 김철호 역, 청년사, 2001년, 248~150쪽).
28) 『한겨레 신문』, 11월 19일자 3면 기사(카드업계 무한 경쟁에 관한 보도).

또한 일시적이고 순간적으로 스쳐 지나가는 다양한 유행 현상들(예: 한류 열풍)도 각기 축제라는 이름으로 불린다. 아마도 월드컵 개최가 곧 일상이 되는 올해에도 일상의 축제화가 각양각색으로 행해질 것임은 너무나 자명하지 않은가.[29]

---

29) 이 글의 초고 완성 시기는 2001. 12월경이다. 이후 2002년 6월에 월드컵 축구가 서울에서 마치 "축제"처럼 치루어졌다. 월드컵의 축제 분위기를 가속화시킨 측면은 그 누구도 예상하지 않았던 한국 팀의 4강 진출이라는 사건이었고 당시 사회 각 방면의 전문가들은 그 현상 분석을 매일 같이 앞다투어 제시한 바 있다. 한국의 4강 진출을 두고 혹자는 "역사가 바뀌는 순간"에 우리 민족이 "세상의 중심"에 서게 되었다는 식으로 분석했으며(안병욱, 『한겨레 신문』, 2002년 6월 15일), 혹자는 "월드컵과 붉은 악마가 만나 혁명을 시작했고, 국민 모두가 혁명의 주체"로 등장한다는 식의 시각을 제시하기도 했다(정대화, 『한겨레 신문』, 2002년 6월 26일자). 그 현상을 "축제"와 관련하여 매우 흥미롭게 파악했던 이는 도정일 교수의 글(『한겨레 신문』, 2002년 6월 17일자)이다. 우선 수백만 인파가 거리로 몰려나와서 서로 즐기는 현상을 그는 "축제"의 특징이 표출된 현상으로 분석하고 있다. 예컨대 "일상의 금기들이 위반되고 과잉의 행위들이 허용되는 특별한 시간이 축제이다. 축제에 참여하는 사람들은 보통 때와는 다르게, 보통을 넘어, 보통 이상으로 행동한다. 그들은 보통 이상으로 빽빽 소리를 지르고, 술 마시고, 노래하고, 춤추고, 질주한다. 축제에서 이 모든 과잉들은 신나게 허용된다. 그러나 이 허용은 축복일 뿐아니라 동시에 축제의 엄숙한 '명령'이다" 우리가 앞에서 살펴보았던 축제에 대한 프로이트 식의 시각과 담론이 도 교수의 분석에서도 그대로 반복되고 있으며, 축제의 시간인 월드컵 행사 기간 중 그러한 과잉 행위를 목격할 수 있었던 것은 분명 사실이다. 그런데 흥미로운 점은 그러한 과잉 현상을 설명하고 나서 그 의미를 찾아내려는 시각이다. 그 의미는 "지난 50년 동안 한국인의 경험을 특징짓는 것은 분열과 균열이지 결속과 통합은 아니다"라는 것이며, 이런 맥락에서 "전국을 휩쓰는 축제 분위기는 또 다른 차원에서 사회사적 대사건"이라는 의미를 지닌다는 것이다. 요컨대, "공동체적 운명과 결속"을 경험케 해주는 대사건이라는 식으로 해석되고 있다. 또한 도 교수가 제시하는 한 가지 중요한 점은 구체적인 접촉이 없이 "접속문화"만이 팽배해 있는 사이버 시대에서 찾을 수 있는 과잉 행위로서의 축제가 지닌 의미다. "사이버의 차가운 디지털 공간에는 진정한 의미의 축제가 없다. 그곳은 서로 뜨겁게 느끼고, 교감하고, 반응할 구체성의 육체적 공간이 아니기 때문이다. 아날로그적 '접촉'은 타인과의 친근한 교섭을 가능하게 하는 제1의 조건이며, 이 접촉을 통해서만 사람과 사람 사이에는 인간적 관계가 만들어진다." 월드컵에서 엿볼 수 있던 축제는 그러한 인간과 인간이 육체적 교감을 통해서 공통적체 결속을 만들 수 있었던 아날로그적 접촉의 장이었다는 것이다. 이러한 분석 시각

　　예술성과 인공적 장식을 필수 요건으로 삼았던 축제는 현재의
경우 기술공학적 보조수단을 통해 인공적 특성을 더욱 강화시키고
있다. 이 경우 축제는 구성원들이 서로 만나서 함께 꾸미는 행위로
서 파악되지 않고 "바이트의 힘" 혹은 "네트워크의 힘"에 의해 인
공적으로 만들어지는 형태를 띤다. 그와 같은 축제의 현상 역시 다
음과 같은 신문보도에서 쉽게 찾을 수 있다.

　　"하루가 다르게 새로워지는 디지털 기술은 영상문화를 어떻게 바꿔가
고 있을까. 디지털 영상의 미래가 궁금하다면 서울 넷페스티벌이야말로
놓쳐선 안 될 좋은 기회다. 28일부터 다음달 2일까지 열리는 디지털 영
상축제인 제 2회 서울 넷페스티벌에선 (…) 400편의 디지털 영상 작품이
관객과 만난다. (…) 이 영상 축제는 인터넷 동영상으로 작품을 상영하는

이 틀린 것은 아니지만, 과연 월드컵에서 분출된 과잉 행위가 "공동체적 운명과
결속"을 다지는 행위로 이해될 수 있는지에 대해서는 회의적이 아닐 수 없다. 그
것은 우선 그 즐기는 과잉 행위가 뚜렷한 "목적"을 갖지 않았다는 것이며, 오히려
90년대 이후 급격하게 변한 일상의 심미화 경향이 사실 월드컵 행사를 통해서 공
식적으로 인정받는 것이라고 해석될 수 있기 때문이다. 예를 들면 태극기를 의상
도구로 사용하거나 다양한 바디 페인팅(Body-Painting) 행위는 탈근대적 심미화 행
위인 퍼포먼스에 대한 즐거움에서 나온 것이지 '나라 사랑', '민족 사랑' '하나에의
욕구' 같은 이념과는 무관한 것으로 보인다. 또한 사이버 시대의 공허한 디지털 접
속에서 탈피하여 "아날로그적 접촉"을 동경하는 행위라고 해석하는 것도 지나친
듯싶다. 우선 당시 모였던 인파는 "디지털 대 아날로그" 같은 수사적 이분법으로
분리될 수 없을 정도로 다층적인 성격을 가진다. 또한 수백만 인파가 거리로 뛰쳐
나오는 행동은 16강 진출에의 불안감과 예견치 않은 상승에의 기쁨이 뒤섞인 상
태, 즉 "놀라움과 전율"을 확인해보고 싶은 충동에서 나온 것일 뿐, 새로운 인간관
계에 대한 그리움이 결코 아니다. 특히 디지털 세대의 경우 그들은 일상화되어 있
는 디지털 세계 속에서 그러한 "놀라움과 전율"을 자주 느끼고 있으며, 그러한 경
험을 그들은 월드컵 축제라는 삶의 파편적 현상에서 확인해 보고 싶었던 것이다.
그러한 행동을 요컨대 육체적 결속을 통해 새로운 인간적 관계에 대한 소망으로
해석할 경우, 그것은 탈근대적 현상에 근대적인 의미를 부여하는 해석에 지나지
않는다.

‘온라인 페스티벌’과 디지털로 제작된 작품을 극장에서 상영하는 ‘오프라인 페스티벌’의 두 가지 방식으로 진행된다.”[30]

영화 축제는 수없이 많다. 그렇지만 이 기사에서 발견되는 특징은 그 영상 축제의 두 가지 방식 중 “인터넷 동영상으로 작품을 상영하는 온라인 페스티벌”이다. 분명 축제이지만 누구나 어디서나 인터넷 접속을 통해 축제에 참가하는 방식이다. 축제는 회원 가입을 통해 주어지는 아이디와 비밀번호의 소유자들의 접속 자체일 뿐 춤과 노래를 통해 공동체적 연대감을 함께 감지하고 고양하는 전통적인 모습이 더 이상 아니다. 이렇듯 네트워크에 의해 이루어지는 포스트모더니즘적 사회의 특징인 일상의 축제화에서는 이제 서로 얼굴을 맞대어 감정과 의식을 나누는 인간적 만남보다는 기능적 접촉만이 지배하고 있으며, 아울러 ‘자유로운 공동체의 회복’ 같은 이념도 더 이상 중시되지 않는다.

이러한 변화된 정황은 우리뿐만 아니라 서구에서도 마찬가지다. 서구 사회와 축제문화를 연구한 볼프강 맆(W. Lipp)도 80년대 중반 급격하게 변한 축제의 상황을 다음과 같이 밝히고 있다.

“오늘날에도 축제가 있을까? 이미 15년 전, 아니 20년 전에 우리는 그러한 질문에 부정적으로 답변했을 것이다. 품위 있고 즐겁게 축제를 거행하는 자세와 계기를 현재 우리는 상실했다고 생각하고 있기 때문이며, 다른 한편—그것은 70년대라고 할 수 있는데—축제의 의미가 거의 제기되지 않았고 오히려 ‘실천 행위’, 사회적 개혁, ‘혁명’을 기치로 내세

---

30) 『한겨레 신문』, 2001년 11월 28일자, 27면.

웠기 때문이다. 문화비판이 제대로 유지한 것일까? 비통함이 정곡을 찌른 것일까? 새로운 발전이 목전에 놓인 것은 아닐까?"[31]

앞에서 모더니즘적 축제의 의미를 밝힌 것처럼, 일상으로부터의 일탈 혹은 일상과 대립하는 축제는 새로운 사회 및 공동체적 연대감을 갈망하는 것으로 이해되었지만, 이제 70년대 이후 서구의 경우 축제는 그 문화비판적·사회비판적 힘을 상실해 버리고 말았다. 물론 축제의 상징적인 의미가 상실된 근본적인 원인으로 닢은 구체적인 실천이나 혁명을 요구했던 1960년대 말과 70년대 초기의 상황을 염두에 두고 있다. 그런데 그 시점은 고전적인 의미의 축제를 무의미하게 만들었지만 동시에 새로운 형태의 축제가 나타나는 계기로 작용한 것이다. 즉 축제(Fest)가 "기념행사"(Feier, Party)로 이해되는 현상을 말한다. 여기서 기념행사란 바로 "페스티벌·쇼·구경거리(Spektakel) 같은 새로운 모습을 띤 세속화된 의미"로서의 축제라고 할 수 있다. 이러한 기념행사는 "관료화" "기술화" "다양화" "임의화" "성적 충동화" 같은 새로운 복합적인 특성을 지닌다.[32] 이러한 새로운 특징을 지닌 기념행사로서의 축제와 관련하여 닢은 세 가지 형태의 축제를 분석해 주고 있다. 그 하나는 박람회 혹은 전시회 같은 형태로서 주로 정치적·경제적 영역에서 볼 수 있듯이 "일상사의 목적에 비교적 무리 없이 연결된, 기능적이고 틀에 박힌 듯 연결된" 축제 형태다. 두번째로는 "여가와 오락을 즐기는 공원"에서의 축제 형태다. 다른 목적을 갖지 않고 "그 자체로 조직화되는" 이러한 형태의 축

---

31) W. Lipp, *Feste heute*, in: Das Fest, a.a.O., S. 664.
32) Ebd., S. 664.

제에서는 주로 "자극·센세이션·기분전환·쾌락" 같은 기분을 고취시키는 특성을 지닌다. 세번째 형태는 "연출 장면" 같은 축제로서 "센세이션·자극·고무된 감정과 분위기를 우리 일상 자체 한 가운데서, 즉 거리나 광장, 기차역이나 공장의 강당, 아니면 도시 전체 구역에서 행해지는 의식적이고 만화 같은 행사"로서의 축제를 말한다.[33] 동화나 허구적인 이야기에서만 읽고 상상할 수 있었던 축제가 일상 자체에서 벌어지고 있다는 것이다.

이제 서구나 우리에게도 축제는 권위와 지배로부터의 해방이라는 특별한 의미를 더 이상 갖지 않는, 언제나 도처에서 행해지는 자의적인 퍼포먼스 혹은 자기연출 같은 행사로서 존재할 뿐이다. 그런 퍼포먼스나 자기 연출은 특별한 행사가 아니라 일상 자체를 구성하고 있는 요소인 것이다. 전혀 특별하지 않고 새로움도 없는 일상이 마치 특별하고 새로운 것인 양 반복되고 있지만 그 축제에는 사실 특별하고 새로운 것이 전혀 없다. 지방의 특산물 판매 축제에 나온 물건이 사실 백화점이나 슈퍼마켓에서 흔히 볼 수 있는 물건과 동일하듯 말이다. 특별함이 더 이상 특별함이 아닌 셈이다. 이러한 일상의 축제화 현상을 관찰하면서 상업화라는 비판을 제기할 수도 있지만, 그러한 상업화가 무감각하게 당연한 것으로 수용되는 까닭은 모든 개개인이 사실상 그러한 상업화의 일원으로 존재하고 있기 때문이 아닐까?

---

33) Vgl. ebd., S. 670-676.

5 축제에 대한 멜랑콜리인가 애도인가?

민족 전체이든 혹은 지역적이든 축제의 고유 의미는 공동체적 연대감의 강화에 있으며, 그러한 축제가 현실 옹호적인지 아니면 현실 전복적인지에 대한 질문은 모더니즘적 사유에서만 가능하다. 이와 달리 상업화·기술화·임의화의 논리가 작동하는 오늘날의 다양한 문화 산업을 통해 축제는 거의 일상화되면서 더 이상 모더니즘적 사유에 의해 비판되거나 제어될 수 없는 양상을 띠고 있다. 요컨대 축제는 공동체적 연대감의 강화라는 목적에 의존되기보다는 이익·향유·정보의 교환 같은 완전히 다른 목적에 의해서 조직되고 실행되고 있다. 더욱이 그러한 조직과 실행이 무차별적으로, 무제한적으로 작동됨으로써 사실상 전통적인 축제의 작동 원리와 의미도 이제는 완전히 사라지고 있는 것처럼 보인다. 어떻게 보면 축제의 의미 변화는 폭죽의 의미 변화와도 일치한다. 마치 공동체의 의식과 이념을 알리듯 밤하늘로 높이 치솟아 화려한 불꽃을 수놓았던 폭죽이 과거에는 제한된 시공간 내에서 허락되었던 향유의 수단이면서 동시에 꿈과 소망에 대한 상징으로 작용하였지만, 이제 그것은 동네의 문방구나 가게에서 수시로 구입되어 언제 어디서나 누구나 허락 없이 터뜨릴 수 있는 장난감으로 변한 것이다. 축제는 그와 같은 장난감 폭죽의 운명과도 같다. 축제의 주인이나 대상은 더 이상 존재하지 않으며 단지 요란한 소리와 현란한 모양만이 매순간 생산될 뿐이다. 이제 축제를 대하면서 우리는 어떤 감정을 지닐까? 잃어버린 대상에 여전히 집착하는 멜랑콜리의 감정일까 아니면 그 잃어버린 대상의 부재를 철저히 인정하고 새로운 대상을 찾아나서는 애도의 감정일까?

(『축제와 문화』, 연세대학교 출판부, 2003.4)

"파토스와 아이러니"

기계인간에 대한 문학적 형상화

1 기계인간에 대한 인간의 욕망

'인간이란 무엇인가'라는 질문에 대해서는 직립인간(homo erectus) 이라는 특징부터 언어를 구사하는 능력, 사유하는 능력, 사회적 능력, 유희적 능력 특징 등 다양한 대답이 가능하다. 그 가운데 기술을 통해 자연을 극복할 수 있는 생산적 능력이라는 인간의 특징도 언급될 수 있는데, 그러한 인간을 우리는 흔히 – 막스 프리쉬(Max Frisch)의 동명의 소설처럼 – 호머 파버(homo faber)라고 지칭한다. 이런 점에서 인간의 진화는 기술의 발전과 함께 하며, 그러한 기술의 발전은 근대성 이념을 현실화시킨 18세기 전후의 산업혁명에서 그 절정에 도달하였다. 이 시기에 모든 기술적 매체(선박, 기차, 자동차, 사진, 라디오, 영화 등)가 발명되었고 또한 인공적 생산물에 대한 상상화가 시작되었다. 아울러 문학 영역에서도 그러한 기술적 매체의 발전에 대한 긍정적/부정적 인식이 적극 표명되었다.

기술의 발전은 단순히 기술 자체에만 제한되는 것이 아니라 정치적·경제적 담론 더 나아가 역사의식과도 긴밀한 관계를 맺는다. 즉 기술의 발전에 대한 긍정적 시각은 역사 발전을 옹호하는 시각과 연결되며, 반면에 기술에 대한 거부는 동시대의 정치경제적 상황 및 역사 발전에 대한 부정적 시각을 뜻한다. 그렇기 때문에 기술에 대한 도취는 문명의 발전론적·유토피아적 이념과 함께 하며, 역으로 기술에 대한 거부는 자연으로 회귀하려는 반근대적·낭만적 이념과 연결된다. 다시 말하면, 인간과 문명의 완전성을 추구하려는 진보적 낙관주의 이념이 기술 발전의 토대를 이루고 있었다면, 그러한 완전성을 거부하는 낭만적 사유는 기술의 발전 대신에 자연을 내세운다. 이러한 기술적 매체에 대한 문학의 반응은 언제나 긍정과 부정·낙관주의와 허무주의·파토스와 아이러니 같은 양면성을 띠며, 그 양면성은 이미 상승과 추락의 의미를 지닌 이카루스 신화에서나 장엄한 항해와 몰락의 의미를 지닌 타이타닉 같은 현대의 기술적 발전에서도 쉽게 찾을 수 있다.

이 글에서는 기술의 발전 맥락과 함께 인조인간(Android)·기계인간(Menschmaschine)·자동인형(Automat) 등 다양하게 명명되었던 인공적 인간에 관한 욕망을 살펴보고자 한다. 그 욕망은 인간이 다양한 기계를 발명해오는 가운데 품고 있었던 최고의 꿈이다. 자신과 동일한 모습의 기계인간을 생산하고 싶은 인간의 그와 같은 욕망은 현재 '기계도 과연 인간처럼 생각할 수 있을까'하는 인공지능학 분야의 야심에서도 드러나고 있다. 역사적으로 그러한 욕망이 처음으로 분출했던 시기는 무엇보다도 산업혁명을 거친 18세기 이후이다. 기계인간에 대한 인간의 욕망은 자연과학 및 기술 발전에 의해 더욱 강렬하게 표출되었는데, 당시 자연과학의 주요 학문으로는 물리학·수학·의학·해부학·인상학 등을 들 수 있다.[1] 이러한 자연과학에서는 일차적으로 자연의 비밀을 과학적으로 밝혀내는 것이 중시되었지만 동시에 인간의 내적 자연의 신비를 파헤치는 것도 그 핵심을 이룬다.

자연과학에서 나온 생물학적 기계론·기계론적 유물론·물질적 활력주의(Vitalismus) 같은 사상에 의하면, 국가·자연·인간·육체 등은 모두 자극과 반응 같은 물리적인 법칙에 종속되어 움직이는 복잡한 기계적 체계로 간주되었으며, 나아가 인간이 사용하는 언어도 일종의 과학적 프로그램으로 고찰되기도 하였다. 가령 프랑스 의사이자 해부학자였던 라 메뜨리(Julien Offray de La Mettrie)는 자신의 논문 「기계인간」(*L'homme machine*, 1748)에서 인간은 하나의 기계에 불과하다는 주장을 제시한 바 있다. 이렇듯 자연과학적 이론은 형이상학적 정신이나 본질을 거부하고 생명의 근원과 본질을 기계와도 같은 속성에서 찾으려 했다. 문학의 경우도 예외는 아니다. 긍정과 부정의 양가성에서 해석될 수 있지만 일차적으로 기계인간에 대한 꿈의 형상화는 18, 19세기 유럽 문학에서 매우 중요한 의미를 지닌다. 그 대표적인 예로는 19세기 영국 작가인 매리 셸리의 소설 『프랑켄슈타인』(*Frankenstein*, 1818)을 들 수 있다. 그 소설은 과학과 기술을 토대로 창조적인 힘을 발휘하는 현대적인 프로메테우스적 상상력을 제

---

1) 최문규, 「자연철학에 기초한 독일 낭만주의의 자연관 및 문학관」, 실린 곳; 윤효녕·최문규·고갑희, 『19세기 자연과학과 자연관』, 서울대학교 출판부, 1997, 7～50쪽.

시하고 있는데, 사실 영국의 매리 셸리뿐만 아니라 독일 문학에서도 기계인간에 대한 형상화는 이미 다양하게 제시된 바 있다. 가령 괴테의 『파우스트 II』는, 인공성의 힘이 다시금 만물의 근원인 자연(물, 바다)으로 회귀한다는 차이점을 띠고 있기는 하지만, "인공인간"인 호문쿨루스의 탄생을 그리고 있다. 이 글에서는 이와 같은 기계인간에 대한 인간의 욕망을 짚어보며 이에 대한 예로 클라이스트의 「인형극에 관하여」(*Über das Marionettentheater*, 1810)와 호프만의 『모래인간』(*Der Sandmann*, 1817)을 중점적으로 살펴보고자 한다. 특히 기술의 발전에 대한 파토스와 아이러니라는 양가적 의미 하에서 그들 작가들이 그려낸 기계인간의 의미가 무엇인지, 그리고 문학 내에서 기계인간이 어떻게 형상화되어 있는지를 중점적으로 분석해보자.

2 문학과 기술/기계

기계인간에 대한 욕망은 유한성에서 벗어나 무한한 존재가 되고 싶은 인간의 인공적 생산 행위라는 데서 출발한다. 오늘날 복제 인간과 관련하여 그 인공적 생산 행위에 대한 윤리적 논쟁이 적지 않지만, 사실 이러한 인공적 생산 행위를 담고 있는 텍스트화는 그 신화적·역사적 흔적을 추적해 보면 오랜 시기로 거슬러 올라간다. 놀라운 점은 인공적 생산 행위의 뿌리는 무엇보다도 성경의 창세기에서 찾아질 수 있다는 것이다. 창세기에 의하면, "신은 자신의 형상에 따라 인간을 대지의 흙으로 창조해" 낸 후 "그의 코에 살아 있는 입김을 불어넣어 주었다"고 한다. 인공적 생산 행위의 주체가 신이라면 인간은 "대지의 흙"으로 빚어진 신의 복제물인 셈이다. "입김"이라는 어휘가 살아 있는 생명력을 뜻하지만, 엄격히 말하면 인간은 신에 의해 인공적으로 만들어진 물체에 다름 아니다. 오늘날의 시각에서 보면 자신과 비슷한 인공물로서 사이보그를 처음으로 만들어 낸 첫번째 주체는 신이며, 그러한 신의 행위를 모방하려는 차원에서 인간 – 신의 사이보그로서의 인간 – 이 다시금 자신과 비슷한 기계인간인 사이보그를 인공적으로 생산해 내려 하고 있다. 그런 점에서 모방과 모방의 모방이라는 인공적 생산 행위의 연속성이 나타난다.

이러한 기독교 창조 신화와 동일 선상에서 인공적 생산 행위를 보여주는 또 다른 예로서 프로메테우스 신화를 들 수 있다. 그 신화에 대한 해석은 다양하지만 대체로 한편으로 프로메테우스가 이미 존재해 있던 인간에게 불을 가져다주었다는 해석이 있으며, 다른 한편으로 기독교 창세기와 마찬가지로 그가 인간을 흙으로 빚어냈다고 전해지기도 한다. 후자의 측면은 괴테의 시 『프로메테우스』에서 찾아낼 수 있으며 그 마지막 연은 다음과 같다.

> 여기에 앉아서 나는
> 내 모습을 닮은 인간을 만드노라.
> 나를 닮은 종족을,
> 고통스러워하고 울며
> 즐기고 즐거워하는
> 그리고 나처럼
> 그대를 전혀 존경하지 않는 종족을.[2]

---

2) Goethe, *Hamburger Ausgabe*, München 1982, Bd. I, S. 46.

일반적으로 괴테의 "프로메테우스"는 권위적인 동시대의 억압에 대항하는 질풍노도기의 근대적 인간의 모습으로 읽혀지고 또한 이 마지막 연의 경우 자율성을 강변하는 예술가의 형상으로도 읽혀진다. 즉 모든 권위나 제도적 억압으로부터 벗어나 있는 자율적인 예술가는 자신의 작품 내에 자신과 비슷한 인물 형상을 창조해 낼 수 있는 힘을 지닌다고 말이다. 이러한 점은 동시대 천재로서의 예술가 담론과 밀접한 관계를 맺고 있다. 그렇지만 기계인간의 욕망이라는 맥락에서 보면, 창세기에서 인간을 만들어냈던 신의 생산 행위나 자신과 비슷한 형상의 인간을 만들어 내고 싶어 하는 프로메테우스, 그리고 더 나아가 자신과 비슷한 인물들을 만들어 내고 싶어 하는 예술가의 소망은 모두 "인공적 생산"이라는 점에서 서로 일치하고 있다. 그 질료가 흙이든지 언어이든지, 아니면 마이크로 전자공학적 질료이든지 간에 인공적인 생산 행위에 대한 인간의 소망은 도처에서 발견되며, 그러한 욕망의 무의식적 동인으로는 '자신과 같은 이를 만들어 낸다'는 의미에서 나르시시즘적 심리 혹은 피그말리온적 심리 상태를 들 수 있다. 그런데 유독 왜 예술가가 인공적 인간의 생산 같은 식으로 창조적 행위에 깊은 관심을 갖고 있는 것일까? 그것은 예술가가 기술의 발전이라는 사회적 환경에 대응하고 싶었기 때문이며, 동시에 예술가 자신이 사실은 문자를 갖고서 상상적인 시뮬레이션을 행하는 인공적 기술자로 존재하기 때문이기도 하다. 구체적인 질료이든지 혹은 문자이든지 간에 예술가와 기술자는 인공적인 생산 행위에서 공통점을 지니며, 이는 예술(Kunst)의 어원에 기술(Téchne)의 의미가 담겨 있다는 점에서도 추론될 수 있다.

흥미로운 점은, 기술의 발전이 본격화된 18세기 이후의 예술작품을 보면 기계인간에 대한 욕망이 더욱 강렬하게 표출된다는 것이다. 인공적 실험이 문학적으로 자주 형상화되었다는 사실은 기술적 발전에 대한 작가들의 관심이 증가했음을 말해준다. 특히 기계인간의 형상은 인간의 삶 자체가 유한하기에 그러한 유한성을 넘어서 불멸의 무한성을 바라는 인간의 보편적인 현상으로 읽힐 수 있으며, 또한 페미니즘적 시각으로 보면 이상적인 남성의 재생산으로 해석될 수 있거나 혹은 기존의 남성과 여성이라는 이분법적 성의 분리를 기계인간이라는 새로운 중성인간을 통해 극복하려는 욕망으로도 해석될 수 있을지도 모른다. 여기서는 우선 그러한 기계인간의 형상화를 문학과 기술의 상관관계 차원에서 짚어보기로 하자.

기계인간에 대한 욕망은 우선 기계에 대한 예찬에서 출발하는데, 그것은 무엇보다는 수많은 기괴한 기계를 문학에서 상상적으로 형상화했던 장 파울(Jean Paul)에게서 찾을 수 있다. 공상소설로도 불릴 수 있는 수많은 환상적인 작품을 남긴 장 파울의 문학세계에서 기계에 대한 인식은 매우 중요한 의미를 지니는데, 특히 그것은 자아와의 관계에서 그렇다. 가령 기계 장치를 제어하는 인간이 아니라 기계 장치와 함께 존재하는 인간 자아에 대한 그의 인식은 다음과 같이 제시되고 있다.

"인간이 기계적 특성을 갖게 되는 상당히 높은 단계로 진입할 것을 생각해보면서 나는 재미를 느낀다. 다음과 같이 한번쯤 생각해본 적이 있다. 즉 인간이 오감보다는 다섯 개의 기계를 가질 때 가장 높은 단계에 오르게 될 것이라고 말이다. 인간이 기계나 보행기 바퀴의 도움으로 걸을 수 있을지도 모른다. (…) 인간이 자신의 자아를 얻는 것이 아니라

한 명의 물질주의자로 새겨질 것이리라 (…) 그것은 매우 불쾌한 일이지도 모르고, 능동적 자연(natura naturans)이 마침내 사라지고 수동적 자연(natura naturata) 이외에 아무 것도 남지 않을 것이며 기계를 만든 마이스터 없이 단지 기계만이 남을 것이다."[3]

기계적인 상태의 수동적 자연에서 생산의 힘이 가미된 능동적 자연으로의 전환을 주장했던 독일 관념론의 자연철학적 사유(가령 셸링)와는 달리 장 파울은 오히려 인간이 한층 발달한 기술의 세계에 도달할 경우 "수동적 자연"만이 남을 것이라고 진단하고 있다. 또한 장 파울은 전통적으로 인간의 고유한 특징으로 파악되었던 육체적·정신적 활동도 기술이 발달할 경우 모두 '자아 밖에 놓여 있는 것'으로 간주될 수 있을 것이라는 파격적인 생각을 제시한다.

"기계와 함께 더욱 활발히 활동할 때 인간이 더욱 완전하다는 경우를 나는 생각해보며, 또한 인간이 팔·다리·예술·기억·오성을 자아 밖에 놓여 있는 것으로 간주하며 그 모든 것을 더 이상 스스로 짊어질 필요가 없는 경우를 생각해 본다(…)."[4]

기계와의 관계에서 인간 혹은 인간의 자아는 기계를 생산해내는 주인이 아닌데, 이 점은 의식 활동을 통해 자연을 생산해낼 수 있다는 의미에서의 능동적 자연을 거부하고 오로지 생산된 대상 자체만을 남을 것이라는 언급했던 대목에 잘 나타나 있다. 특히 예술·기억

---

3) Jean Paul, *Sämtliche Werke. Historisch-kritische Ausgabe, I. Abteilung, 1. Band*, hg. v. Eduard Berend, Weimar 1927, S. 549f.
4) Ebd., S. 550.

· 오성까지도 인간의 "자아 밖에 있는 것"으로 생각해본다는 점은 인간보다 기계가 예술적 활동을 더욱 잘 수행하고 지나간 것을 잘 저장하고 분석해 낼 수 있는 가능성을 암시하고 있다.

장 파울은 기술의 발달이 인간에게 행복을 가져다 줄 것인지 아니면 불행을 초래할 것인지에 대한 가치론적 시각에서 탈피하여 기술 발달 자체에 의해 일어날 수 있는 인간과 자연의 변화 상태를 언급하고 있다. 그러나 그와 같은 가치중립적 시각을 토대로 기술의 발달 및 인간 조건의 변화를 논하는 것은 사실 18, 19세기 철학적 맥락에서 보면 매우 논란을 일으킬 수 있는데, 그것은 인간의 정신적 활동을 강조했던 독일 관념론은 기술에 의해 인간의 활동 자체가 대체되는 현상을 매우 부정적으로 파악했기 때문이다. 무엇보다도 노동을 대체해 주는 기술의 발달이 인간 주체와 그의 노동 간의 소외를 초래할 수 있기 때문이다. 다양성이 사라질 수 있는 기계적인 노동에 대한 다음과 같은 헤겔의 언술에서 그 점을 쉽게 읽을 수 있다. "기계적 노동의 무감각에는 즉각 그 노동으로부터 자기 자신이 분리될 가능성이 놓여 있다. 노동은 다양성 없이 양적으로 존재하기 때문에, 즉 지적 능력에서의 노동의 종속이 지양되기 때문에, 완전히 외적인 것, 하나의 물건이 동일한 존재방식을 통해 사용될 수 있으며 마찬가지로 그것의 노동에서는 움직임으로서 사용될 수 있다".[5] 헤겔의 경우 기계적 노동은 수동적 · 피상적이고 인간적 활동은 능동적 · 내면적이라는 이분법적 사유가 작동하고 있으며, 이를 통해 후자의 측면이 긍정되고 있다.

---

5) Hegel, *Sämtliche Werke, Bd. 7, Schriften zur Politik und Rechtsphilosophie*, hg. v. G. Lasson, Leipzig 1923, S. 433f.

3 인형의 우아함: 클라이스트의 「인형극에 관하여」

헤겔 같은 철학자가 인간의 의식적인 활동을 중시하였다면, 18, 19세기 작가들은 그와 같은 철학자들의 시각에서 빗겨나 있었다. 장 파울과 비슷한 선상에서 기계와 인간의 관계를 새롭게 보았던 클라이스트를 살펴보면 그 점이 더욱 명확해진다. 그의 짧은 산문 「인형극에 관하여」는 인간과 기계의 관계를 완전히 뒤집어서 파악했던 장 파울의 시각과 어느 정도 궤를 같이 하고 있다. 그 산문은 지금까지 인간의 의식구조를 중심으로 삼는 역사철학적 시각 하에서 주로 해석되어 왔다. 예를 들면 무의식적인 차원에서의 인간 행동은 매우 자연스럽고 아름다울 수 있지만 인간이 마침내 자기 자신을 의식하는 순간 그 행동은 부자연스럽게 된다는 것이다. 그에 대한 예로 클라이스트의 텍스트는 자신의 아름다운 자태를 의식적으로 재현해내려는 젊은이의 행동, 곰과의 펜싱 경기에서 의식적으로 곰을 제압하고자 했지만 번번이 패하고 마는 행동이 언급되고 있다. 이러한 의식의 부자연스러움은 곧 낙원에서 추방된 상태 하에서의 인간의 성찰적 행위로 해석되고 그와 같은 성찰적 의식을 지양할 때 비로소 인간은 다시금 낙원과도 같은 상태로 되돌아 갈 수 있다는 것이다. 혹은 부자연스러움을 만들어낼지라도 성찰적 의식은 어쩔 수 없이 무한히 전개될 수밖에 없다는 해석도 제시된 바 있다. 이런 식이 바로 역사철학적 해석의 요점이다.

그러나 역사철학적 시각에서 벗어나 기술과 인간의 주제로 텍스트에 접근할 경우 의식 이전의 상태 혹은 의식이 제거되거나 개입되지 않은 물리적인, 기계적인 상태에 대한 서술은 매우 흥미롭다. 무엇보다도 손발이 움직이는 인형의 상태가 마치 기계인간의 모습처

럼 제시되고 있는데, 텍스트에는 의식이 배제된 인형의 상태 혹은
신의 상태가 다음과 같이 "우아함"과 결부되어 옹호된다. "전혀 의
식을 갖고 있지 않은 인간적 육체나 아니면 무한한 의식을 지닌 인
간적 육체, 즉 인형에서나 혹은 신에서 우아함은 가장 순수하게 나
타난다."[6] 이 대목은 텍스트의 말미에 제시되어 있다. 무한한 의식을
지닌 인간적 육체는 곧 신과 동일시되는데, 사실 신과 같은 인간이
불가능하다는 점이 전제될 경우 더욱 현실적으로 다가오는 점은 바
로 아무런 의식을 전혀 지니지 못한 인간적 육체, 즉 인형의 상태가
우아함을 지닌다는 것이다. 실제로 텍스트 초반부에 화자인 무용수
C씨는 자신은 인간의 무용보다는 인형의 움직임에 더욱 매료되어
있다고 말한다. 그 결정적인 근거는 인형의 움직임에는 의식이 배제
될 수 있기 때문이라는 것이다.

"그는 말하기를, 모든 동작은 하나의 중심을 가졌으며 인형의 내면에
서 그 중심만을 조정하는 것으로 족하며, 진자에 불과한 인형의 사지는
다른 힘을 가하지 않아도 저절로 기계적으로 움직인다는 것이다."(339)

"인형을 움직이는 이는 오로지 철사나 실로 그 운동의 중심만을 조
종하기 때문에 있는 그대로의 여타 사지는 생명이 없는 단순한 진자로서
중력의 법칙만을 따를 뿐입니다. 이는 우리가 대부분의 무용가들에게서
찾아볼 수 없는 탁월한 속성이지요."(341-342)

기계적으로 움직이는 인형이 인간보다 우아하고 탁월한 것으로 간주

---

6) H. v. Kleist, *Sämtliche Werke und Briefe*, hrsg. v. H. Sembdner, Dramstadt 1983,
Bd. 2, S. 345(이하 인용 쪽수는 본문에 기입함).

되는 까닭은 바로 끈의 조종에는 움직이는 자의 의식이 개입되지 않기 때문이다. 인형의 동작을 자연스럽게 움직이게 하는 "하나의 중심"이나 인형을 끈으로 조종하는 이의 능력이 혹시 인간의 의식과 연결되는 것이 아닌가 하는 질문이 제기될 수 있을지 모른다. 가령 화자 C씨에 의하면, 인형을 조종하는 이의 "혼"(Seele)이 인형의 중심으로 옮겨짐으로써만 자연스런 우아함이 가능하다고 언급되고 있다. 그러나 여기서 그 대목을 자세히 살펴보면, "혼"이란 인간의 정신 상태 같은 것을 의미하는 것이 아니라 "운동력"(vis motrix)으로 부연되고 있음을 알 수 있다. 즉 이 운동력이 "운동의 중력"에서만 작동할 때 비로소 인형은 아무런 꾸밈없이 우아하게 움직인다는 것이다. 결국 인형의 기계적 움직임에는 조종하는 이의 정신이나 의식이 개입하는 것이 아니라 운동력의 중심 이동 같은 차원에서의 물리적인 법칙만이 중시된다. 의식의 배제는 다음과 같은 대목에서 단호하게 제시되고 있다.

> "그는 자신이 언급했던 그 정신의 마지막 파편이 인형으로부터 제거될 수 있고 인형의 춤이 완전히 기계적인 영역에 넘어가, 내가 생각했던 바와 같이, 핸들에 의해 조종될 수 있으리라고 믿는다는 것이다."(340)

의식보다는 "핸들"에 의해 조종되는 인형의 기계적인 춤이야말로 완전한 단계에서의 우아함에 도달한다는 것이다. 클라이스트의 텍스트에서 인형과 그 끈을 조정하는 이와의 관계는 철학적으로 보면 운명론(Fatalismus)에서 차용된 것임을 알 수 있다. 운명론적 사상에 의하면, 인형은 인간에 해당되고 인형의 끈을 조정하는 이는 신이며 결국 인간은 신에 의해 조종되는 꼭두각시로 해석되곤 한다. 이러한 신학적 근거를 차용하면서도 클라이스트는 한 가지 중요한 점을 변형시키고 있다. 즉 운명론적 사상에서는 인형 같은 인간의 운명이 신의 의식 내지는 의지에 종속되어 있다면, 클라이스트의 텍스트에서는 그러한 조종자의 의식(혹은 의지/정신)이 철저히 배제되고 그 대신 자연적이고 물리적인 힘이 작용하고 있는 것이다. 요컨대 운동력이 중심에 놓일 때 인형의 움직임이 가장 자연스럽고 우아할 뿐, 의식이 개입되면 "인간의 자연적인 움직임에는 어떤 혼란"(343)이 야기된다는 것이다.

이처럼 클라이스트가 인형의 기계적인 움직임을 옹호하고 있는 까닭은 한편으로 인간 의식을 선험적인 것으로 절대시하였던 동시대의 철학적 사유(특히 칸트 철학)에 대한 저항으로 해석되지만, 다른 한편 근본적인 차원에서는 바로 자연과학을 기초로 한 기술 발전을 염두에 두었기 때문이다. 사실 인형은 근대의 기술 발전과 함께 인간이 소망하게 되는 기계인간에 대한 전단계의 형상이기도 하다. 가령 인형과 기계인간의 유사성은 이미 18세기 중반 프랑스 과학자 엘베티쿠스(Claude Adrien Helvéticus)에 의해서도 제기된 바 있다.[7] 이와 같은 맥락에서 클라이스트의 텍스트도 인형이 기계인간과 연결될 수 있는 가능성을 충분히 제공하고 있는데, 그것은 인형의 움직임뿐만 아니라 인공적인 산물의 기계적인 움직임과 관련하여 화자 C씨가 "영국예술가들이 다리를 잃은 불구자들을 위해 만들어 준 자동기계 다리"(341)의 예를 밝히고 있는 대목에서 엿볼 수 있다. 예술가가

---

7) 인간과 기계의 역사적인 논의를 짧게 다룬 인터넷 상의 읽을 만한 글로는 다음을 참조: http:///uni-bielefeld.de/%28en%29/psychologie/ae/Ae01/hp/scharlau/mum.htm

인위적으로 자동기계 다리를 발명하였다는 점은 예술가와 발명기술자(Ingenieur) 간의 유사성을 다시 한 번 입증해주고 있으며, 더욱 흥미로운 점은 그러한 자동기계 다리를 지닌 이들이 추는 춤에 C씨는 경탄을 보내고 있다. "왜냐하면 내가 당신에게 그 불구자들이 자동기계 다리로 춤을 춘다고 말하면, 당신은 내 말을 믿지 않으실 것입니다. ─ 춤춘다고 제가 말했나요? 비록 그 움직임의 범위는 제한되어 있어도, 그 범위 내에서의 움직임만은 사람을 깜짝 놀라게 할 정도로 침착하고 경쾌하고 우아합니다"(341). 의식이 배제된 인형의 춤과 마찬가지로 자동기계 다리에 의지해서 추는 인간의 춤이야말로 "침착하고 경쾌하고 우아한" 것으로 간주되고 있다. 비록 신체의 일부분인 다리만이 인공적으로 만들어졌지만, 이러한 언술은 사실 다음 장에서 고찰될 호프만의 『모래인간』에서 자동기계 인간 올림피아가 기계적으로 춤추는 장면과도 연결된다. 물론 동시대 영국예술가들이 실제로 불구자들을 위한 자동기계 다리를 발명했는지는 알 수 없는 일이다. 그럼에도 불구하고 이러한 언술은 기계인간에 대한 욕망을 부분적으로나마 표출하고 있는 장면으로 해석된다.

이상과 같은 무용수 C씨와 화자 "나" 사이의 대화는 다음과 같은 무용수 C씨의 결론으로 이어진다. "전혀 의식을 갖고 있지 않은 인간적 육체나 아니면 무한한 의식을 지닌 인간적 육체, 즉 인형에서나 혹은 신에서 우아함은 가장 순수하게 나타난다." 의식이 없는 인간적 육체란 사실 인형 혹은 기계인간과도 같은 순수한 물질성의 상태를 가리키며, 이러한 상태가 역설적으로 무한한 의식을 지닌 인간적 육체인 신과 대등한 것으로 간주되고 있다. 인형 혹은 기계인간은 넓은 의미에서 일차적으로 물질과 육체가 복귀하는 차원에서 이해된다. 사실 데카르트에서 시작된 사유하는 주체·이성적인 의식은 계몽주의를 거쳐 선험적 자의식(칸트), 절대적 자아(피히테)로 나아가는 독일 관념론과 연결된다. 이와 같은 의식중심주의적 전통 내에서 육체는 철저히 배제되었거나 혹은 의식에 의해서 통제되어야만 했다. 물론 육체와 감각을 긍정적으로 간주했던 경험론적 시각이 없지는 않았지만, 그 경우에도 육체는 이성적 사유와 지식의 정당화를 위한 보조적 기능만을 지녔을 뿐이었다. 그러한 맥락에서 의식이 완전히 배제된 상태를 옹호하고 있는 클라이스트의 「인형극에 관하여」는 일차적으로 육체의 복귀라는 의미를 담고 있으며, 특히 의식 없는 인간적 육체는 어떤 의미에서는 기계인간에 대한 담론과 연결되는 것이다.

또 한 가지 중요한 의미를 생각해 볼 수 있다. 그것은 의식 없는 육체로서의 기계 인간에 의해 파악되는 사회비판적 의미이다. 인형의 춤이나 자동기계다리를 소지한 불구자들의 춤을 자연스럽고 우아하다고 보는 까닭은 그것이 아무런 "꾸밈"이 없기 때문이다. 이것은 동시대의 사회적 상황을 암시하고 있다. 즉 동시대의 사회가 통제·제어·장식 등을 바탕으로 문명화를 진행함으로써 인간은 자연스러움을 상실하게 되고 마침내 자기 자신까지도 억압하게 되는 사회적 인간(Homo sociologicus)으로 전락하고 있다고 추측된다. 그러한 사회적 인간의 억압상태에서 벗어나기 위해 운동력의 중심 같은 자연적인 힘이 작동하는 상태가 긍정적으로 요청되고 있는 것이며, 이러한 맥락에서 비사회적인 인형의 모습을 빌어 기계적인 인간(Homo machinarius)이 옹호되고 있다.[8] 문명화 사회와 그러한 사회 속에서의 인간의 모습이 어떠한지는 언젠가 곰과 펜싱을 겨루어봤다는 무용수

C씨의 경험담에 잘 드러나 있다. 곰을 찌르기 위해 그는 수없이 "속임 동작"과 "순간적인 능숙함"으로 다가갔지만 그는 번번이 지고 말았다. 반면에 그러한 속임 동작이나 능숙함에 빠져들지 않는 곰은 거의 기계적인 움직임만을 반복했을 뿐이라고 한다. 꾸밈이나 속임수 같은 행위는 도구적 이성에서 나온 의식적 행위에 속한다. 결국 그러한 행위가 기계적 움직임만을 취한 곰 앞에서 무력해지고 말았다는 것은 곧 속임수나 장식 등을 취하는 동시대 인간에 대한 비판적 함의를 지닌다. 마찬가지로 자신의 아름다운 모습을 의식적으로 다시금 재현해보려는 청년에 관한 이야기와 관련해서도 의식적인 행위의 반복은 "파악할 수 없는 폭력", "쇠로 만든 그물망"으로 비추어지고 있다. 의식은 인간에게 자유보다는 오히려 사회 속에서 자기 억압을 초래하며, 따라서 인형 혹은 기계인간에 대한 형상은 문명화 속에서의 인간이 잃어버린 자연스러움을 되찾으려는 대안으로서 아이러니컬하게 제시되고 있다.

4 기계인간의 알레고리적 형상화: 호프만의 『모래인간』

클라이스트의 「인형극에 관하여」를 감탄하면서 읽은 동시대의 독자는 다름 아닌 기괴한 전율소설의 대가로 손꼽히는 호프만이었다. 클라이스트가 인공다리를 지닌 불구자를 언급하면서 그 인공다리에 의한 춤의 매력을 다루고 있다면, 호프만은 한층 강화된 문학

---

8) B. Clausen und H. Segeberg, *Technik und Naturbeherrschung im Konflikt, in: Technik in der Literatur*, hrsg. v. H. Segeberg, Frankfurt am Main 1987, S. 33-51, bes. S. 45 f.

적 상상력으로 『모래인간』[9]에서 자동인형 같은 기계인간을 그려내었
다. 흔히 그 소설은 계몽주의 정신과 낭만주의 정신의 대립으로 파
악하려는 정신사적 해석에서부터 자아 분열, 오이디푸스 콤플렉스
같은 무의식을 읽어내는 정신분석학적 해석 등 다양하게 분석되고
있지만, 여기서는 그와 같은 기존의 해석을 반복하기보다는 기계와
인간이라는 맥락에서 주인공 나타나엘이 어떤 식으로 자동인형 올림
피아를 사랑하게 되고 그것의 파국이 어떤 의미를 지니는지를 살펴
보기로 하자.

어린 시절 유모가 들려주던 모래인간에 관한 이야기, 즉 일찍
잠자리에 들어가지 않는 어린아이들에게서 눈을 앗아 간다는 모래인
간에 관한 이야기, 그리고 아버지와 변호사 코펠리우스가 행한 비밀
스런 연금술 작업 장면의 목격과 실험 폭발로 인해 결국 아버지가
사망하고 만다는 이야기, 이것이 어린 시절 나타나엘이 겪은 트라우
마의 주된 내용이다. 어린 시절의 끔직한 경험 후 이제 어엿한 대학
생이 된 나타나엘은 어느 도시에서 정상적인 환경 속에서 공부하고
있다. 그러나 어느 날 망원경을 파는 상인 코폴라가 그에게 들이닥
치면서부터 그는 다시금 정신착란의 상태에 빠져 든다. 코폴라로부
터 억지로 구입한 망원경으로 우연히 그는 자신의 은사 스팔란차니
교수의 딸 올림피아를 보게 되는데,[10] 그 순간부터 그는 올림피아를

---

9) E. T. A. Hoffmann, *Der Sandmann*, in: ders., Fantasie-und Nachtstücke, München
1976(이하 인용 쪽수는 본문에 기입함). 이 소설은 프로이트가 오이디프스 콤플렉
스를 설명하기 위해 분석대상으로 삼았던 소설이며 독일 문학이론계에서는 해석의
다양성을 보여주기 위해 자주 언급된다. 국내에도 이미 번역되어 있고 상당히 재미
있는 소설이기에 적극 권하고 싶다.
10) 소설 내에서 스팔란차니 교수의 이름은 실제로 인공 생산 실험을 행했던 동시대
자연과학자 라차로 스팔란차니(Lazzaro Spalanzani, 1729~1799)를 연상시킨다.

향한 기이한 사랑에 빠진다. 후에 밝혀지지만 스팔란차니 교수가 곁
에 두고 있던 올림피아는 사실 그에 의해 생산된 나무로 만들어진
자동인형 혹은 일종의 인조인간이다. 나타나엘과 주변 사람들은 그
점을 전혀 눈치 채지 못했으며 특히 나타나엘은 그녀의 매혹적인
미모에 빠져 든다. 자동인형에 대한 인간의 일방적이고도 맹목적인
사랑이었지만, 어쨌든 인간과 기계인간 간의 사랑이 시작된 셈이다.

　자신이 사랑하는 여인이 자동인형임을 전혀 모르는 나타나엘도
사실 그녀를 처음 보았을 때는 약간 부정적인 느낌을 갖는다. 올림
피아의 외모는 아름답게 비추어졌지만 그녀의 눈은 “경직되고 죽어
있는 듯”(352)이 보였다. 그러나 코폴라 – 물론 그는 어린 시절 모래
인간과 동일시된 아버지의 친구 코펠리우스와 동일인물로 간주되는
데 – 로부터 구입한 망원경을 통해 그녀를 보게 되었을 때 그의 마
음은 완전히 다르게 변한다. 인공적인 자동인형을 암시하는 듯한
“약간 기이하게 굽어진 등, 말벌 같은 가느다란 몸매”(353)라는 서술
자의 언급을 통해 독자는 올림피아의 기이한 점을 지각할 수 있지
만, 어쨌든 나타나엘은 그러한 올림피아의 외모에서 천사처럼 아름
다운 느낌을 받게 되며 그녀의 눈 또한 달빛이 스머든 듯 아름답게
빛났다고 언급되어 있다. 18세기 중반 자연과학과 기술이 발달하면
서 말하는 기계·노래하는 기계·놀이하는 기계 같은 기술적 발명
물에 대한 인간의 소망이 다양하게 피력되었듯이, 여기서도 올림피
아는 탁월한 예술적 능력을 소유한 인물로 그려진다. 그녀는 “놀라
운 능숙함”으로 피아노를 연주하였으며 더욱이 “맑고, 거의 째지는
듯한 유리종의 목소리로 기술적으로 어렵고 화려한 아리아”(353)를
불렀다. 주변 친구들이 점차 올림피아에게 의혹의 눈초리를 보낼수

록 올림피아에 대한 나타나엘의 사랑은 더욱 깊어진다. 문체적 차원에서 흥미로운 점은 그녀에 대한 사랑이 일종의 "문학적 뱀파어리즘"(literarischer Vampirismus)의 언어로 처리되고 있다는 것인데, 그 대표적인 대목은 다음과 같다.

> "올림피아의 손은 얼음처럼 차가웠고 그는 무시무시한 죽음의 서리가 자신을 감싸고 있는 듯이 느꼈다. 그가 올림피아의 눈을 응시하자 그 눈은 사랑과 동경으로 가득한 채 그를 향해 빛났으며, 그 순간 마치 그 차가운 손에서 맥박이 뛰고 생명의 피가 작열하는 것처럼 여겨졌다."(354)

나타나엘과 올림피아가 서로 춤을 추는 무도회 장면은 인간과 자동인형 간의 전도된 모습을 드러내 준다. "그는 평소 박자에 맞추어 춤을 추었다고 생각했다. 그러나 올림피아와 춤출 때 그를 종종 자세에서 이탈하게 만드는 그녀의 독특한 리드미컬한 노련미로 인해 그는 곧 자신이 박자를 결여하고 있음을 알게 되었다."(354) 사실은 자동인형이 너무 완벽하고도 기계적인 박자로 움직이기 때문에 어긋나는 것이지만, 오히려 나타나엘은 자신을 탓하고 있는 것이다. 자동인형의 "리드미컬한 노련미"에 인간이 소외되고 있는 것이며, 그러한 소외를 극복하기 위해선 인간이 그 기계의 움직임에 적응해야만 하는 우스꽝스러운 장면이 연출되고 있는 셈이다. 다시 말하자면, 인간과 기계의 관계가 조화로운 관계를 갖기 위해선 인간이 기계에 부합해야만 가능하다는 아이러니를 내포하고 있다.

나타나엘은 간혹 올림피아에게서 "차가운 손" "차가운 입술"을 느꼈음에도 불구하고 그녀에 대한 사랑은 더욱 뜨거웠다. 그러나 나타나엘을 제외한 주변 사람들은 점차 올림피아에 대해 이상한 낌새를 감지하게 되며 특히 그의 친구 지그문트는 그녀의 기계 같은 움직임을 비판하고 나선다. "그녀의 몸매는 얼굴과 마찬가지로 규칙적이야, 정말이야! (…) 그녀의 걸음걸이는 자로 잰 듯 특이하고 모든 움직임은 잘 움직이는 톱니바퀴 운동에 의해서 이루어지는 것 같아. 그녀의 연주와 노래는 노래하는 기계가 내는 듯한 기분 나쁠 정도로 정확한, 영혼 없는 박자를 지녔고 그녀의 춤도 마찬가지야. 우리들에게 올림피아는 너무 무시무시하게 느껴져."(356) 이와 같은 친구의 비판적 지적에 아랑 곳 없이 나타나엘은 오히려 다른 사람들을 공격하고 나선다. 그는 주변 사람들을 오히려 예술적 감각이 결여된 산문적 인간들이라고 신랄하게 꾸짖는다.

> "너희들에게는 그럴지 몰라. 너희들처럼 차갑고 산문적인 인간들에게는 올림피아가 무시무시하게 느껴질 거야. 그러나 균형 있게 조직된 것은 오로지 시적 정신에만 드러나는 법이지. ─단지 나에게만 그녀의 사랑의 시선이 다가오며 의미와 정신이 그 빛을 발하고 있어. 나는 올림피아의 사랑 속에서 나 자신을 다시 발견하고 있는 거야. (…) 그녀가 별로 말을 하지 않는다는 것은 사실이야. 그렇지만 그 몇 마디의 말이야말로 사랑으로 가득 한 내적 세계의 순수한 상형문자이며 동시에 영원한 피안의 관조 속에서 정신적 삶을 고귀하게 인식해 내는 순수한 상형문자와도 같아."(356)

다른 대목에서도 자주 관찰되는 이러한 언술은 여러 가지 점에서 흥미롭다. 우선 문체적 측면에서 보면, 그와 같은 문학적 언술은 바로 낭만주의적 언어로 채색되어 있다는 특징을 지닌다. 예를 들면

"몇 마디의 말이야말로 사랑으로 가득 한 내적 세계의 순수한 상형문자이며 동시에 영원한 피안의 관조 속에서 정신적 삶을 고귀하게 인식해 내는 순수한 상형문자와도 같아" 같은 식의 언술은 자연이나 언어의 특성을 순수한 상형문자로 파악했던 슐레겔과 노발리스 같은 낭만주의자들의 언술에 정확히 부합된다. 나타나엘 스스로는 인식하지 못하고 있지만, 자동인형에 대한 그의 사랑의 언술은 낭만주의자들의 언어 차용으로서 일종의 패러디 효과를 갖고 있다.[11]

위에서 인용한 대목 중 기술과 예술의 관계와 관련하여 매우 흥미로운 점은 "균형 있게 조직된 것은 오로지 시적 정신에만 드러나는 법이지"라는 언술이다. 이것은 문학작품과 기술적 발명품, 시인과 기술자 사이의 친화적 관계를 암시하는 대목이다. 사실 올림피아와 나타나엘은 특정한 인물을 넘어서 각기 기술과 예술을 지칭하는 알레고리로 작용하는데,[12] 다시 말하면 올림피아에 대한 나타나엘의 사랑은 어원적으로 동일한 기술과 예술의 관계를 말해준다. 그것은 나타나엘이 낭만적 상상력으로 작품을 생산하는 시인으로 그려지고 있다는 점을 통해서, 그리고 그가 자동인형 올림피아를 사랑하고 있다

---

11) 이러한 점을 들어 흔히 호프만 연구가들은 호프만을 '낭만주의를 극복하면서 리얼리즘'으로 전환하는 작가로 해석하고 있다. 그러나 작품 내의 비판의 대상이 낭만주의적 언술이든 아니면 사실주의적 언술이든 문학이 특정 문학적 언술을 성찰의 대상으로 삼는 현상은 곧 프리드리히 슐레겔이 언급했던 문학의 자기성찰(Selbstreflexion der Poesie)이다. 따라서 자신의 작품 내에서 패러디 혹은 아이러니의 형식으로 다른 작가의 언술을 성찰적 대상으로 취하고 있는 현상은 넓은 의미에서 낭만주의적 문학방식에 속한다.

12) 소설 내에서 서술자는 이 장면을 놓고서 주석을 가하고 있다. 그의 전달하는 투에 따르면, 문학과 수사학을 전공하는 교수는 나타나엘의 사건에 대해 "이 모든 것은 하나의 알레고리입니다"라고 말했다고 전한다. 무생물을 생물로 전환하는 "의인화" 수법이 알레고리의 가장 기본적인 형식이라는 점을 고려한다면, 나타나엘과 올림피아는 바로 예술과 기술에 대한 의인화, 즉 알레고리임이 분명해진다.

는 점을 통해서 쉽게 감지된다. 더욱이 "균형 있게 조직된 것"과 "시적 정신"이 상호 교감을 나눈다는 나타나엘의 언술은 문학작품과 기술적 발명품이란 비록 그 질료는 다를지라도 생산자의 정신에 의해 인위적으로 만들어진 생산물이라는 공통점을 갖고 있음을 환기시켜주고 있다. 그리고 이것 또한 낭만주의 예술관과 부합한다. 가령 슐레겔은 "하나의 완성된 문학적 줄거리는 그 자체로 완결된 하나의 전체, 즉 하나의 기술적 세계"[13]라고 밝힌 바 있다. 그런데 여기서 나타나엘이 내던진 언술 자체의 의미는 해석의 불안을 야기한다. 그것은 한편으로 기술과 예술이 근원적으로 맺고 있는 친화적 관계를 상기시켜주지만, 다른 한편 예술이 점차 기술적 경향을 띠는 현상에 대한 비판으로도 해석되기 때문이다. 두 가지 경우 중 나타나엘의 사랑이 자동인형에 대한 우스꽝스러운 사랑이라는 점을 고려한다면 후자의 경우가 타당한 듯이 보인다. 특히 19세기 이후 예술이 점차 "차가운 마음"에서 생산된 인공품, 즉 기계적 완성품 같은 특징을 띠는 경향을 염두에 두면 더욱 그렇다. 그 점은 오로지 "아―아―아"라는 말만 내뱉는 올림피아의 언어능력을 통해 암시되고 있다. 이것은 기술적 자동생산물로 전락한 문학작품의 특성, 다시 말하면 예술적 방식이 점차 "형식성과 기계성" 같은 로봇 같은 특성을 갖게 되는 현상에 대한 비판적 의미를 담고 있다.[14] 그럼에도 불구하고 예술(혹은 예술가)은 자기 자신을 합리화시키는데, 나타나엘은 "말이란 무엇이냐 ― 말이란! ― 그녀의 찬란한 눈의 시선이야말로 지상의 모든

---

13) F. Schlegel, *Über das Studium der griechischen Poesei*, in: ders., Schriften zur Literatur, München 1970, S. 148.

14) *Das kalte Herz. Texte der Romantik*, hrsg. M. Frank, Frankfurt u. Leipzig 1996, S. 369.

언어보다 더 많은 것을 말해주지 않는가"(358)라고 말없는 올림피아, 즉 예술의 형식성과 기계성을 두둔하고 나선다.

올림피아에 대한 나타나엘의 사랑은 파국으로 끝난다. 그것은 자동인형 올림피아를 만든 두 명의 과학자 스팔란차니와 코폴라가 올림피아를 두고서 자신의 생산물임을 주장하는 일종의 소유권 차원에서 서로 격투를 벌이기 때문이다. 정신분석학적 차원에서 흔히 스팔란차니와 코폴라(혹은 코펠리우스)의 싸움은 나타나엘이 어린시절 경험했던 '원초적 장면'(Urszene)의 복귀로 해석된다. 즉 그 싸움은 어린 시절 연금술 작업을 목격하다 들킨 나타나엘을 두고서 아버지와 코펠리우스가 벌였던 싸움의 장면을 연상시킨다. 그리고 두 장면은 동일한 의미망을 형성한다. 올림피아를 두고서 스팔란차니와 코폴라가 전개하는 싸움이나 나타나엘을 두고서 아버지와 코펠리우스가 싸움을 전개하는 것은 모두 자동인형에 대한 싸움을 뜻한다. 그것은 나타나엘과 올림피아 간의 동일성을 찾음으로써 밝혀지는데, 그 동일성은 언어적 차원에서 유도된다. 연금술 장면을 목격하다 발각된 나타나엘은 마치 "자동인형"처럼 다루어지는데, 그것은 아버지와 코펠리우스 사이에서 하나의 물건처럼 다루어지는 장면의 묘사에서 찾을 수 있다. "그러면서 그(코펠리우스: 역주)는 관절이 우두둑 부러지는 소리가 날 정도로 나를 강하게 붙잡았으며, 내 손과 발을 완전히 비틀고는 그 손과 발을 이리 저리 다시 흔들어 댔다."(336) 물론 이것이 현실인지 아니면 상상인지는 애매하지만, 어쨌든 나타나엘은 자신이 마치 로봇 같은 기계인간처럼 다루어졌음을 밝히고 있다. 이 밖에도 나타나엘과 올림피아가 "기계=인간, 인간=기계"의 측면에서 동일한 관계를 형성하고 있다는 점은 다음과 같은 점에서도 암시되어 있다. 아버지와 코펠리우스의 연금술 장면을 목격하던 나타나엘은 순간적으로 "사람들의 얼굴이 주위에서 볼 수 있는 것처럼 느껴졌지만, 그것은 눈이 없는 얼굴들―아니 눈 대신에 끔찍하고 깊게 파인 검은 동공을 하고 있는 듯한 얼굴들이었다"(336)라고 느꼈다고 말한다. 흥미롭게도 이러한 서술은 올림피아를 두고서 스팔란차니와 코폴라가 서로 싸우는 장면에서 다시금 반복되고 있다. "그녀는 눈이 없었고 그 대신 검은 동공만을 갖고 있었다."(359) 사실 이야기 전체에서 나타나엘과 올림피아의 사랑은 이미 정신분석학적 차원에서 자주 언급되고 있듯이 자기 자신에 대한 사랑을 뜻한다. 프로이트가 이미 밝혀 주었듯이, 올림피아에 대한 나타나엘의 사랑은 곧 "눈의 거세"라는 심리적 콤플렉스에서 나온 나르시시즘적 사랑이다.[15] 올림피아를 나타나엘의 제2의 자아로 간주하는 시각은 비록 다시금 낭만적 사랑의 어투로 표현되고 있지만 올림피아를 두고서 나타나엘이 "그대는 나의 모든 존재가 투영되는 심오한 마음"(355)이라는 대목을 통해서도 간접적으로 입증된다. 나타나엘이 자동인형 올림피아를 사랑하는 것은 일종의 자아분열인 바, 이러한 자아분열의 문학적 형상화는 절대적 자아를 주장했던 근대성에 대한 반론 차원에서 이해된다. 낭만주의에서 시작된 절대적 자아에 대한 회의

---

15) 프로이트의 해석은 다음과 같다. "이 자동인형은 어린 시절 자신의 아버지에 대한 나타나엘의 여성적 성향을 구체화한 것 이외에 다름 아니다. (…) 말하자면 올림피아는 나타나엘에게서 분리된 콤플렉스다. 그 콤플렉스는 인물로서 그에게 다가오고 있다. 그리고 이러한 콤플렉스에 의한 지배는 올림피아를 향한 무의미한 강요된 사랑 속에서 표현되고 있다. 이러한 사랑을 우리는 나르시시즘적 사랑으로 불러도 타당할 것이며, 그러한 사랑에 젖어 있는 자는 실제 현실의 사랑의 대상에 소외되고 만다는 점을 이해하게 된다."(S. Freud, *Gesammelte Werke*, London 1947, Bd. XII, 244 f. Anm. 1.)

는 호프만에게서도 지속되는데, 가령 그 누구도 자기 자신을 알 수
없으며 단지 "흐릿하게 가공된 거울에 비친 불명확한 영상에서처
럼"(344) 존재하고 있는 것이다. 비슷한 사유 속에서 독일낭만주의
소설가인 틱(Tieck)도 절대적인 자아로서의 인식주체에 대해 다음과
같이 회의적인 언술을 남긴 바 있다. "우리는 실제로 존재하는 것은
아무 것도 보지 못한다. 우리가 지각하고 있다고 생각하는 빛나는
형상들은 빛나는 청동 속에 비친 우리 자신의 투영된 모습 이외에
다름 아니다."[16]

호프만의 『모래인간』이 인위적으로 제작된 자동인형인 올림피아를
그려내고 있다는 점도 중요하지만, 기계인간의 등장을 넘어서 더욱
흥미로운 점은 인간 자체가 마치 기계처럼 변해버린 상황을 보여주고
있다는 것이다. 요컨대 "인간과 비슷한 기계"(Menschmaschine)에 대한
욕망은 "기계와 비슷한 인간"(Maschinenmensch)의 결과를 낳는다. 물론
후자의 현상은 매우 비판적이다. 예를 들면 인간이 기계처럼 행동하
고 있음을 보여주는 뷔히너의 희곡『레옹세와 레나』의 경우, 희극적
인물 모습을 통해서 후기 절대주의적 귀족의 인공성과 기계적 통제
성이 강하게 비판되고 있다. 또한 자연과학이 발전하던 18세기 초기
의 경우 기계의 발명을 통해 인간이 물리적인 노동으로부터 해방되
거나 기계의 도움으로 물리적인 일에서부터 벗어날 수 있다는 믿음
이 있었다면, 19세기의 경우에는 그러한 기계에 의한 노동의 대체
현상이 부정적으로 인식된다. 기계의 발전은 한편으로 노동의 합리
화라는 긍정적인 측면을 띠지만, 다른 한편으로 맑스가 지적하였듯

---

16) Tieck, *Schriften*, Bd. 8, Berlin/New York 1966, S. 6.

이 인간이 노동에서 소외될 뿐만 아니라 오히려 인간이 기계의 리듬에 동화됨으로써 인간 스스로 일종의 기계처럼 변화하게 된다.[17] 호프만의 『모래인간』에서도 나타나엘은 자신의 문학을 전혀 이해하지 못한다고 약혼녀 클라라에게 "그대 차갑고 진부한 자동인형"(348)이라는 욕설을 퍼붓는다. 이것은 단순히 문학작품에 대한 몰이해의 차원에서 벗어나 '클라라'라는 인물에 내재해 있는 인간의 특성, 즉 합리적이고 냉정한 이성적 인간에 대한 비판을 담고 있다. 다시 말하면, 자아분열에 시달리고 있는 나타나엘뿐만 아니라 그와 대척되는 이성적 인간도 이미 기계처럼 변화되어 있음을 말해주고 있다. 이 밖에도 소설 속에서 자동인형 올림피아가 나타나엘뿐만 아니라 수많은 사람들에 의해서도 인간처럼 간주되었다는 현상은 기계인간과 인간기계 간의 차이가 점차 소멸되고 마는 동시대의 상황을 암시해 주고 있다. 사실 19세기의 사회사적 배경을 고려해보면, 올림피아는 나타나엘의 제2의 자아를 넘어서 동시대 여성상을 재현해내고 있다. 크레머의 연구에 의하면, 올림피아가 "약간 기이하게 굽어진 등, 말벌 같은 가느다란 몸매"를 갖고 있고 "자로 잰 듯한 걸음걸이"를 하고 있다는 인상학적 서술은 19세기 동시대의 소위 "상류층 사교여성들"의 모습과 정확히 일치한다. 또한 뜨개질이나 자수를 놓지 않는 올림피아의 모습도 사교 모임에서 결코 자수를 놓지 않거나 뜨개질을 하지 않았던 당시의 여성들의 역사적인 모습과 부합하고 있다. 요컨대 자동인형 올림피아를 통해 동시대 여성상을 부각

---

17) Rudof Drux, *Der Mythos vom künstlichen Menschen*, in: Der Frankenstein-Komplex, Kulturgeschichtliche Aspekte des Traums vom künstlichen Menschen, hrsg. v. Rudolf Drux, Frankfurt am Main 1999, S. 42.

시킴으로써 호프만의 『모래인간』은 "사회적 관습성의 정상적 상태로
서 자동인형인 여성을 앞에 내보이면서 여성을 나무라는 분명한 경
향을 드러내는 사회 풍자"[18]를 띠고 있는 것이다. 흥미로운 점은, 기
계인간과 인간기계의 상호 일치성으로 인한 충격에서 벗어나기 위해
이제 사람들은 기계인간과의 차이점을 만들어 내려고 하는데, 그 점
은 올림피아가 자동인형이 밝혀진 후 소설의 서술자가 전하는 사람
들의 반응에서 읽어낼 수 있다. "자동인형 사건은 남자들의 마음에
강하게 각인되었고, 정말이지 인간 형상에 대한 끔직한 불신까지도
슬며시 생겨나게 되었다. 자신들이 결코 목각인형을 애인으로 두고
있지 않음을 확신하기 위해 이제 남자들은 자신의 애인에게 약간
박자 없이 노래를 부르고 춤추기를 요구했으며, 또한 책을 낭송할
때 뜨개질을 하거나 강아지와 놀도록 요구했다. 그리고 무엇보다도
애인이 단지 듣기만 할 것이 아니라 말하기가 곧 사유와 느낌을 전
제하고 있다는 식의 어투로 말할 것을 요구하고 나섰다."(360) 그 어
떤 충돌·오류·실수 없이 박자에 맞춘 아름다운 춤이 계몽주의와
고전주의의 이념인 완전성과 연결될 경우 자동인형 올림피아와 그녀
가 추는 춤은 그러한 완전성에 대한 알레고리인 셈이다. 그와 같은
실수나 오류를 허용하지 않는 완전한 인간의 생산이 본래 인간의
꿈이었다면, 이제 사람들은 자발적으로 실수나 오류를 저지르는 정
반대의 행위를 통해서 자신이 인간임을 다시 확인하려고 한다. 이는
곧 기계와 인간 간의 아이러니컬한 관계를 말해주고 있다.

---

18) D. Kremer, *E.T.A. Hoffmann. Erzählungen und Romane*, Berlin 1999, S. 81.

5 기계인간과 미래

20세기 들어서 기술과학이 더욱 가속화되었다면 그와 더불어 기계인간에 대한 문학의 상상적 묘사 또한 더욱 기괴하고 구체적인 모습을 띤다. 아울러 오늘날 로봇·기이한 돌연변이체·사이보그 같은 인위적으로 만들어진 기계인간을 그려내고 있는 현대의 영상물을 보면, 자동인형 올림피아에 대한 호프만의 상상력은 현실을 앞지르고 미래를 선취하는 힘을 지닌다. 특히 기술과학에 대한 예찬은 20세기 전반부에 그 절정에 도달했는데, 가령 미래파의 대표적 시인 마리네티는 경주용 자동차를 새로운 "페가수스" 혹은 "철로 만들어진 종족의 저돌적인 신"으로 찬양한 바 있다. 미래파 예술에서의 기술 문명에 대한 예찬은 인간 개성을 소멸시키고 새로운 기계를 신적인 것으로 신성시하는 경향을 띠는데, 그들은 기계 속에서 "예술과 삶"이 하나로 통합되는 가능성을 보았던 것이다. 그리고 이러한 기계 문명에 예찬은 과거의 낡은 문명의 파괴를 통해 새로운 세계를 구성하려 했던 파시즘적 사유와도 연결되기도 한다. 그러나 과연 속도·역동성·힘을 지닌 기계에 대한 예찬이 모든 미래파 시인들에게 공통적으로 긍정적이었는지 아니면 그러한 기계 형상이 흡사 "우스꽝스러움"에 내맡겨짐으로써 기계 문명에 대한 아이러니와 패러디가 형성되는 것인지에 대한 문제는 복잡한 해석을 요구한다. 어쨌든 1920, 30년대는, 벤야민이 인용했던 폴 발레리의 언술처럼, 실제적인 삶에서나 예술에서나 전통적인 리얼리즘을 뛰어넘어 새로운 변화와 상상력을 요구하던 시대였다. "물질·공간·시간과 같은 물리적 요소는 지난 20년 사이 옛날의 그것과는 전혀 다른 것이 되어버렸다. 따라서 우리는, 위대한 신발명들이 예술 형식의 기술 전체를 변화시키고, 또 이를 통해 예술적 발상에도 영향을 끼치며 나아가서는 예술 개념 자체에까지도 놀라운 변화를 가져다주리라는 것을 예상하지 않으면 안 된다."[19] 새로운 기술적 매체들이 예술의 형식 자체까지도 변화시킨다는 것은 이미 그 형식을 채우는 내용까지도 변화할 수밖에 없음을 말해 주며, 그 대표적인 내용은 실제 생활에서나 예술에서 끊임없이 형상화되어 왔던 기계인간에 대한 인간의 욕망이다. 그런 욕망은 프로메테우스·헤파이스토스·피그말리온 같은 신화적 형상이 소설이나 시에서 형상화되는 과정을 통해서 드러났고 현재의 경우 사이보그 같은 기계인간을 주인공으로 내세우는 사이언스 픽션과 영화에도 지속적으로 투영되고 있다.

왜 기계인간인가라는 물음에 대해서는 다음과 같이 답변될 수 있다. 그것은 신의 복제물인 인간이 마침내 신과 비슷한 방식으로 자신과 닮은 인간을 인공적으로 만들어냄으로써 스스로 "신적인 위상"을 차지하고 싶은 욕망을 갖고 있기 때문이다. 그러나 역설적이지만, 그러한 욕망이 현실화되는 순간 - 신에 의해 만들어진 인간이 신에 저항했듯이 - 그 기계인간이 인간에 저항할지도 모른다. 그와 동시에 인간과 기계인간 간의 대립적 관계에서 그 가치도 변할지 모른다. 즉 인간이 기계적으로 변하고 기계인간이 인간적으로 다가오는 가치 변화 말이다. 근대에 대한 질문의 핵심이 인간이었다면, 이제 앞으로의 탈근대에서는 인간을 대체하는 주체로서 기계인간이 다가올 수 있다. 인간과 기계인간 간의 미래적 양상이 확실히 예측될 수는 없지만, 『파우스트 II』에서 메피스토가 관객을 향해 던진

---

19) W. Benjamin, *Das Kunstwerk im Zeitalter seiner technischen Reproduzierbarkeit*, in: ders., Illuminationen, Frankfurt 1977, S. 136.

다음과 같은 언술은 그 미래에 대해 자그마한 암시를 던져 준다. "메피스토펠레스(관객을 향해): 결국 우리는 자신이 만들어 낸 피조물에 끌려 다니는 꼴이 되는군."[20]

(『독어교육』, 31호, 2004.12)

---

20) Goethe, *Faust II, Hamburger Ausgabe*, a.a.O., V. 7003f.

근대성과 심미적 현상으로서의 멜랑콜리

"의미란 꿈보다 더 환상적이다"
—레싱, 『에밀리아 갈로티』. 2막 8장

1 문학사와 멜랑콜리

정신의 지적 활동과 사유 능력과 비교할 때 감정은 언제나 부정적으로 평가되거나 극단적인 경우 '비이성적' '반도덕적' '병적' '퇴폐적인' 것으로 치부되곤 한다. 그 비판적 담론은 종종 사회적 통제에서 벗어난 개인의 무절제한 감정이 극단화될 경우 병적이고 치명적인 결과를 낳는다는 식으로 귀착되는데, 이에 대한 예로는 우울·무기력 같은 병든 마음의 멜랑콜리한 현상을 형상화한 질풍노도·낭만주의·유미주의 같은 문학적 경향을 들 수 있다. 아름다운 인간성 회복을 추구하는 과거 인본주의적 문학사나 낙관적 사회 발전을 이념적 목표로 삼는 사회사적(혹은 사회주의적) 문학사는 소위 비이성적 문학에 대하여 주로 허무주의·비관주의·현실도피 같은 식의 부정적인 평가를 내려왔는데, 그러한 평가에는 이성과 멜랑콜리(우울

·고독·광기 등), 빛과 어둠 같은 이분법적 도식이 작동하고 있음은 두말할 나위 없다. 이러한 이분법이 가장 잘 적용될 수 있는 작품은 아마도 뷔히너의 당통의 죽음 일지도 모른다. 왜냐하면 9월 대학살로 인한 고통과 현실 도피·향락·죽음·무에 대한 예찬이 당통을 통해, 그리고 민중과 함께 하는 현실 개혁·덕성·도덕·법·건강성 등이 로베스피에르를 통해 극단적으로 언급되고 있으며, 그러한 두 측면은 이성과 감정 간의 극단적인 대립을 형성하고 있기 때문이다.[1]

그러나 과연 문학 작품에서 형상화된 멜랑콜리한 이들이 병적인 기인·평화의 교란자·비현실적인 아웃사이더·광기의 소유자로서만 간주되어야 하는 것일까? 아니면 멜랑콜리를 부정적으로 서술하고 있는 문학사적 언술이 혹시 억압적인 현실 사회를 옹호하는 담론적 기제로 작용하는 것은 아닐까? 사실 병든 마음·암울한 세계·삶의 허무 등으로 채색된 멜랑콜리를 단순히 부정적인 심성이나 비정상적인 정신상태로만 파악하는 시각은 한계를 지닌다. 멜랑콜리의 이면을 들여다보면 잘못 진행되고 있는 근대성에 대한 비판과 전복의 가능성을 읽어낼 수 있다. 멜랑콜리를 "현실도피주의"(Eskapismus)로 파악하

---

1) 국내 연극 무대도 자주 상연되는 뷔히너의 당통의 죽음에서 주인공 당통은 흔히 멜랑콜리한 이의 전형으로 해석되곤 한다. 그러나 자세히 살펴보면 혁명가로 그려진 로베스피에르도 멜랑콜리한 이로 비추어지는 데, 그 점은 당통에게 자신의 내면을 들킨 로베스피에르가 던지는 그 유명한 독백 장면에서 찾을 수 있다. "모두가 내 곁을 떠나는구나 – 세상이 온통 황량하게 텅 비었군 – 이제 나 혼자로구나"(『뷔히너 문학전집』, 임호일 역, 한마당, 1997, 99쪽). 그러나 두 인물은 비록 혁명이 남긴 허무한 마음에 젖어 있었더라도 엄밀한 의미에서 멜랑콜리한 자들은 아니다. 오히려 두 인물의 대립을 통해 현실과 이상의 괴리 혹은 분열을 드러낸 작가 뷔히너가 사실은 멜랑콜리한 이로 분석될 수 있으며, 이 점은 뷔히너 연구에서도 제시된 바 있다(Peter von Becker, *Die Trauerarbeit im Schönen*, in: *Georg Büchners Dantons Tod*, hrsg. v. P. v. Becker, Frankfurt a. M. 1985, S. 75-90).

는 시각이 여전히 지배적이지만, 이와 달리 현실전복적인 사악한 시선이라는 의미를 통해 "비판의 멜랑콜리"(Melancholie der Kritik)를 다시 강조하고 있는 작업 또한 결코 녹록치 않다. 멜랑콜리에 대한 다양한 연구 결과를 염두에 두면서 이 글에서 18, 19세기 주요 문학적·철학적 담론 내에서 멜랑콜리가 어떻게 형상화되었는지, 그리고 그 문학적 형상화가 어떤 점에서 근대성에 대한 비판과 전복의 의미로 해석될 수 있는지를 살펴보고자 한다.

2 멜랑콜리의 어원과 수용 과정

멜랑콜리의 근원적 의미는 체액 병리학(Humoralpathologie)에서 찾을 수 있다. 히포크라테스(Hippokrates, BC 460-359/377)는 최초로 인간의 병리나 생리를 체액론적으로 설명해 낸 바 있다. 그에 의하면 인체는 공기·물·불·흙이라는 네 가지 원소에 상응하는 네 가지 체액(혈액·점액·황담즙·흑담즙)으로 구성된다. 이 네 가지 체액의 조화로운 상태는 곧 건강한 상태를 뜻하는 에우크라지에(eukrasie)로 불리며, 반면에 그 조화가 깨졌을 때 병적 상태인 디스크라지에(dyskrasie)가 나타난다는 것이다. 여기서 멜랑콜리는 흑담즙(schwarze Galle)이 과도하게 나타나는 병적 현상을 뜻한다. 그리스어 melancholia가 '검은'(melas)과 '담즙'(cholê)이라는 두 어휘의 복합어에 기인하는 것도 그러한 체액 병리학적 배경 때문이다.[2]

체액 병리학 차원에서 히포크라테스의 학설을 본격적으로 발전시

---

2) 체액 병리학에 관해서는: http://de.wikipedia.org/wiki/Humoralpathologie

킨 이는 갈렌(Galen, BC 129~199)이라고 불리는 익명의 의사다. 그에 의하면 인간에게는 네 가지 체액이 있는데, 1. sanguis: 혈액(원소: 공기, 따뜻하고 축축함), 2. phlegma: 점액(원소: 물, 차갑고 축축함), 3. chol: 황담즙(원소: 불, 따뜻하고 건조함), 4. melania chool: 흑담즙(원소: 흙, 차갑고 건조함)이 그것이다. 정상적인 인간의 경우 네 가지 체액이 조화로운 상태를 이루지만 그 네 가지 가운데 우세한 성분에 따라 서로 다른 인간 유형이 나타난다. 예를 들면 다혈질의 사람(Sanguiniker), 냉담한 사람(Phlegmatiker), 성마른 사람(Choleriker), 멜랑콜리한 사람(Melancholiker) 등이다. 이와 같은 고대의 체액 병리학적 분석은 멜랑콜리를 정신적 병으로 다루는 근대의 심리학을 통해 더욱 강화되는데, 풍토심리학(Geopsychologie)의 창시자인 헬파흐(W. Hellpach)가 내린 멜랑콜리에 대한 정의는 다음과 같이 그 병적 현상을 세세하게 묘사한 바 있다.

"그것(멜랑콜리)은 슬픈 생각에 몰두하는 경향을 지니며 대체로 천천히 발생한다. 잠을 제대로 자지 못하고 기분 나쁜 꿈을 꾸게 되며, 식욕이 떨어지고 일에 대한 즐거움이 시들해진다. 그런 사람은 자기 자아의 우울을 느낀 나머지 그러한 우울을 떨쳐버릴 힘을 갖지 못한다. 걱정·죄악감·추적 망상 같은 생각들이 나타난다. 연약함·과묵함·절망감은 멜랑콜리한 자의 특징이다. 때때로 불안 증세나 발작 증세가 나타나기도 한다. 그렇지만 주변 환경의 인식은 대체로 우울하진 않다. 실제의 불행이나 상상적 불행, 그리고 (신·명예심·사랑 등에 관한) 고정관념이 멜랑콜리의 원인이며, 혹은 소화나 혈액 운동에서의 육체적 장애가 그 원인이기도 하다. 요컨대, 멜랑콜리는 첫번째 퇴화단계의 정신 이상을 말한다. 멜랑콜리는 주로 폐경기의 여성들에게 종종 나타난다. 고통이 그 절정에 도달하고 나면 점차적인 회복이 나타나거나 혹은 지속적인 정신박약증이 나타난다."[3]

체액 병리학·심리학 이외에 멜랑콜리는 인간학적 차원에서도 설명되기도 한다. 그 대표적인 시각은 헤겔에게서 찾을 수 있다. 역사적 진행에 대한 관념론적 사유의 3단계 방식처럼 그는 멜랑콜리를 고찰하는 데 있어서도 유아-성년-노인이라는 3단계 논법을 사용한다. 그에 의하면 유아에서 성년으로 전환하는 시기에 젊은이는 우울(Hypochondrie)이라는 자기주관적인 심리 현상에 젖을 수 있다고 한다. 이미 어린아이 단계에서는 벗어났지만 아직 성년이 되지 못한 젊은이는 보편적인 내용을 지닌 이상 – 이것은 자기주관적인 색채를 띤 이상인데 – 에 집착하여 극단적으로 기존 세계를 변혁하고 새로운 세계를 구축하려고 한다. "그래서 청년은 세계를 변형하거나 적어도 자신에게 와해된 것으로 보이는 세계를 다시금 일으켜 세우는 권한의 위임과 소명을 받았다고 망상하게 된다."[4] 이처럼 자기주관적인 이상에만 사로잡혀 있기에 젊은이는 사회적 현실과 융합하지 못한다. 그러나 그는 점차 자신의 이상을 고집하기보다는 구체적인 삶의 다양한 일이나 타인을 위한 일에 전념하게 된다는 것이다. 그런데 바로 그 지점, 즉 자신의 주관적 이상이 현실에서 실현될 수 없다는 인식과 감정이 과도해질 때 젊은이는 멜랑콜리에 젖게 된다고 한다. 특히 약한 기질의 소유자에게는 이상의 좌절, 현실에 대한 적대감이 더욱 증폭되고 그 결과 우울이라는 병이 발전한다는 것이다.

"막 시작된 개별적인 일에의 몰두는 인간에게 매우 고통스러울 수 있으며, 자기 이상의 직접적 실현이 불가능하다는 점이 그를 우울하게

---

3) Willy Hellpach, *Die Grenzwissenschaft der Psychologie*, Leipzig 1902, S. 384f.
4) G.W.F. Hegel, *Werke in zwanzig Bänden*, Frankfurt a.M. 1970, Bd. 10, S. 83.

만들 수 있다. 많은 이들에게 우울은 눈에 띄지 않을지라도 누구나 그 우울을 쉽게 피해나가진 못한다. 인간이 뒤늦게 그와 같은 우울에 젖을 수록, 그 증세는 더욱 심각해진다. 약한 기질의 사람에게서는 우울이 한 평생 진행될 수 있다. 이러한 병적인 기분 속에서 인간은 자신의 주관성을 포기하려 하지 않으며 현실에 대한 적대감을 극복할 수 없게 되고, 결국 상대적인 무능력의 상태에 빠진다. 즉 현실적 무능력으로 쉽게 발전하는 무능력 말이다."[5]

이러한 분석에도 불구하고 전반적으로 헤겔은 젊은이의 낙관적인 성장을 염두에 두고 있다. 왜냐하면 일반적으로 젊은이는 자기 이상을 포기하고 현실 – 헤겔식 표현대로 "이성적인 것이 현실적이고, 현실적 것이 이성적이다"는 맥락에서의 그 현실 – 에 적응해 나가는 시도를 통해 점차 성년이 되기 때문이다. 위 대목에서 알 수 있듯이 이상이 좌절되는, 일종의 "상대적인 무능력"에 빠지는 경우가 있음에도 불구하고 현실에의 적응을 통해서 그러한 병적인 경우가 극복되어야 한다는 것이 헤겔의 논지인 셈이다. 흥미로운 점은, 자기주관적인 이상의 과도함으로 인해 우울에 빠질 수 있는 젊은이에 대한 묘사는 낭만주의에 대한 그의 비판적 시각과 정확히 부합한다는 것이다. 또한 우울에서 벗어날 수 있는 대안을 현실에의 적응에서 찾고 있는 시각도 마찬가지로 자기주관적인 낭만주의 문학에는 현실과의 연관성이 결여되어 있다고 비판한 시각과 일치하고 있다 (그러나 헤겔이 말하는 현실이란 동시대 보수적이고도 억압적인 현실에 다름 아니었다!).

---

5) Ebd., S. 83 f.

체액 병리학적 차원이나 인간학적 차원에서 멜랑콜리는 일종의 정신적 질병으로서 부정적으로 분류되지만, 철학이나 문학의 경우 멜랑콜리의 수용은 정반대로 표출된다. 주로 멜랑콜리는 정신적 질병이 아니라 예술을 위한 필수적인 요인으로 받아들여졌는데 그 대표적인 예로 키케로를 들 수 있다. 그는 아리스토텔레스를 인용하면서 "뛰어난 지성인은 멜랑콜리한 자이며, 그래서 나는 정신적으로 약간 느린 것에 대해 결코 슬퍼하지 않는다"[6]고 언급한 바 있다. 멜랑콜리는 지성인의 정신적 활동의 요소로서 긍정적으로 인식되었던 것이다. 멜랑콜리에 관한 문학적 예로는 괴테가 1812~15년 사이에 쓴 "무지개처럼 부드럽게 시는 / 어두운 토양에서만 얻어진다 / 멜랑콜리의 요소는 / 시적 재능에 아늑함을 준다"[7]는 시 구절이 자주 언급된다. 여기서 멜랑콜리와 문학의 창조성 간의 친화적 관계가 발화되어 있음을 알 수 있는데, 즉 어두운 토양에서 생성하는 멜랑콜리가 없다면 시적 재능은 결코 발현될 수 없다는 것이다. 자연철학자 셸링 또한 멜랑콜리를 자연의 가장 심오한 특성으로 삼은 바 있

---

6) Th. Metzinger, ···*omnes ingeniosos melancholicos ess. Interkulturalität und Melancholie: Die Transparenz der Trauer, in: Große Gefühle*, hrsg. v. ZDF-nachtstudio, Frankfurt a.M. 2000, S. 139에서 재인용.

7) J. W. v. Goethe: *Sämtliche Werke. Briefe, Tagebücher und Gespräche in 40 Bänden*, hrsg. v. Friedmar Apel u.a. I. Abt., Bd. 2: Gedichte 1800-1832. hrsg. von Karl Eibl. Frankfurt a. M. 1988, S. 395("Zart Gedicht, wie Regenbogen, / Wird nur auf dunkeln Grund gezogen: / Darum hehagt dem Dichtergenie / Das Element der Melancholie"). 이 시의 구절은 흥미롭게도 빌헬름 마이스터의 수업시대의 7권 첫 장에서 빌헬름이 무지개를 보며 말하는 대목에서 반복하고 있다("이윽고 잿빛 대지 위에 **장려한 무지개**가 섰다. 빌헬름은 그 무지개를 향해 말을 몰고 가면서 **우울한 심정으로** 그것을 바라보았다. <아!> 하고 그는 스스로에게 말했다. <**우리 인생에서 가장 아름다운 빛깔들은 대체 이렇게 어두운 대지 위에서만 나타나야만 하는 것일까?**···>"(『빌헬름 마이스터의 수업시대』 2, 안삼환 역, 민음사, 1996, 599쪽).

다. "자연의 가장 심오한 것은 우울이며, 그것은 잃어버린 자산에 대해 슬퍼하며, 모든 삶에는 없앨 수 없는 멜랑콜리가 연결되어 있다. 삶이 자신과는 무관한 어떤 것을 자신 속에 지니고 있기 때문이다."[8] 이 밖에 쇼펜하우어도 예리한 지성과 멜랑콜리를 통해 비루한 자신의 상황을 인식할 수 있다고 강조한다.

철학과 문학에서 멜랑콜리가 긍정적으로 수용되었다면, 멜랑콜리에 대한 부정적인 시각은 고대의 체액 병리학적 시각을 넘어서 근대에서도 지속적으로 제시된다. 멜랑콜리에 대한 대표작 멜랑콜리의 해부에서 로버트 버튼(R. Burtron)은 "도시는 병든 육체와도 같다. (…) 순화를 통해 그 병든 육체가 회복될지라도 결국 멜랑콜리만은 남는다"[9]고 언급한 바 있다. 도시를 병든 육체로 파악하고 멜랑콜리를 치유되지 않는 감정으로 파악함으로써 그는 최초로 도시와 사회적 삶과의 연관 속에서 멜랑콜리를 파악하였다. 이와 같은 버튼의 시각은 근대성 이념과 화려한 외양을 띤 대도시의 발전 이면에 종양·파편·폐허 등이 담겨 있다는 19세기 사회철학적·미학적 인식을 선취하고 있기에 매우 혁신적인 시각이 아닐 수 없다.

멜랑콜리에 대한 부정적인 사유는 계몽주의에서 그 절정에 도달한다. 계몽주의가 멜랑콜리를 어떻게 비판하였는지, 그리고 그 비판의 담론이 과거적인 것만이 아니라 오늘날에도 여전히 반복적으로 재생산되고 있음을 밝혀주는 매우 중요한 작업으로는 한스-유르겐

---

8) Vgl. W. Lepenies, *Melancholie und Gesellschaft*, Frankfurt a.M. 1969, S. 109에서 재인용.

9) R. Burtron, *Anatomy of melancholy*, London 1621. 이 저서 중 중요한 부분은 독일어로 번역되어 다음에 실려 있다(*Melancholie oder vom Glück, unglücklich zu sein*, hrsg. v. P. Sillem, München 1977, S. 67-106).

슁스(H.-J. Schings)의 『멜랑콜리와 계몽주의』를 손꼽을 수 있다. 그 연구서에서 슁스는 17, 18세기까지의 철학적·종교적·문학적 담론을 분석하는 가운데 멜랑콜리는 당시 행복이나 이성에 위반되는 광신주의(Fanatismus)와 동일시되었음을 보여주고 있다. 예를 들면 슬픈 감정인 멜랑콜리가 대중적으로 만연될 경우 그것은 사회적 행복을 해치는 위험한 병일뿐만 아니라 광란·비이성적 절망 등을 낳는다는 것이며, 이러한 인식이 곧 멜랑콜리에 대한 계몽주의적 비판의 핵심을 이룬다.[10] 계몽주의적 비판이 또한 정치적·종교적 관점과 연결될 경우, 멜랑콜리는 신성한 종교적 감정을 타락시킬 뿐만 아니라 사회와 통치 행정을 극도의 혼란 속에 빠뜨릴 위험한 것으로 간주되곤 했다. 이처럼 광신주의로서의 멜랑콜리에 대해 경계하기 위하여 슈틴스트라(Stinstra)라는 신학자는 종교적 덕성을 강조한다. 그런 덕성이야말로 "우울한 마음의 먹구름이 우리의 정신을 덮지 못하도록 보호할 수 있으며, 또한 전율의 빛으로 우리를 불안케 하고 우리를 공포와 불안 속에 집어넣는 기회를 광신주의에 내주지 않게 된다."[11] 덕성에 기초한 쾌활하고도 건강한 도덕주의적 삶이야말로 멜랑콜리한 광신주의에 대항할 수 있는 확실한 보루로 제시되었던 것이다.

멜랑콜리에 대한 근대의 부정적 시각은 사회학과 심리학 영역에서도 반복한다. 특히 문학과 심리학의 연관성 차원에서 멜랑콜리한 내용의 문학 작품을 사회에 적응하지 못한 '개인주의'의 극단적인

---

10) Hans-Jürgen Schings, *Melancholie und Aufklärung*, Stuttgart 1977. 이 책의 핵심적인 부분은 다음 책에 발췌되어 수록되어 있다: *Melancholie*, hrsg. v. L. Walter, Stuttgart 1999, S. 114-121.
11) Vgl. Ebd., S. 120.

모습으로 간주하는 시각은 문학사에서 흔히 발견된다. 문학적·심미적 현상과 실제의 사회심리학적 현상 간의 차이를 인정하지 않고 양자를 동일한 것으로 파악한 나머지 그 결과 모든 멜랑콜리한 심미적 현상을 결국 '고통스럽고 치명적인 병'으로 간주하는 사유는 사실 초보적인 심리학적 사유에 지나지 않는다.

심리학적 사유의 부정적 진단에도 불구하고 20세기에 들어서 멜랑콜리에 대한 긍정적인 시각이 제시되었는데, 무엇보다도 그것은 15세기 독일 화가 뒤러가 남긴 동판화 「멜랑콜리아 I」에 대한 연구자들의 본격적인 해석을 통해서 가능했다. 그 동판화에는 멜랑콜리가 사투르누스(Saturnus)의 특성을 통해 암시되고 있다. 사투르누스는 온화함과 사색에 대한 표상이며, 그의 동물은 저녁 무렵 달빛을 받으며 "멜랑콜리"라고 씌여진 글귀를 들고 날아오고 있는 박쥐다. 그는 동판화의 중앙에서 깊은 생각에 젖어 있으며, 주변에는 양·둥근 모양의 돌·다면체 모양의 돌·모래시계·종·저울·숫자 판 등 기하학적·천문학적·연금술적인 도구들이 놓여 있다. 흥미로운 점은 사투르누스가 명상과 죽음을 뜻할 뿐만 아니라 그 옆에 있는 어린 아이를 통해 더욱 숭고한 자아의 탄생까지도 암시되고 있다는 것이다. 승리자의 화환과 날개도 그러한 명상적인 형상을 강조하고 있다. 이와 같이 뒤러의 동판화에 현대적인 해석을 제공한 이는 파노프스키(E. Panofsky)다. 그에 의하면, 이 동판화는 사투르누스와 멜랑콜리·사색과 절망·예술과 과학(기하학) 사이의 긴밀한 연관성을 강조하고 있다는 것이며, 이 모든 특징은 "상상하고 구성하고 사유하는" 자의 멜랑콜리, 즉 "예술가의 멜랑콜리"(Künstlermelancholie)를 나타낸다고 강조한다.[12] 이러한 새로운 해석은 동시대의 많은 철학자와 문인에게 영향을 끼친 바 있다. 이러한 분석이 새로웠던 까닭은, 유럽의 문화적 전통에서 사악하고 방탕한 인간과 절망을 뜻하던 박쥐가 사투르누스와의 연관 하에서 어두운 밤에서의 사색과 글쓰기 같은 의미로 해석되고 있기 때문이다.[13] 뒤러의 동판화에 대한 파노프스키의 새로운 해석은 바로크와 멜랑콜리의 긴밀한 관계를 조명했던 발터 벤야민에게 상당한 영향을 끼친 것으로 보인다.

18, 19세기의 문학적·철학적 담론에서 주로 슬픔과 우울에 젖은 모든 감정을 멜랑콜리로 간주하고 그 부정적·긍정적 해석을 내놓았다면, 20세기 초 프로이트는 애도(Trauer)와 멜랑콜리를 엄격하게 구분하면서 멜랑콜리에 대한 새로운 분석의 지평을 제시하였다. 「애도와 멜랑콜리」(1917)[14]에서 그는 그 양자의 공통점과 차이점을 규명

---

12) Panofsky/Saxl, *Dürers "Melancolia I". Eine quellen-und typengeschichtliche Untersuchung*, Leipzig/Berlin 1923(여기서는 다음을 참조하였음: Panofsky, *Die Kulmination des Kupferstiches: Albrecht Dürers "Melancolia I"*(Auszug), in: *Melancholie*, hrsg. L. Walter, a.a.O., S. 86-106). 파노프스키는 "Melanchlia I"이라는 제목에서의 "I"를 연속적 나열을 나타내는 숫자보다는 "가치들 가운데 가장 이상적인 순위"로 해석하고 있다.

13) 가령 고야의 유명한 판화집 광상의 43번 「이성의 잠(꿈)이 괴물을 낳는다」(El sueño de la razón produce monstruos/Der Schlaf der Vernunft gebiert Ungeheuer) 는 잠들고(혹은 꿈꾸고) 있는 화가 주변에 부엉이와 박쥐 떼가 몰려 있는 형상을 보여주고 있다. 잠과 꿈이라는 두 가지 의미를 지닌 "sueño"를 어떻게 번역하는가에 따라서 고야의 그림은 다르게 해석된다. "이성의 잠"으로 번역될 경우 이성이 정지하면 합리성을 파괴하는 어두운 괴물(박쥐 떼)이 나타난다는 일반적인 해석이 가능하고, "이성의 꿈"으로 번역될 경우 이성 자체가 괴물을 낳는 꿈을 꾼다는 해석이 가능하다. 후자의 경우 자기 자신을 절대화하는 이성이 곧 사악함의 주체인 것이다. 두 가지 상이한 해석에도 불구하고 전율, 사악함, 괴물 등을 나타내는 형상으로서 부엉이와 박쥐에 대한 부정적 시각은 18, 19세기에도 지속했다. 만약 파노프스키의 해석처럼 뒤러(1471-1528)가 박쥐에 긍정적인 의미를 부여했다면 이는 유럽의 문화적 전통에서 매우 각별한 의미를 지닌다.

14) S. Freud, *Trauer und Melancholie*, in: *Melancholie oder vom Glück, unglücklich zu*

하는 가운데 우선 애도나 멜랑콜리는 애정 어린 타자를 상실함으로써 야기된 매우 고통스럽고 불쾌한 상태라고 말한다. 이러한 공통점에도 불구하고 양자 간에는 결정적인 차이점이 존재한다. "애도의 경우 **세계**가 초라하고 공허하고, 멜랑콜리의 경우 그 초라하고 공허한 것은 **자아다**"(165). 이러한 상실에 의한 공허한 감정 상태에서 애도는 궁극적으로 대상의 상실을 이내 인정하고 자신감을 잃지 않으면서 새로운 대상을 찾아 나서는데, 이를 프로이트는 "현실성 검사"를 통해 대상 상실을 극복하려는 심리적 대처 행위라는 의미에서의 "애도의 작동"(Trauerarbeit)이라고 부른다(164). 요컨대 애도는 상실의 우울한 상태를 극복하는 **정상적 반응**으로서 – 헤겔식으로 말하자면 – "개념적 지양"이 작동하는 셈이다. 이와 달리 타자를 상실하면서 자아의 자신감에 장애가 나타날 수 있는데, 즉 애정 어린 타자를 잃어버린 자아는 자기 자신을 비난하게 되고 궁극적으로는 자아빈곤의 상태에 이르게 된다. 달리 표현하면, 멜랑콜리에서는 상실된 대상의 현존이 여전히 자아를 지배하고 있는 것이다. 프로이트의 말을 빌리자면 "객체의 그림자가 자아에 드리워져 있다"(169). 그로 인해 멜랑콜리한 자는 상실한 대상과 자기 자신을 동일시하는 나르시시즘에 빠진다. "멜랑콜리의 특징은 고통스럽고 기분 나쁜 상태, 외부세계에 대한 관심의 중지, 사랑하는 능력의 손실, 모든 실행의 장애 그리고 자신감의 경시이며, 이는 곧 자신에 대한 질책과 자신에 대한 비난으로 귀착된다"(163). 결국 "자신감의 장애" 내지는 "자아의 빈곤"으로서의 멜랑콜리는 일종의 **병리적 증상**인 셈이다.

---

sein, hrsg. v. P. Sillem, a.a.O., S. 165(이하 쪽수는 본문에 기입).

애도와 멜랑콜리는 각기 타자와 어떠한 상실 관계를 맺는가를 통해서도 구분된다. 애도는 가까운 사람의 치명적인 상실(예: 타자의 죽음)을 통해 야기되지만, 멜랑콜리는 그와 같은 타자의 치명적인 죽음보다는 타자와 멀어지는 이별이나 결별을 통해 야기된다. 프로이트에 의하면, 애도의 경우 자아는 자신이 상실한 대상을 명확하게 인식하지만, 이와 반대로 멜랑콜리의 경우 "그 대상에서 무엇이 상실되었는지 전혀 인식하지 못한다"(165). 특정한 개인이나 이념에 성적으로 결합되어 있던 자아가 이별·결별·실망 등을 통해 그 애정 어린 대상과 멀어졌음에도 불구하고 대상에 대한 성적 충동은 새로운 대상을 찾지 못한 채 자신의 내부 속으로 향하게 되며, 그 결과 멜랑콜리한 자아는 이전의 대상과 자기 자신을 동일시하게 된다. 결국 멜랑콜리한 자아는 분열에 시달리는데, 한편으로는 애정 어린 대상과 자신을 동일시하는 부분 자아가 존재하며, 다른 한편으로는 비판적이고 평가하는 자아가 존재하게 된다. 그러한 두 부분 자아간의 갈등이 소위 "멜랑콜리한 콤플렉스"를 형성하는 것이다. "멜랑콜리에서는 하나의 대상을 두고서 사랑과 증오가 서로 싸우는 수많은 투쟁이 일어난다. (…) 멜랑콜리한 콤플렉스는 마치 '하나의 열린 상처'와도 같다"(173). 이처럼 애도와 멜랑콜리를 일종의 정상과 비정상의 상태로 분리하면서 프로이트는 멜랑콜리보다는 애도를 삶의 긍정적인 추동력으로 해석하고 있다. 이러한 프로이트의 구분은 다른 각도에서 볼 때 비판될 여지가 있다. 왜냐하면 현실원칙에 순응하는 감정 상태로서의 애도를 강조한다는 것은 사실 이성적인 현실을 옹호할 수 있기 때문이다. 아울러 비록 멜랑콜리가 상실된 대상에 집착하는 듯한 병적인 상태일지라도 그 이면에는 억압적인 현실에 더 이상 순응하지 않으려는 비판적인 감정이 놓여 있는 것으로 해석될 수 있기 때문이다. 요컨대 애도가 현실에 대한 불만족보다는 그런 불만족의 "개념적 지양"(즉 이성적 사유에 의한 현실에의 순응)을 꾀하는 것이라면, 멜랑콜리는 역으로 "개념적 지양"에 저항하는 것이다.

심리학적 차원에서 멜랑콜리를 부정적으로 해석하고 있는 프로이트와 마찬가지로 사회학적 차원에서 멜랑콜리를 비판하는 시각이 있다. 멜랑콜리와 사회에서 레페니스(W. Lepenies)는 멜랑콜리를 18세기 시민사회가 태동하는 가운데 개인이 취하게 된 "현실도피주의"로 설명하고 있다. 멜랑콜리는 "행동의 장애"에 기인하며, 그러한 행동의 장애를 갖게 되었던 이들은 대체로 18세기 이후 지식인을 중심으로 한 시민계급이라는 것이다. 이들 계급이 멜랑콜리에 젖을 수밖에 없었던 까닭에 대해 레페니스는 "세계의 현 상태의 원칙에서 고통당했기" 때문이라고 한다. 이들이 취했던 방식과 과제는 오로지 "사유"에만 놓여 있었고, 그로 인해 그들은 더 이상 안(사유)에서 밖(행동)으로 나가지 못하는 나약함을 지녔다는 한다. 소위 18, 19세기 지식인들에게 "성찰의 위험은 다름 아닌 세계도피"이었던 것이다.[15] 이런 레페니스의 시각은 흔히 접할 수 있는 사회사적 시각의 반복일 뿐이다.

멜랑콜리를 부정적으로 파악했던 프로이트나 레페니스의 시각은 다음과 같은 점을 결정적으로 간과하고 있거나 오인하고 있다. 즉 멜랑콜리한 자의 "사악한 시선"은 현실부적응 혹은 사유 속으로의 도피가 아니라 파격적이고 급진적인 현실비판의 언술과 인식을 갖고

---

15) Vgl. W. Lepenies, *Melancholie und Gesellschaft*, a.a.O., S. XXIV

있었다는 점 말이다. 프로이트와 레페니스에 대항하는 차원에서 뵈메(H. Böhme)는 자신의 연구서 『자연과 주체』에서 "멜랑콜리의 비판"과 "비판의 멜랑콜리"를 구분하면서 멜랑콜리에 대한 기존의 편협한 이해를 비판적으로 서술하고 있다.

> "멜랑콜리를 비판하는 이들은 대체로 질서의 수호자로서, 건전한 국가의 수호자로서, 작은 일상의 만족에 자족하는 평온한 정상성의 수호자임이 입증된다. 이와 반대로 멜랑콜리한 자는 **사악한 시선**을 드러낸다. 무희(舞姬)의 아름다운 외양 뒤에서 그는 종양과 고름을 발견하며 또한 사회의 육체를 부패의 기념물로 만드는 역겨운 벌레와 비열한 인간을 발견해 낸다. 평화의 감성적 구조에서 그는 이미 전쟁을 암시하는 긴장과 균열을 감지해 낸다. 시대를 극복하려는 의지 하에 건설되는 것을 그는 이미 미래의 폐허로 보고 있다."[16]

보들레르 이후 멜랑콜리한 지성인은 개인주의적 성찰 내지는 자신만의 사유와 고독 속에 갇혀 있었던 것이 아니라 "종양과 고름", "부패된 육체" 같은 말하는 몸의 담론을 통해 평화로운 현실 뒤에 내포되어 있는 역사의 "균열"과 "폐허"를 비판적으로 인식해 냈던 것이다. 더 나아가 멜랑콜리한 자의 시선 자체는 곧 사회를 비판하는 하나의 균열로 작용하는데, 이때 그의 시적 노래는 결코 아름다운 노래가 아니라 고통과 죽음의 노래와도 같다. "현존재의 노래가 영원한 레퀴엠인 양 말이다. 멜랑콜리한 자는 봉기의 노래가 아니라 몰락한 사물·먼지로 흩날려진 희망·파괴된 문화에 관한 죽음의

---

16) H. Böhme, *Natur und Subjekt*, Frankfurt a.M. 1988(이 책의 전문은 친절하게도 뵈메의 홈페이지에 실려 있다: www.culture.hu-berlin.de/HB/volltexte/natur.html)

미사곡을 듣는다.”[17]

　가장 최근에 멜랑콜리에 대해 시각을 새롭게 제기한 이는 슬라보예 지젝(S. Žižec)으로서, 멜랑콜리를 해석하는 그의 시각은 다분히 (포스트)모던적이다. 일련의 저서에서 멜랑콜리를 흥미롭게 다루고 있는 지젝은, 프로이트에 대항하여 멜랑콜리를 이념적으로나 윤리적으로 복권시키는 시각(셩, 뵈메 등)을 재비판하는 동시에 프로이트와 라캉의 시각을 수용하는 방식으로 멜랑콜리를 새롭게 정의하고 있다. 그에 의하면, 과거 멜랑콜리를 옹호하는 이들이 범한 결정적인 오류는 “상실”과 “결핍”이라는 두 개념의 혼동에 있다. 프로이트를 옹호하든지 혹은 비판하든지, 멜랑콜리는 소유했던 대상의 상실에서 발생하는 것이 아니라 처음부터 그 대상을 결핍하고 있었다는 것이다. 결국 멜랑콜리는 “마치 결핍된 대상을 과거에 소유했었지만 나중에 잃어버리고 만 것처럼”[18] 행하기 때문에 일종의 “기만”이라는 것이다. 지젝에 의하면, 대상이란 그 자체로서 존재하는 것이 아니라 “왜곡된 실재”로서만 존재할 뿐이다. “요컨대, 멜랑콜리는 대상이 처음부터 결핍되어 있다는 사실을 은폐하고 있다. 다시 말하면, 대상의 출현은 그 대상의 결핍과 함께 한다는 사실, 그리고 그 대상은 공허/결핍을 긍정시하는 것 이외에 다름 아니라는 사실을 은폐하고 있다. 대상은 결국 그 ‘자체로’ 존재하지 않는 왜곡된 실재다.”[19] 멜랑콜리의 패러독스는 결핍이 상실처럼 기만되는 전이 과정을 통해서 우리가 마치 대상을 소유한 것처럼 보인다는 데 있다. 그러한 멜랑콜리

---

17) Ebd.

18) Slavoj Žižec, *Das fragile Absolute*, Berlin 2000, S. 140.

19) Ebd., S. 141.

의 패러독스로 인해 "기만적인 스펙터클"이 나타난다고 지젝은 강조한다.

> "처음부터 잃어버린 대상, 우리가 결코 소유하지 않았던 대상을 소유할 수 있는 유일한 가능성은, 우리가 **아직** 소유하지 않은 대상을 마치 우리가 **이미** 잃어버렸던 것처럼 행동하는 데 있다. 따라서 애도의 작동에 저항하는 멜랑콜리커는 정반대의 형식을 취한다. 대상을 잃어버리기도 전에 그 대상에 대해 **지나치고 과도하게** 슬퍼하는 기만적인 스펙터클의 형식 말이다."[20]

이처럼 멜랑콜리에 대한 기존 해석을 비판하면서도 지젝은 멜랑콜리의 기만적인 스펙터클을 통해 대상에 대한 욕망의 구조를 정확히 파악해 낼 수 있다고 강조한다. 실제로는 잃어버린 대상이 부재함에도 불구하고 마치 잃어버린 것처럼 현존하는 대상, 이러한 부재와 현존의 패러독스와 관련하여 지젝은 대상과 욕망의 대상 원인(대상 a, 오브제 쁘티, 타대상)이라는 라캉의 구분을 수용한다. 그 욕망의 대상 원인은, "기만적인 스펙터클"이 그렇듯이, 대체로 "특징들"로 다가오며, 그 특징들을 들여다봄으로써 욕망의 대상 원인이 밝혀질 수 있다고 한다. "현실 속의 일련의 대상은 공허(결핍)를 중심으로 구조화되어 있다 (…) 따라서 현실의 견고한 조직을 지탱하기 위해서 현실 요소들 중 하나가 핵심적인 공허로 옮겨지게 되고 그 공허를 채우게 된다. 이것이 곧 라캉의 대상 a이다. 이 대상은 이데올로기의 숭고한 대상인 바, 즉 '사물의 존엄성으로 숭배된' 대상이며 동시에

---

20) Ebd., S. 143.

왜곡된 대상이다."[21] 여기서 한 걸음 더 나아가면, 멜랑콜리에 내재되어 있는 대상 원인의 특징을 파악함으로써 이데올로기의 숭고한 대상까지도 짚어낼 수 있게 된다. 이는 모든 철학이나 문학이 처음부터 실제의 대상을 결핍한 채 단지 "이데올로기의 숭고한 대상"을 향해 있음을 암시하는데, 그 숭고한 대상은 모더니즘이나 포스트모더니즘이든지 간에 도처에 깔려 있는 것이다.

3 근대성과 "심미적 현상"으로서의 멜랑콜리: 루소, 괴테, 보들레르

지금까지 멜랑콜리의 어원과 수용과정, 그리고 멜랑콜리에 대한 다양한 이론적 재해석을 밝혀보았다. 슬픔·우울·고독·무기력(Acedia) 같은 심리적 현상을 수반하는 멜랑콜리는 무엇보다도 자아가 대상을 상실함으로써 겪는 감정 상태로 요약될 수 있겠다. 그러나 이와 달리 지젝이 밝힌 것처럼, 그 대상은 한때 소유했지만 상실하고만 대상이 아니라 처음부터 결핍되어 있던 기만적인 대상일 수도 있으며 이 경우 멜랑콜리한 감정은 일종의 스펙터클한 제스처로 간주된다.

그렇다면 근대로의 전환과 함께 심미적 현상으로서의 멜랑콜리를 다양하게 제시하고 있는 18세기 이후 근대적 문학작품에서 주인공들은 도대체 어떤 대상을 상실/결핍하였기에 그러한 멜랑콜리에 시달리는 모습을 내보이는 것일까? 애도와 멜랑콜리의 공통점으로 타자의 상실을 거론하면서 프로이트는 그 타자란 사랑했던 특정 개인을 지칭할 뿐만 아니라 희망·이상·이념 같은 추상적인 개념도 해

---

21) Ebd., S. 145.

당된다고 밝힌 바 있다. 이를 바탕으로 우리는 멜랑콜리를 형상화하고 있는 근대적 문학작품과 관련하여 도대체 문학적으로 허구화된 인물들이 그 작품 내에서 무엇을 상실/결핍하고 있었는지를 추적해 볼 수 있을 것이다. 여기서 멜랑콜리를 형상화한 대표적인 이들로 루소·괴테·보들레르·벤야민을 손꼽을 수 있다.

루소의 「고독한 산책자의 몽상」(1776~77)은 개인적 차원에서 에밀(1762)이 발표된 이후 주변 환경의 탄압에 대항하는 반론의 차원에서 씌여진 책이다. 보편과 특수, 도덕과 의무 등에 대한 정당성을 묻는 사회철학적 담론 특성에서 벗어나 고독한 산책자의 몽상은, 고독과 몽상이라는 시적 개념의 제목이 말해주듯, 멜랑콜리를 근대적 차원에서 최초로 형상화한 글로 간주된다. 루소의 글은 이중적 특성을 지니는데, 즉 그것은 자신의 개인적 삶을 투영하는 자전적 진정성의 특성을 지닐 뿐만 아니라 권력 투쟁이 작동하는 사회적 삶 속에서 근대적 개인이 흔히 겪게 되는 고독과 고립을 '문학적으로'(즉 허구적으로) 표출해내고 있는 특징을 띤다. 이러한 이중적 특성은 「고독한 산책자의 몽상」 자체 내에서도 언급되어 있는데, 어느 대목에서 서술자 자아인 "루소"(실제 루소이자 동시에 허구적인 루소)는 "허구와 현실의 경계점을 명시할 수 없다"[22]고 밝힌다. 자신을 "루소"로 명명하는 서술적 자아는 고독한 인간의 마음에 유일한 위로를 가져다주는 것으로서 다름 아닌 은신처에서의 명상·자연 연구·우주의 정관을 들고 있다. 첫번째 산책에서, "내 주위의 모든 것이 나에게는 낯설다. (…) 나는 현재 거주하고 있는 세계로부터 낯선 어느 별

---

22) Jean-Jacques Rousseau, *Träumereien eines einsamen Spaziergängers, in: Schriften in zwei Bänden*, München/Wien 1978, Bd. II, S. 701(이하 쪽수는 본문에 기입).

로 옮겨져 있다"(643, 644)는 언술을 통해 사회의 일반인과 자신을 구분하고 있으며, 또한 "무아" 혹은 "나라는 존재는 무와 같다"라는 언술을 통해서도 자신의 고독한 심리적 양태를 부각시키고 있다. 자세히 보면 이 고독한 "루소"의 자기 자신에 대한 언술은 사실 모순적이다. 왜냐하면 그는 자기만의 고유한 자아를 추구하지만 동시에 자아를 잊는 상태도 경험하기 때문이다. 가령 한편으로 세번째 산책과 일곱번째 산책의 경우 "자기를 위한 철학" "나의 탐구" "나만의 능력" "자기 혼자서" "자기 마음에 드는 것" "자기 마음에 내키는 것" "자신에게 남아 있는 힘" 등이 역설된다. 그러나 다른 한편 두번째 산책에서 "루소"는 몽상에 젖은 고독한 산책 도중 달려오는 개와 부딪히는 돌발적인 사건을 통해서 순간적으로 "자아 망각" 혹은 "황홀감"을 경험하며, 마찬가지로 다섯번째 산책과 일곱번째 산책에서는 자아의식이 부재된 "상태"(Zustand)를 강조하거나 혹은 자신을 망각하는 "꿈"을 긍정적으로 서술하고 있다(698-701). 현실을 지배하는 세력으로부터 벗어나 기꺼이 아웃사이더로서 자연과 우주 속에서만 거주하려는 자가 때로는 자아에 대한 강한 애착을, 때로는 자아 망각에 대한 심취를 보이는 모습은 모순적이다. 이러한 모순적 모습은 후에 미학적 차원에서 자아 추구와 자아 해체의 모순을 그려냈던 독일 낭만주의와 비슷한 점을 공유한다.

여기서 질문은 서술적 자아인 "루소"가 도대체 왜 고독과 몽상에 젖는가 하는 점이다. 표면적으로는 자신을 탄압한 주변 세계로부터 도피하는 것에 기인하지만, 사실 그 서술적 자아는 근본적으로 무엇인가를 상실했기 때문이다. 그가 상실한 것은 다름 아닌 역사가 끊임없이 진보해나간다는 계몽주의의 역사철학적 사유와 관계된 근대성 이념으로서 이 이념은 이성·사회적 행복·정의·도덕·학문 등 다양한 개념과도 연관되어 있다. 이러한 근대성 이념의 완전한 상실을 서술적 자아는 사회적·객관적 시간이 사라진 상태를 통해 묘사하고 있다.

> "(…) 과거를 돌이켜보거나 미래를 선취할 필요가 없는 그런 상태, 시간이 영혼에 아무런 의미도 없는 상태, 그 지속의 느낌도 없이 그리고 순차적인 진행의 흔적도 없이 언제나 현재적인 것만이 지속하는 상태, 그 어떤 소유나 쾌락, 기쁨이나 고통, 원망이나 공포도 없이 오직 우리의 현존 감정에만 제한되어 있는 상태, 그런 감정만이 현재를 채울 수 있는 상태가 있다고 가정한다면, 요컨대 그런 상태가 있을 경우 그런 상태에 처해 있는 사람이야말로 진실로 자신을 행복한 사람이라고 부를 수 있을 것이다"(699).

여기서 과거-현재-미래의 시간적 틀을 바탕으로 하는 지속적인 발전이 상실되고 또한 결핍·소유·쾌락·고통 같은 인간학적인 범주도 상실되어 있다. 그 대신 유일한 행복의 순간은 과거나 미래와 연결되지 않는 오로지 "언제나 현재적인 것만이 지속하는 상태"인 것이다. 이를 두고서 보러(K. H. Bohrer)는 자기보존의 범주가 해체된 미학적 상태의 징후로 파악하고 있지만,[23] 우리의 맥락에서 중요한 점은 역사적인 시간이라는 대상을 완전히 상실하고 있다는 점이다.

근대성 이념을 상실한 서술적 자아인 "루소"는, 프로이트의 구분을 적용해서 말하자면, 멜랑콜리에 젖어 있는 것이 아니라 애도의

---

23) K. H. Bohrer, *Der romantische Brief*, München/Wien 1987, S. 24-41.

감정을 갖고 있다. 그것은 서술적 자아인 "루소"가 역사의 발전에 대한 믿음을 상실한 후 "현재적인 것만이 지속하는 상태", 그리고 이와 부합하는 자연이라는 새로운 대상을 찾았기 때문이다. 역사의 발전이라는 자리에 대신하여 들어선 대상인 자연에의 도취는 마지막 열번째 산책에 잘 드러나 있다. "이 시기에 나에게는 내 마음의 양식이 되어 준 솟구치는 부드러운 감정과 더불어 고독과 명상을 즐기는 정신적인 경향이 생겼다. 세상의 소란스러움과 잡음은 내 마음의 감정을 압박하고 구속하지만, 안정되고 평화로운 자연은 그것을 샘같이 솟아오르게 하고 새같이 하늘 높이 날게 한다"(759). 「고독한 산책자의 몽상」의 서술적 자아는 역사의 낙관적 발전이라는 근대성 이념을 상실하는 가운데 그 슬픔에 완전히 몰입하기보다는 자연이라는 새로운 대상을 찾아냄으로써 더 이상 멜랑콜리에 머물지 않고 애도의 감정으로 전환되어 있는 것이다.

루소의 「고독한 산책자의 몽상」의 경우 사회적으로 고립된 이가 처음에는 이념의 상실로 인해 슬픈 감정에 사로잡히다가 곧 자연이라는 새로운 대상을 통해 슬픔을 극복하게 된다면, 괴테의 『젊은 베르테르의 고뇌』에서는 흥미롭게도 자연의 두 가지 측면이 우울한 현상과 관련되어 있음을 알 수 있다. 더욱 정확히 말하자면, 『젊은 베르테르의 고뇌』의 서술적 자아인 베르테르의 경우 한편으로 자연을 통해 애도의 감정을 갖게 되고, 다른 한편으로 자연은 그에게 다시금 멜랑콜리의 지배적 현상이 된다. 우선 베르테르는 도시에서 어떤 괴로운 일을 겪은 후 과감하게 탈출한 듯한 언급으로 편지의 서두를 꺼낸다. "내가 떠나온 것이 얼마나 즐거운지 모르겠구나."[24] 또한 5월 18일자 편지의 "어린 시절의 여자 친구가 세상을 떠났네!"

(12)라는 언급으로 보아 베르테르가 사랑하는 대상의 상실을 이미 경험한 상태였음을 독자는 직감할 수 있다. 어린 시절의 사랑하는 여인의 죽음에 대한 묘사는 흥미롭게도 자살 직전 로테에게 남긴 편지에서도 반복되고 있다. "의지할 데 없었던 어린 시절에 나의 모든 것이었던 여자 친구가 있었지요. 그런데 그녀가 죽었답니다. 나는 그녀의 유해를 따라 묘지까지 갔었습니다"(116). 그런 상실의 슬픔이 그에게 커다란 아픔을 가져다준 것처럼 보이며 그로 인해 5월 13일자에서 그는 "나의 마음을 병든 아들처럼 생각하고 있네"(10)라고 자신의 우울한 마음을 밝히고 있다. 이런 상태에서 그가 거주하는 마을 주변의 자연(그리고 로테와의 만남)은 그 슬픈 상태를 극복하도록 해주는 새로운 대상으로 다가온다. 즉 소설 전반부의 경우 베르테르에게 자연은 자신의 슬픔과 상실을 치유해 주는 대상이었던 셈이다. "아무튼 나는 이곳에서 잘 지내고 있으며, 낙원과도 같은 이곳에서 고독은 내 마음에 값진 청량제가 되네. (…) 도시 자체는 별로 좋지 않지만, 주변에는 자연의 말할 수 없는 아름다움이 있어"(8). 이와 비슷한 대목은 편지의 초반부에 발견되는데, 가령 "나는 흐르는 시냇가에 무성히 자란 풀밭 위에 누워 보며, 흙 가까이서 다채로운 풀잎들이 내게는 진기하여 여겨지네"(9), "자연만이 무한히 풍요로우며 이 자연만이 위대한 예술가를 만들지"(15)라는 대목을 들 수 있다.

이 지점까지 베르테르는 도시에서 겪은 슬픔을 극복해 줄 새로운 대상으로 자연을 발견함으로써, 루소의 「고독한 산책자의 몽상」

---

24) J. W. v. Goethe, *Die Leiden des jungen Werther, in: Hamburger Ausgabe in 14 Bänden*, München 1981, Bd. 6, S. 7(이하 쪽수는 본문에 기입).

에서처럼 일종의 애도의 감정을 갖고 있다. 그리고 새로운 대상인 로테와의 만남도 자연과 마찬가지로 그에게는 삶의 기쁨과 환희를 가져다주는 것으로 진행된다. 즉 자연과 사랑스런 여인은 베르테르에게 동일한 대상인 셈이다. 그것은 "주변의 모든 사물과 하늘은 마치 여인의 모습처럼 내 영혼 속에 깃든다"(9)의 언술을 통해 간접적으로 입증된다. 자연과 여인을 동일한 것으로 다루는 언술은 레싱의 『에밀리아 갈로티』의 마지막 장면에서 에밀리아의 희생을 유도하는 듯한 아버지 오도아르도의 "자연은 여성을 자신의 뛰어난 걸작으로 만들고 싶어했지"[25]라는 언술과 동일한 맥락을 형성한다. 계몽적 · 고전적 남성작가 만들어낸 "자연과 여인의 등가성" 이념이 베르테르에게도 그대로 적용되는 것이다.

그러나 이미 정혼한 로테와의 이루어질 수 없는 사랑을 인식하는 순간부터 그는 이미 또 다른 상실의 감정에 젖으며 그로 인해 심한 멜랑콜리한 감정에 사로잡힌다. 그것은 다양한 방식으로 예견되고 있는데, 7월 1일자 편지에서는 "나의 불행한 마음은 병석에 누워 앓고 있는 사람들보다 더 가련한 상태니까"(31)라고 언급되고 있으며 또한 권태 · 불행 · 죽음 등이 거론되고 있는 8월 22일자 편지도 베르테르의 멜랑콜리한 상태를 입증해준다. 특히 알베르트와의 대화를 전하는 8월 12일자 편지에서 베르테르는 이성적 사회를 급진적으로 거부하고 그 대신 내면성 · 이성 · 자살 · 인간의 한계 · 죽음에 이르는 병 · 정열 등을 적극 옹호하고 나선다.

사랑하는 대상의 상실로 인한 멜랑콜리한 상태와 부합하는 것은

---

25) G. E. Lessing, *Emilia Galotti*, Stuttgart 1984, S. 76.

자연의 변화이다. 이미 한 번 슬픔을 겪고 자연을 새로운 대상으로 찾았던 베르테르에게 이제 자연은 더 이상 아름답게 비추어지지 않는다. 그의 자아는 대상 손실로 인해 완전히 초라해진 상태이고 더욱이 자기파괴적인 상태로 나아가고 있으며 그런 내면적 상태와 동일시되는 것이 곧 파괴적 자연이다. "대 자연 속에 숨겨져 있는 파괴력이 내 마음을 해치네. 이웃이나 자기 자신을 파괴하지 않는 것을 자연은 하나도 만들지 않았네. (…) 내가 보는 것은 다만 영원을 집어삼키고 되새김질하는 괴물뿐이네"(53). 자연은 상실한 대상의 그림자로서 더 이상 아름다운 형상이 아닌 파괴적이고 어두운 형상을 띤다. 이와 같은 파괴적인 자연은 실제로 어두운 파괴력을 지닌 자연이면서도 동시에 베르테르의 내면에서 싹튼 형상으로 읽힐 수 있다. 베르테르의 자살 시점이 가까이 다가올수록 베르테르는 그 파괴적인 자연과 자기 자신을 동일시하는데 다음의 대목에서 그 점은 절정에 도달한다.

"바위에서 떨어져 내린 굽이치는 물이 달빛 속에서 소용돌이치는 것을 보는 것은 **무서운 광경**이었어. 밭, 목장, 울타리 그리고 모든 것을 뒤덮어 버렸고, 저 넓은 골짜기는 온통 바람이 몰아치는 가운데 폭풍우치는 바다 같았네. 이윽고 달이 다시 나타나 검은 구름 위에 걸려 있었고, 내 눈 앞에서 그 물결은 섬뜩하리만큼 아름답게 빛 속에서 반사되면서 소리를 내며 흘러갔지. 그 순간 **전율과 그리움**이 나를 엄습했네. 아, **나는 두 팔을 벌리고 심연을 향해 마주서서 숨을 내쉬었지. 그리고 고뇌와 슬픔을 성난 파도처럼 쏟아버리는 환희에 젖어 나 자신을 잃고 말았어**"(99).

여기서 극단적인 심리적 상태에 부합하는 어두운 자연이 심미적으로 처리되어 있음을 알 수 있다. 사실 아름다운 자연이 어두운 자연으로 대체되어 있는 상태는 이미 다른 대목에서도 압축적으로 처리된 바 있는데, 그것은 호메로스(아름다운 자연)와 오시안(어두운 자연)이라는 작가 이름에 의한 환유법적 서술을 통해 압축된다. 즉 "오시안이 내 마음 속에서 호메로스를 쫓아버렸네"(82). 로테와의 사랑의 좌절, 아름다운 자연의 상실, 이러한 상태에서 베르테르는 새로운 대상을 찾지 못한 채 자신의 내면에 자리 잡은 그 어두운 그림자와 자기 자신을 일치시키고 있다. "고뇌와 슬픔을 성난 파도처럼 쏟아버리는 환희에 젖어 나 자신을 잃고 말았어"라는 언술은 상실된, 그러나 대리 대상으로 남아 있는 어두운 자연과 자기파괴적인 자아를 동일시하는 베르테르의 모습을 적절하게 그려주고 있는 것이다.

　　어두운 자연과 관련하여 또 한 가지 더욱 흥미로운 점은, 베르테르가 자살로 치닫는 상황에서의 자연 묘사는 동시대 철학자 칸트가 언급했던 "숭고"(Das Erhabene)의 상황과도 비슷하다는 것이다. 그러나 결정적인 차이는 칸트가 어두운 자연에 직면하여 자아의 도덕적 숭고함을 강조하였다면, 괴테의 경우 그 어두운 자연에 인간의 자아가 내맡겨진다(명확히 말하면, 자아 자체가 붕괴된다). 이는 곧 칸트식의 숭고함의 좌절을 뜻한다. 아울러 슬픔과 고독에 젖은 루소의 「고독한 산책자의 몽상」의 자아는 아름다운 자연을 새로운 대상으로 찾아냄으로써 멜랑콜리에 머물지 않고 자기 파괴의 위험을 극복하는 애도의 감정으로 전환하지만, 괴테의 베르테르에게 자연은 더 이상 치유적 대안으로 들어서지 못하고 있다. 혹은 지젝의 논리를 적용하자면, 베르테르의 경우 처음부터 역사나 자연 같은 근대성 이념이 결핍되어 있었고 단지 그러한 대상을 마치 소유했다가 상실한 듯한 모습이 극단적으로 그려져 있는 것이다. 멜랑콜리의 스펙터클한 제스처를 통해서 생산되고 있는 것은 다름 아닌 어두운 자연의 심미성에 부합하는 자기파괴(자살)의 이데올로기라는 숭고한 대상이다.

심미적 현상으로서의 멜랑콜리에 대한 두번째 장면으로는 보들레르의 작품, 그리고 그의 작품을 해석했던 벤야민의 시각을 들 수 있다. 그런데 루소·괴테가 형상화하였던 멜랑콜리와 보들레르·벤야민이 형상화하고 이해했던 멜랑콜리 사이에는 결정적 차이점이 있는데, 그것은 도시로부터 도피한 자연 공간과 멜랑콜리의 관계가 아니라 도시 자체 내에서의 멜랑콜리라는 점이다. 사실 근대성·멜랑콜리·대도시는 매우 밀접한 상호 관계를 맺는다. 역사의 발전이라는 이념을 함의하고 있는 근대성은 대도시의 발전—특히 기술의 발전—을 통해서 더욱 낙관적으로 가속화된다. 그러나 근대성과 마찬가지로 대도시의 의미는 다양한 각도에서 복수성·이중적 분열·양가성으로 점철된다. 대도시는 한편으로 전통적인 삶의 형태나 가치로부터 해방된 시민적 개인들이 자율적으로 움직이는 삶의 공간이라는 긍정적인 의미를 띠지만, 다른 한편 아이러니컬하게도 그 개인이 점차 탈개인화됨으로써 집단적, 익명적 공간이라는 부정적 의미를 갖는다. 또한 한편으로 대도시는 시민적 공공성·건강성 등을 표방하는 공간이지만 다른 한편 잔인성·무관심·고립·병·범죄·불안 등이 꿈틀거리는 공간이기도 하다. 경제적으로도 대도시는 빈부가 동시적으로 공존하는 공간이다. 아울러 대도시는 자유로운 문화의 다양성을 보장하지만 동시에 소음·분주함·혼잡성을 띤다. 대도시와 개인이 서로 일치하는 특성을 보이는 것도 흥미로운 점인데, 가령 자유와 분열의 이중성을 지닌 도시는 마찬가지로 이상과 현실간의 분열에 시달리는 개인의 모습과도 흡사하다.

이와 같은 새로운 형태의 대도시가 작가 보들레르에게는 실제와 상상 간의 경계가 해체된 "상상적인 실제" 혹은 "실제적 상상"의 공간처럼 비추어진다. 대도시는 그 거주자들을 희생물로 취하는 몰록(Moloch)처럼 그려지는데, 이와 같은 몰록과도 같은 대도시 속에서 (혹은 대도시에 관한) 근대성 이념의 신화가 생산된다.[26] 그런데 근대성의 신화가 생산되는 대도시로부터 소외되어 있는 존재, 그렇다고 해서 대도시로부터 벗어날 수도 없는 기이하고도 이질적인 존재 상황에 대한 상상이 문학에서 펼쳐지며 그로 인해 그것은 18세기와는 전혀 다른 멜랑콜리의 특성이 발견된다. 그 멜랑콜리는 실존적인 진정성의 재현이라기보다는 - 대도시처럼 - 실제와 상상 사이에서 부유하는 심미적 특성을 지닌다. 그와 같은 멜랑콜리는 특정 이념이나 대상을 상실한 슬픔보다는 뚜렷한 이유 없이, 뚜렷한 상실의 근거 없이 우울과 권태에 젖고 더 나아가 광기와 극단적인 패덕의 모습까지도 드러낸다. 요컨대 그 기괴한 멜랑콜리 현상과 관련해서는 프로이트의 정신분석학적 해석이 한계를 갖게 되며 그 대신 알레고리 같은 문학적 방식을 이해함으로써만 멜랑콜리에 내재해 있는 의미가 발견될 수 있다.

우선 보들레르의 대표적 작품인 파리의 우울에 나타난 멜랑콜리의 인상학적 분석을 시도해 보자. 거기서 멜랑콜리는 늙은 여인·광대·예술가·대중 등 다양한 매개적 인물을 통해 형상화되고 있다.

---

26) L. Müller, *Die Großstadt als Ort der Moderne,* in: Scherpe, K. R. (Hrsg.), *Die Unwirklichkeit der Städte. Großstadtdarstellungen zwischen Moderne und Postmoderne,* Hamburg 1988, S. 14.

가령 「늙은 여인의 절망」에서 멜랑콜리한 여인은 "영원한 고독 속으로 물러나서 구석에서 울고"[27] 있으며, 또한 고독한 몽상에 젖은 예술가도 루소의 「고독한 산책자의 몽상」에서도 비슷하게 자신의 "위대한 몽상 속에서 자아(le moi)가 사라지는" 상태를 경험하기도 한다. 멜랑콜리에 젖은 이는 어떤 황홀한 상태에 젖을 때도 있지만 이와 달리 자기비하적이고 자기파괴적인 모습을 내보인다. 예를 들면 「어릿광대와 비너스」의 경우 "나는 사랑도 친구도 상실당한 가장 고독한 마지막 인간입니다. 그런 점에서 볼 때 나는 가장 형편없는 짐승만도 못한 겁니다. 그런데도 나는 불멸의 미를 이해하고 느낄 수 있게끔 되어먹은 것입니다"(79/80)라고 서술되어 있다. 18세기 텍스트와는 달리 대도시에 기거하는 멜랑콜리한 이는 자기 자신에 대한 성찰을 전개하는 특이한 현상을 띤다. 그는 살인과 음란의 영혼이 자신의 고독에 기거하고 있다고 말하거나 혹은 책 속에서 꾸며진 부자연스러운 멜랑콜리와는 정말 다른 실제적인 멜랑콜리를 지니고 있다고 하는데(가령 「야만스런 여인과 젠체하는 여인」), 이러한 언술 자체는 사실 허구에 지나지 않는다. 마치 허구가 아니라 실제인 것처럼 말하는 것 자체가 허구인 셈이다. 대도시 내의 멜랑콜리와 관련된 중요한 또 하나의 특징은 그것이 대중과 예술가를 연결시켜 주는 매개로 작용한다는 점이다. "군중과 고독, 이 두 어휘는 풍요하고 적극적인 시인에게는 서로 교환할 수 있는 동등한 어휘일 수 있다. 자신의 고독을 채울 줄 모르는 자는 역시 분주한 군중 속에서

27) Ch. Baudelaire, *Die Tänzerin Fanfarlo und Der Spleen von Paris*, deutsch übersetzt von W. Küchler, Zürich 1977, S. 69(이하 쪽수는 본문에 기입). 여기서는 다음의 국내 번역서도 참조하였음: 『파리의 우울』, 윤영애 역, 민음사, 1996.

홀로 존재할 줄 모른다"(91/2). 예술가는 대도시를 회피하는 것이 아니라 대도시 내에서 외롭게 거니는 댄디 혹은 배회자(Flaneur)의 모습을 띠기도 하며 혹은 자신을 "개"로서 간주하기도 한다. "나는 흙투성이의 개를 찬양하는 걸. 집도 없는 개, 배회하는 개, 어릿광대인 개를 나는 노래한다. 그들의 직감은 가난한 자, 보헤미안, 익살광대의 그것처럼 필요에 의해 ― 이 놀라운 지성의 어머니, 이 진정한 지성의 수호신! 필요에 의해 ― 훌륭한 자극을 받고 있다"(211).

이와 같은 모습은 멜랑콜리의 무해한 외면을 구성한다. 그런데 멜랑콜리는 때론 충동적인 파괴나 광기적인 행동에의 쾌락 같은 위험한 성향도 내보이는데, 그 점은 파리의 우울의 백미인 「불쾌한 유리장수」를 통해 구체화될 수 있다.[28] 그 이야기의 서두는 다음과 같다.

"순전히 명상적이며 행동에는 전혀 적합지 않은 성품의 소유자들이 있는 법이다. 그러나 그들이 때로는 신비한 불가사의의 충동 하에 자신조차 가능하리라고 믿어지지 않을 정도로 재빨리 행동에 뛰어드는 수가 있다. (…) 모든 것을 다 안다고 자처하는 의사나 도덕주의자도 어떻게 이 나태하고 관능적인 영혼에 그처럼 갑자기 **광기에 가까운 에너지**가 나타나는지 설명하지 못할 것이다"(85).[29]

---

28) 필자는 보들레르에 대한 분석을 이미 시도한 바 있는데(최문규, 『불협화음의 문학과 보들레르』, 문학동네, 1998, 겨울호, 408~442쪽), 여기서 「불쾌한 유리장수」에 대한 분석 부분은 약간 수정 및 보완을 통해 재수록한다.

29) 포를 세계 문학 속에 소개한 이는 바로 보들레르이며, 따라서 우울, 몽상, 광기를 실존적인 현상이 아니라 문학적 현상으로 파악하려 했던 두 작가의 친화성은 자연스럽게 발견된다. 예를 들면 단편 「엘레노우라」에서 포는 다음과 같이 광기의 상태를 그려내고 있다. "화려한 공상과 힘찬 열정으로 가득 차 있는 사람들이 있다. 나는 그런 부류에 속한다. 사람들은 나를 미쳤다고 했다. 그러나 광기가 숭고한 지적 능력에 속하는지 그렇지 않은지, 많은 광기가 영예로운 것인지 아닌지, 모든 광기가 심오한 것인지 아닌지, 이것이 사고의 질병에서 기인하는 것인지 아닌지, 혹

이처럼 화자는 권태·공상·충동에 사로잡혀 "위험한 행위"를 저지르는 친구들에 관해 언급하면서 그 자신도 위험한 일에 대한 충동(즉 사악한 악마의 충동)에 사로잡힌 나머지 어떤 일을 저지른 바 있다고 밝힌다. 그 이야기의 대략적인 내용은 다음과 같다. "우울하고 슬프고 피곤한"(83) – 이것은 개인적인 상태이라기보다 암울한 사회적 상태를 암시해주는데 – 기분에 젖어 있는 화자는 어느 날 아침 유리제품을 팔러 다니는 가난한 장사꾼의 소리를 듣고서 위층의 자기 방으로 그를 불러들인다. 그러나 화자는 "인생을 아름답게 보게 하는 색유리"(85)를 팔지 않는다는 이유로 그 유리장수를 내쫓고는 다시 발코니로 나가서 그 가난한 유리장수를 향해 화분을 내던진다. 그로 인해 그 유리장수가 갖고 있던 모든 유리제품은 순식간에 깨지고 말았는데, "그 깨지는 소리는 벼락을 맞은 수정궁전이 폭발하는 듯한 소리를 만들었다"(85)는 것이다. 이것이 멜랑콜리한 화자가 전하는 이야기의 전부다.

이 텍스트와 관련하여 제기될 수 있는 질문은, 과연 갑작스런 충동에서 나온 멜랑콜리한 일인칭 화자의 행위가, 일반적인 사회심리학적 차원에서처럼, 일종의 "충동적 패덕성"으로 간주되어야만 하는 것인가 하는 점이다. 아무런 이유 없이 가난한 유리장수에게 화분을 던지는 화자의 위험한 행동은 정말 "악마와도 같은" 행동인 것일까? 만약 이 텍스트를 멜랑콜리한 자의 위험한 행동에 관한 재현으로 이해하고 도덕적·심리학적 진단을 내리려는 평자가 있다면,

___

은 일반적인 지적 능력이 사라지면서 고양된 정신 상태에서 생기는 것인지 아닌지, 광기에 대한 이런 문제들에 대해서 나는 아직 결론을 얻지 못했다"(에드거 앨런 포, 『우울과 몽상』, 홍성영 옮김, 하늘 연못, 2002, 31쪽).

아마도 그는 보들레르의 텍스트는 일반 독자에게 모방 행위를 부추
길 수 있기에 매우 위험한 문학이라고 평할지도 모른다. 그러나 바
로 그와 같은 개연성 있는 심리학적·도덕적 수용 행위에 대해서
위에 인용된 대목은 일침을 가하고 있다. 즉 멜랑콜리한 자의 광기
어린 행동을 "의사"나 "도덕주의자"는 전혀 설명할 수 없을 것이라
고 말해주는 언술은, 문학적 텍스트 내에 그려진 행위는 심리학적·
도덕적 진단에 내맡겨질 수 없다는 점을 우회적으로 말해준다. 그렇
다면 어떤 해석 방식에 의해서 문학적 텍스트는 이해되어야 할까?
그것은 바로 알레고리라는 문학적 독법을 통해서만 가능하다. 알레
고리는 형상(Bild)과 의미의 불일치, 기표와 기의의 불일치에 그 토대
를 둔다. 바로크 시대나 보들레르 문학과 관련하여 벤야민이 알레고
리와 멜랑콜리를 긴밀한 것으로 파악했을 때 그것은 영상과 의미의
불일치를 통해 "다른 의미"를 파악해야만 한다는 점을 강조하기 위
해서였다. "알레고리커의 손에서 사물은 다른 어떤 것이 되며, 이를
통해 알레고리커는 어떤 다른 것에 대해 말한다."[30]

바로 「불쾌한 유리장수」도 멜랑콜리와 알레고리가 함께 작용하
고 있는 텍스트다. 가난한 사람을 이유 없이 가해하는 행위에 대해
도덕적인 분노를 일으킬 수도 있는 이 텍스트는 사실 하나의 정치
적·미학적 텍스트인데, 다시 말하면 단순히 일반인의 병적인 심리
상태로 환원될 수 없는, 문학적 상상력에서 만들어진 인공적인 텍스
트로서 정치적인 의미와 보들레르 문학 자체의 의미를 내포하고 있

---

30) W. Benjamin, *Ursprung des deutschen Trauerspiels, in: Gesammelte Schriften*, hrsg. v.
Rolf Tiedemann und Hermann Schweppenhäuser, Frankfurt a.M. 1972 ff, Bd. I,
S. 359(이하 GS).

다. 화자가 전하는 이야기의 핵심은 유리장수가 갖고 있던 유리제품들의 "깨지는 소리"에 있다. 그 소리는 마치 "벼락을 맞은 수정궁전이 폭발하는 듯한 소리"로 비유되고 있는데, 여기서 수정궁전에 대한 이해를 통해서만 텍스트의 알레고리 혹은 "사악한 아이러니"가 무엇을 꾀하고 있는지 알 수 있게 된다. 그 수정궁전은 다름 아닌 "새로운 파리라는 소위 아름다운 세계의 훌륭한 건축물" 혹은 당시 "화려한 거리나 국제박람회에서 경탄을 불러일으켰던 소비의 성전"[31]에 대한 암시인 것이다. 따라서 멜랑콜리한 화자의 공격 대상은 가난한 유리장수 자체가 아니라 거대한 자본과 현란한 소비사회이며, 이러한 소비사회에 대한 급진적인 공격성이 곧 보들레르 특유의 "전복의 미학"을 구성하고 있다. 그런 의미에서 근대성 이념과 대도시에 대해 화자는 적대적인 모습을 띠고 있다.

다른 한편으로 이 산문시는 보들레르 자신의 문학과 동시대의 문학적 경향 간의 차이를 암시해 주기도 한다. 즉 이 산문시는 "파리를 미화시키거나 혹은 자본가들에게 삶을 달콤하게 만들어주는 아름다운 미에 대한 저항"[32]을 담고 있으며, 이런 점에서 "삶을 아름답게! 삶을 아름답게!"라고 외치는 화자의 목소리는 마치 그 자신이 요구를 내세우는 것처럼 되어 있지만, 이것 역시 아이러니이다. 그것은 "삶을 아름답게" 꾸미려했던 동시대의 문학적 경향(즉 부르주아 문학)에 대한 비판적 아이러니인 셈이다. 이런 점이 보들레르 문학의 특유함을 구성한다. 부르주아 문학의 언어와 문학관을 차용하면서 보들레르 문학은 그 부르주아 계급에 맞섰던 것이다. 가령 강렬하고

---

31) D. Oeler, *Ein Höllensturz der Alten Welt*, Frankfurt 1988, S. 296.
32) Ebd., S. 297.

도 순간적인 파열음을 야기하는 파편 조각의 시청각적 이미지는 자본과 소비에 이끌려가는 산문적 현실에 대한 저항이며 동시에 삶의 심미화를 거부하는 보들레르 텍스트의 파괴적인 문학성을 가리키며, 이런 점에서 보들레르 텍스트는 단순한 실제 경험의 서술이 아니라 일종의 정치적·미학적 구성물인 셈이다.

대도시와 멜랑콜리를 주제로 삼고 있는 보들레르 텍스트는 그동안 상당히 왜곡된 채 흔히 현실도피적이고 탐미주의적인 문학으로만 수용되어 왔지만, 다행히도 발터 벤야민이 그러한 왜곡된 수용을 수정하면서 근대성 이념에 대한 비판적 맥락 차원에서 보들레르 텍스트를 새롭게 읽어 냈다. 보들레르 텍스트를 새롭게 읽어내기 위해서는 탐미주의나 멜랑콜리에 대한 기존의 부정적 선입견과 사유를 수정해야만 하며, 이를 위해선 무엇보다도 "바로크·알레고리·멜랑콜리" 간의 친밀한 관계를 새롭게 인식해야 한다. 벤야민은 전통적인 상징 우위에 대한 시각을 비판하면서 알레고리를 새롭게 복권시킨 바 있는데, 바로 알레고리는 멜랑콜리의 서술과 해독 차원과 직결된다. 바로크 작가들과 관련하여 벤야민은 그들을 현실의 엄숙함 속에서도 우울과 삶의 허무를 발견해냈던, 그리고 현실을 변혁시키려 했던 멜랑콜리한 이들로 해석해낸 바 있다. 그들에게 삶과 역사는 결코 낙관적이지 않았는데, 그것은 역사의 주인이 된 인간의 행위에서 "공허한 세계"가 싹트게 되었고 그로 인해 모든 인간의 현존재에 전율이 놓여 있었고 삶은 경직된 것으로 비추어졌기 때문이었다. 그러나 그들 바로크 작가들은 재현의 서술 방식보다는 자연의 허무를 역사의 허무로 서술하고 동시에 읽어내게 하는 우회적인 서술 방식으로 알레고리를 취했던 것이다.[33] 그렇기 때문에 바로크 – 여기서 바로크는 16, 17세기만을 지칭하는 것이 아니라 바로 역사의 무한한 발전을 꾀하는 근대성 이념에 대한 메타포인데 – 시대에서 "애도의 이론은, 마치 비극과는 대조적인 추로서 제시되듯, 멜랑콜리한 이의 시선 하에 드러나는 세계, 그러한 세계의 서술에서만 전개될 수 있다."[34] 멜랑콜리와 알레고리의 관계에서 벤야민은 바로크 시대의 영주의 모습을 "멜랑콜리한 자에 대한 패러다임"으로 읽고 있다. 영주가 기거하고 있는 화려한 궁정은 곧 "슬픔의 공간으로 명명되는 지옥의 그림과 그리 다르지 않은"[35] 공간으로서 "흩어짐"(Zerstreuung)과 "집중"(Sammlung)이라는 특징을 띤다.[36] 이러한 특징은 다시금 사회적 근대성과의 관계 속에서 그 의미를 획득한다. 왜냐면 영주는 바로 멜랑콜리한 댄디의 모습을 통해서, 궁정은 흩어짐과 집중을 구성 원칙으로 삼는 아케이드 같은 대도시적 소비 성전물의 모습을 통해 다시 출현하기 때문이다.

4 인문학의 멜랑콜리?

애도와 멜랑콜리를 구분했던 프로이트로 다시 돌아가면, 그 두 개념은 영화라는 새로운 문화적 매체와 관련하여 서로 상이한 입장을 취했던 벤야민과 아도르노에게 적용될 수 있다. 그것은 아우라를 지닌 전통적인 예술과 자본주의 간의 관계에 직면하여 그들은 각기 애도와 멜랑콜리를 경험한 것으로 볼 수 있기 때문이다. 예를 들면

---

33) 이에 대해서는 앞의 글 "바로크와 알레고리: 벤야민의 언어이론"을 참조할 것.
34) GS, Bd. I, S. 318. 사실 벤야민은 애도와 멜랑콜리를 명확히 구분하지 않았다.
35) Ebd., S. 322.
36) Ebd., S. 364.

자본주의적 힘이 맹위를 떨치는 가운데 벤야민은 전통적인 예술과 작별하고 새로운 매체인 영화를 새로운 대상으로 찾았으며 그런 의미에서 그는 애도의 입장을 취한 것이다. 이와 달리 아도르노는 자본주의적 현실 속에서 예술의 전통적 위상이 사라졌음을 인식했지만 여전히 예술의 전통적 위상의 그림자에서 벗어나지 못한 나머지 멜랑콜리한 미학이론가로 남고 만다. 이러한 차이점은 형상과 개념의 대립으로 벤야민이 자신과 아도르노와 차이점을 설명하는 듯한 짧은 대목에서 읽을 수 있다. "작별의 경우 개념이 중지되고 형상으로 된다."[37] 이 대목은 "개념이 형상으로 되는" 새로운 상황, 즉 영화 매체의 현실을 벤야민이 수용한 것으로 이해된다. 그런 벤야민과는 달리 아도르노는 대상 상실을 극복하지 못한 채 개념적 사유의 멜랑콜리를 간직하고 있었다. 물론 이러한 두 이론가의 차이는 잠정적인 것에 불과하다. 왜냐하면 벤야민의 경우 사실 모순적인 모습이 드러나기 때문이다. 가령 벤야민은 영화 매체와 관련하여 애도의 감정을 취했더라도 문학과 관련해서는 여전히 예술의 전통적인 위상에 대한 멜랑콜리한 감정을 지녔던 것이다. 그런 벤야민의 모순적 입장에는 아마도 오늘날 문학과 영화 간의 매체적 경쟁에서 양자택일의 선택적 강요를 받고 있거나 혹은 그 양자를 동시적으로 떠안고 가려는 수많은 인문학자들의 불안정한 자화상이 투영되어 있는지도 모르겠다.

(『뷔히너와 현대문학』, 24호, 2005.6)

---

37) "und im Abschied halten die Begriffe inne und werden zu Bildern"(GS, Bd. V, S. 47).

문화·매체 그리고 (인)문학

대담 일시: 2000년 6월 6일, 10~12시

대담 장소: 퀼른 대학 부속 <매체와 문화적 의사소통 연구소>

　　　　　(Forschungskolleg für Medien und kulturelle Kommunikation)

대담자: 빌헬름 포스캄프(Wilhelm Voßkamp, 독일 퀼른대학 독문과

　　　교수), 최문규(연세대 독문과 교수)

최: 독일 교양소설에 관한 전문가로 손꼽히는 선생님이 <매체와 문
화적 의사소통>"이라는 연구소를 창립하게 된 동기를 말해주실
수 있습니까?

포스캄프: 예, 이 연구는 1999년에 시작되었고 그 동기는 두 가지
차원에서 설명될 수 있습니다. 그 하나는 독일 문예학뿐만 아니
라 국제적으로 문예학이 직면하고 있는 새로운 도전 속에서 그
대답을 찾을 수 있겠습니다. 그것은 문화학 방향에서 접근하는
것으로서 다양한 문화들(Kulturen)과의 연관성에서 문예학의 위
치를 설명하려는 것입니다. 또 다른 동기는 현재의 문화적 상황
을 들 수 있습니다. 요컨대 매체 사회와의 경쟁입니다. 이 점에

대해서는 나중에 구체적으로 언급하겠지만, 우리 모두는 현재 영화·비디오·텔레비전·컴퓨터 같은 새로운 매체에 의해 형성되는 사회 속에서 살고 있습니다. 문예학은 이러한 상황을 인지하면서 자신의 위치를 결정해야 하는 것입니다.

최: 문예학·문화학 그리고 매체학과의 관계에 대해서는 나중에 질문을 다시 드리겠습니다. 우선 이 연구소의 목적을 설명해 주시지요.

포스캄프: 연구소의 목적은 현재의 상황을 정확하게 분석하는 일이며 특히 매체 상호 간의 경쟁을 직시하는 것입니다. 낡은 매체를 단순히 새로운 매체로 대체하는 것이 아니라 매체들간의 상관 관계 및 경쟁 관계를 관찰하는 것이지요. 가령 새로운 상황과 복잡한 문화적 체계 속에서 책의 문화·글자 문화가 어떻게 자신의 위치를 새롭게 결정할 수 있는지는 매우 중요한 관심사입니다. 이 밖에도 개별 매체들이 어떤 역할을 하는지도 살펴보려고 합니다. 두번째 목적은 역사적인 관심사입니다. 현재의 매체 사회의 상황은 그 자체로 설명될 수 없고 반드시 역사적인 진행과정에서 설명되어야 합니다. 가령 르네상스 시대의 책의 탄생과 기능, 18세기에 호황을 누렸던 독서 문화, 20세기의 영화 등 수많은 역사적인 시대와 전환점이 있으며, 그러한 시대적 진행 과정을 고찰해 봄으로써 현재의 상황을 설명해야 하는 것입니다. 요컨대 개별 매체들 간의 상호 경쟁관계에 대한 고찰이 본 연구소의 목적이고, 또 다른 목적은 역사적인 발생을 추적하

는 데 있습니다.

최: 이 연구소 프로젝트에는 연구 방향의 구조가 제시되어 있는데 그 구조는 확정된 것인지요?

포스캄프: 예, 그 구조는 확정된 것입니다. 쾰른 대학, 본 대학, 아헨 대학이 연계하여 참여하는 거대한 구조를 이루며, 이 연구는 단순한 연구가 아니라 "독일 학술진흥재단"(DFG)의 특별 연구의 일환이기도 합니다. 특히 학제간으로 구조화되어야 한다는 점이 이 특별 연구의 특성이며 또한 이론적·방법론적으로 특별한 성과를 제시해야 합니다. 여기서 연구된 방향은 대학의 전공 과정으로도 확장되어야 하는 의무가 부여되어 있습니다. 연구소의 연구 방향은 크게 세 영역으로 구성되며 총 13개의 팀이 가동되고 있습니다. 그것은 다음과 같습니다.

> A 영역: 매체의 차이점
> 　제1팀: 매체 특성과 언어 기호
> 　제2팀: 텍스트, 그림, 인쇄 문화에 나타난 중세 시대와 근대 시대의 작가 형성
> 　제3팀: 매체 상관성: 텍스트와 그림
> 　제4팀: 구두 문화와 하이퍼 텍스트: 유태교의 랍비 문화
> 　제5팀: 영화 자막의 형식
>
> B 영역: 의사소통 문화
> 　제1팀: 상호 협력과 지식 조직에 끼치는 멀티미디어 정보

체계의 영향력
제2팀: 지식 문화: "학자" 의사소통
제3팀: 가상적 의사소통 문화에서의 상호 행위, 정체성, 주
관적 체험
제4팀: 예술사와 전자 매체의 자료 정리

C 영역: 매체 담론
제1팀: 텍스트와 퍼포먼스: 매체 이론의 비교
제2팀: 매체 이론의 고고학: 20세기 초의 매체 인식론
제3팀: 지역적 매체 현실과 담론
제4팀: 독일의 문화적 정체성 맥락에서의 매체 담론

이상과 같이 커다란 틀을 3개의 영역으로 나누고 그 내부에 총 13개 팀을 두고 있습니다. 총 13개 팀의 연구책임자는 3개 대학에서 지원한 13명의 교수들이 맡고 있으며 박사 학위를 소지한 21명의 연구원과 30명의 박사 과정생이 각 팀에 소속되어 있습니다. 13명의 연구책임자인 교수들의 구성도 다양한데, 언어학·문예학·중세 독문학·유태 민속학·영화학·정보학·심리학·문화학·민속학·매체학을 전공하는 교수들로 구성되어 있습니다.

최: 한국에도 학술진흥재단이 있지만 이처럼 거대한 프로젝트를 지원하는 일은 극히 예외적이지요. 그렇다면 연구 지원은 어떻게 이루어지는지 상세히 설명해 주실 수 있습니까?

포스캄프: 예. 이 연구는 모두 세 기관에서 지원되고 있습니다. 그

주된 지원은 독일 학술 진흥재단이 맡고 있으며, 두번째로는 주 정부의 지원이며, 세번째로는 대학 자체에서의 지원입니다. 독일 학술진흥재단은 매년 2백 8십만 마르크(한화로 14억 정도)를 지원하며 이 연구는 3년 단위로 지원됩니다. 연구 성과에 따라서 네 차례, 즉 총 12년 동안 지원될 수 있습니다. 그리고 주 정부는 이 프로젝트에 참여하는 교수들에게 강의를 경감해주고 그 교수들의 강의를 대신해서 맡는 이들에게 보수를 지불합니다. 마지막으로 대학 자체는 연구실을 지원합니다. 예를 들어 쾰른 대학은 이 연구소의 작업만을 위해서 건물을 제공해 주는데 물론 건물 임대료는 학교가 지불하고 있습니다.

최: 대단한 지원이라고 생각되며 부럽기만 합니다.

포스캄프: 예, 이번 프로젝트의 지원은 여기 독일에서도 특별한 경우입니다. 자연과학의 경우 흔히 있는 일이지만 인문학의 경우 이번 지원은 정말 특별한 경우입니다.

최: 이제 본론으로 들어가서 문예학·문화학·매체학의 상관 관계에 대해서 묻고자 합니다. 우선 문예학의 과거 및 현재 상황에 대해 언급해 주시길 바랍니다. 1970, 80년대에 있었던 문예학의 두 방향, 즉 한편으로 텍스트 언어학과 미학에 정향된 방향과 다른 한편으로 역사적인 방향은 이제 끝난 것인지요?

포스캄프: 1970, 80년대의 경우 소위 "언어학적 전환"(linguistic turn)

으로부터 강한 영향을 받은 문예학이 있었는데, 이는 언어학, 구체적으로 말하면 텍스트 언어학에 정향된 경향에 미학이 가세되었지요. 다른 한편으로 사회사적인 경향을 띤 문예학이 존재해 있었습니다. 이 두 방향의 문제점은 서로의 차이점이 너무 컸기에 상호 접목되기가 힘들었다는 것입니다. 예를 들어 사회사에 정향된 방향은 항상 텍스트의 미학적 측면을 소홀히 했습니다. 그런 점을 고려하여 저 자신은 항상 미학적 측면의 의미를 강조하는 사회사적 기능 모델을 제안한 바 있습니다. 역으로 언어학적 전환에 정향된 문예학은 비역사적으로 흐르곤 했는데, 그 결과 언어의 역사적인 문맥이 전혀 정확하게 분석되지 않았습니다. 세번째로는 "아이커널/그래피컬 전환"(iconal/graphical turn) 혹은 "영상적 전환"(pictural turn)이라고 불리는 것으로서 글자 문화가 소위 영상 문화에 의해 대체되는 것인지를 놓고서 토론하는 방향입니다. 이 방향은 새로운 현실의 매체 상황과 연결 선상에 놓여 있으며, 여기서 문화학도 그 점을 고려하게 됩니다. 그리고 문예학도 그와 같은 영상을 강조하는 문화적 패러다임에 어떻게 대응해야 하는가 같은 질문을 제기하고 있습니다. 결국 전통적인 두 방향, 즉 텍스트 언어학적 문예학과 사회사적 문예학이 계속 대학에서, 그리고 학생들을 위한 강의에서 지속되고 있으며 동시에 새로운 방향인 매체학적 시각이 접목됨으로써 문예학 전반이 그 영역을 확장시켜 나가고 있는 것입니다. 결국 문예학의 전통적인 방식이 폐기되는 것이 아니라 대상이 확장되고 있다고 볼 수 있습니다. 과연 글자 문화가 영상 문화에 의해 대체되는 것인지에 대한 질문은 매우 중요하며, 이러한 주제에 대해서 매체학·문예학·문화학이 서로 매달려야 합니다. 물론 1970, 80년에 있었던 사회사적 분석을 통해서 글자 문화와 영상 문화 간의 대립에 접근할 수도 있다고 생각되겠지만, 그러나 그 방향은 오히려 새로운 영역, 즉 문화학이라고 새롭게 지칭되는 것이 좋을 듯 싶습니다. 이를 통해 텍스트 미학·상호매체성·매체 간의 종합적 교환이 가능해질 수 있습니다. 물론 문제 해결은 결코 낙관적이지만은 않은데, 왜냐하면 그러한 종합을 전개하기 위해서는 엄청난 문제가 수반되기 때문입니다.

최: 사실 미학과 역사의 대립과 차이는 새로운 문제가 아니라 오랜 전통을 갖고 있다고 봅니다. 그런데 그와 같은 문화학이라고 지칭되는 새로운 방향과 관련하여 전통적인 대학과 학문은 어떠한 시각과 반응을 내보이고 있습니까? 문헌학이나 인문학에 종사하는 이들도 마찬가지로 그러한 문제를 의식하고 있는지요?

포스캄프: 물론 그 새로운 방향을 일반화시키기는 매우 힘들다고 봅니다. 그러나 인문학에 종사하는 이들도 문화에 정향된 다양한 프로젝트들에 참여하고 있는데, 이들 프로젝트들 간의 상호 교류가 추진 중입니다. 우리 연구소에서도 많은 이들이 관심과 참여를 가질 수 있도록 다양한 연구 강연을 제시하고 있습니다. 그리고 2001년 베를린에서는 문화에 정향된 다양한 프로젝트와 연구소들이 함께 모여서 공동의 학술행사를 개최하려는 계획을 세워놓고 있습니다. 물론 저도 그 행사 준비에 관여하고 있습니다. 수많은 프로젝트와 연구소들이 추진하고 있는 방향을 크게

분류하면 세 가지로 분류될 수 있습니다. 그 첫번째 방향은 전통적인 문예학에 인류학을 첨가하는 방향인데, 이 흥미로운 방향은 주로 콘스탄츠 대학을 중심으로 추진되고 있습니다. 문학과 인류학의 접목에 역사학, 민속학이 동시에 참여하고 있는데 이 방향은 콘스탄츠 대학뿐만 아니라 다른 대학에도 지대한 영향을 끼치고 있습니다. 또 다른 방향은 이미 1970, 80년대에 간헐적으로 시작되었던 것인데, 소위 "회상" "기억"에 관한 연구입니다. 이 방향은 기센 대학에 의해 추진된 프로젝트를 말합니다. 그 연구는 주로 독일 자체의 내적인 문제와 관련을 맺는데, 즉 파시즘 같은 과거 시대의 사건을 어떻게 기억해야 하는가에 관한 문제를 다루고 있습니다. 회상으로서의 문화가 핵심으로 작용하는 것이지요. 세번째는 매체 전환을 다루는 방향으로서 그 출발은 지겐 대학의 연구 프로젝트라고 볼 수 있습니다. 이 방향은 다시금 퍼포먼스·과장 같은 주제를 다루는 베를린 대학의 연구 프로젝트에서 지속되고 있으며, 또한 현재 쾰른 대학의 연구 프로젝트도, 넓게 보면 이 세번째 방향에 접목된다고 봅니다. 물론 그렇다고 해서 문헌학적 노력을 포기하는 것은 결코 아니며, 가령 저 자신도 매체와 문화의 연결 가능성을 모색하면서 동시에 괴테 전집의 주석 작업에 몰두하고 있습니다. 매체와 문화의 결합은 어떻게 보면 텍스트 자체에만 매달리는 해체론에 대한 반응일 수도 있지만, 다른 한편 언어학과 문예학을 결합시키려 했던 80년대 빌레펠트 대학에서 추진된 학제간의 연구 모델을 연장시키는 것이라고 볼 수 있습니다. 물론 매체와 문화를 연결시키려는 새로운 방향에 결정적인 계기로 작용한 것

은 영미권에서 제시된 문화연구(culture studies) 혹은 신역사주의
(new historism)라고 볼 수 있습니다.

최: 그렇다면, 영미권의 문화연구와 독일의 문화연구의 차이점은 무
엇이며, "문화"라는 개념은 어떻게 정의될 수 있습니까?

프스캄프: 넓은 의미에서 두 방향은 거의 유사하다고 볼 수 있습니
다. 그린블랫(Greenblatt)이 제시한 문화연구는 독일에도 많은 영
향을 주고 있습니다. 단지 차이점이 있다면 독일의 경우 주로
"방법"에 정향되어 있다면, 영미권은 방법을 넘어서 대단히 열
려 있다고 할 수 있습니다. 영미권의 문화연구, 신역사주의는
전통적인 독일의 역사주의와는 차이점을 갖고 있습니다. 독일의
경우 문화 개념은 문명에 대립되어 사용되는 매우 치명적인 전
통을 갖고 있고 또한 지나치게 우월한 의미를 갖고 있습니다.
그러나 영미권의 경우 문화 개념은 전혀 그렇지 않고 매우 열린
상태에서 훨씬 일반화되어 사용되고 있습니다. 그리고 문화 개념
을 어떻게 정의할 수 있을까요? 문화란 농업에서 사용된 개념으
로서 "경작"이라는 의미를 지니지요. 20년대 카시러(Cassirer)는 인
간이 만들어 가는 의미라고 했는데, 저도 정의를 내린다면 "인
간에 의해 짜여지는 의미조직"이라고 규정할 수 있습니다.

최: 그렇다면 카시러의 문화 정의와는 어떤 차이점을 갖는지요?

포스캄프: 저는 그러한 정의를 내리는 가운데 카시러의 문화 정의

뿐만 아니라 루만(Luhmann)의 사회학적 시각을 염두에 두고 있습니다. 물론 루만의 체계이론은 문화 개념에 거리를 취한 바 있지만, 저는 문화를 일종의 가능성, 현실화되지 않은 가능성, 불가능성 속에서의 가능성, 아직 완전히 파헤쳐지지 않은 것의 잠재력, 전통적으로 아직 활성화되지 않은 것의 잠재력이라고 규정하고 싶습니다. 문화란 그 의미가 다시 재발견되고 재활성될 수 있는 것이라고 봅니다.

최: 위에서 밝히신 영미권의 신역사주의적 문화연구와 독일 역사주의의 차이점에 대해 다시 질문을 드리고 싶습니다. 그 차이점에도 불구하고 신역사주의적 문화연구도 일종의 역사주의의 계승이 아닌가요? 물론 신역사주의는 정치·문화·일상 세계 간의 상호 연관성을 강조하고 있고, 게다가 인류학적 – 기호학적 사유와 연결됨으로써 분명 전통적인 역사주의와는 다르다고 생각되기는 합니다만…

포스캄프: 예, 부분적으로는 그렇다고 볼 수 있습니다만, 독일 역사주의는 방법론적으로 매우 제한되어 있었지만 영미권의 신역사주의는 그 시각이나 대상, 방법을 매우 넓게 제시하고 있는 것이지요. 가령 영미권의 신역사주의적 문화연구에서는 푸코의 담론이론·소수문화·젠더 연구 등이 그 주류를 이루고 있습니다.

최: 독일 역사주의의 경우 그 근원은 후기낭만주의이며 그 이면에는 매우 보수적인 정치적 시각이 자리잡고 있습니다. 역사주의의

핵심 이념은 "과거를 보면 현재를 알 수 있다"라는 것이며, 그 럼으로써 과거와는 완전히 다르게 작동하는 현재 자체의 모습을 간과할 수 있다는 비판을 받게 됩니다. 예컨대 칼 만하임(K. Mannheim)의 『보수주의』라는 저서도 역사주의의 이념과 특성을 다루면서 그러한 점을 지적한 바 있고, 발터 벤야민도 역사주의는 "승리자"의 역사적 기술 방법이라고 비판한 바 있습니다. 신역사주의는 과연 그러한 비판에서 벗어날 수 있을 지요?

포스캄프: 매우 정확한 지적이며 부분적으로는 저도 인정합니다. 역사주의의 부정적 측면은 가치와 규범의 문제와 관련하여 "현재" 시점을 도외시하였다는 것이며, 이런 점에서 역사주의에 대한 벤야민의 비판은 옳았다고 봅니다. 또한 역사주의는 상대주의라는 관점을 취한다는 측면에서도 비판을 받을 수 있습니다. 그러나 역사주의의 긍정적인 측면은 예컨대 헤르더의 경우 개인의 성장·발전·해방과 관련하여 매우 혁신적이고도 해방적인 계기를 제시한 바 있습니다.

최: 문화학과 신역사주의는 서로 매우 밀접한 관계를 맺고 있기에 일반적인 차원에서 역사주의에 관한 질문을 드린 것입니다. 문화란 의미조직이지만 기본적으로 텍스트로 인식되곤 하는데 이 점에 대해서는 어떻게 생각하십니까?

포스캄프: 사실 그 점은 영미권의 연구 방향과 연관해서 언급될 수 있습니다. 영미권은 문화를 텍스트의 몽타주로 정의하고 있는데,

저 개인적으로는 이에 대해 약간 거리를 취하고 싶습니다. 모든 문화적 현상을 텍스트의 몽타주로 정의한다면 문학 텍스트 자체가 지닌 독특한 미학적 측면이 소홀시 될 수 있습니다. 문학적 텍스트는 전문적인 미학적 질·특정한 복잡성·해석가능성 측면에서 독특한 미학적 측면을 갖고 있는 것으로 저는 여전히 생각합니다.

최: 그렇다면 역사주의적·사회사적 입장에서 출발하는 선생님이 형식주의자들의 입장을 취하는 것은 아닌지요?

포스캄프: (웃으면서) 예, 정확하게 지적하셨습니다. 제가 관찰한 바로는 영미권의 시각은 너무 넓게 전개되고 있다는 것입니다. 모든 텍스트에 동등한 수준을 부여함으로써 영미권의 문화연구는 미학적 텍스트와 일반적인 텍스트의 경계를 해체시키고 그 지평을 평평하게 만들고 있다는 것입니다. 이 점은 문화연구에 끼친 해체론의 영향이라고 볼 수 있는데, 그 점에 대해서 저는 비판적입니다. 저도 사실 학생 시절 볼프강 카이저 밑에서 공부했었기에 문학 텍스트의 독특한 특성에 대한 인식을 버릴 수는 없으며, 단지 그 점을 보강하기 위해 역사적·사회사적 시각을 첨부해왔던 것입니다.

최: 저는 이 연구소가 모든 문화 현상을 텍스트로 파악하는 것이 아닌가 하는 생각을 지녔는데 지금 선생님의 의견을 들으니 약간 의아한 생각이 듭니다.

포스캄프: 물론 이 연구소의 세 방향(매체의 차이점·의사소통 문화·
·매체 담론)은 문화 현상을 텍스트로 파악하는 데서 출발합니다.
그런데 그 점은 일종의 은유로 받아들여주시면 좋겠습니다. 왜
냐하면 이 연구소 프로젝트는 단일한 지평에서 진행되기보다는
매우 복잡한 지평에서 전개되고 있고 방법론적으로도 서로 다
르기 때문입니다. 결코 획일성을 지니는 않는 다양한 시각을 하
나의 프로젝트로 묶기 위해 그러한 은유가 사용되었을 뿐입니
다. 매체의 경우 그것은 결코 정보와 동일한 의미를 지니는 것
도 아닙니다. 책의 경우 - 물론 인쇄술은 한국에서 최초로 발견
되었지만 - 유럽의 기독교 문화 형성 과정과 관련하여 매우 중
요한 문화적 매체로 인식되고 있기에 책이 문화 형성 과정에서
어떤 역할과 기능을 했는가는 우리 연구소의 매우 중요한 주제
입니다. 여기서 매체와 형식을 구분했던 루만의 시각은 매우 중
요한 출발점이 됩니다. 즉 수단으로서의 매체에 대한 질문이 아
니라 형식에 대한 질문이 제기되는 것이지요. 즉 형식이 어떻게
발생하고 변화되었고 그리고 자체적인 발전을 이루어왔는가 하
는 "형식의 진화"에 관한 질문이 그것입니다. 매체 사회란, 다
시 한 번 강조하자면, 현재의 새로운 사회만을 가리키는 것이
결코 아닙니다. 왜냐하면 모든 문화란 다양한 매체에 의해서 만
들어져 왔는데, 예를 들어 그림·책·컴퓨터 등을 들 수 있습
니다. 현재의 경우 독특한 점은 그 다양한 매체들이 서로 경쟁
한다는 것입니다.

최: 문예학과 문화학의 상호 결합은 충분히 이해될 수 있지만 문예

학과 매체학의 결합에 대해서는 저 자신 매우 회의적인 생각이
듭니다. 특히 매체학 쪽에서는 이제 문자 문화가 지나갔다는 종
말론을 선언하는 경우를 볼 수 있는데, 그와 같은 문자 문화와
매체 문화의 대립에 대해 어떻게 생각하는지요?

포스캄프: 예, 문자와 매체를 이분법적으로 구분하는 시각은 매우
위험하며 저도 그러한 시각에 거리를 취합니다. 그러한 대립에
대해서는 우리 연구소도 매우 비판적인 입장을 취하고 있습니다.

최: 처음에 언급하신 것처럼, 현재는 영상, 이미지, 그림 같은 시대
로 전환되었다고 하셨는데, 그렇다면 그림과 언어는 어떠한 관
계를 형성하는지요? 그것은 대립이 아닌가요?

포스캄프: 저는 전체 프로젝트의 책임자이면서도 개별팀(1영역의 제
3팀: 매체 상관성: 텍스트와 그림)에 소속되어 있는데, 그 팀의 주
제는 바로 문자(텍스트)와 그림(이미지)의 상관관계입니다. 이 팀
은 문자와 그림이라는 이분법적 구분을 비판하고 오히려 그 상
관관계를 조명하는 데 초점을 두고 있습니다. 문자와 그림의 이
분법적 대립은 대체로 유태인 문화 전통으로 소급될 수 있는데,
저는 그러한 이분법적 구분에 매우 회의적입니다. 저는 몇 년
전에 한국과 일본을 방문한 바 있는데, 당시 아시아 문화권에는
그림과 언어의 구분이 해체된, 일종의 "그림언어"(이미지 언어)의
문화가 형성되어 있음을 읽을 수 있었습니다. 아마도 그와 같은
아시아 문화는 인류사의 매우 중요한 전문적인 특성으로 해석

될 수 있을 것입니다.

최: 그림과 언어의 경계가 해체된 문화적 전통을 읽어내기 위해서는 상상력이 요구되기도 합니다. 실증적인 역사주의와 지식에 기초한 역사 읽기를 비판하면서 니체가 삶을 위해 상상력을 요구했듯이 말입니다.

포스캄프: 맞습니다. 그렇기 때문에 우리는 2년 후에 실시되는 2차 연구 계획 단계에서는 한국이나 일본의 문화 연구를 일부분으로 끌어들일 생각을 하고 있습니다. 현재 1차 연구 단계에서는 유럽 지역을 벗어난 문화로는 아프리카 문화(위의 연구 구조에서 C영역의 제 3팀)만을 집어넣었는데 다음 연구에는 반드시 아시아 지역권도 고려되어야 한다고 봅니다.

최: 이제 마지막으로 문헌학적·문예학적 시각이 문화 연구와 어떻게 접목될 수 있는지를 알고 싶습니다. 그 가능성을 어떻게 찾을 수 있는지요?

포스캄프: 예, 그 질문은 저 개인적인 연구 방향과도 연결되는군요, 최 선생님도 잘 알고 있듯이, 저의 본래 영역은 교양소설(Bildungsroman)의 역사이며 이 영역에 대한 연구를 지속하고 있습니다. 교양·교양소설 같은 담론에 대한 연구는 반드시 이 연구 프로젝트의 결과로서 제시될 것입니다. 교양·교양소설에 질문은 유럽 문학 내에서 형성된 독일의 문학의 전형적인 개념이며, 따라서 이에

대한 연구는 다른 소설의 경향이나 문화 내에서 비판적으로 고찰되어야 합니다. 매우 흥미로운 점은 문자 문화와 그림 문화에 대한 담론이 사실 교양소설이라는 주제에 대단히 많은 영향을 준다는 것입니다. 그것은 그림(Bild)와 교양(Bildung)이라는 두 독일어 개념을 보면, 그림이라는 개념이 기표상으로 볼 때 교양이라는 개념 자체 내에 포함되고 있기 때문에 그 내적 연관성은 더욱 높다고 볼 수 있습니다. 또한 기독교-유태적 전통 내에서 보면 교양은 "신의 초상"과 관계된 것으로도 해석될 수 때문에 여기서도 그림의 의미는 매우 중요하게 다가옵니다. "신의 초상"의 실현과 교양 개념이 이처럼 서구의 전통적인 문화와 관계를 맺고 있다면 그림에 대한 토론도 두 방향으로 나아가게 됩니다. 그 하나는 그림과의 친밀성이 강조되는 기독교적 문화이며, 다른 하나는 그림(우상)에 거리를 취하는 유태교적 문화입니다. 따라서 교양소설에 대한 접근은 그림과의 친밀성, 그림과의 거리감이라는 두 가지 방향과의 연관성 내에서 진행될 수 있습니다. 매우 복잡하게 설명되었지만, 이러한 점에서 교양소설을 다루는 저 자신의 문예학적 시각이 문화학과 연결될 수 있다고 생각됩니다.

최: 결국 선생님은 문예학 혹은 문학의 위기를 보는 것이 아니라 그 대상을 확장하는 방식을 통해 문예학의 새로운 기회를 찾고 있다는 생각이 듭니다.

포스캄프: 예, 최선생님도 문예학의 전개 혹은 문학사를 보시면 잘

아시겠지만 위기는 항상 있어왔습니다. 예컨대 관심을 전환하거나 문제설정을 바꿀 때 혹은 인식을 전환할 때 우리는 흔히 위기라는 용어를 사용해 왔지요. 그런 의미에서 현재의 위기를 보면, 특정 학문(예컨대 문예학)의 내적인 발전 과정 이외에도 항상 학문 외적인 영역에서의 변화가 동시에 작용하고 있습니다. 학문의 내적인 발전 과정의 경우 그것은 문예학 자체 내의 문제점, 비판적 순간에 대해 대응하는 과정을 말합니다. 학문 외적인 영역의 경우 가령 문예학·문화학을 포함하는 인문사회 전체 영역 내에서의 변화를 말합니다. 독일의 경우 인문학은 역사적으로 보면 교양시민층의 형성과 함께 견고하게 자리를 잡았는데, 그 인문학의 정당성은 확고한 틀 내에서 비교적 흔들림 없이 보장되어 왔던 것이 사실입니다. 그러나 인문학의 정당성이 그 자체로 보장되는 것은 이제 불가능하다고 봅니다. 그렇다면 인문학의 정당성이 변화의 압력을 받아들일 경우 어떻게 전개되어야 할까요? 이 때 중요한 점은 그 변화가 인문학이 다루는 대상의 확장이라는 차원에서 출발해야 한다는 것이지 그것이 단지 "생존전략" 차원에서 나온다면 더욱 치명적이라는 것입니다. 예를 들면 전공 간의 넘나들기, 작가보다는 학제적인 작업을 전개할 수 있는 차원에서 대상을 확장하는 것입니다. 물론 전략이라는 용어가 부정적으로 들릴 수도 있겠지만 그 개념을 완전히 포기할 수 없지요. 연구와 관련된 전략이 있을 수 있다면, 그것은 한편으로 자신의 연구 과제를 더욱 독창적인 것으로 제시하고 가능한 한 흥미로운 대상을 포착하는 것이며, 다른 한편으로 그것을 "대중 속에서" 잘 표출해내야 한다는 것입니다. 여기서 대중 속에서 자신의 연구 과제를 잘 표출해낸다는 것은 효율성의 효과를 거두려는 행위와 동일시되어서는 결코 안 됩니다. 효율성의 효과를 거두려는 행위는 오히려 치명적이라고 볼 수 있습니다.

최: 위기라는 개념의 본래 의미는 긍정적인 의미에서 "비판"을 뜻하는데, 결국 선생님이 주도하는 연구소의 경우 좁게는 문학에 대한 새로운 자기비판, 넓게는 인문학에 대한 새로운 자기비판에서 출발한다고 볼 수 있겠군요. 아무쪼록 내실 있는 연구 성과를 거두기를 바라며 대담에 흔쾌히 응해 주서서 고맙습니다.

포스캄프: 저도 매우 유익한 시간을 가졌다고 생각합니다. 감사합니다.